불로초 3

불로초 3

발행일	2025년 4월 30일

지은이	강중헌		
펴낸이	손형국		
펴낸곳	(주)북랩		
편집인	선일영	편집	김현아, 배진용, 김다빈, 김부경
디자인	이현수, 김민하, 임진형, 안유경	제작	박기성, 구성우, 이창영, 배상진
마케팅	김회란, 박진관		
출판등록	2004. 12. 1(제2012-000051호)		
주소	서울특별시 금천구 가산디지털 1로 168, 우림라이온스밸리 B동 B111호, B113~115호		
홈페이지	www.book.co.kr		
전화번호	(02)2026-5777	팩스	(02)3159-9637
ISBN	979-11-7224-602-0 04810 (종이책)		979-11-7224-603-7 05810 (전자책)
	979-11-7224-594-8 04810 (세트)		

잘못된 책은 구입한 곳에서 교환해드립니다.
이 책은 저작권법에 따라 보호받는 저작물이므로 무단 전재와 복제를 금합니다.
이 책은 (주)북랩이 보유한 리코 장비로 인쇄되었습니다.

(주)북랩 성공출판의 파트너

북랩 홈페이지와 패밀리 사이트에서 다양한 출판 솔루션을 만나 보세요!

홈페이지 book.co.kr • 블로그 blog.naver.com/essaybook • 출판문의 text@book.co.kr

---

작가 연락처 문의 ▶ ask.book.co.kr

작가 연락처는 개인정보이므로 북랩에서 알려드릴 수 없습니다.

신화와 무협이 맞닿은 제주,
그 전설의 시작

|무협소설|
전3권

불로초 3
― 전설의 끝에서 마주한 진실

강중현 지음

시공을 넘나들며 불로장생의 비밀을 좇는
진학소의 대장정이 시작된다!

 북랩

차 례

백하칠가(白河漆家) 하편 ··· 7

바지 내린 서생 ·· 39

나개승과 제 별감 ··· 121

탐라도의 갑사 금석 ·· 153

진학소와 유양수 ··· 189

탐라도는 말한다 ··· 261

삼천갑자 동방수 ··· 319

황금 석순의 돌매화 ·· 365

상념에서 깨다 ·· 391

백하칠가
(白河漆家)
하편

이십여 리를 달리자, 세 번째 만나는 고을 입구에 군목(軍目) 도춘배의 저택이 있었다.

사천성 북단 천인(賤人)들을 강제 징집하며 병권을 다루는 구채구의 이 장원은 변방이라 웬만한 불법행위는 드러나지 않는 곳이다.

입구에는 별무관(別武官)이 있고 그 안으로는 군목 도춘배가 거처하는 별내관(別內官)이 몇 채 있었다.

겁을 집어먹고 달려온 냉운팔은 군목 도춘배 앞에서 쩔쩔매고 있었다.

"그래서, 팽후며 수하 네 명이나 당하고도 그대로 돌아왔단 말이냐?"

"예, 그게 강호 어느 명숙의 제자인지 모르겠으나 그를 좋게 타일러서 돌려보내는 것이 좋겠습니다. 아마도 그대로 지나칠 놈은 아닌 듯합니다."

"뭣이? 그렇다면 감히 여기까지 온다는 말이냐?"

"절세 적인 무공에 야차 같은 행동이 무슨 일을 저지를 놈이 확실합니다."

곁에 있던 아들 도화천은 벌써 도끼눈을 하고 지레 겁을 먹고 있었다. 그의 내심은 언제나 여인들 치마만 생각하고 있기 때문이다. 죽고 나면 수컷도 무용지물이니 말이다. 위풍을 내세우며 서 있던 무학철인(無學鐵人)이라는 자가 철창을 툭툭 치며 시큰둥하게 말했다.

"우리에게는 사졸이 이십여 명이나 있어요. 그리고, 내가 이 철창으로 군목 세가를 받치고 있는데 무엇이 두려워서 그리 안달이오."

정문 쪽을 흘겨보던 냉운팔은 무학철인을 바라보며 설명했다.

"사졸을 불러들이는 데는 시간이 없소. 또 미미한 그들의 힘은 희생뿐이오. 팽후의 파산격해가 보통이겠소? 그것도 삼초지적 밖에 못하였으니 하는 말이외다."

냉운팔은 이 집 사정을 잘 알고 있어서 하는 말이었다. 무학철인도 허세만 대단했지, 나나께나 한 무공이었고 군목 장군도 자칭 수라금검이라고 별호만 화려했고 그 수를 본 일이 없으니, 별것이 아니라고 추측했다. 용감하기로는 오늘 죽어 나간 도문팔과 팽후와 네 명의 무부들이었다.

따그닥! 따그닥!

이들은 화친이냐, 격퇴냐 결론을 내리려고 하던 중 학소는 별무관 앞에 당도했다. 그는 몸을 훌쩍 틀어 말에서 내리자 두 수문 무사가 이를 제지했다.

"당신은 누구시길래 내관으로 들어서려는 것이오?"

"군목 가에 볼 일이 있으니 죽고 싶지 않으면 비켜서게나!"

헐레벌떡 달려오던 냉운팔이 주의를 시켰고 별내관에서 아무런 기별이 없자 이들은 살초를 펼쳤다.

"무단 침입자는 용서치 말라고 했다.

자-! 간다...!"

획! 획! 휘-익!

두 수문 무사는 동시에 일지 창을 휘두르며 양쪽에서 그의 창자를 동시에 요절내려고 했다. 그는 창끝을 피하며 창 하나를 낚아채었다.

와지끈!

쿠당 당 탕!

별무관 대문짝이 부서지며 손님을 내찌르던 두 수문 무사는 동시에 꼬챙이에 끼듯이 창 하나에 끼어 버렸다. 마치 강가에 아이들이 물고기를 꼬챙이에 끼며 모닥불에 구워 먹는 그런 형국이 되었다.

냉운팔은 검은 얼굴이 흑색으로 변하며 주시하다가 꽁무니 칠 생각을 하였다. 칠가에서 혼쭐이 났던 그는 지금도 육신이 떨리고 있었다.

"군목님, 아무래도 나는 저자의 눈에 띄면 안 될 것 같습니다. 화친에도 도루 화가 미칠 테니 피해 있겠습니다."

그가 겁에 질려 안색까지 변하는 행동을 보던 아들 도화천이 따라 말을 이었다.

"소자도 내당에 있는 아이가 위급하다고 하는 데 가보겠습니다."

그도 뒤돌아서며 꽁무니를 뺐다.

우락부락하게 생겨 보이는 무학철인 만유항은 철창을 불끈 잡으며 이들을 흘겨보았다.

"이렇게들 겁이 많아서야 어떻게 군목 세가를 끌어 가겠소?"

그는 장군티를 내며 가슴을 쫙 벌리어 마당으로 내려섰다.

"만제, 생각을 고쳐 보게. 아무래도 냉제 말이 옳은 것 같소."

"아니오, 내가 군목 세가에 십 년은 넘게 빌붙어 살았는데 밥값은 해 드려야지요."

 제법 큰소리치며 의리 있는 고마운 말씀이나, 지금으로서는 달갑지가 않았다.

 만유향의 실력을 알기 때문에 그의 솜씨는 믿을 수가 없었다. 그와 합세하며 군목 가를 지키는 것이 주인 된 도리이나 보기 드문 고수라고 하니 목숨이 두려웠다. 팽후와 그 일행들이 일초지적 밖에 안되었다면 정말 그렇다.

 "만제, 내가 알아서 할 테다. 분을 참아 주게."

 도춘배는 만유향을 막아서며 학소와 먼저 대면했다. 울화가 치밀어 오른 그는 두 눈이 붉어 있어 살인귀같이 변해 있었다.

 "고인(高人)은 무슨 볼일이 있어 여기를 찾으셨습니까? 이곳은 관아의 관할에 있는 군목(軍目)입니다."

 두 수문 무사가 창에 박혀 죽어있는 것도 모른 척하며 정중히 말했다. 이들의 얄팍한 수단에 격분하여 군목의 얼굴에 주먹을 날렸다.

 "관아 밑에 있는 군목이오? 흥!"

 나라에 봉사하는 기관임을 강조하는 것이 더욱 그랬다. 양손을 감싸고 땅에 넘어진 도춘배를 보던 만유향은 대여섯 명의 무부들에게 지시했다.

 학소는 핏물이 묻어 있는 소삼의 검을 비켜 세우자, 그들의 기세는 눌렸다. 팽후 일행이 당했다는 그에게 화친에 관한 말이 있었고 지금 명령은 주인 명령도 아니다.

 슬금슬금 물러서는 수하들을 보다가 철창을 들었다.

 "그래, 좋다! 네 놈이 그리 대단하다면 이 철창 맛을 보여주마."

휘-익! 휙!

깡! 깡!

만유향의 철창은 그의 호기와 같이 기세가 대단했으며 힘이 실려 있었다.

철창을 받아내던 학소의 검이 두 동강 나고 말았다. 반토막 난 검을 향해 철창을 힘 있게 돌리며 학소의 몸통을 찍어 내렸다.

확실히 그의 가슴이 박살 나는가 했더니, 무슨 신법을 밟았는지 허공만 내리쳤고 철창은 학소의 손에 잡혔다.

허억!

철창을 뽑으려 했으나 젊은이의 힘이 거세어 뺏기고 말았다. 철창은 때리고 부수고 찌르는 힘에 근거하는 기예였고 창술의 일부분이기도 하다.

젊은이의 손에 든 철창은 만유향을 향해 날아갔다. 가슴은 겨우 피해 냈으나, 머리통이 뜨끔하여 사방이 노랗게 변했다. 무학철인 만유향은 사방이 노란 가운데 별내관이 거꾸로 서는 것을 보며 의식이 없어졌다.

학소는 볼을 비비며 일어서는 도춘배의 목을 비틀었다.

"나는 개봉에 있는 태학(太學)에 거인(巨人)이며 앞으로 판관(判官)이 될 진 사관이다. 보아하니 당신네는 태질을 당해도 한두 번으로는 안 될 놈들이구나!"

"예, 예! 진 사관 어르신, 존성대명이 어떻게 되시온지?"

진 사관도 진 사관 나름이며 지방도 아니고 개봉이면 높이를 짐작할 수 없다.

군목은 울상에 가까운 얼굴을 지으며 살기 위해 몸부림치는 행동이라 아니 할 수 없었다.

몇몇 수하들이 담 구석에 붙어 기웃거렸지만 어쩌지 못했다. 그렇지 않아도 백하칠가에 강혼을 청하여 이에 불응하면 멸문시키겠다고 호령했던 터라, 도춘배의 죄질을 잘 알고 있었다. 오늘도 그렇게 하려다 당한 처지여서 수하들도 용기가 서지 않았다.

냉운팔과 팽후 일행은 태악산 흑도로 사악한 일들을 저지르는 것을 보았지만, 정의가 서지 않았다. 정의도 힘이 있어야 지켜지는 것이고 실행하는 것인데 이들은 가슴 속에만 있었다. 오히려 비굴하게 쩔쩔매는 주인이 잘 되었다고 보는지도 모른다.

난간에 걸리어 정신이 몽롱했던 팽만유가 몸을 일으켜 세우려 했으나 왼쪽 다리뼈가 두 동강 나 있었다. 그는 아픔을 참으며 주인을 돌아보았는데, 도춘배는 머리를 연신 굽신거리고 있었다.

'저렇게 비굴하게 굴 바에는 혀라고 깨물어 죽지.'

만유향은 얼굴을 찡그리며 젊은이를 보았는데 그는 철창을 휘두르며 호령하고 있었다.

"당신네는 신부를 빼앗는 창혼이 있는데 약탈 혼인까지 할 수 있다고 했다. 그래서 나도 힘이 있어서 그대의 자부(子婦)들을 다 취하겠다."

와지끈! 꽝!

별내관 대문이 박살 나며 학소는 안으로 들어서서 내전 앞에 있는 비단 의자에 앉았다. 불의에 화가 달아오른 그이 얼굴은 야차 상처럼 변해 있었다.

"방명을 물었으니 말한다. 나는 나선풍이라고 한다."

"아! 예! 예, 나선풍 나리!"

"혼례는 일생일대의 종신대사라 했소."

도춘배는 그의 앞에 허리를 굽히며 이자를 어떻게 하면 빨리 내보낼 수 있는가에 열심히 궁리 중이었다.

"그런데 말이오. 경사스러운 날에 피를 보았고 험악한 일이 생겨 나는 일생일대 최고의 수모를 당했소."

말씨와 인품으로 보아 개봉의 특주 명진사와도 같았고 행동으로 보면 흑도의 인물도 같아 종잡을 수가 없었다.

도춘배는 근본부터 잘못 출발한 일들이 많아 누구에게도 하소연할 수 없는 노릇이다.

학소는 이어 목청을 돋우어 말했다.

"세상에 범죄와 만행을 키우는 것은 용서할 줄 아는 사람이 너무 많기 때문이라고 생각한다. 악행도 세 번째는 과감히 벌하여 제거하는 것이 현명한 세상을 만드는 지름길이라고 말할 수 있다. 어떤가 그대는?"

"물론, 그렇습죠. 그렇게 과감해야 악행이 잠재워질 것입니다."

도춘배의 말은 그랬지만 악행으로 희희낙락하던 꾸부러진 막대가 곧아질 것인지 그것은 의문이다.

"그래서 말인데, 유명세가 있는 여기 아드님과 내자(內子)들을 대면하고 떠나고 싶소."

"……."

조용하던 장내에 나지막한 소리였으나 살기가 흐르는 음성이 또 이어졌다.

"내가 일어서면 또 무엇을 어떻게 할지 모르겠소."

도춘배는 미련스러운 아들놈과 며느리들이 들어와 손발이 닳도록 비는 아비를 볼 것이며, 아이들도 그럴 것이라 생각하니 죽음만도 못했다.

잠시 생각에 잠겼던 그는 끈질긴 본성이 드러났는데 칠가의 약점을 들추며 딴청을 부렸다.

"백칠가는 영하(寧夏) 족입니다. 영하는 지금 우리 적국인 서하(西夏) 나라가 아닙니까? 또 그들은 청진사에 다니며 그곳에서도 여인을 팔고 살 수 있다고 합니다. 그래서 칠가의 여식을 돈으로 사려고 했던 것입니다."

"쾅!"

학소가 내려친 철창에 탁자가 박살 났고 도춘배는 옆으로 밀려나며 혼 겁이 났다. 팔고 사는 것은 쌍방간에 의견이 일치되어야 하는데, 일방적인 강혼으로 멸문까지 시키려 했던 자가 거짓 나부랭이다.

그는 철창을 들어 머리통을 내려치려다 두 눈을 질끈 감았다.

군목까지 죽인다면 소문이 관아에 미쳐 문제가 될 것이라 용서를 베풀 줄 아는 사람이 되어버렸다.

"무슨 변명이 그리 많소. 불러들이라면 불러들일 것이지."

겁에 질린 그는 마당에서 기웃거리는 가노를 불러 아들을 데려올 것을 재촉했다.

다급히 돌아온 가노가 허둥대며 말했다.

"군목 나으리. 사랑채에는 아무도 없었습니다. 모두가 뒷담을 허물고 몽진(蒙塵)을 갔다고 하였습니다."

몽진 소리에 주인은 깜짝 놀라며 일렀다. 그것은 겁에 질린 양반네가 입에 바르는 말이었다.

"임금이냐? 먼지를 피하여 몸을 옮기게. 무서워서 도망갔다고 그래라."

저질스러운 자들이 행실로 보아 충분히 그럴만한 위인들이라고 짐작했다.

"지금 기분 같아서는 당신 머리통을 철창으로 내리치고 떠나고 싶소만 참아 두는 것이오. 이후에 백칠가에 어적거렸다는 소문이 내 귀에 들어온다면 당장 달려와 두 동강 내고 말겠소."

"아무렴요. 예, 예."

이대로 떠난다고 하니 도춘배는 살아난 심정으로 고개가 절로 끄덕이었다.

난간에 있는 만유향은 다리를 끌면서 다시는 이러한 주인은 섬기고 싶지 않았다. 지역에서 군목 세가로 군림하였던 그가 몇 년을 더 살겠다고 식솔들 보는 앞에서 수모를 당하는지 몰랐다.

구채구(九寨溝)는 웅장한 산세에 아홉 민족이 산다는 변방이므로, 믿음이 가지 않아 단단히 주지시킬 필요가 있었다.

"나는 개봉의 판서(判書)로서 한마디 하겠소."

"예 예, 무슨 말씀이든 받들겠습니다."

"그렇지 않아도 구채구에서는 양병이 이루어지지 않아 탈주병이 많다고 소문이 나 있소. 탈주병을 이용하여 가세를 부리는 것은 역적 행위와 다름이 없소, 앞으로는 선관(善官)이 되길 바라겠소."

그의 말에 도춘배는 느끼는 바가 있었는지 이마를 마룻바닥에 찍으며 용서를 빌었다.

훌쩍 일어선 학소는 홀가분한 마음으로 대청을 떠날 수 있었다.

합비(合肥)에 영시(永市) 시장은 나날이 커지고 가고 있었다.

송나라가 서면서 강 남북의 물류 교류는 동서양의 교류가 되며 문화와 농공상업이 융성하였다. 합비는 강남에서 내륙으로 가는 중심지이며 강남북의 경계이기도 하여 영시 시장은 각종 만물이 들어온다.

나개남무(那箇南舞) 화상은 당산 약포(唐山藥鋪) 앞에서 하품하며 즐비한 상가를 걷고 있었다.

비단, 솜, 염료, 목기, 칠기 등 점포들이 있는 곳을 기웃거리며 나날이 화려하고 색다른 상품을 구경하는데 여념이 없었다.

왼쪽으로 창고 같은 건물이 있는데 그 저사(低捨)에서 나오는 시령(市令)을 목격하고는 말문을 열었다.

"이보시오. 시령 양반, 시진 안에서는 공상식관(工商食官)이라고 말하며 상인들과 관가가 상부상조하여 살아가는데 우리 당산 약포에서는 시조(市租)가 너무 많아서 걱정이오. 어떻게 좀 감해 줄 수 없습니까?"

시령은 공수해 보이고 머리는 두 치 길이로 깎아낸 성게 닭살 같은 그의 얼굴을 한참 쳐다보았다.

"당사 약포라면 주인이 방하생 젊은이가 아닙니까. 노 선배님은 이 시진에서 처음 뵈는 분이라 그 말은 믿을 수가 없어요."

그때 건너편에서 유기(鍮器) 그릇 점과 옥기(玉器) 그릇 점에서 싸움이 벌어졌다.

쾅!

쨍그랑!

우락부락하게 생긴 사십 줄의 중년인이 놋그릇을 발로 차며 행패를 부리고 있었다.

"어중이떠중이 산상(散商) 주제에 뉘 앞에서 마구잡이로 손님을 끌어모아! 당장 짐을 싸 들고 산동으로 돌아가게."

쩔쩔매던 유기그릇 상인은 이들에게 하소연했다.

"손님들이 옥기가 비싸다고 하여 우리 유기그릇을 사는데 이것도 죄입니까? 나도 시장을 관리하는 질인(質人)에게 시조를 내면서 하는 장사입니다."

옥기 그릇 주인은 그런대로 물건을 팔아 왔는데, 유기그릇 장사가 들어옴으로 그의 가게는 썰렁했다. 이웃에 있는 놋그릇이 좋다고 웅성대었기 때문이다.

"어중이떠중이 주제에 나가라면 나갈 것이지, 뜨거운 맛을 봐야 나갈 사람이군."

그는 유기그릇 주인의 멱살을 비틀며 주먹을 날렸다. 콧등을 한 대 얻어맞은 그는 선혈이 낭자하여 관가에 가자고 악을 썼다. 그런 그에게 주먹을 날릴 때였다.

윽!

그가 휘두르던 팔이 누구에게 잡히는가 싶더니 팔뼈가 부러지는 것처럼 고통이 말이 아니다. 그 팔을 받쳐 들고 돌아섰는데 거기에는 시령과 머리가 고슴도치처럼 생긴 화상이 서 있었다.

"내가 너무 했나?"

나개남무(那箇南舞)는 미안한 듯 중얼거리며 멋쩍어했다.

주위 사람들은 이 화상이 무림인이라고 주저했는데 그는 멋쩍게 웃어 보이며 타일렀다.

"나는 당신 손을 잡았을 뿐인데 당신이 힘차게 휘두르는 바람에 팔뼈가 그렇게 되었으니 내 탓만은 아니오."

"당신은 뭔데 남의 장사에 감 놔라 배 놔라 참견이오?"

나개승은 웃음을 지으며 고개를 흔들었다.

"그 이유를 말하겠소. 첫째로 내가 잡지 않았다면 이 사람은 황천행이고, 당신은 살인자로 포도청에 잡혀갈 형국이었소."

고통에 씨근거리는 그에게 또 말했다.

"당신은 어중이떠중이 주제라고 이 화상 신세를 세 번씩이나 말한 것이 두 번째 용서할 수 없는 일이요, 세 번째는 남의 장사에 끼어들어 힘으로 쫓아내려는 것이 벌을 받아 마땅한 일이지요."

시령은 그럴싸한 변명에 공력이 깃들어 보이는 무림인이라 무시하지 못했다.

"여기 노 선배님 말씀에도 일리가 있습니다. 하여 당신 팔은 십여 일 꽁꽁 묶어 두면 나을 것 같소."

시령은 두 사람을 번갈아 보며 지위에 걸맞게 판사 노릇을 해나갔다.

"옥기 그릇이 팔리지 않으면 유기그릇이나 목기 그릇이며 질그릇 모두 진열하여 팔면 되지 않겠소. 우리 영시 시장에서는 행(行)이라는 규정 상행위가 끊긴 지도 몇 년은 되는 것으로 알고 있을 텐데."

사람 좋아 보이는 시령은 저녁 징을 치기 위해 시문(市門)으로 올라갔다.

식식거리던 둘은 이웃 사람들에게 미안한 표정이라, 나개남무는 팔을 감싸안은 옥기 그릇 상인에게 시령의 말을 되새기게 했다.

"나는 화북에서 사면행(篩綿行)과 강서 사람의 포행(布行)을 보았는데, 포행은 포목만 팔고 사면행은 명주만 파는 데는 단조로워 보였소. 여기는 상행(商行)이 없다고 하니 시령 말씀이 옳은 것 같소."

두 상인은 나개승의 말을 듣고 수긍이 갔다. 영시에는 행(行)이 없다고 들었는데 이것을 놓고 이웃 간에 싸움질한 것이 죄스러워 보였다.

"쾅! 쾅! 쾅!"

징 소리는 시진을 파하여 모든 상행위가 끝난다. 다음 날 동이 틀 때 징과 같이 날 수를 가늠하며 북이 울린다. 북소리에 시문이 열려 사람들이 모여든다. 오늘 저녁도 시끌벅적하던 영시 시장은 잠잠해져 비좁던 길도 대로와 같았다.

기장이 여물 때면 참새떼가 날아들어 시끄럽기 그지없다. 하지만 저녁 해가 기울고 나면 기장 밭은 언제 그랬냐는 듯이 조용하기만 하다. 그처럼 시끄럽던 시장도 쥐 죽은 듯이 조용하기만 하다.

시문을 나서는 나개남무는 여인의 목소리에 뒤돌아섰다. 물끄러미 여인을 돌아보았는데, 그녀의 손바닥에 몇 알의 팥알을 쥐고 있었다.

"징 소리를 들으면서 한 번에 팥알 한 개씩 올려놓았는데 그만 헷

갈려서 말입니다. 오늘이 스무날인지 스무 하루인지 스님께서는 아시겠지요?"

지금은 달력이 있어서 일수를 알 수 있지만 당시는 천세력을 보지 않고는 알 수가 없었다. 보통의 바쁜 주민들은 초승 아니면 보름이나 그믐 무렵에 보자고 한다.

"빈녀는 아버님 제삿날이 스무 이틀날인데 징 소리를 그만 놓쳤습니다."

화상은 짓궂게 웃어 보이며 투덜댔다.

"사람들은 죽고 태어나는 달과 날을 보고 간지(干支)까지 합하여 사주팔자도 가늠하며 복잡하게 살아갑니다. 짐승들도 태어나고 죽는 날이 있는데 사람들은 무슨 대수라고 그날이 돌아오면 제사까지 바칩니까?"

어처구니없는 답변에 여인은 어안이 벙벙했다가 대뜸 대꾸했다.

"스님도 절간에 가면 영혼을 달래는 사십구재를 올리고 사월 초파일 법요식(法要式) 때는 불공을 드리는데 무슨 말씀을 그리합니까."

나개승은 해학적으로 말을 던져 놓고 쩔쩔매었다.

"이 파계승(破戒僧)에게 스님이라고 말씀해 주시니 할 말은 없소이다. 나는 그저 스무 이틀이면 그믐쯤에 제사를 바쳐도 된다고 말씀하려고 했던 것이오."

"필방에 가서 알아보겠으니 됐어요."

여인이 돌아서자 나개는 손가락을 구부렸다 펴면서 대답해 주었다.

"징 소리도 스무 번 울렸고 손을 꼽아 보아도 오늘은 스무날이 확실합니다."

"둥…! 둥…! 둥…!"

다음 날, 북소리를 기다리던 나개남무는 어슬렁 걸음으로 시장 안으로 들어섰다.

그는 당산 약포(唐山藥鋪)에 이르러 큰기침하고는 문을 열었다.

방하생(方河生)이 약초를 썰면서 작도질을 하다가 일어섰다.

"스님, 아침은 드셨습니까?"

"그래 기산 절간에서 절 밥을 얻어먹고 있는데 배는 든든하다. 그런데 신발장을 보니 마님이 돌아오셨나? 태상마도 있고."

약포 주인 방하생은 활짝 웃어 보이며 고개를 끄덕였다. 안방 문이 열리며 백의에 흑의상을 접어 입은 매선 부인이 다가왔다.

나개남무(那箇南舞)는 영파에서 학소에게 어머님 행적에 대해 구화산에 화성사 말을 했던 적이 있었다.

"스님 말씀대로 소아는 화성사에 들르셨습니다. 그 아이는 사천지방 탄광까지 노비로 팔려 다녔다니 고초가 오죽했겠습니까."

아들의 고생을 상상하며 눈물까지 고이고 있는 부인의 얼굴을 보던 나개승은 입을 다셨다.

"속세의 삶이 다 그런 게 아니겠습니까? 자고로 중원에서 태어난 남자는 젊을 때 한 번은 세상 물을 먹어 봐야 사람이 된다고 하였어요. 아직은 그 과정이라고 볼 수 있습니다."

"말하기 좋다고 그렇게 말씀들을 하지요. 이 어미가 걱정되는 것은 호신용으로 익혔던 검술이 자진하여 중원에 도전장을 던질까 그게 걱정입니다."

"이 화상이 보기로는 그렇게 경솔하게 행동할 아이는 아닙니다. 진 소협도 할 일이 많다고 무모한 일을 저지르지는 않을 것이오."

시끌벅적한 바깥길을 바라보던 방하생 약의가 활짝 열린 얼굴을 하고 손님을 맞았다.

"어서 오십시오. 손님 무슨 약을 지어 드릴까요?"

머리를 단아하게 양쪽 갈래로 묶어 내린 십 칠팔 세 정도의 낭자인데 나개승이 의원으로 보여 그에게 물었다.

"노환에 기력이 솟아나고 정신이 맑아지는 약제를 찾고 있는데요?"

낭자는 발그레한 얼굴을 하며 약포를 둘러보다가 누가 의원인지 주저하는 바람에 나개 화상이 반갑게 웃었다.

"나는 손님이고 이 젊은 사람이 의원이시다."

그녀는 방하생 쪽으로 돌아서며 젊은 의원이라 더욱 수줍어 하였다.

"소저는 상배 고을에서 올라온 제신옥이라 합니다. 아버님 때문에 밖에 나다닐 수가 없어요."

"무슨 사유가 있어 그러십니까?"

"……"

제 소저는 부끄러운지 한참 머뭇거리다가 결심했다.

"아침에 오촌 숙부님 마차에 동행하여 여기 시진에 들렀습니다. 숙부님은 정 그러시면 약포에 가서 문진하고 약첩을 지어 드리라는 말씀도 있었습니다."

제 소저는 동그란 얼굴에 물색 면포 옷을 입었고 공단 꽃신을 신은 것으로 보아 귀한 집 여식 같았다. 병세를 말 못하는 제 소저를 바라보던 나개가 위안을 해 주었다.

"말 못 할 병세는 많지요. 옛말에 권세는 자랑하지 말고, 병세는 자랑해야 방법이 나오고 길이 있다고 했소."

나개는 말 해 놓고 그럴듯한 말이라 스스로 기특해 보여 방하생을 보며 어깨를 으쓱했다. 제 소저는 그 말에 용기를 얻었는지 말을 이었다.

"소저는 어릴 때부터 구두쇠 수전노 여식이니 노랭이 딸이니 주위에서 놀리며 비웃어 대었으니, 밖에 나다닐 수가 없었어요. 그도 그럴 것이 아버님은 욕심이 강해서 동문 한 푼도 남에게 준 일도 없고 한 줌의 쌀도 내준 바 없습니다."

"부자들을 보면 보통은 다 그런가 봅니다. 참아 내는 수밖에 없습니다."

"주위에서 손가락질하는 것도 모르고 누가 뭐래도 극기(克己)라고 여겨 이겨내야 한다고 스님처럼 그리 말합니다."

방하생은 방긋 웃어 보였다.

"그것은 병이 아니어서 약은 없습니다."

나개 화상은 방의의 말에 반문하며 뒤돌아섰다.

"방의! 왜 병이 아니겠는가? 마음을 열어야 가슴이 시원하고 세상 돌아가는 것을 알 텐데 그것은 마음의 병이야. 소위 재물병이지."

"마음의 병은 스스로 깨달아 고쳐 나가야지, 약을 먹는다고 낫지는 않습니다."

무심히 내뱉는 방하생 의원을 보던 화상은 야속하다고 말을 이었다.

"세상에 수전노는 많은데 자식으로서 걱정이 심하여 약 처방까지 주문하는 것을 보면 대부님도 병세가 심한 처지구려."

제 소저는 얼굴을 붉히며 화상에게 돌아섰다.

"예, 오죽하면 고을 사람들이 제 별갑 뒤에는 개들도 따라가다가 먹어 볼 것이 없다고 뒤돌아선다고 합니다. 심지어 대변보기도 아까워 염소 똥같이 딱딱하여 변비도 달고 삽니다."

나개는 진지한 얼굴로 방 약의에게 지시한다.

"제 소저의 말이 그러하니 우선 대변부터 시원히 볼 수 있는 약을 처방하게. 답답한 속을 훑어 내고 다음은 답답한 머리통을 긁어내는 일이다."

웃어야 할 일을 나개남무(哪箇南舞)는 진지한 표정으로 말했으므로 방의는 일리가 있어 보여 제 소저에게 물었다.

"그럼, 약 처방은 받아 본 바는 있으십니까?"

"몇 달 전에 아버님은 일생일대에 딱 한 번 단약을 사 온 일이 있습니다. 영생으로 환생한다는 환생여의단 열 두 알을 먹었던 일이 있어요."

방하생은 고개를 갸우뚱해 보이며 놀라는 기색이 나타났다.

"환생여의단이오?"

두 사람의 말에 안쪽 방에서 웃지 못할 황당한 말을 듣던 매선 부인이 방문을 열고 황급히 나왔다.

"대부님께서 손수 환생여의단을 사셨다니 어디서 주문했는지 아세요?"

나개 화상과 제 소저는 다급히 서두르는 부인을 보며 의아해했다.

"양주에 갔다가 구해 오셨는데 그 경로는 아실 것입니다. 그런데 아버님은 누가 물으면 절대 답을 해 주지 않습니다. 소저가 물어도 말입니다."

"그건 또 무슨 말인가?"

제신옥 소저를 바라보는 매선 부인은 조바심이 일었다. 두기호 사숙과 식솔들을 찾는데 힘써오던 마님으로서 환생여의단(環生如意丹)은 의가장의 단약이었기 때문이다.

"우선 돈을 드리든지 선물을 드려 보도록 하지요. 무슨 선물을 드리면 제일 만족할까요?"

"아버님 허물을 말씀하는 것이 불효임을 알고 있습니다. 소저도 너무 답답하여 병의원을 찾았던 것이오. 용서해 주십시오."

화상은 고개를 끄덕이며 그 심정을 헤아릴 수 있었다.

"친구에게도 이웃에게도 나다닐 수 없다면 이해한다. 금전이 억만 금 있으면 무엇 하겠는가. 주인 마님 말씀에 대답해 보게."

소저는 마님에게 돌아서며 대답했다.

"이야기를 좋아하며 가끔은 만담가를 초빙하여 푼 돈 쓰는 것이 낙이기도 합니다."

나개 화상은 손뼉을 딱 치고는 부인을 보며 일렀다.

"그 일이라면 여기 파계승이 해 보겠습니다. 귀곡 이야기? 아니면 황소 고집 이야기? 무슨 만담을 좋아하실는지."

"우리 아버님은 부자 되는 이야기와 황금 이야기를 좋아합니다. 스님께서 그렇게 해주시겠습니까? 그러다 보면 마음이 열려 나에게 말해 줄 수도 있습니다."

매선녀 매선 부인은 서둘렀다. 방의에게 열자대보탕과 속 시원히 대변을 볼 수 있는 하오대통문 약제도 준비시켜 상배 고을로 향했다.

상배 고을은 합비에서 동쪽으로 양주에 가는 대로였으므로 태상마의 마차는 편안히 달리고 있었다. 산 하나 보이지 않는 넓은 들판을 바라보던 매선 부인이 입을 열었다.

"스님은 무슨 방법으로 제 별감의 마음을 돌릴 수 있다고 생각하십니까?"

"중국에 이런 말이 있지요. 소에게 시경과 음악을 연주하며 여인들이 춤을 추어도, 소는 여물만 계속 먹을 뿐이지 감이 가지 않는다고 합니다. 그것은 듣지 못해서가 아니라 귀에 들어맞지 않기 때문입니다. 반대로 어미 잃은 송아지가 음매 하고 울면 두 귀를 쫑긋하여 뒤돌아본다고 합니다. 이와 같이 우이독경(牛耳讀經)인 제 별감에게 그에 걸맞은 이야기를 해드리고 약제를 복용하여 대변도 시원히 보게 하면 나아질 것입니다."

부인은 발그레한 얼굴을 펴 보이며 웃음이 절로 나왔다.

"호 호 호…! 대사님은 산전수전 다 겪으면서 선객, 식객으로 돌아다녔으니 그럴 수도 있겠군요. 아무튼 환생여의단 출처를 찾아 주면 고맙겠습니다."

"노신은 대사나 스님 자격을 잃은 선객(禪客)이라 부인마저 이러시면 산속으로 올라가라는 말씀이어서 부끄럽습니다."

제 별감 댁은 높은 울담으로 둘러진 울타리 안에 두 채의 고래 등 같은 기와집이었다. 젊을 때 향교에 출입하여 돈으로 얻은 별감(別監) 직함이 있어 제 별감(齊別監)이라고 하나, 보통 방리 주민들은 수전노인 그를 제전노 또는 제 노랭이라 통하여 부르고 있었다.

그래서 어머님 없이 자라난 제신옥 소저는 제물에 노예가 된 아버님을 안타깝게 여겼으며 오촌 숙부로부터 약 처방까지 권해 받았던 것이다.

조용한 대문가를 바라보던 나개가 말을 던졌다.

"역시 대부님 혼자 생활을 하신다니 집안이 조용하겠습니다."

마차에서 내리던 제 소저가 고개를 끄덕였다.

"그렇지요. 신년을 맞는 춘절에는 종친들이 모여 십여 일 동안은 대단합니다. 그 외로는 소작농 부객을 담당하는 부사들만 가끔 드나들 뿐입니다."

마당에 들어서자, 이 집 마부인 마승자(馬承子)가 제 소저를 반갑게 맞았다.

대청에는 제 별감이 앉아 있었는데 곁에는 친척 되는 부인이 첩을 들일 것을 권하고 있었다.

사모를 쓴 제 별감은 꽃무늬 비단옷을 입었는데, 십 년은 되어 보이는 옷은 무늬가 흐려져 있어 무명옷처럼 보였다. 호모로 된 의자는 조금만 더 사용하면 가죽 의자가 될 듯싶었다.

이들 신상에 의구심을 품자, 제 소저는 아버님을 방으로 안내하여 자초지종을 말씀드리고 대청으로 나왔다.

"제 별감 어르신 강녕하셨습니까?"

나개승은 초조한 그의 신상에 친근감을 느끼며 인사를 했다.

"그렇소만, 귀인들은 당산 약포에서 왕림하셨다는데 기력을 돕는 약 첩까지 주어서 고맙습니다."

매선 부인과 나개 화상 그리고 제 소저는 맞은 편에 나란히 앉으며 부인이 입을 열었다.

　"우리 약포에서 긴히 구하고자 하는 약제가 있는데 환생여의단(環生如意丹)의 출처를 알고 싶어 찾아뵈었습니다."

　제 별감은 천장으로 눈을 돌리고 나서 엉뚱하게 입을 열었다.

　"신옥이에게 들었소만, 그 말씀이라면 약첩을 도로 갖고 돌아가 주시지요. 그분은 환생여의단이 세상에 알려지면 안 된다고 비밀로 당부하셨소."

　매선 부인의 당부에 단호히 거두절미하고 자리를 뜨려고 했다.

　굴러다니는 돌멩이도 구하고자 부탁하면 흔히들 내 주지 않는다. 아무 말 없이 가만히 두면 밖으로 내다 버릴 물건인데도 말이다. 제 신옥 소저의 말대로 남이 좋을 일은 절대 하지 않을 위인인 것 같다.

　나개 화상은 의자를 끌어다 앉으며 말담을 늘어놓았다.

　"제 대부님, 나는 중원을 두루 돌아다니며 세상 쓴맛 신맛을 다 보고 삽니다. 가난했던 사람이 하루아침에 부자가 되고 부자가 하루아침에 망하는 꼴도 수없이 보았습니다."

　별감은 턱을 한 번 쓸고 그 말에 대답했다.

　"나개 스님은 난세에 살았나 봅니다. 나라가 뒤바뀌거나 역적 모함에 빠지지 않으면 부자는 영원한 부자이고 돈만 있으면 불로장생의 연단(鍊丹)도 사 먹을 수 있어요. 그래서 하늘은 나에게 돈을 주었고 지금은 영생을 내려 주실 것으로 믿어 의심치 않습니다."

　니개숭은 이 어른의 고집이 보통이 아님을 알고 대답했다.

　"영생은 믿음으로 얻는 것이고 재물은 이웃에게 베풀어 사랑과 복을 얻는 것입니다."

"무슨 얼어 죽을 믿음이오, 돈만 있으면 처녀 불알도 살 수 있고, 귀신도 부릴 수 있다고 합니다."

돈만 있으면 없는 것도 살 수 있다는 비유인데 여식 앞에서 말버릇도 그렇고 자기중심적이었다.

"예, 두툼한 돈지갑을 무겁다고 생각하는 사람은 없습니다. 동쪽 하늘에서 해와 달이 세상에 떠오르면 사람들은 그것을 보고 자기만을 바라보는 것 같고 자기만을 위하는 것처럼 보입니다. 그렇지만 해와 달은 만물을 포용하고 미물들까지 살펴 나가니 그대가 있는지 없는지조차 알지 못할 것입니다."

그가 일어서려고 하자, 나개 화상은 우이독경(牛耳讀經)임을 인식하고 어느 지방의 이야기를 꺼내었다.

"어느 고을에 봇짐 방물 장수가 있었지요. 그는 아들을 데리고 장삿길을 떠났습니다."

이야기를 좋아하는 제 별감은 웃음까지 지어 보이며 자리에 앉았다.

"그들은 봇짐 상자를 짊어지고 돌아다니며 장사를 하면서도 얼마나 인색했던지 물 한 모금 사 먹지 않았다고 합니다. 배가 쪼륵 대면 아무 집에나 들어가 밥 한 술씩 얻어먹고 그것도 여의찮을 때는 굶기를 밥 먹듯 했다고 합니다."

제 별감은 그 말을 듣고 히죽거렸다.

"히히히. 그것들 입에 풀칠을 못 했으니 굶기를 붕어 물 먹듯 했겠지. 밥을 먹다니오."

"맞는 말씀입니다. 아들도 그와 같이 말하지요"

하고는 나개남무(挪箇南舞)는 이야기를 이었다.

"사람들은 우릴 보고 굶기를 밥 먹듯 한다는데."

아비가 대답했다.

"그것 봐. 굶기를 밥 먹듯 한다면 그야 우리가 잘 먹는다는 말이지."

어느 고을에 들어섰을 때 여인들은 바구니를 들고 남자들은 삼베 옷과 말쑥한 차림으로 드나드는 집을 본 아버지는 옳다구나 하고 아들에게 일렀다.

"오늘 저 집이 초상집 같구나. 변을 보고 창자를 모두 비워 두어라."

마침, 초상집을 만난 두 부자는 얻어먹는데 도가 트인 사람들이라 영전에 넙죽 엎드렸다.

"아이고 은사님, 살아 계실 때 아껴 주시고 도와주시던 은사님이 갑자기 세상을 떠나다니 어인 일이십니까."

한 번 울먹인 값으로 오랜만에 푸짐하게 배불리 먹었다. 그들은 상위에 오른 음식은 거의 다 먹었으므로 배가 불러 더는 먹을 수 없었다. 상위에 남은 것은 술밖에 없었으므로 어깨에 걸어 놓은 호리병에 술을 죄다 담고 그 집을 나왔다.

아비가 말했다.

"저들은 우리가 부자인 것도 모르고 우습게 보겠지?"

"그렇지만 돈은 우리보다 어림 반 푼어치도 없으면서 떠드니 세상 사람들이 바보로 보여요"

반나절을 돌아다니던 두 부자는 술을 먹고 싶어 호리병으로 고개를 자주 돌렸다. 할 수 없이 길옆에 자리를 마련하고 아버지가 말했다.

"사발에 부어서 먹으면 이틀이면 모두 동이 날 것 같다. 손가락으로 찍어 발라 먹는 것이 좋겠지."

"아버님 말씀이 옳아요. 그러면 며칠은 먹을 수 있으니까요"

아들은 아버지의 눈총을 보아가며 세 번이나 양 손가락으로 찍어 쭉쭉 빨았다. 아버지는 깜짝 놀라며 일렀다.

"한 번 찍어 빨면 한 잔인데 너는 다섯 잔씩 먹었다. 그렇게 폭음하여 취하면 어떻게 건지?"

이렇게 말하며 나개는 제 영감을 슬쩍 보았다.

제 영감은 흥미 있게 듣다가 입을 벌리고 고개를 끄덕였다.

"나도 한 끼에 두 잔씩 먹으려다가 한 잔씩 먹었지만, 앞으로는 반 잔씩 먹든지 아예 끊어 버려야겠어."

제 소저도 흥미 있게 듣다가 아버지를 바라보았다.

"왜요? 아버지는 취하는 게 술이라는데."

"허긴 그렇다만 조금 지나면 깨어 버린다. 돈을 써가면서 술 사 먹을 필요가 있겠어? 술값은 점점 올라가는데."

나개 화상이 수긍이 가는 것은 비싼 술도 조금 지나면 깨어 버리니 돈을 쓸 필요가 없다는 것은 사실이다. 잠시 이야기가 끊기자, 제 소저가 낭랑한 목소리로 물었다.

"술을 찍어 먹던 노상의 방물장수는 어떻게 되었습니까?"

"그 아버지는 돌아다니며 억만금의 돈은 벌었으나, 얼큰히 취한다는 말은 들었는데도 한 번도 취해 보지는 못했었지."

제 별감이 벌떡 허리를 펴고 말했다.

"깍쟁이 같은 영감탱이라고. 돈은 벌어서 무엇에 쓰나, 마음껏 취해보지도 못하고."

마치 자기 일 같이 말하다가 자신을 돌아보는 것 같아 깜짝 놀랐다. 아버님을 보던 제 소저는 얼른 물었다.

"그럼, 부자가 되어서도 돈이 아까워 술 한 사발도 먹어 보지 못했단 말이에요?"

"그래서 돌아간 뒤에 아들은 아버지가 너무 가련하여 초하루나 보름날은 아버님 무덤에 찾아가 술을 부었다고 하지요"

제 별감도 덩달아 말했다.

"불효막심한 놈이구나. 아버지가 모아 놓은 돈을 물 붓듯 땅에 부어 버리다니. 아깝지도 않은가?"

나개 화상은 고개를 끄덕이며 말을 이었다.

"그것도 효심이지요. 억만금이 있으면 무엇 하겠습니까? 먹지도 않고 쓰지도 않으면서 모아 놓은 재물이 다 허무하지요. 내가 아는 이웃 양반도 이와 같이 고생하며 많은 재산을 모았는데 죽고 나자 칠촌 조카를 양으로 들였습니다. 그 조카는 돈 쓰기를 낙으로 살았던 터라 양가의 재산을 모두 탕진하고 객지로 떠나버렸습니다."

제 별감은 무엇인가 가슴에 닿는 듯하여 허무한 감정이 전신을 강타했다.

안색이 변하며 마음이 동요됨을 직감한 매선 부인은 나개 화상이 대견스러워 보였다.

이에 힘입어 적극적으로 말을 이었다.

"옛말에 진정한 부자는 사방 백 리 안에는 굶어 죽는 사람이 없어

야만 진정한 부자라고 하였습니다."

제 별감은 이 파계승이 자신의 운명을 말하는 것 같아 회한과 번뇌가 밀려 들어왔다. 그러면서도 자존심이 있어 마음은 트지 않았다.

"나는 돈으로 영생을 산다고 하지 않소. 나는 늙지 않으며 그들과 같지 않을 것입니다."

나개승은 창밖을 보고 석양에 기우는 태양을 가리켰다.

혜불 법사가 화성사에서 학소에게 말했던 것처럼, 시간이 있기 전에 태양이 먼저라는 말을 했다.

"저 태양은 반드시 지고 어둠이 찾아옵니다. 얼마 없어 다음 날이라는 여명이 일며 태양은 반드시 떠오릅니다. 이와 같이 우리는 날수를 먹어 반드시 늙어 죽게 마련이고, 저기 대문 밖에서 놀고 있는 아이들은 반드시 자라나 어른이 될 것입니다."

침중하고 고귀한 그의 말에 모두 그 뜻을 새기느라 침묵이 흘렀다.

기우는 태양을 바라보던 나개승은 제 별감 쪽으로 눈을 돌렸다.

"도가(道家)에서 말하는 것인데, 와야 하는 것은 반드시 오고 가야 하는 것은 당연히 흘러갑니다. 제 대부님이나 나도 살 만큼 살았으면 제아무리 영생을 원할지라도 얼마 후에는 병들어 누워있을 것입니다. 영초를 먹고 연단을 드시고 벌떡 일어나려고 몸부림쳐 보지만 그대의 병석에는 영애인 신옥이와 친족들이 모여들어 울음을 터뜨립니다. 그리고, 그대가 가장 두려워하는 일이 있을 것이니 그것은 문풍지가 흔들거리며 저승사자가 찾아와 창문을 두드릴 것입니다."

이웃 친척들이 종명 하는 모습을 보아 온 제 별감은 얼굴이 창백

해졌다.

나개 화상은 성게 닭살 같은 머리를 돌려 창문을 응시하며 차사같이 입을 열었다.

"차사는 검은 신복(神服)에 구렁이 같은 팔뚝을 내밀며 나타나 붉은 글씨로 된 당신 명함이 있는 적패지(赤牌指)를 내보입니다. 붉은 눈두덩에 검은 부엉이의 눈으로 죽어가는 이를 노려볼 것입니다. 일견하기에도 무섭기가 그지없지요. 황제도 대장군도 오랏줄로 묶어 낸다는 저승차사니까 말입니다."

제 별감은 목젖이 꿀꺽 올라 갔다가 내리며 다그쳐 물었다.

"그래서요?"

"우레와 같은 목소리로 저승사자는 당신이 저승으로 갈 때가 되었음을 선포합니다. 살아있는 사람에게는 형체도 안 보이고 목소리도 안 들리지만, 종명(終命) 하는 이에게는 말씀과 차사 얼굴이 모두 드러납니다."

"-'아이고, 차사님 조금만 지체하여 주십시오. 저 아이에게 유언할 일이 있습니다.-'하고 두 손을 비비며 하소연하여 보지만 비정한 차사는 시간이 없다고 재촉합니다."

'차사님, 나는 일생 재물을 많이 모았는데 그것을 반 분 드리겠으며 나도 조금 들고 가게 해주십시오.' 하고 금전, 은전을 갖다주지만 차사는 코웃음을 칩니다. 저승에 가면 금, 은, 보화는 쓰지 않으며 거리에 돌멩이들이 금과 은이며 쓰레기통에 들어 있는 것들이 귀금속이라고 말씀하지요. 그리고 행차 길이 바쁘다고 망인의 육신과 영혼을 묶어 냅니다. 망자는 목이 말라 애원하지요. 자식에게서 냉수라도 한 모금 마시게 해 달라고 사정하지만 허사입니다. 오랏줄로 꽁꽁 얽어매면 손톱 발톱에 검은 피가 맺히게 됩니다. 그리고 망인의 혼령을 데리고 영결종천(永訣終天)하여 저승길로 들어가니 모든 것이 공수래 공수거(空手來 空手去)가 되는 셈이지요."

이야기를 좋아하던 제 별감은 벌떡 일어나 침방으로 건너갔다. 매선 부인도 무심한 눈빛으로 나개 화상을 쳐다보았다.

"그리 놀라워 마시오. 소승은 지장보살을 모시는 화상이 아닙니까. 춘추시대 경사자집(經史子集)에 옥황상제의 제상이었던 강림(姜任)이 처사가 되어 하늘과 땅을 오가며 그리했다고 했고, 탐라도에서 화성사에 오셨던 무속인이 그리 말씀도 하셨습니다. 그때 탐라도 무속인한테 배운 설화 같은 언담입니다."

부인은 탐라도라는 말에 또 한 번 놀랐다. 그것은 그 섬과 엮여 있는 일이 많기 때문이다.

"탐라도에서 화성사까지요?"

"그래요. 그분은 남자 박수무당인데 지옥에 있는 영혼들을 어떻게 하면 구할 수 있을까에 관심이 지대했습니다. 하지만 불심이 약하여 한 달도 못 살아 떠났습니다."

제신옥 소저도 아버님이 걱정되어 따라 들어갔다.

부녀가 사라지자 쓸쓸히 앉아 있던 매선 부인이 나개승에게 말문을 열었다.

"선객님 설문에 소부도 감탄하였습니다. 인생사가 허무하다는 것을 실감시켰으니 화성사의 대사님이 맞습니다."

"나는 유명계를 드나들고자 하는 파계승이오. 우리 김교각(金喬

覺) 선사님은 지금도 지옥이 텅 빌 때까지 성불하지 않겠다고 지옥을 드나드는 지장보살 아닙니까? 땅속에 감추어진 지장(地藏)과 영혼을 구하고자 말입니다."

"그럼 한 가지 더 물어도 될까요?"

나개남무는 조용히 침묵해 있었다.

"영생에 관한 말씀이오?"

"그렇다고 볼 수 있어요. 말씀대로 우리는 반드시 가고 오는 것을 잊고 사는데 대사님은 영생을 찾아 유명계를 찾고 있습니다."

나개승은 잠시 눈을 감았다가 질문의 요지를 비켜 대답했다.

"나는 제 소저의 부탁을 받고 방의생을 대신하여 병 치료에 임했던 것이며 도인들이 말하는 영생불사의 허무함을 이야기한 것뿐입니다.

도가에는 불로장생이 있지만, 우리 불가에는 열반(涅槃)이라는 것이 있습니다. 도가는 육신까지 영생하려는 영욕의 어리석음이겠지만 우리는 영혼의 정신세계입니다."

나개남무는 알다 가도 모를 파계승이라고 느끼게 했다.

"스님은 늙는 원인에 몰두하셨다고 했습니다. 그래서 토번에 척산촌수(尺山寸守) 대사까지 찾으셨다고 했는데 노인 소리 안 듣는 방법은 찾아내셨습니까?"

"그놈이 대사인지 뭔지 하는 노인네 말입니다. 늙지 않는 방법이 무엇일까 하고 잔뜩 부풀어 천 리 길도 마다 않고 찾아갔었습니다. 노인네 하는 말이 뭐? 늙기 전에 죽어 버리면 노인 소리 안 듣고 젊게 세상을 살았다고 말할 수 있다고 하더군요. 젊을 때 죽은 혼귀는 저승 가서도 젊게 사는데 아등바등 늙게 사시면 저승 가서도 노인 소리 들으면서 산다고 하셨지요."

옆에 있던 방하생 약의가 웃어 보였다.

"어떻든 관심은 많으시지 않습니까."

"중국에 이런 말이 있지. '천천히 하는 것은 좋은데 멈출까 봐 두렵다.'라는 만만래(慢慢來) 철학이 있습니다. 이것은 일상생활에 비유한 말이지만, 더 깊이 들어간다면 머리카락이 자라는 시공간을 생각해 봅시다.

그 속에 멈추어 버릴까 하는 시각을 잘 표현되어 있지요. 바로 그러한 시공간을 찾고 있습니다."

방문이 열리며 제 소저가 발그레한 얼굴로 화색이 짙어 보였다.

"아버님은 마음이 동요되고 있어요. 닫았던 문을 열고 있습니다."

"잘 되었구나. 별감님은 지금까지 죽어갈 것을 부정하며 살았었다. 십 년이라는 생명의 한계선을 알았는데 좌절과 체념으로 한동안 말이 없을 것이다. 이것이 우울증으로 제 소저가 잘 보살펴 주어야 한다."

제 소저는 나개승의 말을 들으며 매선 부인에게 얼굴을 돌렸다.

"환생여의단 말씀을 묻고 싶었으나 일을 그르칠까 두려워 천천히 알아내겠습니다. 그때는 당산 약포를 방문하겠사오니 기다려주십시오."

바지 내린 서생

처마가 기다란 토옥(土屋) 객점이었다.

객점이라기보다 여인숙에 가까운 초상여점(初商旅店)으로 상인들이 여로를 푸는 숙식을 겸비한 곳이기도 하다.

황로객점(簧路客店)이라는 간판에 걸맞게 서장과 장안 그리고 벽령사 석굴로 가는 황토대로 삼거리였는데 늘 상 손님들이 이어졌다.

오늘도 이십여 명의 길손들이 몇몇 곳에서 점심과 싸구려 술판을 내고 있었다. 늦게 들어온 손님들은 김이 솟는 녹차를 마시고 있었다.

대막에서 날아드는 먼지는 코와 입술 주변에 달라붙는다. 이 먼지를 씻어 내리는데 녹차가 으뜸이다. 녹차는 황토물 수질도 맑게 할 수 있다고 한다.

학소는 차 한 잔을 마시고 조금 전부터 무엇을 먹을 수 있을까 하고 한쪽 주머니에 손을 넣어 동전 한 닢을 조몰락거리고 있었다.

들판을 내리쬐는 태양 아래 대지를 식히는 바람은 뿌연 먼지를 날리며 토옥 창가에도 뿌리고 있었다.

물이 맑고 먹을거리가 풍부하다는 어미지향(魚米之鄕)에서 자라온 그는 메마른 황토 벌판을 온종일 걸었고 황토색 밀밥을 얻어먹으며 황토물을 마셨다. 지금 황토 토옥에 들어서고 보니 황토 피부의 중원인들이 모여 있어 나도 황하족임을 실감했다.

입성은 구채구 백하칠가(白河漆家)에서 내어주었던 엷은 비단옷에 그 위에 망사의 당의(唐衣)를 걸쳤는데, 황토 먼지가 누렇게 묻어있어 소가죽을 연상하게 했다.
　그는 창 너머 삼거리 쪽을 바라보며 남쪽 장안으로 가는 것이 며칠을 걸어야 할지 곰곰이 생각하고 있었다.
　손님들은 수저를 들다 말고 학소 쪽으로 고개를 돌렸다. 그는 청승맞게 앉아 있는 것이 민망하여 밖으로 눈길을 돌렸는데 그들은 나를 보는 것이 아니었다.
　서쪽 대로에서 백의의 중년인이 백마를 타고 보무도 당당하게 들어오고 있었다. 여주인은 차례가 있는지라 학소에게 다가서며 물었다.
　"무엇을 드시렵니까? 간단한 점심이라면 금방 올리겠습니다."
　그는 주머니에서 조몰락거리던 동전 한 닢을 내밀었다.
　주인은 그가 내민 동전을 물끄러미 보다가 어이없어했다.
　"옛날 동전은 받지 않습니다. 당신 수중에 무일푼인 것 같아 통만두 두 개는 드릴 수 있습니다."
　그래도 돈이 없다고 발길질하며 내쫓지 않은 것만 하여도 어디인가.
　그는 고개를 끄덕이다가 만두 두 개는 간이 잘 섯 같지가 않아 흥정에 들어갔다.
　"주인마님은 잘 모르는 소리요. 나는 어느 날 산중을 걷다가 산신령을 만났는데 신령은 이 동전을 소지하면 돈을 부르는 힘이 있다고 하여 부자가 될 것이라고 하면서 귀하게 얻은 동전이라오."

"호호호. 말씀도 잘 하시어라. 그러시면 젊은이가 모실 것이지 만두 몇 개 하고 바꿀 작정이세요?"

그는 구채구 도군목가에서 야차 같은 얼굴은 사라진 지는 오래였고 지금은 편안하고 잔잔한 얼굴에서 미소까지 지어 보였다.

"딴은 그렇습니다만, 지금 나는 부자가 되는 것이 문제가 아니라 며칠 굶어 죽게 되어 죽은 뒤에 망자가 부자 되는 것 봤소?"

주인은 부처 같은 얼굴에 웃음이 서린 모습이 마치 벽령사 석굴 어느 불전에 앉았다가 세상 구경 나온 생불 같았다. 그리고 말씀까지 앞뒤가 맞는 말에 주인은 할 말을 잃었다가 대답했다.

"한나라 때 동전이에요. 당신 말대로 잘 닦고 보면 빛날 것 같아 그리 해보겠수. 값은 통만두와 소병 다섯에 빈대떡 하나면 충분한 요기가 될 거예요."

그때였다. 어디서 날아왔는지 학소의 탁자 위에 은닢 하나가 떨어졌다.

또르르르…….

은닢은 탁자 위에서 빙글빙글 소리를 내며 돌다가 눕혀졌다. 비슬로 탁자 위에 떨어지는 것을 학소는 알고 있었으나 주인은 어리둥절했다. 마치 앞에 있는 젊은 손님이 술수를 부리는 것으로 보여 무어라 말하려고 했다.

처마 끝을 돌아 정확하게 탁자 위에 떨어진다는 것은 보통 솜씨가 아니다.

백의의 중년인은 뿌연 먼지를 털면서 학소 쪽으로 걸어왔다.

"주인! 이 정도면 이 집 최고의 요리와 술값은 될 것이오. 그 녹슨 동전은 내 것으로 합시다."

그 말을 들은 주인은 두 눈이 밝아지며 탁자 위에 은전을 받아 쥐었다.

백의인도 여주인이 내미는 옛날 동전을 받아 쥐고 학소 앞에 동석했다.

그는 동전 가운데 사각 구멍에 주단실로 꿰어 걸었다.

"자네 말대로 내가 집에 돌아 가면 아들 목에 걸어 놓을 테니 차후 부자가 되는지 같이 보기로 합시다."

그는 전작이 있어 술향기를 풍기며 웃는 얼굴이 남자답게 강건해 보였다.

학소는 녹슨 동전을 놓고 만만해 보이는 여주인과 놀아난 것 같아 송구스러웠다.

"결례했습니다. 저는 진학소라고 합니다."

"결례라니오? 그 말은 내가 할 말이고 나는 진성에서 온 방천수라는 사람입니다."

방천수라는 말에 몇몇 사람과 주인은 놀라는 기색이 역력했다.

학소가 알기에도 방천수는 사천에서 의병 의장 중 한 사람이었고 강호에서는 천수검(天手劍)으로 알려진 협객이었다. 은전 닢보다 그의 명성이 효력이 있어서인지 주인 내외분이 한 상 가득 늘고 와 탁자 위에 올려지고 있었다.

"시골이다 보니 차린 것이 없어 있는 데로 정성껏 올리오니 부족하면 하명하십시오."

"당치도 않게 하명이라니 이 젊은이에게 물어보시오."

바지 내린 서생 43

그의 말에 붉은 콧수염을 가진 남자 주인은 허리를 반쯤 굽혀 학소 쪽으로 공수했다.

배고픔을 이기지 못하여 닭다리를 한 움큼 입에 물었던 터라 그는 연신 고개만 끄덕였다.

천수검 방천수는 돌아서려는 주인을 불러 세웠다.

"나는 서하국 홍경부로 가려는데 관도 말고 간도(間道)가 있지 않소? 동쪽으로 보이는 좁은 길이 그 샛길인가요?"

남자 주인은 그의 등에 메어있는 백영검(白影劍)을 보며 걱정스러운 눈길로 대답했다.

"유양수(柳陽守)의 지옥도 라고도 하고 대천도(大天道)이기도 합니다. 그 길은 저승차사가 다닌다는 길로 샛길은 되오나 일이 지체될 텐데 대로로 떠나십시오."

그의 말에 방천수는 불끈 얼굴에 열을 돋우며 일갈을 토했다.

"란주 지방에 와서 익히 들었다. 유양수라는 방자한 놈이 터줏대감을 하며 호걸들 앞에서 하마를 하고 낙검을 하라는 것이 어떤 일인가? 당신은 이웃이라 아는 대로 말해 보시오"

주인은 짐짓 난처한 얼굴을 하더니 입을 열었다.

"여기 오천산(五泉山) 맞은편에 오천사(五泉寺)가 있습니다. 한 무제 때 흉노족을 토벌하러 가던 중 병사들이 물이 모자라 아우성을 쳤다고 합니다. 그래서 한 무제는 말을 타고 돌며 말발굽으로 다섯 곳에 물을 찾았다고 합니다. 여기에서 나오는 물이 너무 맑아 신이 내린 물이라고 하여 사람들은 경의를 표하는 뜻으로 하마를 해야 한다고 하는 게 그 이유입니다.

낙검은 이십 년 전 오천사에서 승려들과 울담을 보수하던 석공들을 무림인들이 도륙내었다 하여 낙검하라는 게 그 명분입죠."

방천수는 술기운을 풍기며 씨익 웃어 보였다.

"방자한 놈이 그럴듯하구나. 멋있는 놈이기는 한데 그놈을 잡으려면 어느 쪽으로 가야 하는가?"

객점 안에 있던 이십여 명의 사람들은 사나이다운 그의 기개를 부러운 눈으로 바라보며 한편으로는 흥미 있는 결투가 될 것이라고 생각했다.

객점 주인 부평은 이 사람이 의적 활동을 하며 관병을 무찌르던 자였고 정정당당한 장수라 믿어 아깝게 여겼지만, 그가 다그치는 바람에 사실들을 말했다.

"간도로 가다 보면 한 무제가 찾았다는 국월천, 모자천, 혜천, 몽천이 나오는데 유양검은 혜천이 있는 오천사와 승경사 쪽에 주로 몸을 둡니다. 허니 그의 명분을 생각하여 관도로 떠나십시오."

"뭣이? 명분?"

와지끈!

말이 끝남과 동시에 탁자와 의자를 걷어찼다. 주인을 걷어차지 않은 것이 다행이며 그는 불의를 보면 화를 못 참는 성질로 그것도 명분이라 말하며 놀아가라는 의도로 화가 났다. 부인에게는 그의 말이 조롱거리가 되고 말았다.

학소는 언뜻 탁자가 자신을 까부술 것이라 짐작되어 놀러 놓았고, 음식을 뒤집어쓰시 않기 위해 입으로 불어세꼈나. 그의 무의식적인 행동에 탁자의 반쪽과 의자가 산산이 부수어져 음식과 널조각이 비오듯이 사방에 뿌려졌다.

음식 찌꺼기를 뒤집어쓴 손님들은 방천수의 눈치를 보며 털어냈고 슬금슬금 밖으로 나갔다.

학소 앞에 반쪽 탁자에는 통닭구이 하나만 고스란히 남아 있었다.

그는 입김을 불었는데 티끌 하나 접근하지 못하여 깨끗한 자신을 보며 나에게도 내공의 힘이 있는가 내심 놀랐다.

"진 소협. 미안하오. 그만 홧김에 일어난 일이라 용서하게."

주인은 일을 좋게 만들려다 오히려 협객에게 조롱의 말이 되고 말았으니 꾸벅거리며 사라졌다.

천수검 방천수는 일을 저질러 놓고 손님들에게 무안한 상황에 멋쩍어하며 그의 준마 쪽으로 걸어갔다.

"진 소협, 란주로 들어간다는데 빠른 샛길로 가시려면 내 말 잔등에 타시오, 편하고 빠를 테니까요."

짐짓 위험이 따르는 길이라 생각은 되나, 강호의 방랑자라면 문제 될 것이 없었다. 따라서, 그의 말 등을 짚더니 홀쩍 뒷좌석에 올라탔다. 그렇지 않아도 여러 날 걸었던 터라 말 등이 그리웠다.

준마는 등에 두 사람쯤은 아랑곳없다는 듯이 설렁설렁 가볍게 출발했다.

자리를 비우고 일어섰던 객인들은 무림인이 사라지는 것을 보고 자리로 들어섰다. 백의의 객인이 콧잔등을 비비적거리며 먹던 술자리를 찾고 주인에게 물었다.

"저기 오만한 자가 의병장 방천수라는 사람이오?"

손님들은 음식물을 뒤집어쓰게 만든 예의를 모르는 장수라 여겨 좋게 보일 리 없었다. 방을 정돈하던 주인은 객인의 물음에 찜찜하게 투덜댔다.

"그리 말하니 그런가 싶소. 그도 사천성에서 이순(李順) 장군 밑에서 후촉을 세운다고 대단하다 들었소. 이순 장군이 관군에 의해 잡혀 죽자, 다섯 장수는 뿔뿔이 흩어졌다 하니 외로운 여행이겠지요."

"……."

"나는 동정심으로 관도를 권했는데 대천도(大天道)인 샛길을 택했으면 유양검한테 당할 것이오. 그는 강호의 후기지수(侯起之秀)이며 패한 적이 없는 우리 지방의 젊은이요."

주인의 말이 끝나자, 왼쪽 탁자에서 큰 소리가 들렸다.

"내기 치자."

주인은 소리 나는 쪽을 보며 물었다.

"내(川)를 기치다니 장강물이라도 끊을 심산이오?"

얼굴이 하얀 나그네는 봇짐을 풀어 놓으며 주인에게 답문했다.'

"주인장이 그러시다면 나는 천수검 방 장군에게 걸겠소."

말하는 이는 사십 대 초반으로 얼굴이 말쑥했다. 사람들은 그를 호호자(好呼子=도박꾼) 제오라고 불렀다.

주인은 객인의 얼굴과 봇짐을 훑어보고는 돈이 있음 직해 보이자 내심 만면에 웃음을 띠며 대답했다.

"그러시오. 은자 열 냥은 걸어야 객점을 문 닫고 따라갈 텐데, 나의 장사는 공치지 않습니까?"

"삼 칠 장이요"

"그럼, 누가 삼이고 누가 칠일까요?"

호호자는 흥미 있다고 도박 기운이 찬 어조로 말했다.

"주인장이 말했듯이 유양검은 강호의 후기 지수이며 알려지지 않은 이 지방 최고의 검수라고 했지요. 허니 그가 승률이 칠이고 천수검은 당할 사람이라 삼으로 합시다."

"나는 객점 문을 닫고 열 냥이라면 은자 세 냥을 벌기 위해 모험은 하지 않겠소. 복잡하게 하지 말고 반반으로 하면 걸음을 하겠소이다."

이름도 으스스한 저승차사의 길에 두 사람을 태운 백마가 느릿하게 걷고 있었다. 하얀 백마는 아니어서 잿빛에 가까워 주인은 구름마라고 불렀다.

서장에서 장안으로 들어가는 비단길을 벗어난 샛길 간도(間道)로 지역 사람들은 오천도(五泉道)라고 하였다. 그런데 일 년 전부터 유양검이 나타나면서 대천도(大天道)이며 저승차사의 길로 명명하게 만들었다.

방천수는 술기운이 오른 얼굴로 씽긋 웃어 보이며 혼잣말로 중얼거렸다.

"그래도 사내다운 멋진 놈이야. 검을 들고 하루를 살아도 검수답게 떠들 수 있다니."

검을 쥔 자는 낙검할 것이며, 말을 탄 자는 하마 하라.

중원에 대고 오만방자하게 말하는 자는 이십 대 중후반의 젊은 유양검으로 중고수를 비롯한 몇십 명의 강호인을 처단했다.

서하 세력이 란주까지 내려오며 시국이 불안한 상태라 강호의 검수들이 이 말을 들어서도 여기까지 올라올 형편은 못 되었다.

말 등에서 몸을 끄덕이던 방천수가 침묵을 깨었다.

"진 소협은 무엇 때문에 메마른 황야를 여행하는 것이오?"

한참 침묵에 잠겼던 학소도 입을 열었다.

"곤륜산에 빙백궁이 있다는데 그 산이 일개의 작은 산은 아니지 않습니까. 해서 서녕(西寧)에 있는 평안산(平安山)에 분타가 있다고 하여 찾아보기로 하였습니다. 보는 바와 같이 평안산까지 서하국에 들어갔는데 이대로 돌아갑니다."

말을 마친 학소도 그와 같이 물어보려다 사연이 많은 행로인 것 같아 입이 열리지 않았다. 사방을 돌아보던 방천수는 그 질문에 보답하듯이 간단히 말했다.

"나의 고향 진성도 이 억새 동산처럼 아름답기도 하고 쓸쓸하기도 하지요."

그들은 억새 동산에 잡초를 제치고 무성하게 자란 억새를 바라보았다.

천수검 방천수는 허리에 찼던 호리병을 꺼내고 두어 모금의 술을 마셨다. 그리고 뒤를 돌아보며 씽긋 웃었다. 술향기로 보아 독주임에는 틀림없었다.

"마시겠소?"

좌우로 고개를 흔드는 것을 보고 그는 호리병을 그 자리에 메어놓으며 먼 지평선을 바라본다.

뙤약볕 아래 아지랑이가 일어나고 있으며 풀밭 건너 남쪽에는 기장 밭들이 띄엄띄엄 눈에 들어온다. 그는 시름에 찬 음성으로 입을 열었다.

"술을 빌어 수심을 털어내자니 시름은 더욱 깊어지고 검을 들어 물길을 끊자니 물살은 더욱 세차기만 하오."

절박한 나그네라 여겨 그에게 행선지를 물었다.

"패잔 무인이 가면 어딜 가겠소. 적장에 가는 거지."

"적장이라면 여기서 서하를 말씀하시는 것입니까?"

"그렇다고 볼 수 있지. 우리는 어릴 때 가난했지. 그런데 살 만하니까 세폐가 심하여 도호(逃戶)가 되어버렸네."

"도호라니오?"

"도호를 모르면 문벌 세가에서 살았군. 당말부터 대토지 소유자들은 권력자와 손을 잡으니 세역이 면제되었다. 세역의 대상자들은 중원 전 농토의 일 할도 못 되는 빈농뿐이다. 이들은 세역에 시달려 향촌을 등지고 유랑하며 그날그날 먹고 산다. 향촌을 나와 호적이 없어 관가의 눈을 속여 사는 사람들을 도호(逃戶)라고 하지."

"백성이 억울하면 현령이나 관아에 말씀하시라고 되어 있는데⋯⋯."

"무슨 소리요? 백성은 관리를 고발할 수 없고 아무리 억울해도 지위가 낮으면 지위가 높은 이를 고발할 수 없지. 천민은 양민을 고발할 수 없다. 노예나 소작농이 주인을 고발하면 명의(名義)를 침범한 죄에 해당하여 벌을 받는 것도 모르겠소?"

학소도 노예 생활을 이 년여 동안 겪으면서 얻은 상식들인데, 방 장군은 그래서 의적 활동을 했구나 하는 것을 느끼게 했다. 희석삼이 그렇게 불평했고, 와사녀도 그렇게 하소연했다.

"그래서 말인데 차후 우리 한섭이란 놈이 이 동전을 품고 큰 부자는 말고 가난만 면하여 먼 변방지방에서 도호로 살았으면 좋겠네."

학소는 난감했다. 주막에서 만두 한 개를 더 얻으려고 했던 말이 이분은 진담으로 말하고 있다.

"방 선배님, 사실은 나는 신을 부르는 주술사도 아니고 그 말은……."

"그만! 주술사가 따로 있으며 산신령이 따로 있는 것이 아니오. 아마도 이 동전을 믿으면 그렇게 될 것이고 나도 그리 믿고 있소. 그렇게 될 것이오."

웃음까지 지어 보였지만 패잔병인 방천수가 쓸쓸해 보였다. 술독에 절인 그를 보며 오늘 결투는 말리고 싶지만, 객점 주인의 노파심에 노성을 보고 그의 결심은 막을 수 없을 것 같았다.

드디어 이들은 오천사 앞에 도착하고 있었다.

주위에는 혜천이 두 곳에 연이어 있었고 버드나무가 늘어진 것이 한 점의 바람도 없었다. 연못 중앙으로 연 꽃잎들이 맑은 물을 머금은 체 성성한 자태를 뽐내고 있고, 그 사이 하얀빛, 분홍빛 연꽃들은 드문드문 피어 있어 선경이었다.

두 사람을 실은 한 필의 백마는 혜천에 그림자를 드리우며 늠름하게 절 앞을 지날 때였다. 어디선가 북방초원의 호방한 시 한 수가 들렸다.

"길 잃은 사내는 모름지기 날쌘 말이 필요하고
날쌘 말은 사내가 필요하네.
누런 황토 사막을 달려 본 후에야
자웅을 가릴 수 있다네."

수양버들 쥐어 들고 질양유가무(折楊柳歌舞)에서 양유 가사를 흥얼거리고 있었다.

바지 내린 서생 51

"그리고 내 오늘 여기서
붉은 피를 토하게 되니
어찌 영광이 아니겠는가.!
이긴 자는 수양버들 꺾어 들고
피를 토한 자는 수양버들 안고 쓰러졌네."

시를 읊는 주인공은 깡마른 체격에 묵의를 입었고 챙이 넓은 검은 모자 석모(蓆帽)를 깊이 눌러쓴 모습이 마치 저승차사와 같았다. 그의 신형에 걸맞게 가슴에는 흑검을 품어 안고 있었다.

혜천에 드리웠던 검은 그림자는 마치 하늘을 등진 듯하여 움직였다.

듣던 대로 지옥에서 나온 저승차사처럼 냉엄하기 그지없었다. 드디어 그는 둑에서 내려서며 붉은 입술을 열었다.

"말을 탄 자는 하마하고 검을 맨 자는 낙검하여 백 보를 걸어가시오. 그리하면 백 보 밖에서 모두 돌려 드리리다."

사뭇 명령적이고 협박적인 어투였다. 백마는 그 자리에 멈추어 섰고, 방천수는 되돌아보지 않고 차분한 어조로 반문했다.

"여기 오천도는 우마와 사람이 다니는 길인데 무엇 때문에 하마하겠소? 우리는 란주로 가는 길인데 바쁜 몸이오."

살벌한 분위기는 노상에서 벌어지고 있다. 오천산 집촌에서 묘회(廟會)가 있었는데, 제오 일행이 내기를 거는 통에 입소문이 흘러 사람들이 밀려오기 시작했다. 유양수는 난폭군이 아니었으므로 지방 응원군이 되기도 한다.

똑! 똑! 똑! 또르르 똑! 똑!

오천사에서 정오의 염불 소리와 목탁 소리가 은은히 들리는데 누군가의 영혼을 달래주려는 소리 같기도 하다.

방천수는 말에서 내리는 것이 말이 안 되므로 양발로 등자를 툭툭 치며 걸음을 재촉했다. 유양검 유양수는 날렵하게 몸을 날려 이들 앞에 버티어 섰다.

"선(善) 자는 불래(不來)요. 래(來) 자는 불선(不善)이라 검을 든 자는 불선이오. 대천도(大天道)에 들어섰으면 내 말에 처신하시오."

석모를 이마 위로 밀며 노려보는 눈이 싸늘했다. 양 눈은 백태가 끼어 사악함이 드러났고 얼굴은 하얗고 입술이 유난히 붉어 보였다. 이에 반해 의병장이었던 방천수는 장군의 면모가 드러나 있어 당당함으로 노갈을 터뜨렸다.

"이놈아! 후당에 공겸(孔謙)이라는 대신이 고을 앞 대로에 나와 한 발짝 움직여 땅을 밟으면 이것도 나라 땅이라고 세금을 받았다는데, 네가 그 짝이로구나! 백성이 나라를 만들고 길을 만드는데, 여기에 트집하면 산적이나 날강도들이다!"

고성을 질러 놓고 훌쩍 말에서 내리며 또 으름장을 놓았다.

"내 오늘 산적 한 놈 잡아 이 대로 위에 모가지를 효수(梟首)하겠다."

사기가 흐르는 유양수는 권태로운 자세로 여러 말이 필요 없다는 듯이 검을 빼 들었다.

검집은 묵빛이었는데 몸을 틀어 왼쪽 유방으로 검신을 치켜 세우사, 학소는 내심 경악하시 않을 수 없었다.

검신 한 쪽 면은 묵빛인 데 반해 한쪽 면은 번쩍이는 예리함이 극치를 이루는 것이 보통 검이 아니었다.

황로 객점 주인은 샛길은 지옥도이며 대천도(大天道)라고 하였는데, 이것이 대천검(大天劍)이라는 천도묵검(天道墨劍)인 것을 알았다. 오천사의 불승들이 억울하게 죽었으니 불가에서 사악하게 말하는 이 검이 흘러왔을 것으로 생각했다. 유양수(柳陽守)는 검을 잡으면 가슴이 뛴다. 잠시 후면 누군가는 피를 토하며 땅바닥에 쓰러질 것이고, 이긴 자는 검을 들고 저승으로 가는 그를 바라볼 것이다.

한량들은 치마통을 걷어 여색에 취하며 가슴을 뛰게 만들고 도박꾼은 패를 보며 가슴을 뛰게 만든다. 그와 같이 유양수는 검을 들어 가슴을 뛰게 만들지 못하면 살아 있는 의미가 없는 사나이였다. 그래서 여기 산적들이며 길을 지나는 중고수 무림인이 십여 명의 피를 보았고 그 시체 위에서 승자의 뛰는 가슴을 잠재웠을 것이다.

까강! 깡! 깡! 깡!

둘은 격검을 하며 한 수씩 뿌리고 검리(劍理) 자세를 취했다.

방천수는 장군이라는 칭호에 걸맞게 맹호은림세(猛虎隱淋勢)로 검을 옆으로 돌리며 칼을 반각 굽혀 공중으로 치켜세웠다.

유양수는 풍약일자세(諷躍一刺勢)인데 양다리를 앞뒤로 두는 것을 보면 견적 출검의 자세였다.

방천수는 빙긋이 웃어 보이며 그의 사기에 개의치 않았다.

"내 오늘 황토 고원을 건너고자 하는데 차사의 길을 만들어 놓고 건방을 떠는 만행을 가만히 볼 수가 없지."

말이 없던 유양수도 붉은 입을 무겁게 열었다.

"그래, 나는 만인을 태동시키고 천인을 종천(終天) 시키는 대천차사다!"

일갈을 터뜨리며 살생상극(殺生相剋) 음양결(陰陽訣)로 검결을 뿌렸다.

까 강! 깡!

날쌘 까마귀가 사방에 흩뿌려지듯이 검신은 찾을 수 없었고 그의 신형은 묵빛으로 변하였다. 살초가 연이어 출검하므로, 방천수는 하얀 솜뭉치가 솟구치며 하늘을 나는 천마인 양 이섭대천 초식으로 맞서 나갔다. 관병과 관아에서 매관매직하던 능물들을 베어내던 검풍은 살아 있었다. 학소는 온화하게 이야기하던 방천수에 대해서도 놀라고 있었다. 살초가 나감으로 그에게서 떠오르는 기도와 강기는 보는 이로 하여금 압도할 위력과 힘이 실려 있었다.

검풍들이 지나자 호면 위 수면에 잔잔한 물결이 일며 버드나무잎들이 우수수 떨어졌다.

유양검의 결투 소식을 접한 오천산 집촌 묘회에 있던 사람들이 줄줄이 모이기 시작했으며 제오 일행도 보였다. 묘회(廟會)에는 알록달록한 새 옷을 입고 나가 이웃 사람들도 만나고 맛있는 음식도 즐긴다.

거기에도 바람잡이 놀이며 흥행거리가 많은데 이처럼 가슴을 조이며 치열한 싸움거리에는 비할 바 못 된다. 그중에 굴건 젊은이의 걱정에 찬 음성이 들렸다.

"우리 유양검이 밀리지 않는가? 저 봐 뒷걸음질을 보면 내력이 문제일 것이야."

옆에 있던 들창코 사내가 고개를 좌우로 흔들었다.

"지난달 벽호장과 싸울 때도 저렇게 뒤로만 물러섰지. 능선 으슥한 곳에서 결판을 내려는 속셈일지도 몰라."

유양검이 몰리자 사람들은 조바심으로 조용했다. 반면 흐뭇한 사람은 학소와 주막에서 약조했던 은자 이십 냥은 딸 수 있는 호호자 제오와 그 친구뿐인 것 같다. 제오는 친구를 바라보며 크게 말했다.

"사천과 토번 바닥을 헤집고 다니던 천수검 방 장군이 패할 일은 없지."

그렇게 떠들고 발만 동동 구르며 그가 왔던 서쪽으로 연신 고개를 돌렸다.

그의 친구는 아쉬워하는 말소리가 나왔다.

"거 봐! 황토 객점 주인이 도루묵이잖아!"

"글쎄 말이다. 아직도 도착이 안 되었으니 오늘 도박은 무효일 것 같네."

"쯔쯔쯔! 은전 이십 냥은 딸 수 있는 좋은 기회였는데……."

이 둘은 지역 사람들을 보며 우쭐대며 떠들었다.

은잔 살림의 수법으로 일갈의 기합과 함께 펼쳐진 방천수의 움직임은 눈부셨다. 발로 땅을 가볍게 차며 몸을 허공으로 띄우는 순간 흑의 인영은 팽이처럼 몸을 돌리며 검강이 각 방으로 펼쳐 나갔다.

유양수는 가는 버드나무 가지를 잡고 몇 장 뛰어오르는 회전낙법이 보통이 아니었다. 지형이 강둑이라 다섯 보는 호면을 밟고 비행하며 호수 면의 그림자를 놓치지 않았다. 수면에 경형을 보며 나가니 눈이 네 개는 되는 셈이다. 호면을 차고 버드나무 사이로 선회하던 방천수도 장교분수(杖橋噴水) 삼초식으로 맞붙었다.

쨍강거리며 허공에서 마주쳤던 둘은 들판으로 선회하며 약점을 노렸다. 유양수의 귀검혼참(鬼劍魂斬)에 대천(大天)초식을 뿌리며 둘은 하나가 되었다.

깜짝 놀란 학소는 소리치고 싶었다.

'흑살에서 빠져나오라고!'

밖으로 튀어나오는 대천검의 위력이 있었기 때문이다.

흑삼 자락을 펄럭이며 강맹한 내기가 섭전과 같은 속도로 쏘아져 유양수의 검공은 흑야에서 나오는 저승사자 수법이었다.

그 주위에는 검은 밤이었으며 검은 뭉게구름이 은빛 찬란한 방천수의 몸과 하나가 되고 말았다. 검풍으로 밖으로 나오는 다섯 손이 모두 검을 잡았는데 백영검은 둘이고 천도묵검은 셋이었다.

욱!

검날이 맞부딪히던 돌풍 속에서 한 토막의 간장을 끊는 나지막한 고통 소리가 들렸다. 희뿌연 연막이 걷히며 나타난 것은 유양수가 방 장군을 업은 형국이었다. 그런데 그의 등 위에 업혀진 방천수의 등 뒤로는 검날이 삐죽히 보였다. 관전하던 사람들은 숨을 내려 쉬었다. 유양수는 상대에게 등을 보이며 헛점을 드러나 보이게 하고 무안자법(無眼刺法)으로 뒤로 검을 내찌른 것인가 아니면 유양수가 흐트러진 자세를 잡지 못해 엉겹결에 무안자법을 썼는지…….

혹여 방 장군은 자해할 명분이 없어 기회를 빌어 세상을 달리 하고 싶었는지 학소에게는 의구심이 많았다.

와----!

천수검 유양수가 이겼다.

황제에게만 부를 수 있는 만세 소리는 못 쳤지만, 군웅들은 환희에 찬 고함을 치니 지방 경기대회 같기도 했다.

'이겼다. 내 돈! 내 돈!'

땀을 흘리며 달려온 주막 주인 부평과 젊은이가 제오를 보자 호기 차게 달려 들었다.

"은전 이십 냥은 주어야지. 내가 이겼어. 내가!"

제오는 어이없어하며 입술까지 삐죽였다.

"무슨 소리야. 패색이 짙어질 때는 오리무중 꼴도 안 보이더니 지금에 와서 잠꼬대 같은 소리를 하면 안 되죠."

제오의 친구도 부평을 끌어당기며 일이 성사될 수 없다고 했다.

"이보시오. 돈을 걸어야 홍정이 되듯이 십 리 밖에서 했던 일을 가지고 지금 와서 득달해 봐야 무슨 소용이 있겠소이까?"

그도 그 말에는 할 말을 잃고 한숨을 내쉬었다.

"휴! 돈을 준비하고 달려오다 보니 늦어진 것밖에는……!"

정의의 투사가 피 분수를 뿜으며 쓰러져 있는 가운데 어떤 사람들은 돈타령하고 있었다. 하나뿐인 생명을 내걸고 생사를 넘나드는 결투보다 이들의 도박이 더 현명한지도 모른다.

사람들은 승리자의 위풍을 바라보며 잠시 조용해졌다.

그때 방천수의 백마가 움직였다. 학소는 백마에서 내리며 그의 혈맥을 짚어 보았다. 방천수는 겨우 손을 들어 목에 걸려 있는 녹슨 동전을 학소의 손에 넣어 주었다. 동전은 따스한 핏물에 젖어있어 그의 손도 온전하지 못했다.

"합곡관 입구에 황 노인 마장이 있소. 그곳에 나의 아들이 있소.

부디 이것을 부탁하네……."

그는 말을 더하고 싶었으나 피가 목을 메워 헐떡일 뿐 말은 못했다.

동전을 받아 든 순간 그는 운명했다. 이순(李順) 장군 만세를 외치며 후촉과 대리국으로 돌아다니며 혁혁한 사회운동을 하던 사람이었다. 모든 사람은 평등하다고 외치던 그가 오늘 이렇게 떠나게 되었다.

유양수는 버드나무 잎과 가지를 꺾고 다가와 시체 위에 뿌려놓으며 흥얼거렸다.

"이긴 자는 수양버들 꺾어 들고
피를 토한 자는 수양버들 안고 쓰러졌네.
이 풍진 세상을 떠돌던 방 장군 잘 가시오."

그는 생사가 오가며 사기에 허덕이던 그를 바라보았다. 학소는 한마디 했다.

"여기 방 장군은 갈 곳이 없는 분이라 이곳에 뼈를 묻고 싶어 왔었소."

그 말을 들은 유양수는 눈을 흘겨 맞았다.

"당신 말로는 일부러 패했다는 소리오?"

"나의 눈으로는 그렇게 보였소. 당신 등에 허섬이 보였을 때 방 장군은 직격자법(直擊刺法)으로 등을 치려다 견격(肩擊)으로 검을 날렸소."

유양수는 그 말에 대답을 주지 않았다. 나의 오수검에 허초만 짚고 실초를 찾지 못했다고 믿었기 때문이다. 누구든지 보편적인 검초

바지 내린 서생 59

식은 말할 수 있으나 자신만의 비법은 말하지 않는다.

학소는 방 장군의 얼굴에 손을 대고 조용히 눈을 감기었다. 다가선 말도 두 눈을 껌벅거리며 눈물이 주르륵 흘러나왔다. 말 눈을 보더니 같이 눈물이 핑 돌며 말 눈이 커 보이는 것을 처음 느꼈다. 그는 양손을 받쳐 사체를 들고 말 안장 위로 올려놓았다.

그때였다.

"죽은 자는 말에서 내리고 들쳐 메어 백 보를 걸어가게."

등 뒤에서 야차 같은 자의 소리임에 틀림없었다.

"이 사람은 죽은 사람이오, 망자는 말을 타고 가는 것이 아니라 실려 가는 것이오."

끝내 유양수는 자신의 지조를 지키고자 위엄을 떨었다. 잠시 싸늘한 분위기가 계속되다가 예의 그 냉혹한 소리가 들렸다.

"어쩔 수 없군. 검을 잡게!"

그의 명령에 남녀노소 백여 명의 인파는 학소 쪽을 응시했다. 사람들은 이 애송이가 어떻게 도망갈 것인가 아니면 백 보를 걸어갈 것인가에 초점을 맞추었다. 시체를 메고 백 보를 걸었다는 것은 방 장군을 욕되게 한 일이며, 강호인으로서 죽음보다 못한 행동이었다. 이어 조롱 섞인 음성이 들렸다.

"당신은 견격으로 베지 말고 직격자법으로 나를 찌르면 되지 않겠소?"

그 말을 흘려보내며 묵묵히 사체를 말 등 위에 묶고 있었다.

학소가 탔던 뒷자리에 시체를 묶으며 생과 사의 길이 한 순간이라는 것을 느끼게 했다.

그리고 말안장에 자신이고 등짝에 주인 방 장군임에 죄책감이 든다.

"강호라는 넓은 바다에 뛰어든 자라면 생명 따위는 접어 두고 두려움을 반기며 살아가는 검객이 되어야지."

어디서 들어본 듯한 소리인데 뒤돌아서며 입을 열었다.

"그래, 그대 말처럼 살상하고 흥겹게 시 한 수를 읊는 재미 치고는 단명하겠어."

소홍에서 곡 까마귀 소리를 하던 귀오마도 곡변이 떠올랐다. 그와는 질적인 차이는 있지만 그런 부류라고 생각했다.

"단명이라고? 인명은 재천이라고 하지 않는가, 나 유양수는 저승에서 적폐지(赤牌指)를 차고 살생부를 들고 오지."

피할 수 없는 운명이라고 결단을 내린 이상 시체와 같이 묶어 놓았던 백영검(白影劍)을 뽑아 들었다. 그 검은 아직도 따스한 온기가 감돌고 있었다.

싸움에 임하여 같은 말을 하여도 능동적이고 도전적인 태도를 갖추어야 상대를 압박할 수 있음을 알고 있다. 바닥에 뿌려진 피로 얼룩진 버들잎을 보면서 목소리를 내었다.

"마치 지옥문에 갔다 온 것처럼 말하는군. 내 그리로 보내 드리리다. 그 시체 위에도 이와 같이 버들잎으로 장식해 드릴 테니 안심하시오."

갑작스러운 태도에 유양수는 눈깔을 세우고 백태가 끼어 있는 하얀 눈사위가 번뜩였다. 방 장군은 귀소문으로 알고 있어서 이놈은 수하 병졸이라고 생각했었는데, 말씨 하며 눈매가 당당하여 조심을

바지 내린 서생 61

더 했다. 그러면서도 씨익 웃어 보이며 말했다.

"직부송서세를 취하는 것이 남방 계열의 태극검보이군."

군목 가에서는 울화가 치밀어 자신도 모르게 오금파천식으로 일을 저질렀는데 지금은 냉정을 잃지 않았다. 예리함에는 찰수비룡검법이 적절하다고 생각했다. 남경에서 현철신협 곽하경과는 왼쪽 엄지에 맞추었는데, 보법이 오른발이므로 검 끝을 오른발 엄지에 맞추고 있었다.

유양수는 천반대좌(天盤大左)로 오른팔을 굽혀 얼굴을 가로로 막는 검신을 취하고 왼쪽으로 움직였다. 방천수와는 천방지축(天方地軸) 호수 면과 둑을 오가며 검행을 하였는데, 이번에는 달랐다. 싸늘한 가운데 둘은 이 장의 거리를 두고 조용히 돌고 있었다. 그래서 사람들은 들판으로 몰려들었고 흥미진진해 했다. 한 이는 검을 눕혀 땅을 가리키고 있었고 유양수는 가로로 검을 눕혀 얼굴을 가리고 있다. 유양수는 몸을 팽이처럼 두 번 돌고 혹 까마귀처럼 몸을 날려 맞부딪혔다. 이들은 학소의 하자각면 검보에 더욱 흥미를 돋우었다.

까 가 강!

양손으로 봉두낙하(鳳頭洛霞)로 머리 위에서 내려치는 천도검의 위력은 대단하여 학소의 가슴에 피선을 그었다.

사람들은 놀라며 한 수에 저 젊은이 몸통이 베어졌다고 생각했다.

유양수도 빙긋 웃고 있었다. 천도검에 붙어 있던 방 천수의 핏물이 날려 그렇게 만들었는데 그가 한 수 접는 상황을 만들었다.

격검하고 난 학소의 검이 목강보운(木剛步雲) 초식으로 하단을 쳐 나가자, 유양수는 반격 보법이 흐트러져 몸을 팽이처럼 돌리지 않으면 안 되었다. 주춧돌이 무너지면 집이 무너지는 것처럼 하자각면의 격공에 비틀거릴 수밖에 없었다. 몸을 돌리지 않았다면 온전치 못했을 것이다.

상대의 족보를 읽어야 한다. 앞발에 힘이 실리면 뒤로 물러설 자세이고 뒷발에 힘이 가하면 앞으로 공격할 자세이므로 목강보운(木剛步雲) 기법의 한 단면이기도 하다.

깡! 깡! 깡!

반각의 시간을 다투었지만, 생사의 판가름은 일 촌 차이로 빗나가며 이들은 고전분투였다.

주막 주인 부평은 제오에게 달려와 투전할 것을 제의했다.

"삼칠 장이든 사륙 장이든 접어놓고 반반으로 하면 돈을 걸겠소"

"객점 주인은 유양검에 걸겠다는 뜻인데, 나는 진 소협 나선풍에게 걸 수밖에 없군요."

옆에 있던 사람이 관심을 보이며 물었다.

"진 소협은 누구이고 나선풍은 누구요?"

제오는 웃어 보이고 고갯짓으로 백마를 가리켰다.

"방명은 나선풍인것 같은데 방 장군은 진 소협이라 불렀소."

부평은 나선풍이 쓰러지기 전에 얼른 은전 이십 냥을 자루에 넣었다.

곁에 있던 젊은이가 부평과 함께 투자한 것 같은데 웃음 웃어 보이며 말했다.

"우리 유양검이 패할 일은 없지요. 지금까지 그래왔으니까. 그런데 그 자루에는 은전 사십 냥은 들어있겠지요?"

제오는 투전을 하면 그의 심박은 뛰기 시작한다. 투전을 하지 않으면 이들 승리에 아무 의미도 없지만, 지금은 심박이 뛰기 시작했다.

그는 자루 목을 묶으면서 대답했다.

"호호자 제오 하면 하북(河北) 땅에서 신의와 신용이 있다고 알아주는 사람이오. 신용을 잃어버리면 설 땅이 없는 사람이외다."

학소는 대천검(大天劍)이라는 천도검 검신이 묵빛과 광빛이 엇갈리며 환각에 빠지게 만드는 것을 알기 시작했다. 무상의 검결에 도달한 검리(劍理)는 사람 눈을 흐리게 했다. 그래서 흑무를 일으켜 묵빛의 흑자락을 돌리며 신체를 굽어 굴신(屈伸)하는 것을 몰랐던 것이다.

유양수는 이 자가 방 천수의 수족이라고 생각했던 것이 착각이라고 느꼈다.

격검이 진행될수록 통증을 느끼고 있었다. 학소는 알지 못했지만, 체내에 내력으로 검강이 강해진 것이다. 유양수는 이대로 버티다가는 내력에 밀려 패자가 될 것이고 자신의 시체 위에 버들잎이 수북이 쌓이는 것이 상상되었다.

그래서 그는 타개책으로 배민(裵旻)의 무검(舞劍)에 무지개가 날고 번개가 춤을 추는 홍비뇌무(紅飛雷舞)가 있다. 검은 하늘에서 빛과 그림자가 함께 쏟아져 이를 혼동케 하여 상대의 눈에 반사하는 것이다.

그러기 위해서는 저자의 눈에 발산시켜 하단부를 치는 것이다. 이것은 누구도 눈이 부시면 모든 기는 눈으로 모여 천반(天盤)은 지키고 하반은 허하게 된다.

유양수는 미소를 머금으며 버드나무 그늘 속으로 검신을 담그며 그의 맥박은 뛰고 있었다.

석양을 등지고 있으면서 음지에 검신을 담그는 이유를 염두에도 없다.

학소도 사세부득 찰수(刹守)와 찰신(刹身)이 겹친 찰수비룡 이십사 절을 구사하여 살초를 뿌리려 검수를 들었다.

번쩍…!

석양빛을 받은 천도검이 그늘 속에서 출수하더니 다섯 개의 검날이 오방에서 날아오며 현란하게 눈부시게 했다.

'앗! 진검을 찾아야 한다.'

찰나 오방에서 날아오는 검신을 하나 찾았다. 복부를 향한 검신은 태양 빛은 발산했으나 목과 가슴을 쳐오는 네 개의 검신은 빛이 없으니 허초였다. 그림자일 뿐이다.

보법이나 비법은 늦은 상태라 일순 허리를 활처럼 휘며 후발선지(後發先至)의 검행이다. 상대의 검이 도달하기 전에 나의 검이 목표에 세격(洗擊)해야 한다.

우---우---

서로 부딪칠 때마다 쨍강거리던 소리가 안 들렸으니 검신을 놓치고 서로 지나쳤다는 것은 강호인이라면 누가 당하던 결판이 났다고 느낀다.

학소는 석양을 등지고 마치 학처럼 양팔을 벌리며 동녘 하늘로 날아갈 기세로 멈추어 섰다. 유양수는 서쪽 하늘로 날아가려는 까마귀처럼 깃을 치켜세워 멈추어 있다.

서로가 살초를 뿌리고 사뿐히 내려서며 등진 상태인데 학소는 느겼다.

자신의 검이 그의 목이 아니라 무엇을 베긴 했으나 미세했다. 반면, 허리에 힘이 빠지고 싸늘한 느낌이 오는 것이 죽음이 온다는 것이다.

'당했구나.'

한편, 유양수도 그의 하복부를 베었으나 미세했다. 순간 자신도 사방이 어두워지며 얼굴이 아른거려 죽음이 다가오는 것을 느꼈다.

찰나 지간에 떠오르는 생각들이다.

그런데 사방에서 웃음소리가 들리지 않는가?

그때야 정신을 가다듬고 보니 상투가 잘려 숱한 머리는 얼굴에 내렸으므로 사방이 캄캄할 수밖에 없었다.

휙!

헝클어진 머리를 걷어 올리며 고개를 돌려 상대 쪽을 보았다.

학소는 시뻘건 엉덩이를 삐죽이 내밀고 하반신은 전나가 되어 학처럼 검을 들어 동녘 하늘로 날 듯한 동상이 되어 있었다.

진검에 의해 학소의 당의와 바지 끈이 잘려 바지가 덜렁 내린 하반신을 군웅들 앞에 적나라하게 드러났다. 사람들은 그의 자태를 보고 박장대소를 터뜨렸다. 생사를 다투던 강호의 무림인으로 보면 볼품없는 사나이가 되고 말았다. 여인들은 손등으로 눈을 가렸지만, 그것은 위선이고 틈새로 더욱 만끽했다.

하! 하! 하!

유양수도 관중들과 함께 웃으며 풀어진 머리를 젖치고 학소의 행동에 크게 웃었다.

황망히 바지를 주워 올리는 행동도 그랬지만 자신도 목숨이 붙어 있어서 한숨 돌리는 웃음이기도 했다.

"그대는 나의 석모와 상투를 땄으니 나는 목이 떨어진 것이나 진 배없소. 내가 졌네."

"아니오. 그대는 나의 허리끈을 따고 모든 이에게 치부를 드러나 게 했는데 그대가 승리자요"

유양수는 얼굴에 살기를 담으며 냉랭하게 목청을 돋우었다.

"당신도 죽고 나도 죽었다 하니 다음 승부는 피를 부르는 지옥 갱이오."

말을 마치고 잘려 나간 상투를 집어 들고 대중을 향했다. 풀어진 머리는 그의 얼굴을 반은 가리고 있었다.

"이 상투를 보시오. 나는 죽은 자요. 오늘부로 대천도 체시 길은 내립니다."

사람들은 웅성거렸다. 승자의 말인지 패자의 말인지 몰랐다.

사람들을 보던 유양수는 유학에 준한 해답을 이어 말했다.

"옛 선인들은 말했지요. 신체발부(身體髮膚)는 수지부모(受之父母)라 했소. 내 어찌 조상 볼 낯이 있겠소이까."

이 말은 천 년 후에 조선에서 유행하게 된다.

--- 이조 말엽 머리카락은 육신의 일부이고 상부는 그 근본이며 조상님이 내려 준 생명과 같은 것이다. 여기에 김홍집 내각은 선진열강을 따라가기 위해 개화 정책으로 비위생적이고 활동을 저지한다고 선신국저럼 난말링(斷髮令)을 내렸나.

이에 사대부와 양반계급이며 유생들이 안위와 전통을 이어가려는

수구파가 생겼다. 상투는 조상이 준 상징적인 것이다. 상투를 자른다는 것은 조상을 모시는 조선인으로서 할 수 없는 노릇이며 문명인을 야만인으로 만드는 것이라고 했다. 이 말들은 삼십여 년간 조선에 대혼란을 만들었던 일이 있는데, 이도 역사 속으로 묻혔다.

이와 같이 어느 쪽이 문명이며 야만인지 한반도의 정치세력은 언제나 갈등으로 양분되어 백성들만 죽어 나간다. 6.25가 그랬고 지금 남한 사회도 그렇다. 당신은 보수입니까? 진보입니까? 물어본다면 공무원은 지금 대통령이 보수입니까? 진보입니까? 하고 되물을 것이다. 나는 아무 쪽도 아닌데 말이다. 위의 양분 논쟁은 지속되고 있으며 정치판의 구도로 존재하고 있다.

비록 말 못 하는 짐승이지만 명마인 말은 주인이 땅속에 묻히는 것을 보았으므로 종일 눈물을 흘렸다.

동쪽으로는 태행산맥이 희뿌연 하늘가에 누워 있다. 드넓은 벌판에 황토 먼지를 일으키며 눈물을 머금은 이 말은 대지를 달리고 있었다.

학소는 마상에서 등자를 툭 툭 차며 먼지가 일어나는 쪽을 살펴보기 위해 능선 위로 올라섰다. 두어 마장 너머에 골짜기로 군병들이 가볍게 달려가고 있었다.

앞에는 기마병 백여 필이 선두에 있었고, 그 뒤로는 송군(宋軍) 군병들이 일천은 되어 보였다.

란주 북쪽으로 고비사막까지 서하(西夏)라고 하는데 개봉 서쪽에 있다고 하여 그렇게 부르고 있었다.

서하의 서평왕(西平王)은 송으로부터 연호를 받아 황금을 바치는 속국이었으나, 송이 점점 문인들만 득실거리는 병약한 국가가 되었음을 알았다. 이로써, 두 번 건드려 본 서하의 태도는 점점 강해지며 강병책을 써갔다. 이후 송과 대등하게 황제의 칭호를 하고 형제의 나라로 송을 압박하며 요(遼=거란)와 같이 이득을 취하게 된다.

그는 군병들을 바라보며 개봉에서 무과에 응시하려 했던 자신을 돌아보게 했다. 저기 지휘자는 누구인지 모르지만, 남경에서 올라온 군병이 아니었으면 했다. 그것은 내려오는 패잔병들의 나약한 모습을 보고 강남의 젊은이로서 입영하고 싶은 마음이 굴뚝 같았기 때문이다.

어느 촌락에서 요기하고 새우잠을 잤던 그는 말과 같이 지쳐 있었다. 사방 모래벌판을 둘러보며 인가를 찾던 중 하얀 연기가 막대와 같이 곧게 하늘 위로 솟아오르는 것을 보았다. 막대 같은 연기는 분명 굴뚝에서 솟아난다는 것임을 말해주고 있다.

황가 마장을 찾을 수 있다는 생각으로 얼마를 갔을 때 닭 울음소리와 망아지 소리가 들려서 인가들이 몇 있다는 것을 짐작하게 했다.

소리를 따라 능선을 넘었는데 연기도 사라지고 인가는 아무 데도 없었다. 하늘에서 들렸던 소리도 아니었고 그렇다면 땅속에서 솟아나와 시하 세세가 있는가 싶어 가만히 수위를 응시했다. 끊겼던 연기가 또 피어오르는 데 그곳은 깎아지른 황토벽이었다.

서북지방에는 돌을 쌓아 만든 석체요나 전요가 있을 것 같은데 그러한 집들은 안 보이고 흙벽인 것으로 보아 토요(土窯)임이 분명했다. 흙 벼랑에 굴을 파고 문과 창을 낸 토요였다.

황토 고원은 말 그대로 수만 개의 황토 골짜기로 이루어진 한반도 반쪽만큼의 넓은 골짜기이다.

고원 남쪽에는 진령산맥이 있는데 산맥 남쪽은 기후가 온화하고 비가 많은 사천분지(四川分地)이며 산맥 북쪽은 이상하리만치 메마른 기후에 푸석한 진흙으로 고원을 이루었다.

홍수는 여기 황토를 쓸어내려 황하강으로 유입된다. 황하강의 황토 빛깔의 주범이다. 후세에 서북쪽에서 불어오는 황사와 함께 황해를 육지로 만드는 근본이 될 것이다.

고원 표면에는 많은 구덩이를 만들어 놓았고 유실이 심한 황토는 기이한 봉우리와 동굴 그리고 흙기둥을 만들어 장관을 이룬다.

오랜 세월 풍설에 깎인 황토 절벽과 절벽으로 나무서리를 끼워 만든 절벽 길이 이어지는데 이 길을 통도(通道)라고 하였다.

이 용도가 막히는 날에는 오도 가도 못하여 골짜기에 묻히게 된다.

함곡관(函谷關)은 길 입구에 있으며 황토 고원 길을 관리 감독하는데 이 인근에 황가 마장이 있다고 하였다.

학소가 탄 말이 울음을 터트리자 맞은 편 토요에서 따라 말 울음 소리가 들렸다. 축사도 토벽을 파고 만든 혈거(穴居)들이 몇 곳 드러났다.

정문에는 황가마장(黃家馬場)이라는 팻말이 걸려 있었고, 이십여 마리 말들이 학소가 탄 백마를 보고 반겼다.

그런데 그의 말 등에 있었던 방천수의 시체를 돌려드려야 할 텐데. 깨끗이 비어있었다. 학소는 유학자가 아니었으므로 시체를 놓고 상례(喪禮)를 치른다는 것은 죽은 자를 더욱 비참하게 만들고 산 사람을 곤혹스럽게 하는 것으로 간주하였다. 그래서 여기로 내려오면서 무덤을 만들어 놓고 가족분들에게 말씀드릴 심산이었다. 아마도 죽은 사람도 그러기를 원했을 것으로 생각했기 때문이다.

'내가 죽었소' 하고 흉물스러운 시체를 가족들 앞에 보이는 것보다 조용히 사라지기를 원할 것이다.

토벽 앞에 창들이 정겹게 보였는데 그 앞에 다다르자 한 동자가 쪼르르 달려 나왔다.

"야! 우리 구름마인데 우리 아빠는 어디 있어요?"

소동은 말 이름을 부르며 아빠를 찾았다.

부인이 텃밭에 김을 매다가 아들의 목소리에 깜짝 놀랐다. 그녀는 햇빛 가리게 수건인 개두포(盖頭布)를 깊숙이 쓰고 있었다. 말에서 내려서는 그의 마음은 참담하기 이를 데 없었다.

"아가야! 네 이름이 방한섭이라고 하니?"

"그래요. 왜 우리 아빠는 없고 구름마만 왔어요?"

소동의 말에 얼른 대답할 수 없었다. 누구든 비보를 전하는 것은 어려운 일이다.

그는 소동을 안아 들고 무슨 말을 해야 할지 전전긍긍했다.

"그래, 아빠는 천천히 온다고 그랬는데 아마 그럴 것이야."

말 등에 비스듬히 꽂혀있는 백영검을 본 부인은 벌써 눈에서 눈물이 고이고 있었다.

부인(武人)의 아내는 상태를 심삭하여 늘었던 호미를 땅에 떨어뜨렸다.

"그러면 우리 그이는 어디 있습니까?"

시체는 어떻게 되었느냐는 뜻으로 묻고 있었다. 묵묵부답에 구름마가 대답하듯 부인의 어깨에 입을 대고 오물거렸다. 학소는 약속대로 호주머니에서 녹이 슨 동전을 꺼내 들고 한섭이에게 걸어 주었다.

"부탁하더군요. 이 동전을 소지하면 덜도 말고 더도 말고 주위에서 작은 부자 소리는 듣는다고 했어요. 앞으로 잘될 것입니다."

그때, 방문이 열리며 절풍건(折風巾)을 쓴 노인이 나오며 소리 질렀다.

"나는 그 노적의 장인 되는 황추라는 사람이오. 소형제는 그 노적 방천수 머리를 관아에 효수한다면 은자 오백 냥은 내어준다고 하는데 아직 그 소리는 못 들었나 보군. 아깝다. 아까워. 쯔 쯔 쯔……!"

그 소리에 부인은 울음을 참지 못하고 개두포를 벗어 눈물을 닦으며 방으로 들어가 흐느끼기 시작했다.

"방 선배님이 은화 오백 냥이 걸려 있는 지명수배자가 되었습니까?"

"그래요, 보름 전부터 그렇게 방이 났다고 하더구나. 무덤을 만들었다니 지금이라도 파헤치고 그놈의 목을 관가에 바치시게."

"……"

"죽은 사람 아무려면 어떻소. 우리는 개의치 않을 터이니."

"세상에 황금이 전부는 아니지 않습니까? 소생에게 그런 말씀을 하시면 섭섭합니다."

"죽은 사람 누구를 위하여 죽었다면 오죽 행복하겠소. 그 사람은 고향에서도 다른 사람을 위하여 늘 그래왔는데 그 돈이면 일생 편할 텐데 말이오."

노인은 빗대어서 하는 말이 아니고 진정 서린 말이기도 하였다. 그는 묘적이 적혀 있는 면지를 내밀었다.

"지산촌 입구 왼쪽입니다. 방 장군을 존경하였습니다. 해서 비보를 전하는 소생은 그대로 지나칠 수 없어 무거운 걸음으로 찾아왔습니다."

"존경할 것 없으면 말지. 그 노적은 가만히 붙어 앉아 일하면서 자식과 아내를 위할 줄 모르는 위인이야. 모든 만물이 새끼를 낳고 잘 키우는 것이 미물들까지 이러한데 사람이 처자식을 돌볼 줄 모르면 짐승만도 못하지 않은가."

따님이 안쓰러워 가정적인 분위기에서 그의 기개를 말하지 않을 수 없었다.

"불의를 보면 참지 못하고 대의를 위하여 떨쳐 일어섰던 것입니다."

절풍건 황 노인은 대의가 가소롭다고 반박하였다.

"하늘에 태양이 하나이듯이 중국 말을 쓰면 중국은 하나이다. 고대 옛날부터 황제가 된 자의 뒷면에는 대의를 위한답시고 군웅이 할거하며 순순히 살아가는 많은 백성에게 피바람을 요구했다. 게으른 자 또는 남보다 위에 서고 싶은 우월주의자들이 이합 집산하여 불평 불만을 늘어놓고 여러 가지 명분을 붙이며 편 가르기를 하고 나라를 일으키지, 그렇게 되면 기존 세력이나 평화주의자들은 가만히 있으면 죽음을 면치 못하고 지배를 당하게 된다.

어느 쪽이라도 가담하지 않으면 살아갈 수 없다. 하여 세상은 우리 편이라는 군소국가가 형성되며 왕과 각종 재상이며 관료들이 탄생하고 순수한 백성을 지배하기 위하여 피바람은 계속된다.

한섭이 아비도 그와 같이 촉을 세운다, 형남을 돕는다 하며 떠돌았다. 왕소파와 그 수하 장수 밑에 몇만의 백성이 죽었는데, 후회할 줄 모르는 장수를 존경한다면 말도 안 된다. 그래서 나는 중국에 나라를 세운 어느 세력이나 장수도 존경하지 않는다."

황 노인은 노자의 학설을 좋아한다는 말을 들었는데, 긴말을 늘어놓으며 언사도 그와 같이 천하는 하나라고 말하고 있다. 이웃 방에서는 부인의 울음소리가 절절히 들려왔다. 절풍건 노인은 그 방을 향해 언성을 높였다.

"그 노적은 죽을 줄을 아는 놈이야. 살아 있으면 숨어서 죽도록 돌아다닐 텐데. 얼마나 비참하겠어, 사람은 끝날 때를 아는 사람이 제일 현명한 사람이라고 했다."

토요에 들어서자 서늘하고 아늑했다. 방 세 칸이 꾸며져 있는데 그 가운데 큰 방으로 안내되어 한쪽에 앉았다. 한섭이 어머니는 통통 부은 눈을 쓸면서 식사 상을 들고 왔다. 정신이 황망하여 정체가 없을텐 데도 남편 혼백을 모시고 찾아온 분이라 굶겨 보낼 수는 없어서였다.

"산골이라 달리 대접할 게 없어요. 대추전을 드시고 있으면 잠시 후 찰진 밀밥을 지어 드리겠어요."

밥상 위에는 붉은 흙토기가 있었는데 그 속에 백주에 절인 건대추가 가득 있었다. 울먹이려는 딸년을 바라보던 황추 노인은 아무렇지도 않은 듯이 말을 이었다.

"애야, 오늘은 실컷 울고 내일 다시 태어나거라. 그는 천지자연 속으로 우리보다 한발 앞서 떠났는데 그리 슬퍼 말거라."

부인은 야속하다는 마음으로 아버님을 바라보고는 울음을 못 참고 다른 방으로 건너갔다.

"진 소협은 남쪽으로 떠난다니 황토 고원을 넘을 참이오?"

"감히 고원을 건널 수 있겠습니까? 태행산을 넘어갈 수밖에 없습니다. 그런데, 여기 합곡관이 있다고 들었는데 어느 쪽으로 가면 볼 수 있겠습니까?"

"남쪽으로 오 리쯤 가면 대로(大路)가 나오는데 그 입구에 있소이다. 그 길은 함양으로 가는 대로이기도 하오. 그곳을 찾는 이유라도 있는 것인가?"

"노자 선인께서는 황토 고원에서 도원경을 보았다는 말씀이 있어 물어봅니다. 노자의 도덕경(道德經)이 여기 합곡관에서 만들어졌다고 하는데 맞는 말입니까?"

"그렇다고 하는데 진 소협도 도덕경에 관심이 많은가 보구나?"

"예, 저희 조부님이 이이(李耳) 스승님을 존경했었다고 합니다. 소인도 여기까지 왔는데 그 경위를 알고 싶습니다."

절풍건 황추 노인은 물끄러미 그를 바라보았다. 자신과 같은 믿음에 관심이 있으면 그를 동지로 만들고 감복시켜 같은 이념을 공유하고자 하는 것도 사람의 본심인 것 같다.

"노자의 말씀을 윤희(尹喜)가 전수했다는 도덕오천언(道德五千言)을 아는군, 윤희는 주 왕실로부터 받은 대부(大夫)의 직책도 버리고 큰 별사리를 보고 여기로 찾아왔네. 성인이 지나살 것이라는 합곡관을 찾아 스스로 문지기가 되고 그분을 기다리던 어느 날이었지!"

황추 노인은 앞에 놓인 차 한 잔을 마신 후에 고사(古事)가 이어졌다.

여기 합곡관을 지키고 있던 윤희는 먼 골짜기에서 소달구지 한 대가 다가오는 것을 발견했다. 나무는 앙상하고 검은 소뿔도 꾸부린다는 찬 바람은 살을 에는 듯이 불어오고 있었지. 추위에 밀려 가물거리던 태양도 서쪽으로 기운 이른 봄날 오후였다. 윤희는 다가온 주인을 보며 구면인 것처럼 말을 건넸다.

"당신은 주 나라에서 장서계를 보고 있었던 노자(老子) 선생이 아니신가요?"

"……"

"주 나라가 사라져 춘추쟁란(春秋爭亂)의 세상이 되었다고 하는데 선생까지 유랑 신세가 되었구려."

겹겹이 꿰맨 삼베 넝마를 두른 노인은 그의 말을 들었는지 못 들었는지 꾸벅꾸벅 졸고만 있었다. 윤희는 다가가 노인장의 귀에다 대고 크게 소리쳤다.

"여보시오 노인장! 진(陳)나라의 이이(李耳) 선생이 아니신가요?"

노인은 실눈을 뜨고 얼굴을 들어 겨우 고개만 끄덕였다.

"그러시다면 여기서 머무르시면서 우리 후학을 위해 선생님의 가르침을 남겨 주십시오."

하고는 이이 선생을 올려다보았다. 넝마를 두른 노인은 몸을 바로 세우며 입을 열었다.

"이야깃거리는 아무것도 없소. 얼마 지나지 않아 나의 육신도 이야기도 다 사라져 천지자연 속으로 돌아갈 것이니까요."

"그렇지만 이 검정소도 지쳐 있습니다. 여기 따스한 난로 방이 있는데 손발을 녹이십시오. 나는 우막으로 가서 소에게 여물을 주겠습니다."

다음 날부터 노자(老子)는 관직이 방에서 며칠을 지내며 오천 마디의 말을 남겼다. 관직이 윤희가 그 말들을 받아쓴 것이 바로 도덕경(道德經)이다. 이로써 윤희는 후에 많은 저서를 남기고 구천선백문시무상진인(九天仙伯文始無上眞人)으로 추존된 학자가 되었다.

말을 끝낸 황추 노인은 억양을 높여 노자의 학설을 설명했다.

"하늘의 도(道)는 많이 가진 자로부터 그것을 줄이고 부족한 자에게 나누어 배분하는 것이다. 그러나 세상은 그렇지 못하여 부족한 자의 것을 짜내어 많이 가진 자에게 바치는 세상이 되고 말았다. 즉, 하늘은 공평히 균형을 유지하지만 지금 인간 사회는 반대로 빈곤한 자의 것을 부자에게 바치고 있지 않은가?

인간이란 본성이 갓난아이처럼 소박한데 권력을 잡은 자가 온갖 법을 만들어 백성을 옭아맨다, 집권자와 욕심이 많은 강자를 위한 법 투망 속에서 살아가려면 순수한 백성들은 자연히 머리를 나쁜 쪽으로 쓰게 마련이다."

열불 나게 쏟아 내는 열기 앞에 지금이라는 현실을 보게끔 했다.

"노사님은 사람의 근본인 원리주의를 말씀하시온데 현실을 직시하면 그리 쉬운 일은 아닙니다. 경우가 바르고 이치가 맞으면 그것들이 선대로 내려오는 삶이며, 율문화 한 윤리법에 살고 있습니다."

고개를 좌우로 돌리는 황추 노인은 그것이 잘못이라는 뜻이었다.

"그래, 경우가 바르고 수긍이 가는 법도는 어린아이도 만들 수 있다.

여우는 토끼를 잡아먹고 호랑이는 그 여우를 잡아먹는 것도 이치이다. 그래서 강한 자가 약한 자를 부려 먹는 것이 이치에 준한 법이다. 네 개의 쌀가마니를 놓고 양인과 천인에게 나누어 주려면 두 개씩 주어야 할 텐데 그러면 경우가 바르지 않다. 적어도 양인은 세 가마니 천인은 한 가마니면 경우가 바르다고 수긍이 간다. 오히려 한 가마니도 과분하다고 할 것이다. 사람들이 보는 관점은 강한 자와 기득권 자의 눈으로 보기 때문이다.

모두가 평등하고 편안하게 법을 만들면 편안한 법이 아니고 그저 그런 것이므로 국가가 필요 없다. 불편하게 만들어야 편안한 것을 갈망하고 원하기 때문에 계급이 생겨나고 기득권자가 부를 누리는 것이다. 있는 사람에게는 편하게 만들고 없는 사람에게는 불편하게 만들어 나가는 것이 따라오지 못하게 등급을 만든다. 이것이 좋은 법제이며 환영받는다."

노자의 학설에 심취한 황추 노인은 이 사회가 만들어 가고 있는 모순점을 역설하고 있다. 이어 못다 한 노자의 말씀을 이었다.

"이리하여 사람들은 나날이 소박함을 잃어 가고 있으며 간교하고 사악한 지혜로 승부를 겨루는 경쟁사회가 생겨났다. 소박함은 밟혀 죽고 악질은 그 위에 선다.

오색(五色)은 그 사람의 눈을 멀게 하고 오음(五音)은 사람의 귀를 멀게 한다. 그리고 오미(五味)는 입맛을 잃게 한다. 손에 넣기 어려운 재화는 간교한 수단으로 사람을 죄짓게 한다."

이렇게 하여 오천 마디의 이야기를 끝낸 노자는 창 너머 먼 곳을 바라보았다. 거기에는 복숭아꽃이 핀 마을이 희미하게 보였다. 숲 사이로 드문드문 밥 짓는 연기가 피어나고 고개 너머 마을에서는 닭 소리와 개 짖는 소리가 아련히 들려왔다. 이웃 산속에서는 시냇물 소리와 산들바람이 솔솔 불어오고 있었다.

다음 날 아침 윤희는 창문을 열었다.

쌀쌀한 북풍이 창문을 흔들고 있었다. 먼 곳을 바라보니 구릉 또 구릉 모두가 황토 모래 먼지에 덮여 있었다.

"신세 많이 졌네. 잘 있게."

검정소가 끄는 달구지는 덜거덕덜거덕 소리를 내며 하늘과 땅이 구분도 없는 뽀얀 먼지 속으로 사라져 갔다. 그리고 그 후로는 이이(李耳) 선생 노자(老子)를 본 사람은 아무도 없다고 한다.

윙 윙!

메마른 서풍은 세차게 불어오고 있었다.

한 달째 쩡쩡 마른 대지에 바람이 불어 농민들은 하늘을 우러러 보게 했다. 심어놓은 곡식들이 노랗게 변하다 보니 제일 애타는 이들은 소작농들이었다. 일 년 농사가 흉년이면 소작농은 겨울나기가 쉽지 않다. 남풍은 아니지만 바람이 일면 비가 올 것이라는 것이 그들의 희망이기도 하다.

이들의 소망과 무관한 한 이가 물가에 서 있었다.

생업에 먹고 사는 것이 문제가 아니라 검결에 죽고 사는 생사가 문제인 사람이다. 그는 한 시진 전부터 이 물가에 서서 손바닥으로 몇 모금의 물을 마신 후 그대로 호숫가 수양버들을 응시하고 있었다.

　바람에 휘날리는 능수버들은 동쪽, 서쪽 하늘을 가리키며 이어 수면을 태질하고 또 그와 같이 하늘로 휘날리고 있다.
　흑의를 휘날리며 물가에 우뚝 선 사내는 한참 수면을 응시하다가 몸을 돌렸다. 깡마른 체격에 묵의를 입었고 가슴에 품어 안은 묵검으로 보아 유양검이라는 대천검 유양수였다.
　그는 번뜩이는 눈으로 관도를 쏘아보았는데 거기에는 백마에 자의의 사내가 홀로 지나가고 있었다.
　밤색의 방갓은 검은 끈이 양 뺨으로 흘러내려 턱 밑에 꽁꽁 묶여 있었다. 피로해 보이는 사내는 묵의의 사내를 보았는지 말았는지 먼 시가를 바라보며 가고 있었다.
　유양수는 고개를 돌려 예의 부동자세로 호수 면을 응시하다가 드디어 몸을 날렸다.
　"이얏!"
　짧은 기합과 함께 그의 검은 공중을 휘젓고 호수 면을 때렸다.
　한 찰나에 호수 면에 비추어진 능수버들 그림자를 자르고 지나갔다.
　석 자의 검날이 수심에 그림자를 두 번 베어 내었지만, 한 점의 물방울도 날리지 않았다.
　그가 일절을 뿌리고 둑에 선 순간 태질하던 버드나무 가지들이 우수수 잘리어 호면 위에 떨어져야 할 텐데 묵검이 지나간 수면은 조용하기만 했다. 수면 위에 떨어지는 버드나무 가지는 하나도 없었다.
　아, 그림자로도 실체를 벨 수 있다는 형상휘검교각(形狀揮劍交脚)의

일체를 나타내다니…….

하지만 그는 실체를 베지 못했다. 그의 집념은 언젠가 이룰 수 있다면 수면 위에 떠 오른 둥근 달도 벨 수 있을 것인가? 그럴 수만 있다면 중국의 달을 좋아했던 월녀(月女)에게 반쪽의 달을 베어다 바칠 수도 있을 텐데…….

피로한 자의의 사내가 길가의 다듬어진 암석들을 보면서 구름마를 타고 걷고 있었다. 모두가 검버섯을 끼고 있어 긴 세월을 말해주고 있다.

자의의 사내는 진학소였는데, 그가 모퉁이를 돌아섰을 때 허물어진 성벽 너머에는 고루거각(高樓巨閣)들이 나타났다.

성문 앞에 이르자 그 옆에 있는 암석에 장안(長安)이라고 음각되어 있어서 이곳이 낙양과 함께 중국의 고도(古都)임을 말해주고 있다.

말을 탄 이들이며 쌀가마를 실은 두 대의 마차가 성문으로 들어서고 있었고 농장에서 일을 마치고 들어서는 농부들만이 간간이 보였다.

대한제국(大漢帝國)의 수도 장안은 스산하기만 하였다. 그 후 당나라 때에 백만에 달하는 백성이 살았다면 지금은 너무 쓸쓸하다.

묵쪽으로 비옥한 벌판 감숙성과 섬서성을 등에 업고 밀빵을 먹으며, 쌀밥을 먹는 남쪽 중원을 내다봤을 것이다. 굳게 닫았던 철문도 없어진 지 오래였고 장군들이 활통을 메고 성 밖을 내다보던 성체도 불탄 지 옛날이나. 모든 것이 세월 안에 삼식되고 있음이 분명하다.

무너진 성벽을 넘어 불어온 서풍은 먼지를 날리어 백마인 구름마의 모습이 감추어지다가 선연히 드러났다. 그 먼지들도 여기 북문을 오갔던 수많은 장병과 고관들이며 노복들이 밟았던 흙 부스러기일 텐데.

그가 내성으로 들어섰는데 사방으로 호화로웠던 주택들이 빛바랜 형체로 나열되어 있었다. 지금은 그때의 자손들이 살고 있을 것으로 생각이 든다.

선경(仙境)처럼 아담했던 감천궁(甘泉宮)이며 상림원(上林苑)도 흔적뿐이고 대소신료들이 기거했던 살림채들은 담벼락만 남았다.

백마는 장병을 잃은 패전 장군이 되어 반기는 사람 없이 홀로 시가를 걷는 옛날을 연상하게 했다.

학소가 양발로 등자를 툭툭 치자, 구름마는 설렁설렁 대로를 달렸다.

양쪽으로 고루거각들이 나타났는데 당왕(唐王)이 기거했던 양의전(兩儀殿) 전각도 보였다. 궁녀들이 거주했다는 액정궁(掖庭宮) 앞에는 몇 명의 군병들이 옛 고도의 존귀함을 알고 전각들의 출입을 막고 있었다.

함양이 수도였던 진(秦)나라가 망하자, 한고조(漢高祖)는 이 도시를 서울이라고 하여 장안(長安)으로 부르며 수나라, 당나라에 이어지는 천 년의 고도가 되었다.

그는 양의전을 보지 못함을 쓸쓸히 여기며 동시(東市)로 말을 몰았는데, 흙 돌담으로 둘러 싸여 있는 방(坊)에는 평민들의 흙 돌담집들이 늘어져, 그 사이로 닭 울음소리와 소년, 소녀들이 노는 웃음소리로 살아있는 도시를 느끼게 했다.

동시에는 세 개의 광장이 있는데, 광장마다 시장이 달랐으며 주위에는 상점들로 둘러싸여 있었다. 서역인의 광장에는 낙타들이며 중원에서 올라온 마차들로 가득 찼다.

몇 년 전까지만 해도 시제(市制)가 있어 영업시간도 통제받고 상업지역도 규제받았는데, 송대(宋代)에 이르러서는 모든 것이 자유로웠다.

큰 도시에는 밤거리가 생겨났는데 여기도 원조답게 음식점, 찻집, 술집 들이 즐비하여 말 그대로 불야성(不夜城)을 이룬다.

학소는 요기가 우선이어서 식당가로 갔는데 한 집 건너 객점이고, 도방과 유곽들이었다.

취풍곡원(娶風曲園)에 들어선 그는 왼쪽 탁자로 걸어가 요기를 청했다. 동시에서 크다는 이 반점은 관가에 세금을 내고 허가된 손가정점(孫家正店)으로 다관, 식사, 기루를 모두 겸하고 있었다. 이 층에서 술 취한 한량들이 기녀들을 껴안고 내려오는데 볼썽 사나웠다.

"식부, 빨리 요깃거리를 내주시오."

그의 주문에 찻잔을 받쳐 들고 걸어왔다. 나이가 들어 보이는 식부인데도 기방의 여인들을 보면서 일을 했던 탓에 그녀도 엉덩이를 흔들면서 남자의 눈길을 끌고자 함이 엿보였다.

"우리 취풍곡원에는 발재탕(髮財湯)이 유명하지요. 발재탕으로 세 끼의 식사를 하면 부자가 된다고 합니다."

"발재탕이라면 재료가 붕고기가 아닌가요?"

"그렇습니다. 입이 큰 매기와 아귀가 들어있는데 큰 입으로 재물이 들어온다고 하니 어떠세요?"

강남에서 물고기라면 공짜로 내어와도 손이 가지 않는데 여기서는 명분을 붙이고 싼 재료로 비싸게 받는 바가지 상술 같았다.

"나는 강남 사람이라 물고기는 싫소. 허니 땅 위의 육고기로 주시오."

"그러면 비파육(琵琶肉)도 유명합니다. 그것으로 하지요. 지금 갓 삶아낸 돼지고기가 있어요. 금방 드리겠습니다."

비파육이면 돈육 후각이나 전각쯤 되어 보였다.

주문을 마친 식부는 일곱 남녀가 들어오는 입구 쪽으로 다가가며 그들을 반기었다. 세 젊은이는 검을 차고 있어 어느 집 무사들 같았고, 네 여인은 장안에 선녀 같아 보였는데 언사가 형편이 없었다.

"후후후. 그러니까 남자의 양물을 통째로 내놓았다는 말이지?"

무사의 말에 두 여인이 따라 웃으며 말했다.

"많은 여자 중에 오천사에 오던 황궁의 여인네까지 창 발을 올려놓고 그 꼴을 보았다니 무슨 낭패겠어."

여인들 셋 이상 모이면 무슨 말을 못 하랴.

점잖아 보이는 처자들이 남자의 흉을 보고 있었다.

"황궁의 궁녀는 맞는데 말단 궁녀라 하고 이번 국조(國弔)에 해방이 되어 고향으로 가는 여인들이었다고 합니다."

"호호호. 상투 잘린 검은 차사보다 바지 내린 서생 꼴이 우스웠겠네요."

다음에는 식부가 자리를 마련하며 이야기에 동참했다.

"아가씨들도 그 말씀을 하세요? 우리 기방에서도 웃음바다가 되었는데 뭐 대단하지도 않은 하초를 자랑하듯이 드러냈다고 하더군요. 호호호."

학소는 그 말을 들으며 자기 일 같아 귓불이 빨개지며 자제하지 못했다.

"와지끈, 쿵!"

자신도 모르게 손을 들어 탁자를 치고 말았다. 나를 두고 웃음을 터뜨리는 그들이 밉기까지는 할 수 없겠지만 시끄러웠다.

군데군데 앉아서 점심 요기며 술잔을 기울이던 손님들이 일제히 학소 쪽으로 고개를 돌렸다. 어느 정도의 무림인이라면 식탁 하나쯤 동강 내는 것은 문제가 아니다. 그보다 느닷없이 불만이 가득 찬 얼굴로 분위기를 망가뜨려 놓았으니, 독불장군으로 보일 수밖에 없었다. 밤 갈색 무복에 꽁지머리 능발의 사내가 술잔을 들다 말고 그를 쏘아보았다.

"어이 자네! 안하무인으로 이 방에 사람들을 놀라게 했는데 밖으로 나가 주면 좋겠어."

마주 앉아 있는 이는 문사건에 갈포를 입었는데 청결한 차림으로 섭선을 흔들며 그의 말에 응수했다.

"그럴만하겠어. 저 소협이 바지 내린 서생 장본인이 아닌가?"

여인들과 같이 들어섰던 이들은 민망하기보다는 호기심으로 학소 쪽을 바라보았다. 식부도 살짝 꼬리를 감추더니 김이 모락모락 나는 비파육을 들고 나와 그의 탁자 위에 올려 놓았다. 그는 조금 전 일이 죄송스러워서 한마디 했다.

"죄송합니다. 그만 나도 모르게 탁자를 부수어 놓았는데 식대와 같이 값을 치르겠습니다."

네 여인들이며 식부는 자리를 옮겨 앉는 학소의 몸체를 위아래로 훑어보았다. 불상 같은 얼굴에 건장한 몸체가 또 바지 끈이 끊겨 홀랑 아래로 내려오지나 않을까 하는 기대도 있음인지도 모른다. 그는 사과했으니, 주위에 신경을 끄고 먹는 데 열중했다.

오흥시가 만춘 반점에서 해선 요리가 생각났다. 그때도 입맛을 잃어 먹는 둥 마는 둥 하고 난장판이 생겨났는데 오늘은 그래서는 안 된다. 하루를 굶었으니 배가 쪼르륵 대던 터라 하얀 밥에 따끈한 돼지고기를 식칼로 썰어 가면서 초간장에 찍어 먹는 맛은 일품이었다.

더 지체하다 가는 또 무슨 봉변을 당할지 몰라 빨리 먹고 자리를 뜨려는 심정이 가득했다.

이 층에 있던 네 사람의 무사와 기녀들이 아래층으로 우르르 몰려왔다.

식부가 이층으로 술상을 들고 드나들며 일 층에 있었던 일을 일러바쳤던 모양이다. 화젯거리였던 바지 내린 서생이 식사한다니 엿볼 참이었다. 세 젊은이는 경장 차림에 보통의 검을 들고 있었고, 대장인 듯한 자는 묵직해 보이는 양날이 검을 패용검(佩用劍)으로 허리에 찼다. 행동으로 보아 일 층의 무사들도 이들과 같은 동문 아니면 동도들이었다.

패용검의 무사가 식사를 즐기는 학소를 보다가 동도들에게 눈을 돌렸다.

"이 자가 탁자를 내리쳤던 바지 내린 서생인가?"

일 층에 있던 무사가 고개를 끄덕이며 대답했다.

"식부에게 탁자값을 변상한다고 했으며 용서를 구했으니 그대로 놔두시지요."

"우리를 능멸한 것이 아닌가, 어림 반 푼어치도 못 되는 부실한 하초(下焦)를 드러낸 주제에."

물건이 좋다는 그는 뒤에 있는 기생들에게 흥미를 끌면서 어깨를 으쓱거렸다.

뒤에 있던 무사가 재미있다고 히죽거렸다.

"검으로 대든 거시기로 대어도 형님 것의 반 푼어치도 안 될걸요!"

"호호호. 그러게 말이에요. 바지 내린 서생이라고 명호는 그럴듯한데요."

조금 전까지만 해도 밥맛이 꿀맛 같던 그의 입맛은 쓴맛으로 변하고 말았다.

입맛도 신경이 예민하여 지금은 모래알을 씹는 기분이다. 상황이 이러했으니, 방명은 그렇다 치고 이들은 나를 놀리고 있다. 잠잠히 그냥 꽁무니를 빼고 나간다면 뒤에서 더 짙은 농을 할 것이다.

동시(東市)에 들어설 때 들은 바로는 동시를 장악한 무림보가 있는데 동만보(東萬堡)의 무리라고 하였다. 무림 가에서 시장을 장악했다면 이들은 떼돈을 벌고 있다는 말과 상통된다. 관아에서 시관(市官)을 두어 모두 관할하고 있을 텐데, 이들도 이권과 뒷거래에 각종 명색을 붙이며 금품을 착취하게 마련이다. 패용검 무사가 조용히 식사하는 그를 보며 신경을 곤두서게 했다.

"우리가 들은 바로 그대의 함자는 나선풍이라는 호인이고 또 신소협이라고 하여 방천수의 목을 관아에 효수케 하여 떼돈을 벌었다

바지 내린 서생 87

는데 맞는 말씀이오?"

옆에 있던 무사가 그의 말에 덧붙였다.

"그것도 어떻게 자결하다시피 죽어 간 사람의 목을 자르고 갖다 바칠 수 있어요?"

"은자가 오백 냥이라고 하지 않는가, 그 돈이면 천하태평이지"

그 말을 들은 학소는 등줄기가 뜨끔함을 느꼈다. 이들은 내가 방장군 목을 갖다 바쳐 떼돈을 벌었다는 이야기이다. 정녕 강호의 소문은 무섭다고 말만 들었는데 나의 앞에 닥치고 있다.

경외경(經外經)에서 말했듯이, 회초리로 때리는 것은 피부에 흔적을 만들지만 말로 치는 것은 뼈를 부서지게 만든다.

인간 사회에서 서로 간의 싸움으로 쓰러지는 사람보다 입과 입으로 와전되는 말에 쓰러지는 사람이 많다고 한다. 특히, 사람의 입은 지구상에 움직이는 것은 모두 먹어 치운다. 그리고도 모자라 그 입은 말을 함으로써 세상을 정복하고 더 나아가 사람까지 잡아먹으려 한다.

건강한 귀는 말을 새겨들을 줄 알아야 하고 병든 말에 같이 시기하여 떠든다면 이는 말의 노예가 되는 것이 아닌가 싶다.

학소는 불끈 입술을 깨물었다가 풀면서 고개를 들었다.

"내가 그럴 사람으로 보이시오?"

바르지 못하게 돈을 버는 자는 상대방도 그렇게 돈을 취하고 있을 것으로 생각하는 것은 당연지사다.

"선풍 나으리 이층으로 드십시다. 한턱을 쓰면 우리가 무어라 하겠소? 여기 창(唱)이 있고 조(眺)하여 노래가 있으니 으뜸입니다."

학소는 무관하게 은 닢 하나를 탁자에 놓고 발길을 옮기려 했다.

"선풍 나으리, 나는 부황이라는 사람이오. 여기는 취풍곡원이라 미인도 많고 술도 많으니 취하여 풍류나 즐깁시다."

개뼈다귀같은 얼굴에 제법 호인 위상을 보이며 주적대는 입이 마치 늙은 개가 암캐들 앞에서 짖어 대는 형국이다.

"주객으로 동석하고 싶소만 분위기가 그렇지 않소? 취객 십 경에 설(說)로서 좋은 말에 낙(樂)으로 즐거워야 하고 소(笑)하며 웃음 웃어야 할 텐데, 시종 말씀이 그와 같지 않으니 시시비비(是是非非)로 끝날 것 같소."

밖으로 나가는 그에게 이번에는 말이 아니고 행동으로 견대혈에 맥을 불끈 잡아 끌었으나, 학소는 아무렇지도 않은 듯이 툭툭 털어 내었다.

상석에 금칠을 한 의자에 앉아 있던 능발의 사내는 학소의 태도에 잔뜩 얼굴에 독기가 올라오고 있었다. 마주 앉아 낙화생(洛化生) 땅콩을 입에 넣어 오도독거리던 문사건 중년인은 입을 열었다.

"내버려두라고 하게. 청수한 모습에 탈속한 젊은이오. 보통내기가 아닌 듯한데."

"감히 여기가 어디라고, 건방을 떠는 꼴이 사나워서 원……."

"오전사 체시길을 눈 닫게 했다는데, 걸음걸이가 보통이 아니었소."

"바지 내린 주제에 뭐 그리 대단하겠소. 우리 아이들이 잘못은 있지만 저놈이 너 거만한 편이시요."

그는 문가에서 시비를 거는 데는 흐뭇하기도 했다. 방 장군을 효수하게 했다는 자이며, 채시의 길을 문 닫게 했다면 하북 지방에서 유명세이다.

이로 보아 악질분자를 우리 동만보에서 끝을 내리게 되면 우리가 더 유명해지는 것은 사실이었다. 견대혈을 놓친 부황이라는 보사가 허리에 찬 검을 빼 들었다.

듬직해 보이는 양날의 전통 검이었다.

"우리 앞에서 탁자를 내리치고 마음대로 나갈 수 있을 것 같소?"

"가는 사람 더는 잡지 마시오. 한 치의 앞은 알 수 없고 한 걸음 앞을 알 수 없는 것이 죽음이오, 인생이라 했소."

깊고 차분한 학소의 어조에 부황이라는 자는 사방을 둘러보며 노갈을 터뜨렸다.

"안 되겠어. 이 자를 쳐라."

할 수 없이 학소도 문가에 메어 둔 말 등에서 백영검을 빼 들었다.

이 층 창료방에 있었던 세 명의 무사가 잠에 취해 있었다가 눈두덩을 비벼 쓸면서 내려왔는데 열 명은 되었다.

"보사님, 이놈 하나를 놓고 우리가 합수한단 말입니까?"

"우리는 한 사람이라도 다쳐서는 안 되지. 이놈은 하오 잡배가 아닌 것 같은데 금강팔진으로 친다."

보사의 명령에 여기저기에서 검과 도를 빼 들고 모여드는 젊은이들은 하나 같이 갈색 복두를 쓰고 있었다.

검은 예민하고 곧다. 도(刀)라면 검신이 넓적 하거나 너무 휘든지 또는 짧고 길다거나 특이하면 지방에 따라 일괄 그렇게 취급했다. 주위에 몰려드는 늑대들처럼 모두 이병이기(異兵利器)를 취한 것이 을씨

년스러웠다. 보사의 명령에 선풍편절보(旋風偏步) 보법으로 주위를 맴돌았다. 서화검행에서 학소도 익혀 두었던 보법이어서 깜짝 놀랐다.

"내 너희들에게 말한다만, 제일 간악한 자부터 목을 치겠다. 재차 말하지만 이대로 물러서 준다면 나는 거든히 동시를 떠나겠다."

그는 당당히 말했으나 상황은 엎질러진 물이 되고 말았다. 한구석으로 몰려나온 기녀들이며 창문을 열어 목을 내밀고 바라보는 상인들도 많았다. 또 광장에 있던 사람들도 여우에 놀란 오리처럼 고개를 늘리고 양 눈을 껌벅이고 있었다. 싸우지 아니하고도 이기는 수가 많으니 될수록 그쪽을 선택하라는 아버님 말씀이 떠오른다. 이참에 덩달아 큰 소리로 입을 열었다.

"선량한 상인들 돈을 갈취한다는 동만보(東萬堡)가 이름 없는 무림 소졸에게 열 명씩 합수하여 나의 목을 베겠다면 말이 안 되지요. 만약 그대들이 패할 때는 아무 것도 아닌 동만보가 되어 시장 바닥에서 낯을 들 수가 없을 것이외다. 그렇게 되면 문을 닫을 형편이 되지 않겠소? 이만 물립시다."

말 한마디가 무섭듯이 저 이방인이 패했으면 하던 시장 사람들은, 이제는 반대로 동만보가 우리가 아니고 적으로 보였다. 이로 보아 황금 같은 말 한마디가 정의가 되며, 적을 아군으로 만드는 명언 같기도 하였다.

능발의 무사는 양미간을 찡그리며 보사에게 고갯짓을 하였다.

이들 태도에 중앙에서 금강팔진에 동행하던 학소는 신동귀선(神同鬼仙)의 보법을 밟았다.

활발어요(活發於腰)로 활발히 허리를 움직이며 운지어장(運之於長)

운공을 손바닥으로 행지어퇴(行之於腿) 행함은 다리에 두었다.

합도에는 하자각면 보다 육단부형(肉檀負荊)으로 상체를 드러내 놓고 가시나무로 울타리를 쳐 놓은 공방세를 취했다.

호숫가에서 선검(禪劍)을 하던 유양수가 동시에 와 있었다.

이끼 낀 담장 가에 기대어 선 그는 돌고 있는 검진의 모습을 보고 피식 웃었다.

그것은 금강팔진에 선풍편절보가 탄로나 바지 내린 서생은 신동귀선으로 밟고 있어서 일시에 격검하여도 허점이 없다는 것으로 여겼다.

단지 모두 베어버릴 것인가 아니면 선택하여 베어낼 것인가는 당사자가 아닌 관전하는 입장이어서 유양수에게는 그것이 숙제일 뿐이다. 방 밖으로 나온 문사건은 섭선을 가볍게 흔들며 옆에 있는 소 보주에게 물었다.

"맴돌기만 하고 공격은 없는 것이오?"

소 보주는 가전 절기이므로 자신 있게 답했다.

"대붕전시(大鵬展翅)는 한 번에 끝나요. 들락거리며 시간을 끌 필요가 없거든요."

졸부가 군자의 마음을 모르듯이 보주 능발의 사내는 실체를 모르고 있었다.

자격!

보사의 일갈이 터지자, 동시에 무사들 고함이 일치되며 마치 붕새가 큰 날개를 펼치는 형국이었다. 중앙에 회오리치는 신동귀선의 인영은 이들과 같이 편절보에 뒤섞여 누가 누군지 알 수 없는 회오리가 일었다.

까강! 깡

중앙으로 검진과 인영이 난무하며 대붕전시는 소 보주 말처럼 오래 가지 않았다.

몇 번째 검과 검이 부딪치는 소리는 끝나고 장내는 조용했다.

유양수의 숙제처럼 결과는 선택이었다.

장내에 우뚝 선 이는 자의의 진학소와 패검했던 보사뿐이다.

이어 콜록거리며 세 무사가 일어섰는데 자세히 보니 네 여인과 같이 취풍곡원에 들어섰던 무사였고, 이 층에서 내려섰던 무사들은 모두 목에 검상을 입고 피를 뿜고 있었다. 찰나지간에 벌어진 참상이었다.

세 무사에게는 병두(柄頭)로 가격하였으니 혼절하였을 뿐이다.

"내가 보사에게 말했지. 가는 사람 더는 잡지 말라고."

보사는 웃어 보이며 쉰 목소리가 나왔다.

"아직 끝나지 않았네. 비록 금강팔진은 무너졌지만 여기 우리 소보주님이 있고 내가 살아 있으니……."

학소는 보사가 살았다는데 놀라고 있었다. 마지막으로 찰수육십일식으로 목을 베었는데 그는 멀쩡해서 말하고 있으니 말이다.

세 놈은 양심이 있는 듯하여 검 자부로 쳐 내었지만, 이층에서 내려온 이들은 모두 베어 내었다. 특히나 대장이라는 보사는 확실했는데…….

"소 보주라면 뒤에 신 분이냐?"

보사는 어리둥절하는 태도에 겁을 먹은 줄 알고 크게 대답했다.

"그렇다. 곁에는 당 노사도 있다."

보사는 당당히 말하고 뒤쪽으로 고개를 돌렸다.

그런데……

그가 목을 돌리자 당당했던 머리통이 땅으로 뚝 떨어졌다. 학소도 깜짝 놀랐다.

운지어장을 취하여 빛이 유성을 뒤쫓듯이 류광간월(流光間月) 찰수육십일초식이 첨에 할 줄은 몰랐다.

목이 베인 줄도 모르고 할 말을 다하고 떨어졌는데, 장내의 사람들에게 무공이 어떠하다는 것을 보여주고 있었다. 검을 잡고 당당히 서 있던 몸통도 한참 서 있다가 목이 없는 것을 알고서야 쓰러졌다. 머리통은 몸통을 떠나 나 죽었네 하고 황당한 눈빛으로 여인네 쪽을 바라보고 있다.

기방의 여인들은 누구 하나 슬퍼 보이는 여인이 없어 보였다. 기녀들은 돈이 필요하고 남자는 욕구만을 채우는 곳이었는가

"바지 내린 서생의 하초를 보여주겠다고 떠들더니 불쌍하게 되었네요."

"그게 큰 놈을 보면 거의가 팔불출이거든요. 호호호."

삼 일을 멀다 하고 서방을 갈아 치우는 기녀들은 웃음까지 보이고 있다. 정이 있고 사람다워야 할 텐데 이들은 여인네 돈까지 갈취했으니 말이다.

소 보주는 옆에 있는 문사건을 바라보며 합수할 것을 권하는 눈치였다.

"당 노사! 이 자는 강호의 애송이이기는 한데 놀라운 솜씨요"

그는 유룡검(遊龍劍)을 치켜세우고 있었다. 소 보주라면 한 일가의 희망이며 동만보의 대표인데 도망치는 비겁한 행동은 하지 않았다.

학소도 동만보 지역이라 소 보주 체면치레로 더는 살생을 하고 싶지 않았다.

"이들이 자초한 일이라 어쩔 수 없는 일이 아닙니까. 나는 이만 떠나겠소. 귀보에서 널리 헤아려 주시오"

"이얏!"

말 등에 오르려는 순간 그에게 번개 같은 초식으로 목을 노렸다.

까강!

갑작스러운 공격에 유룡검을 방어하며 말 등을 짚고 한 번 회전하여 공중 낙하하였다. 찰나지간에 소 보주의 유룡검이 땅에 떨어지고 말았다.

검만 떨어진 것이 아니라 그의 오른팔이 검에 붙어 있어서 그 팔은 잠시 움츨거리다가 멈추었다.

"푸직!"

그때, 등 뒤에서 당 노사가 섭선을 양손으로 밀어내며 독장을 날렸다.

학소는 뒷목이 따끔함을 느끼며 비린내가 물씬 풍기고 저절로 침을 흘렸다. 빛살처럼 빠른 공세도 독장을 뿌려내었으니 당할 수밖에 없다. 뒤돌아서던 학소는 두 눈에서 핏발이 일며 당 노사를 바라보았는데 이미 노사의 얼굴은 배춧잎처럼 파랗게 보였다.

그뿐만이 아니다.

주위의 모든 사람이 파랗게 보였고 자기 눈도 그와 같이 물들고 있음을 직감했다.

무슨 운명인가.

금호산(錦虎山)에서는 군부인(君夫人)이 이 독장에 당해 흐르는 강물 속에 산수화 그림자를 보고 그 속에 몸을 담으려고 뛰어들었다.

어머님은 용호지로 떨어졌는데 진학소는 저승으로 떨어지고 있다.

지혈하던 소 보주는 괴로운 표정에서 웃음으로 바뀌었다.

"후후! 당 노사의 구독 선편 독장은 서북 제일입니다."

"갔어! 이자는 그대로 놔두어도 오늘 중으로 끝장이야 풋내기 같으니라고 "

학소는 어지럽게 머리를 움직이고 있다. 심의운기(心薏運氣)로 마음을 움직여 기를 회복하고 있다. 이어 심호흡을 크게 하고 신궐혈에 힘을 가하여 두어 모금의 액체를 뱉어냈다. 몸속에서 일주 천하던 파란 독기가 반 분은 해소되었다는 생각이 든다.

"당가의 명숙이 뒤에서 독장을 쓰다니……."

그 말을 들은 당 노사는 할 말을 잃고 입꼬리를 멀쑥멀쑥이다가 입을 열었다.

"독장을 쓰는 사람은 앞뒤가 없고 밤낮이 없으며 정의는 있으되 정대함은 모른다. 독기를 품고 다니는 것이 얼마나 괴로운지 아는가. 자네처럼 검을 들고 다니는 것이 편한 것이거늘."

구독을 토하는 행동에 당 노사는 산전수전 돌아다니며 승자의 정의를 모를 리 없다. 그는 재차 섭선을 뽑아 들었다. 그로서는 이 모든 것이 정대함이다.

"파직!"

그가 자랑하는 독장이 확인 살수하는 순간이었다. 땅바닥에 굽어 있던 신형이 빛살처럼 당 노사 앞으로 맞받아쳐 나갔다. 그리고 백영검은 초서체로 휘갈기며 사(死)자를 그어 대었다.

치지직 칙 칙!

독장은 종잇장처럼 다섯 방향으로 날아가 해소되었다. 순간 흔들던 섭선은 반으로 갈라지며 당 노사는 왕방울같이 큰 눈을 뜨고 하늘을 바라보고 있었다. 백영검은 갑주를 찌르듯이 찬격(鑽挌)으로 그의 복부를 깊숙이 찌르고 있었기 때문이다.

환독구음장(環毒九陰掌)으로 맹위를 떨치던 기지(基地)도 서북땅 하늘을 바라보며 임종을 맞고 있다. 백영검을 뽑았을 때는 복부에서 희멀건 피를 쏟으며 쓰러졌다.

"자…… 자네가 진 소협이라면 의가장의 진학소가 맞는가?"

그의 말에 깜짝 놀란 학소는 당 노사의 머리를 떠받치며 물었다.

"노사는 어떻게 그 이름을 알고 있소?"

그는 꺼져가는 눈으로 학소를 바라보며 입가에 미소를 흘렸다.

"백접이라면 하얀 나비가 아닌가? 강호에 그 나비가 날고 있다. 백접을 잡는 자는 영생불사할 것이라고 하네."

"그러시면 노사께서도 그 백접을 찾고 있었습니까?"

"그렇네. 일 년만 더 살고 있었으면 나도 영생불사 할 수 있을 터인데……"

그는 먼 하늘을 우러러 바라보다 운명하고 말았다.

"안됐소. 대망을 꿈꾸며 희망에 부풀었을 텐데……"

제자리로 찾아드는 잔잔한 마음이었는데 또 구역질이 났다. 입만 벌렸지 헛구역질이다. 시간이 지나가 버린 독기는 체내에 퍼져 버렸다.

　광장에서 구경하고 있던 사람들은 오리목을 하고 바라볼 뿐 가까이 하지 않았다. 누가 피비린내 나는 장소에 가까이 가겠는가.

　어느새 소 보주는 팔과 유룡검을 주워 들고 사라져 버렸다.

　담벼락에 기대어 서 있던 검은 차사가 움직였다.

　혼령이 깃든 장소에 걸맞게 대천검 유양수가 걸어왔다.

　"바지 내린 서생답게 초서체를 잘 쓰더군. 그 솜씨에 나도 감탄하고 말았소. 죽을 사(死)는 획이 여섯인데 첫 장에 여섯을 선택하여 베어 낼 때는 몰랐지."

　검보를 읽는 놀라운 말에 유양수를 바라보는 학소의 눈에 파란 이끼가 끼고 있었다.

　"두 번째 당 노사 앞에서는 독장을 오방으로 찢어내고 마지막 비껴진 획은 그의 배를 자격(刺擊)으로 가하더군."

　"여기 당 노사는 독기를 품고 다니는 것이 괴롭다고 했소. 당신 말대로 저승은 편한 곳이 아니겠소?"

　유양수는 역시라고 고개를 끄덕이며 당 노사의 수중을 털었다.

　"이보시오. 수중에서 금은보화라도 나올 상 싶어 그러시오?"

　"무슨 소리야! 수중에 해약이 있을 것이 아니오?"

　"당 노사 기지는 오늘 알았소. 환독구음(環毒九陰)에는 해독 약제가 없다고 자처하는 사람이 아니오. 그런 분 수중에 있을 리가 없겠지요"

　선혈이 묻어 나는 시체를 털던 유양수는 그렇다고 고개를 끄덕이며 이번에는 무엇을 한움큼 끄집어내었다.

"부잣집에서만 맛볼 수 있는 낙화생만 가득하구나!"

당시 낙화생(落花生)은 처음 유행하여 부잣집에서만 거래되는 귀한 땅콩이었다. 그것들을 광장에 뿌리는 행동에 소리쳐 물었다.

"무엇 하는 짓이오?"

"보면 모르겠소? 버들잎이 없으니 이것으로 혼령들을 위로할 수밖에……."

혈향을 즐기는 그는 조금 전까지 날뛰며 활동하던 젊은이들이 지금은 피를 토하며 쓰러진 것에는 감회를 느끼고 있었다. 말 등에 오르는 학소에게 뜻 모를 미소를 지었다.

"당신이 가면 어디를 가겠소. 내가 어떻게 해보리다."

뒤도 돌아보지 않고 말 등자를 툭툭 차며 한 마디 남겼다.

"당신은 저승사자가 아닙니까? 이승에서 할 일이 많다고 전해 주시오."

"제발 이승에 남아 주기를 학수고대하겠네. 누가 버들잎을 안고 쓰러지는지 우리 다시 만나 겨루어 보는 것이 나의 숙제가 되었소."

그는 그 말을 뒤로 남기며 백마를 타고 달려 나갔다. 한가하게 죽고 사는 모험에만 집념하는 그에게 의탁하고 싶지 않았다. 나의 힘으로 버텨 보기로 마음먹었다. 얼마를 달렸을 때 더는 말 등에 붙어 있을 수 없었다. 마른 구역질과 배 속에서 메스꺼움이 복받쳐 그는 길가로 쓰러지고 말았다.

북방의 대로에 칠기를 가득 실은 마차 한 대가 동시로 들어가고 있었다. 농촌에서 쌀가마를 실어 나르던 마차인데도 누추한 데는 찾아볼 수 없다. 그것은 밤색 이지칠로 닦아놓은 화려한 마차였기 때문이다.

마차 위에도 이지칠로 분장한 목기 그릇 들이며 작은 탁자들이 가득 실려 있었다. 어자대에서 숙부라고 부르며 무어라고 말하는 여인은 검은 히잡을 둘러썼으며 반쯤의 얼굴만 보였다. 번질 나는 마차와 어울리게 하얀 경단(輕團)을 몸에 맞게 차려입었고 숙부와 이야기를 나누던 그녀는 길가에 백마가 멈추어 선 것을 보고, 마차는 멈추었다.

"숙부님! 도랑에 사람이 쓰러져 있어요"

여인의 말에 숙부는 어자대에서 뛰어내리며 길도랑에 있던 남자를 끌어내었다. 그 남자를 바라보던 검은 히잡의 여인은 소스라치게 놀라며 뛰어내렸다.

"진 공자? 아 진 공자이십니다."

연두색 두루막을 걸친 중년인은 황망히 떠드는 질녀에게 자중하도록 했다.

"진 공자라면 형님이 집안 사위로 모시고자 했던 은공 말이냐?"

"예, 그래요. 확실해요."

숙부는 다급함을 느껴 그를 부축해 일으켜 세웠으나 의식은 없어 보였다.

"숙부님, 어떻게 해보세요."

"입에서 녹색침이 흐르는 것으로 보아 독장에 당한 것 같구나."

히잡의 여인은 늘씬한 몸을 굽어 세우며 숙부와 같이 탁자들을 꺼내고 젊은이를 마차에 태웠다.

"빨리 이분을 집으로 모시게나. 나는 이 길로 의원 댁으로 갈 것이다."

말이 끝나기가 무섭게 히잡의 여인은 마차를 몰았고 숙부는 그의 구름마를 타고 내달렸다.

백붕칠가는 공방이 분리되어 있어 장원은 조용하기만 했다.

대청 내실에서는 탕향이 흘러나오고 분주함이 돋보였다. 침실에는 진학소가 하얀 천에 덮여 누워있었고, 그 앞에는 노 도인이 침술을 행하고 있었다. 진학소를 바라보던 백붕칠가 가주 백상규는 의원에게 말을 하였다.

"저의 형님은 구채구에서 백하칠가(白河漆家)를 이루었습니다. 저 또한 형님 밑에 몸담았다가 지금 여기에서 일가를 꾸려가고 있습니다. 이분은 구채구에서 도군목으로부터 집안을 살려 주신 은공(恩功)입니다. 그리고 이분은 여기 설하 질녀와 정혼한 낭군이기도 합니다."

"허어, 올 때도 말씀드렸소만 백하칠가(白河漆家)에 대단한 귀인이 시구려."

의원은 학소가 뱉어 낸 한 사발의 독물을 보며 고개를 끄덕였다.

"진 소협이 환독구음이라고 말했다면, 사천당가에 환독구음독선이 확실하오. 심의 운기로 독물을 분출해 낸 것을 보면 내공이 보통은 아닌 듯합니다."

"그러게 말입니다. 나도 형님으로부터 그러한 말씀을 듣고 감탄해 마지않았습니다."

연한 청색 유삼을 입은 노도인은 백발이 성성한 얼굴에 대추빛처

림 붉었고 칠순이 청춘인 듯 몸놀림도 활달하였다. 맥을 짚던 노도인은 안색이 일변하며 깜짝 놀랐다.

"젊은이의 몸속에 있는 신비한 반탄력으로 내상에는 전혀 손상이 없어요. 진원진기가 상실되었는가 했더니 기가 넘쳐나 흉 맥을 뚫지 않으면 위험하겠습니다. 산공법은 본인이 할 수 없는 일이므로 침술 밖에 다른 방도가 없어요."

"침방으로 충분하겠습니까?"

설하 낭자는 다리를 주무르다가 노 도인을 돌아보았다.

"다리가 모두 얼음장 같아요."

뜨거운 가슴에 맥을 짚던 노 도인은 하단부로 양손을 옮겼다.

관원혈(關元穴)과 회음혈(回陰穴)을 짚던 노도인이 또 안색이 변했다.

"음중지양(陰中之陽)의 긴맥(緊脈)은 강했다가 급하게 약한 쪽으로 변하고 있어요. 이로 보아 이 청년은 금제지혈(琴制止穴)을 타고 태어났으니, 남자구실을 해 보지 못했군. 쯔쯔쯔."

의원이 혀를 차면서 쓸쓸한 말에 백 가주가 입을 열었다.

"진 공자는 나의 질녀 설하의 부군인데 도인께서 모두 손을 보아 주셔야 하겠습니다."

학소의 흉부에 침을 놓아 가던 노 도인은 안절부절못하고 있는 설하와 가주를 바라보며 웃음을 머금었다.

"진원 진기가 내재하여 있는 근골이 비범한 젊은이오. 이 노신도 가늠할 수 없는 기골이라 놀라고 있소."

노 도인은 다리 사이 두렁이 있는 회음혈에서 두 치 정도의 머리털 같은 침 하나를 뽑아 들었다. 가주 백상규는 한숨을 내리고 설하에게 노 도사를 소개했다.

"조노야 어르신은 산서 지방에서 월하빙인(月下氷人)이라고 일컬어지는 조공우(趙公友) 의원이시네. 관우신(關羽申)과 어깨를 나란히 할 수 있는 조공명(趙公明) 신의 후손일세."

"황망하여 인사가 늦었습니다. 소녀 백하칠가의 여식 설하이옵니다."

"알고 있다. 지금 생각해 보니 이 청년이 오죽했으면 낭자 같은 여인을 두고 집을 뛰쳐 나갔겠느냐. 성인이 되었으니 부끄럼 없이 들어 주기 바란다. 남자가 되어 부실한 하초(下焦)로 인해 구실을 하지 못하면 그 모욕감은 대단하지 않겠느냐?"

그 말에 설하는 두 뺨이 붉어졌다. 당시 설하는 원앙 촛불 앞에서 원삼을 내리고 공자 앞에 서 있었던 일이 떠올랐다. 정녕 금제지혈로 인해 나를 버리고 떠났다면 가여운 생각마저 들기도 했다.

백 가주와 설하를 번갈아 보며 여인의 마음을 깨우려고 이어 입을 열었다.

"원래 우리 도교는 방중술이 생명의 시작이라고 하여 어렵게 생각하지 마시오. 도교의 창시자 장도릉(張道陵) 조사님은 사람들 질병을 방중술로 치료했다고 합니다. 의원이 되면 부부의 침실에 들어가 치료법을 가르치기도 하지요.

이와 반대로 한 편에서는 원백술을 지키는 유파도 있는데 여섯 가지 짐승 고기와 오신채(五莘彩) 즉, 짜고 매운 채소도 먹지 않습니다. 성교를 하면 즉사한다고 믿고 있으며 잠자지도 않으며 고요히 묵상에 젖지요. 백을 알고 흑을 지키면 죽으려 해도 죽지 않고 흑을 알고 백을 지키며 몸에 들어오는 사악함을 물리친다고 하지요. 우리 도교에서는 방중술을 올바르게 행함과 원백술처럼 옳게 지키는 두 가지 모두가 불로장생의 시작이고 몸에 미치는 해악을 물리친다고 봅니다. 한편으로 보면 만물은 교접(交接)하기 위해 태어났지요. 그것은 교접으로부터 태어났기 때문에 인간도 이와 같이 자연의 법칙에 순응하여 달성하는 것입니다."

침상에 누워 있던 학소는 노 도사의 마지막 말을 들으며 잠에서 깨었다.

그는 상체를 일으키며 황당하지 않을 수 없었다.

"여기가 어디입니까?"

백 가주는 정중히 몸을 세우고 입을 열었다.

"여기는 장안에서 얼마 떨어지지 않은 백봉칠가이며 나는 이 집 가주 백상규라고 하네."

"저는 당 노사 독장에 의해 내상이 뒤틀려 몸이 상한 줄로 알고 있습니다."

가주는 옆에 있는 노 도인을 향해 오른손을 펴 보였다.

"이 분이 진 도령 병세를 보아주신 분이오. 산서에서 월하노인으로 일컬어지는 조공우 의원이시네."

학소는 침상에서 내려서려다 자기 몸을 보고 깜짝 놀랐다. 몸에 걸친 것이라고는 남자의 두렁을 겨우 감춘 백삼 고의뿐이었다.

"어르신 덕택으로 이렇게 나아졌나 봅니다. 그런데 어떻게 저의 신상까지……"

"진 소협의 진기가 공천에 떠 있어서 바로잡는 것은 어려운 일이 아니었소. 여기 백상규 가주는 구채구의 백하칠가(白河漆家)의 일가로 설하 낭자의 당숙이다."

고개를 들어 낭자를 돌아보았는데 정말 백설하 낭자였다.

"백 낭자가……?"

"그래요. 이 노가(奴家)는 얼마나 그리움에 받쳐 살았는지 모르겠어요."

얼굴을 붉혀 어쩔 줄 몰라 하는 설하를 보며 노 도인은 웃음 지어 보였다.

"진 소협이 죽는 줄 알고 우리가 올 때까지 온찜과 냉찜하며 얼마나 서둘렀는지, 내가 보기에도 안쓰럽더군. 나보다 설하 낭자가 그대를 돌보아 주었으니 그 덕이 큰 것으로 본다."

"두 어른께 어떻게 고마운 말씀을 드려야 할지 모르겠습니다."

부엌에 들어갔던 백 낭자가 약탕을 들고 들어왔다. 노 도사는 고개를 끄덕이며 말을 이었다.

"탕제를 드시고 무림에서 말하는 운기조식(運氣調息)을 하거라. 그리고 저녁을 먹고 나면 몸은 원상으로 회복될 것이다."

백 가주가 덧붙여 말했다.

"진 공자는 음중지양에 긴맥이 막혀 금제지혈에 있었다고 하네. 의원님은 침방으로 시술(施術)을 하셨네. 공자는 우리 집인에 은공이시며 사위로 생각한다."

"그렇구나. 백가의 서랑(壻郎)인데 마음 편히 쉬거라."

노 도인은 설하 쪽으로 고개를 돌리며 말을 이었다.

"한 나라 무제의 이부인(李夫人)은 아름다움과 춤에 능하여 부군

바지 내린 서생 105

을 사로잡았고, 조비연, 풍소령, 양귀비 모두 궁궐의 임금님들을 노래와 춤으로 사로잡았던 여인들이다. 설하도 현과 금을 잘 탄다고 하였는데 들어 보고 싶구나."

설하는 붉어진 얼굴을 감추며 물었다.

"저의 숙부님이 그러셨어요?"

"집안에 비파와 해금이 걸려 있는데, 그럴 것이라고 믿는다."

이들은 조용히 운기조식을 할 수 있도록 방 밖으로 나갔다.

학소는 얼른 일어나 정장부터 갖추어 입고 한약을 들었다. 그리고 저녁을 마치고 나서 운기조식에 심취했다. 신궐혈 하단부 충문혈(衝門穴)까지 막힘이 없이 유통되고 있음을 알았다.

한 시진을 심취했던 그는 긴 호흡을 하고 나자 막혔던 오음 절맥이 모두 타동된 듯싶었다. 항주에서 여인들 손을 잡고 걷는 젊은이들이 떠올랐다. 그 모습에 학소는 남자 체통이 있지 남사스럽게 어찌 아녀자의 손목을 잡고 걸을 수 있을까 하고 체념해 버렸다. 남자답고 유학자 다우려면 여인과는 멀리해야 한다는 사회 관념도 팽배해 있었다.

서흥산에서 초희의 손을 잡고 걸어 본 것이 처음이고 마지막이었다.

여인의 몸을 구석구석 헤집고 다녔던 일이 있다. 남색 치마를 걷어내자 하얀 치마가 있었다. 그 치마는 허벅지로 흘러내렸으나 사그라지는 하초는 모든 것을 단념하게 하였고, 나는 달려 나갈 수밖에 없었다. 세상 모든 남자 대표인 것처럼 망신당한 행동에 나는 편백나무에 한을 풀었다.

백 가주가 말하는 월하노인(月下老人)이라면 강호의 중매쟁이로 소문이 나 있는 의원이시다. 그 노인은 사람이 태어날 때 배필이 될 이성(異性)과 연결된 붉은 실을 매달고 나온다고 하는데, 설하와 나는 그 실로 다리에 연결되었다는 의미로 말하고 있었다.
　인연은 하늘에서 맺어주고 사랑은 땅 위에서 한다는 말이 된다.
　그때 별채에서 귀에 익은 해금 소리가 들려오는데 곡에 따라 들리는 곡조는 설하의 사랑가였다. 설하는 오매불망 나를 기다려 왔다고 했다. 초희와 개화를 떠난 나의 마음은 설하 쪽으로 기울고 있다. 하지만 그에게 놓여 있는 태산 같은 앞길에 사랑은 마음뿐이다.
　흐르는 곡조는 구채구에서 들었던 사랑가였다.
　"모과를 건네 주기에 예쁜 패옥을 보내 드렸지요.
　꼭 갚으려는 것이 아니라 사이좋게 지내자는 뜻이었어요. 복숭아를 건네 주기에 예쁜 구슬을 보내 드렸지요. 꼭 갚으려는 것이 아니라 사이좋게 지내자는 뜻이었어요."
　구채구 백하칠가에서 애틋한 사랑을 싹틔우며 불렀던 백 낭자의 노래임이 분명했다. 망설임에 주저하던 그는 점점 가슴이 떨리고 야릇한 감정으로 젖어 들고 있었다. 그 가락은 사랑에 젖었던 순간들을 우러나오게 했다. 신방을 꾸미고서 합방하는 정(情)도 나누어 보지 못했으므로 그녀에게 더욱 미안했다.
　곡이 끊겼다 싶었는데 또다시 해금에 이어 채련태(寨連笞)의 곡조가 은은하게 들려왔다.
　"누가 정원에서 연대를 꺾고 있으니
　대담한 서생이 돌을 던지네.

그대 연꽃이 필요하다면 내 방에 있다오.

그대 사랑이 필요하다면 밤에 오세요.

그대의 집 담장 높고 철문 잠겨 있는데

내 어찌 들어가겠소.

아 아, 내 어찌 들어가겠소."

잔잔히 들려오는 해금 소리를 듣던 학소는 꾸리려던 짐을 풀었다.

창문을 열고 해금 소리가 흐르는 별채를 바라보았다. 정원 뜰에 흔들리는 나뭇가지는 그녀의 방을 가릴 듯 말 듯했는데 금을 타는 여인은 백 낭자가 분명했다. 그녀의 방을 바라보는 학소는 가슴이 뛰기 시작했으며 심맥이 굵어지고 있었다. 성욕은 어둠을 찾고 밤에 이루어지는 서정시라고 어느 시인은 말 한 바 있다.

"우리 집 담장 밖에는 오동나무가 한 그루 있으니

오동나무 타고 담장을 넘으세요.

화장대 위에 인삼탕 한 그릇 놓았으니

그것을 드시고 사랑하는 임이시여 침대로 오소서.

아-- 아-- 님이시어 침대로 오소서."

금제지혈에서 해방되었다고 생각한 학소는 자신을 부르는 소리로 단정지었다. 무엇에 이끌리듯이 그녀의 방 문가에 다다라 살며시 문을 열었다. 치렁치렁한 갈색 머리에 백상의 원삼(圜衫)을 입었고 죽편을 긁으며 노래에 심취해 있었다.

"낭자의 처소에 들어와 무례함을 용서해 주시오."

그녀는 해금을 놓고 고개를 돌렸는데 애처로운 눈빛으로 그를 맞았다. 그리고 원삼을 끌면서 다가왔다.

"상공! 어서 오세요. 빈첩이 얼마나 그리워했는지 아세요?"

백 낭자는 그리움에 복받쳐 술 취한 여인처럼 학소의 목에 양손을 얹히며 가슴을 포개었다.

"설하 낭자."

"빈첩은 낭자가 아니에요. 낭자 소리 그만하고 설하라고 불러 주세요."

남자들은 여인을 해부하고 싶어 하고 여인들은 호기심에 취해 주고 싶어 하는 충동을 느끼게 한다. 여인의 뭉클하고 따스한 가슴을 품고 보니 그에게는 욕정이 나오기 시작했다.

여인들은 아무리 목욕재계해도 향취는 닦을 수 없는 일이다. 그 향취에 지금까지 여인을 기피하던 자신이 북받쳐 오르는 욕정은 의심할 정도였다.

설하는 월하노인의 말을 잊지 않았다. 석상 같은 남자를 처음 끌어내는 데는 여자가 먼저 움직여야 한다고 귀뜸했다. 양이 무동이면 음이 동하라고 했다. 살포시 그의 곁에 다가간 설하는 원삼을 벗고 백 상의를 내리고 있었다. 그러자 준비했었는지, 속살이 보이는 흰 천의 나삼이 나타났다.

아무리 좋은 옷도 여인이 옷을 벗어 버리는 것은 수치심도 마음도 모두 벗어 버리는 것과 같다고 했다. 여인이 옷을 입고 다니는 것은 그것을 벗기 위해 입는 것이라고 홍행가에서 했던 동료들의 말이 떠올랐다.

나삼 속에 드러난 설하의 옥체는 원앙 촛불 속에서 보았던 둥그런 둔부는 그대로이다.

여인들 하면 모두가 둔부가 크다는 것을 느껴왔다. 초희도 그랬고 홍치 선주는 욕조에서 철철 넘치는 욕조물이 그랬다.

둘이 능라 비단 이불이 깔린 침상으로 다가가자, 여인은 남자의 옷을 풀어 내리려 한다.

"상공! 어서 침상 위로 오세요."

방 안에는 홍초롱이 걸려 있어서 은은한 빛을 발산하고 있고 붉은빛을 받으며 학소의 옷고름을 풀어 갔다. 자괴감에서 벗어나지 못한 그는 분위기와는 전혀 다른 이외의 말이 흘러나왔다.

"설하! 이 몸은 여인을 품을 수 없는 몸이오. 그대의 해금 소리가 낭랑하니 아름다운 곡조나 듣다 가겠소."

낙담으로 체념의 말소리에 설하는 뽀로통 눈매로 그를 바라보았다. 그 눈빛은 당신은 무슨 이유로 연꽃이 만발한 아녀자 방에 들어섰는지 묻고 있었다. 노인의 말대로 오늘 밤 부부지정을 갖지 못하면 또 금제지혈로 돌아갈 수 있다는 말에 설하는 적극적이었다.

그때 창노한 음성이 건넌방에서 들려왔다.

"그대는 지금까지 여인으로부터 당했던 모욕감은 모두 잊어야 한다. 나는 자네 금제지혈을 트게 하였는데 욕정에 심취하라."

"집 담장 높고 철문이 잠겨있는데 상공께서 내 방에 들어왔어요. 어서 그렇게 하세요. 건넌방에서 말씀하시는 분은 조공우 의원이시니 어려워 마세요."

창노한 음성은 재촉하듯이 들려왔다.

"어서 금침 속에 들라. 사람이 쾌락이라면 정욕을 생각하게 한다. 가슴과 사타구니에 감각을 두며 손으로 어루만지거라."

포근한 금침 속으로 몸을 담그자 설하는 당연한 부부인 것처럼 동침하였다.

그는 노 도인의 말대로 여인의 가슴과 사타구니 쪽으로 손을 옮겨 갔다. 빙기옥골의 따스한 여체에 손을 옮기자, 남자의 마음이 동하기 시작했다. 설하도 암벽 같은 남자 가슴을 쓰다듬고 있었고 남자는 오름 같은 여자의 가슴을 감하기 시작했다.

무르익은 혈기 왕성한 청춘남녀가 서로 몸을 더듬으니 둘은 콩당거리는 가슴은 터질 것만 같았다. 그런데 지금까지 억압에 눌려 있던 부실한 하초(下焦)가 새로이 탄생하고 있었다.

"다음은 육체의 교감을 상상하라. 자네의 아랫배를 보고 여인의 아랫배를 바라보라 두 짝이 아랫배를 맞추고 교감함으로 뜻을 이루게 된다."

마음을 작심한 학소는 금침을 들추어 설하의 아랫배와 자신의 아랫배를 바라보았다. 홍등에 은은히 나타나는 그녀의 아랫배는 초롱초롱한 아침 이슬을 머금은 모습으로 수줍어하고 있었다. 또한 이쯤에서 시들어 버리던 자신의 양물은 끄떡없이 곧게 서 있는 것이다. 마치 돌격 준비를 기다리는 병사같이 웬일인가 싶었다. 설하 또한 두툼한 그의 손이 가슴과 아랫배를 쓸어내릴 때 묘한 감정으로 가슴을 떠게 만들고 있었다. 그런데 노인네 말대로 금침을 들어 낭군님과 같이 고개를 들어 보았는데……

아…… 그 신참 병사는 투구를 쓰고 곧게 서 있는 당당함에 아찔했다.

구채구에서 진 공자와 혼인을 맺으며 운우지정을 생각해 본 적이 한두 번이 아니었다. 신방을 꾸리며 학수고대했던 일이 막상 앞에 닥치고 보니 무서움과 설렘이 함께 밀려왔다.

예의 노 도인의 음성이 들려왔다.

"붉은 홍등에 비추는 비단 이불을 들추는 자는 누구인가. 원앙에서 온 그대는 양대(陽臺)로 향하네. 남녀가 정기를 교합하면 만물이 생성한다. 해서 고요히 닫혀 있던 건(乾) 패는 동할 때 바르게 곧아 크기가 생긴다. 해서 고요히 닫혀 있던 곤(坤) 패는 공격하면 열리어 이로써 넓이가 생긴다. 구름이 흐르다가 비가 되고 산봉우리로 감도니 또 구름이 된다. 천지가 감응해 만물이 동화 생성하니 교접하므로 모든 생명이 탄생하고 흥한다."

월하노인은 삼천 년 전부터 내려오는 역경에서 음양이 변하여 만물이 형성된다는 역경 철학에 뜻을 두는 말을 했다.

"해서 접하는 순서는 나비가 꽃술에 앉아 꿀을 맛보듯이 천천히 달싹인다."

이에 남자의 입술이 겹쳐오고 노인의 말대로 촉촉한 입술과 입술이 구름에 감응하듯이 두툼한 혀가 여인의 입안을 훔치고 있었다.

암벽 같은 남자의 가슴이 봉긋한 여인의 가슴에 포개어지며 남자의 양다리가 여인의 다리를 점하고 있었다. 상단을 감하고 하단을 점령하려는 병서에 있는 전술 같기도 하다.

사나이의 거친 숨소리가 귀밑을 달구며 그녀의 몸도 뜨겁게 변하고 있다. 성문을 열고 싶었으나 억센 사나이의 성난 부분을 피하고자 두 다리를 좁혔다. 하지만 사나이의 다리가 가운데로 들어와 여인의 양다리는 벌써 제압당하고 제대로 움직일 수도 없었다.

드디어 명령을 기다리며 곧게 서 있던 장병이 돌격 명령이 하달되어 성문을 향해 돌격을 개시했다.

굳게 닫혔던 성문이 뜨겁게 밀려오는 장병에 의해 열어 젖혔다.

"상공! 상공!"

옆 방에서 귀를 기울이고 있던 월하노인은 여인의 비음과 낭성에 고개를 끄덕이며 한 마디 남기고 자취를 감췄다.

"그대는 고민하던 자음양양(滋陰養陽)과 오음절맥이 트였는데 이 밤을 즐겨라."

설하는 성이 함락되어서도 행복감에 젖어있었다. 조금 전 보았던 용감한 장병이 앞장서 있었기 때문에 여인의 가슴은 더 울렁이게 만들었다. 남자는 누가 가르쳐 주지 않은 처음 저어보는 상앗대였지만 점점 능숙하게 노를 저어갔다.

풍랑이 이는 호수에 옥교 위는 상투를 끄덕이며 노 저어 가는 것이 연상되었다. 창영에 드러난 홍치 선주는 둥그런 둔부로 노 저어 가기도 했다. 남자들이 돈을 써 가면서 왜 화류계를 오가는지 지금은 알 수 있을 것 같았다.

삿대도 제법 강약을 조절하여 앞장섰던 장병은 이십 년 동안 가꾸어 놓은 화단을 제집 드나들 듯하고 있었다.

상공! 상공!

고고히 품위를 세우며 자라온 여인은 신참 병사에게 점령당해 지금 누가 본다면 고귀함이라고는 찾아볼 수 없는 몸이 되고 말았다.

설하의 섬섬옥수는 사내의 가슴과 능을 어루만시며 남사의 재온에 더 밀착하고 있다. 학소는 지금 완전한 정복자이며 남자가 되는 셈이다. 장군이 전장에서 적의 장수목을 베고 통쾌함을 맛보는 것처럼, 늦게나마 남자는 여자를 정복할 줄 알아야 한다고 느끼고 있다. 짐승들은 당당히 힘을 과시하며 경쟁하여 승자는 상대를 얻어 이를 쟁취한다.

희로애락의 순수한 감정 중에 교접만은 생각만 하여도 치욕스럽다고 하고, 그 사연을 입에 올리는 것도 은밀한 부분을 말하는 것도 모두 치욕스러운 일이라고 한다. 동물들은 가식과 위선으로 엮어진 인간을 보며 조잘댄다.

동물들은 태어난 이유가 그러기 위해서 그러는 것처럼 먹는 것과 교접밖에 모른다. 그러고 나서 새끼들을 열심히 키우는 것 이외에는 아무것도 없다.

사람들은 이성(理性)의 동물로 그것만이 목적이 될 수 없다. 허나 성인이 되면 교접(交接)함으로써 자연의 법칙을 준수하며 달성하는 것이라고 월하노인(月下老人)은 말하고 있었다.

일성서원(一成書院)은 강소성(江蘇省) 지방에서 널리 알려진 학문(學文)의 서원이었다. 학문과 서원이 번창하면서 무(武)는 죽고 공자의 문(文)이 살아나 주학(朱學), 현학(玄學) 서원 등이 각 지방에서 유행하고 있었다. 일성서원은 당 때부터 역사서와 유교 경전이 많아 그 자료를 찾는 학자들도 많았다.

서원 울담 내에 서쪽 건물 두 곳에서는 검은 유건을 쓴 유생들이 강서(講書)와 강학(講學)을 받기 위해 분주히 드나들고 있었다. 동쪽에는 큰 건물이 있는데 몇백 년 되어 보이는 두 개의 치자나무가 뒤뜰을 지키고 서 있는 이곳이 고서당(古書堂)이다.

색이 바랜 검은 유삼에 역시 검은 유건을 쓴 공구승룡(空句昇龍) 탁발제가 고개를 끄덕이면서 백서(帛書)와 죽간(竹簡)을 꺼내 탁자 위에 펴 놓았다.

"내가 보았다는 것이 이것이오. 죽간에서 백서로 이어지는 삼례(三禮)요."

집 안의 장자인 중년인이 장삼 자락을 걷어 올리며 두루마리 백서와 죽편을 반듯하게 펴고 말했다.

"소생도 고서는 많이 보아 온 터라 갑골문자는 어느 정도 익혀 두었습니다.

그래서 우리 서원을 찾아와 문의하는 이들도 많습니다. 헌데, 그 이후에 나온 문자는 터득함이 모자라서……."

탁발제는 한참 죽편과 비단 포를 바라보다가 입을 열었다.

"금문(金文)과 예서(禮書)지요. 백서(帛書)에서 예서는 삼례(三禮)를 말하고 있소."

"시생도 그리 짐작하고 있습니다. 서경, 역경, 시경이 삼례가 예기, 주기, 의기와 춘추(春秋)로 이어지는 범례를 찾을 수 있다고 봅니다."

그때 방문이 열리며 젊은 유생이 고개를 내밀었다.

"외당에서 손님이 부원장님을 대면하고자 청하고 있습니다."

"무슨 연유로……?"

"서책의 표지를 알아보겠다고 합니다."

부원장은 앞에 있는 죽편과 면포를 말아 놓으며 마루방으로 나왔다.

바지 내린 서생 115

탁발제도 서방(書方)을 나와 마루방 탁자 앞에 앉았다. 주인이 없는 방에 귀한 책들이 많기 때문에 그리하였다.

외당은 문가에 있어서 부원장은 목판 신발을 끌면서 들어섰다.

스스럼없이 손님을 접대하는 곳으로 일수를 보아주거나 글자를 보아주는 곳으로 소문이 나 있으며 그 값으로 서원에서는 다소의 수입도 있었다.

부원장이 방에 들어서자, 장삼을 입은 중년인이 웃어 반겨 맞았다.

"일성서원 장 원장님 존안을 뵙게 되어 반갑습니다. 소신은 제국당 당주 백진구라고 합니다."

백 당주는 청색 유건을 쓰고 있었는데, 유건 주위에는 명주 구슬이 박혀 있어서 고귀함을 풍기고 있었다.

"제국당이면 부안에 제국당 장주님이 아니십니까? 헌데 시생에게 물어보겠다는 글월은 무엇인지요?"

조심스럽게 당주의 소지품을 살펴보았는데 옆에는 꼬부랑 지팡이를 둔 것이 무인 같아 보여 학문에는 거리가 있음을 짐작하게 했다.

당주는 품속에서 굵은 필통을 꺼냈다. 오래된 죽통인데 뚜껑을 열고 툭툭 털어내자, 양피지 책자가 나왔다. 가끔 보아 온 일인데 백포나 죽간 등을 보관해 왔다.

"고서를 알아보는 데는 선생님만 한 분이 더 있겠습니까? 해서 지나는 길에 부원장님한테 부탁하는 것입니다. 겉표지를 밝혀 주시면 좋겠습니다."

부원장은 골똘히 겉표지를 살펴 나갔다. 갑골문자와 과두문자에 연구한 바가 많아 그는 그 음을 읽을 수 있었다.

"과두문자입니다. 내용은 알 수 없으나 서불과지(徐市過之)라는 말로 서불이 지나갔다는 산세의 말씀 같습니다. "

"아, 그렇군요. 벌레가 지나갔다는 말은 아니군요. 글자가 꼭 그와 같아서 하는 말이 외다."

문가에 있던 유생은 벌레가 지나갔다는 손님의 말에 웃음을 참지 못해 손으로 입을 막았다.

표지를 걷자 깨알같이 바늘로 그어 쓴 갑골문자와 과두문자가 섞여 빼곡히 적혀 있었으며 산세도 그려져 있었다. 부원장은 눈이 어두워 창가로 책을 들고 내용을 읽어 주려고 했다.

"아, 되었습니다. 오성 팔괘의 흉지와 길지를 볼 수 있는 지관의 풍수지리서가 맞습니다."

제국당 당주는 서책을 뺏다시피 받아 쥐며 서둘렀다. 그리고 죽통 속으로 집어넣으며 은 닢 하나를 탁자 위에 올려놓았다. 표지 네 글자를 읽어 주는 값으로는 후한 편이다.

항주 리안산에서 그랬던 것처럼 알 수 없는 경문을 흥얼지게 중얼거리며 밖으로 걸어 나갔다.

장 부원장은 고서를 좋아했으므로, 아쉬운 표정으로 서두르는 그를 의심했다.

당주는 내용을 읽어 주면 그만큼 값이 비싸다는 것도 있겠지만 귀한 내용을 간파하여 길지를 볼 수 있는 심안으로 모두 터득해 버릴 것으로 믿어 의심치 않을 수 없었다.

장 부원장은 처음부터 짐작은 했었다. 지나는 길이라고 했고, 가

바지 내린 서생

끔은 이러한 일들이 있었기 때문이다. 귀한 내용은 자신만이 간직하고 싶어 하고 알아보겠다는 것이다. 쓸쓸히 입을 다시며 고서당으로 들어섰다. 차를 마시고 있던 탁발제가 무엇을 곰곰이 생각하는 부원장을 보며 물었다.

"차 한 잔도 식기 전에 무엇을 보아 드렸기에 그리도 쓸쓸한 얼굴이오?"

"글쎄 말입니다. 누가 지나갔다는 과두문자인데 어느 지관이 지나갔다는 오성 팔괘의 지리서 같았습니다. 그 내용을 보아 드리고자 했는데 주인은 서둘러 떠났으니 괜히 궁금합니다."

장 부원장은 서불이라는 말은 하지 않았다. 제국당이면 과자를 만드는 장원으로 어느 날 조용히 찾아가 과자도 주문하고 그 내용을 살펴볼 심산이었다. 뒤따라 들어온 원생이 참던 웃음을 터뜨리며 말했다.

"서불이 지나갔다고 말씀드리자, 그 당주는 벌레가 지나간 글씨라고 하여 웃음을 겨우 참았습니다."

차를 들던 탁발제는 원생의 말에 무릎을 탁 쳤다. 서불이면 서복공(徐福公)이 지나갔다고 하는 서불과지도에 일맥상통하는 백접도(白蝶圖)였기 때문이다.

여기 서원을 찾은 것도 그러한 근원을 살펴볼 마음도 있었고, 여러 고서가 많아서 부원장과 고어를 논하고 싶었던 것이었다. 그런데 뜻밖에 원생으로부터 서불과지라는 말에 감탄을 토할 뻔하던 입술을 굳게 닫았다.

"왜 그러시오? 무릎을 치면서 놀라게."

이번에는 탁발제가 부원장과 같이 머리를 굴렸다.

부원장의 눈을 피해 난색을 보이다가 입가에 웃음까지 담았다.

"아니오. 갑자기 무릎에 벼룩 한 마리가 끼어들었나 봅니다."

아직은 진나라 책사(策使)이며 방사인 서복공을 알고도 남겠지만, 서불은 짐작하지 못하고 있다는 데 있었다.

그럴 수도 있는 것이 백 당주가 오성 팔패는 지관의 소유물이라 했고 등고선인 산세들이 보여서 그렇게 집념하게 했다.

탁발제는 횡재를 얻고 흡족한 마음을 잠재우며 투덜거렸다.

"이 서사는 이만 일어서겠습니다. 미시에 오행자가 시가에 있는 사당에서 만나기로 약속이 되어있어 가 보아야 하겠습니다."

"보시던 글 문들은 어떻게 하시겠습니까? 시생도 배우고 싶은 것이 많아서 아쉽습니다."

"그렇게 말씀해 주시니 반갑소, 다음에 시간을 내어 찾아뵙지요."

부원장은 마당까지 내려서며 그를 배웅했다.

벌레가 지나갔다는 말은 다음 날 향시 서원 초급반에서 세상에 알려지게 된다. 글씨를 써 가던 원생이 어제 외당에서 보았던 글씨를 그리고는 친구들에게 웃겨 댔다.

"이 글씨가 과두문자인데 이게 뭐게?"

"그것도 글자인가? 거울에 바른 나뭇가지 같은데?"

"아니야. 땅지렁이가 기어간 흔적이구먼!"

"맞어. 우리 부원장님은 서불이 지나간 자리라고 말했는데, 책 주인은 지네처럼 벌레기 지나긴 자리라고 말하디고, 나는 그 마람에 웃음을 겨우 참았지."

바지 내린 서생　119

"하하하. 그렇기도 하겠구나, 머리를 짜며 겨우 글자를 터득한 선생님께 벌레가 지나간 자국이라고 하면 누구나 한숨 나지."

망건을 쓴 유생이 심각한 투로 입을 열었다.

"서불이 서복공이라고 하는데 서복공이 지나갔다는 말씀도 되겠구나!"

그의 말에 턱을 괴고 앉아 있던 장 부원장은 자리에서 벌떡 일어났다. 그는 마구간으로 들어가며 서원을 떠날 채비를 갖추고 있었다.

남경에 나와 있는 순무 현장(巡武顯長) 냉천후를 찾아뵙기 위해서이다. 그와는 동향인으로 안면이 있어 반년 전에 일성 성원을 찾았던 일이 있었다.

냉천후는 서복의 백접도(白蝶圖)가 영생의 불로초를 찾을 수 있는 지리도라고 했다. 그곳은 동해에 있는 탐라도라고 했는데, 서복의 봉선서(封禪書)이며 백접도(白蝶圖)라고 했다. 냉천후도 장 부원장에게 서불과지라는 말은 해 주지 않았으므로 지금은 그와 같이 짐작할 뿐이다.

나개승과 제 별감

양주에서 동쪽으로 바라보면 보성산(保城山)이 구름이 흘러가는 것처럼 가로로 누워 있다.

아침이 되면 여기 사람들은 언제나 그 산자락 위로 떠오르는 태양을 본다.

봄, 여름이면 아침 태양은 산 정상에서 솟아오르고 겨울이 되면 남쪽 끝자락에서 떠오르는 것이 마치도 산천은 가만히 있는데 태양은 계절 따라 변덕스럽게 옮겨 다니는구나 하고 생각하게 한다.

이 산자락에 낡은 사원(寺院)이 있는데 오늘도 어김없이 떠오르는 아침 태양은 허술한 곳이라고 건너뛰지 않았다.

승복을 입은 파계승이 그 태양을 어깨에 등진 듯하여 고개를 넘고 있었다.

하늘에 햇빛을 기다리는 초원은 이슬을 머금은 터라 버선 신발과 승복 아랫부분은 이슬에 젖어 있었다. 산길에 잡풀이 무성하여 계속 신법을 밟지 않은 탓도 있다.

불상을 모신 사원과 이어진 정사(精舍) 앞에 걸음을 멈추자, 손님을 기다리던 한 부인이 문을 열고 얼굴을 내밀었다.

"이른 아침부터 발걸음을 하셨습니다."

허겁지겁 부인 곁에 다가간 파계승은 성게 닭살 머리로 보아 나개남무(那箇南舞)였다.

"예, 그분은 일목자(一木子) 의원이신데 말씀하였듯이 두기호(斗基浩) 의원이 맞습니다."

부인은 소스라치게 놀라며 두 눈을 크게 떴다.

"확실한가요?"

"머리에는 갈색 석모를 깊이 눌러쓴 것이 은둔자이며 주위를 게을리하지 않는 것이 그렇습니다. 제 별감은 의원에게 통사정하며 장수단 열두 알을 사 들고 떠났습니다."

부인은 매선 부인인데 나개승에게 고마움을 표시하고 서둘러 행낭을 챙겼다.

이들은 제신옥 소저로부터 연락을 받고 제대부의 뒤를 밀행해 왔다.

둘은 태상마를 끌어내리며 마차를 채우고 아침 볕에 반짝이는 양주를 바라보았다.

양주는 대운하로 인해 상인들이 운집해 있고 이에 힘입어 문인들이 시재(詩才)를 뽐내는 곳이기도 하다. 불후의 시문들이 후세에 전해지고 있는데 제목만 하여도 수 백수에 달한다.

이백(李 白), 두보(杜甫), 백거이(白居易), 두목(杜牧), 맹호연(孟浩然) 등 모두 양주를 거쳐 가며 시수를 남겼다고 한다.

태상마가 끄는 마차는 운해 검문에서 묵빛에 방울만 울리던 마부도 없던 등골이 으스스한 마차였다. 그런데 이마에 흰 점이 있는 태상마는 묵빛으로 검어 보이지도 않았으며, 마차는 퇴색된 보통의 마차로 바뀌어 있었다.

그 마차는 시가 어느 골목 앞에 멈추었다. 주위에 복(卜) 집 간판처럼 널빤지에 일목자 약의(一木子 藥醫)라고 적혀 걸려 있었다.

사립문을 열고 들어선 나개승은 부민(部民)의 목소리로 주인을 찾았다.

"일목자 의원 계십니까?"

"......"

두어 번 소리치자, 문이 열리며 의원은 놀라는 눈빛으로 반색을 하였다. 나개승은 무슨 일인가 하고 뒤돌아섰는데 따라온 부인도 그와 같이 손을 벌려 둘은 반기고 있었다. 의원은 부인 앞으로 달려 나오며 두 손을 덥석 잡았다.

"형수님! 고생이 많으셨습니다. 우선 안으로 드십시오."

일목자 의원은 부인과 나개승을 번갈아 바라보며 분간해 놓고자 하는 모습이 역력해 보였다. 이에 부인은 의원을 바라보며 가볍게 말했다.

"이분은 화성사의 나개남무 대사요. 우리 가족과 같으니 허물이 없는 처지지요."

나개는 비사가 있는 인지의가장인 것으로 보아 얼른 뒤돌아 가려고 했다.

"대사님은 저의 은인이신데 되돌아가려면 소부도 따라가겠습니다."

부인이 만류하면서 소매를 끄는 바람에 둘은 방으로 들어섰다.

항주에 인지의가장 두 번째 사제로 두기호 의원 앞에서 무슨 말부터 꺼내야 할지 입을 열려고 할 때 두기호가 먼저 말했다.

"며칠 전에 손님이 와 있어요. 나도 반가움에 어쩔 줄 몰랐습니다."

말을 이으려고 하는데 방문이 열리며 왜소한 몸에 얼굴에는 수염이 가득한 이가 나타났다. 그도 달려 나오며 부인의 손을 잡았다.

"형수님!"

울먹인 얼굴로 고개를 들었는데 갸름한 얼굴에 언제나 구레나룻이 가득한 얼굴이 더욱 야위어 있었다.

"어떻게들 이렇게 만나다니……!"

매선 부인은 그렇게 말하며 장주의 안부는 얼른 묻지 못했다. 아니, 못하는 것이 아니라 말하기가 무서웠다. 생사도 그렇고 볼모가 된 사람이라면 고초가 말이 아닐 것이기 때문이다.

"장주님은 살아 계십니다. 허나……!"

"그러면 불구의 몸이 되었다는 뜻이구나."

수많은 고역을 한 입으로 말하지 못하는 부군의 신상을 헤아려 보는 부인은 두 눈을 감고 깊은 시름에 젖어있었다.

"부동이었던 옥체가 지금은 많이 나아지셨습니다. 말씀도 하시고 걸음도 걷기 시작했습니다."

눈가에 눈물을 접었던 부인은 안색이 밝아지며 두 눈을 떴다.

"모두가 허 의원의 덕인가 싶소. 그런데 어떻게 하여 여기까지……."

"예상과 같이 장주님은 볼모로 잡혀 있습니다. 소제를 보고 강호에 있는 두 사제와 형수님을 모셔 오라는 분부였습니다. 그래서 우선 여기를 찾았던 것이지요."

허달의 말에 두기호는 반겨 맞는 웃음을 머금고 이에 대답했다.

"그렇습죠. 우리가 양주에 오면 앞길 건너 맞은 편에 동방 여숙이 있습니다. 세 차례나 묵었던 기억이 있어서 길 건너편 이곳에 일목자 의원 노릇을 하고 있습니다. 그래서 허사형이 나를 찾는다면 이 부근에서 나를 찾아볼 것이라고 예상했던 것입니다."

매선 부인과 나개승이 고개를 끄덕이자, 허달은 그 이유를 말하려고 침울한 표정을 지었다.

"빙백궁(氷白宮)은 곤륜산에서 철수하여 강호에서 움직이고 있습니다. 모처에서 크고 빠른 대해선(大海船)을 제작하여 동해로 고래를 잡으려고 떠난다고 합니다."

나개남무는 닭살 머리를 곧게 세우며 물었다.

"고래를 잡으려고 동해 바다로……?"

"말은 그렇지만 궁인들은 동해의 대도 탐라도에 불로초를 찾으러 떠난다는 희망으로 부풀어 있습니다."

나개남무는 부인에게 고개를 돌리며 몰라서 물어본 말이 아니라 고래를 잡는다고 그럴듯하게 위장된 말이기 때문이다.

"장주가 볼모라고 식솔들이 모두 잡혀가면 이용만 하고 버리는 것은 아니겠지요?"

나개의 질문에 허달은 고개를 좌우로 흔들며 말을 이었다.

"그렇지는 않을 것입니다. 이들은 만들어 놓은 규범과 규율을 철통같이 지키는 것이 궁인 십계 조항 때문입니다. 호종단은 하늘을 우러러 맹세한다고 하였습니다. 이것도 약속의 규범에 넣어 놔, 호종단은 백의 궁인들이 함께 영생불사하겠다고 천명하였다고 합니다. 아마도 영생 불사초를 찾는다면 그 섬을 지배하고 그의 맹세를 실천할 것입니다."

깊이 생각하던 매선 부인은 허달을 바라보며 물었다.

"백접도를 바친다면 그렇게 한다는 뜻이군요."

"그렇습니다. 장주님은 화염 속에 있었으니, 백접도를 취할 일은 없고 형수님과 두기호 사제 외에는 알 수 없는 일이라고 합니다. 형수님은 백접도가 무엇인지 그 이후에 알고 있는 것으로 보아 두 사제 밖에 없다고 하였습니다."

그의 말에 부인은 두 의원에게 눈길을 멈추자, 그는 고개를 가볍게 끄덕였다. 간수하고 있다는 의미이기도 하다. 허달은 이 사실을 알고 있었음인지, 하던 말을 이었다.

"강호에 형수님의 행적은 처음부터 밝혀내고 있었습니다."

매선 부인은 자신이 이들 손바닥 위에 서 있는 모습이어서 얼른 떠오르는 것이 아들 진학소였다.

"나도 알 수 없는 우리 소아의 생사는 어떻게 보고 되고 있는지요?"

"예, 당시에는 북방 신장 흑체를 시켜 황산의 풍남 계곡까지 조사를 마치고 사망으로 확인 처리하였습니다. 그런데 적제 신장과 교주 역귀실 조향에 의하여 진학소가 강호인이 되었다는 의문이 제기되었으나, 더는 관여하지 않습니다. 이들은 우리 의가장에 죄스러운 마음이 묻어 있고 서로 책임을 미루는 형편입니다. 모두가 기약에 중독된 탕귀(蕩鬼)들이라고 합니다."

매선 부인도 당시 상황을 돌이켜 보았다. 남경 도금표국 마차에 실려 풍남 절곡에 떨어졌다. 은하옹은 학소와 같은 젊은이를 마차에 묶어놓았다. 그 사체를 보고 사망 처리했을 것으로 짐작된다.

부인은 입술을 굳게 다물고 당시 상황을 어지럽게 떠올렸다.

병 치료를 받고자 했던 이들이 무슨 죄가 있다고 담벼락에 있는 행랑채까지 살상하고 불 질렀으니, 탕귀들임에는 틀림이 없다. 궁에서 후회막급이라는 뜻으로 보아 조금의 한은 풀려나지만, 대죄를 짓고 잘못했다면 억울한 사람들이 살아날 일도 만무하다.

"그들은 탕귀의 행위라고 하지만 근초감 사제도 아시다시피 나는 빙백궁과 같은 지붕 아래서 살고 싶지 않아요. 백접도를 놓고 회유책에 불과하오. 나는 이 길로 남경표국으로 내려가 도금표국 국주의 목을 우리 장원 영령들에게 바칠 것이오."

완강한 부인의 말에 허달은 모두를 돌아보고 입을 열었다.

"도금표국은 문을 내렸습니다. 부국주는 사업을 진행하다 동료들의 칼에 죽었고, 국주는 앵속인 은자단이 끊겨 폐인이 되었습니다. 은자단이 없으니 한 달도 연명하지 못할 것입니다. 일 주, 이 주, 삼 주도 흑자단에 의해 옥광으로 갔지만 일 년도 버텨내지 못합니다. 단약 생산이 금지되었으니까요."

허달의 말에 두기호가 접었던 눈을 크게 떠 보였다.

"자단이 끊기다니? 그게 무슨 말씀입니까?"

"이들은 방향을 한 곳으로 세웠으므로 궁주의 명령하에 모든 것을 정리하고 있어요. 두 아환은 날이 갈수록 미모에다 무공이 강해지고 괴이한 일을 저질러 교주 조향도 어쩔 수 없었다고 합니다. 이는 황제 장군의 지휘권에 있는지라 궁인 몇 사람을 대동하고 치악산을 찾았습니다.

두 아환을 사로잡아 기둥에 묶고 치악산과 같이 모두 불 질러 버렸습니다. 교주는 삼십여 명의 여 교인들에게 금전을 나누어 주고 모두 하산시켰으며 교리 행위도 접었다고 합니다."

빙백궁 근황을 설명하는 허달은 부인에게 고개를 돌리며 말을 계속했다.

"지나간 일을 생각하면 우리들도 형수님과 같은 심정입니다. 형수님이 합비에 있다는 것을 알고 어제까지 의논하였습니다. 장주님께서는 형수님이 필요하십니다. 이것이 장주님의 뜻이기도 하여 찾아왔습니다. 학소는 강호에 남겨 놓고, 뜻이 있다면 모두 한배에 오르라고 하였습니다."

두기호는 미리 의논이 있었는지 무표정한 상태로 눈만 감고 있었고, 매선 부인은 황당한 얼굴로 나개 화상 쪽으로 눈을 돌리자, 화상은 고개를 끄덕이었다.

"그렇게 하시지요."

"그렇게 하다니, 궁인이 되라는 말씀입니까?"

나개 화상은 고개를 끄덕이며 빙백궁의 요지를 짚어 보았다.

"허의의 말씀으로 보아서는 빙백궁에 사악함의 극치인 치악산을 불태웠다는 것이 믿음이 가는 것입니다. 특히나 장주님이 원하시는데 다른 방도는 없지 않습니까"

잠시 생각에 잠겼던 부인은 고개를 끄덕이고 나개 화상에게 물었다.

"대사님도 같은 뜻이라면 큰 힘이 되겠습니다."

"마님의 말씀은 인사로 듣겠습니다. 수신하고 열반의 길을 걷고자 하는 소승에게 궁인이 되라는 것은 천부당만부당한 말씀입니다."

그의 말에 난처한 입장을 보이던 부인과 나개승은 웃음으로 마음을 읽었다.

"나로 인해 강호에 별일은 없을 것이오."

그 말은 오늘의 비언(秘言)들은 없는 것이며, 단호히 거절하는 나개승에게 누구도 권유의 말을 할 수 없었다.

잠시의 침묵을 깨고 두기호가 나개승을 바라보며 물었다.

"양주에는 유의가 한 두 곳이 아닌데 이곳을 잘도 찾으셨습니다."

나개승은 입가에 웃음을 바르며 대답했다.

"부끄러운 말이나 제 별감의 뒤를 밟았습니다. 군부인의 말로 환생 여의단은 의가장에서 나왔다고 하였고 제 대부는 목마르게 그것을 원했었소."

두기호는 부인에게 눈을 돌렸다.

"그 약제는 양주에도 알려져 있었습니다. 다른 약포에도 이와 유사한 약제가 있었는데 제 대부는 유독 우리 약포만을 고집하였으니 약을 아시는 분입니다. 무병장수한다고 장수단으로 말씀드렸더니 그런가 봅니다."

덮개가 있는 치차(輜車) 한 대가 양주를 빠져나가 가볍게 남쪽으로 가고 있었다. 들판은 옥답으로 넓게 펼쳐져 있고 두렁으로 된 냇가 고랑이 있어 물이 흡족함을 보여주고 있다. 성배 고을에서 지역마다 전답을 보유하고 소작농을 거느리고 있는 제 별감은 들판의 풍요함을 느끼고 있다.

가로세로 두 뼘 넓이의 물색 천을 걷어내자 소소한 바람이 마차 안으로 들어왔다.

시원함을 맛보며 사방을 두리번거리던 제 별감은 손뼉을 딱 쳤다.

마부석에서 청승맞게 말 엉덩이만 바라보던 마승(馬乘)은 마차 안으로 고개를 돌렸다. 무슨 좋은 수가 있어서 손뼉을 쳤는가 싶었는데, 주인은 소소한 바람과 함께 들어온 모기 한 마리를 잡고는 흥에 취해 있었다.

"조그만 놈이 누구 피를 빨려고 여기까지 들어와."

마승도 양손에 잡았던 말채를 한 손으로 옮겨 잡으며 주위를 살폈다.

그러나 가볍게 달리는 마부석에는 모기는 찾을 수 없고 날파리들만 맴돌았다. 수전노 노인이 하찮은 모기에게 피 한 방울 내어줄 위인이 아닌 것이 당연하다고 고개를 끄덕였다. 들판을 내다보던 제 별감이 말했다.

"마승! 선흥(宣興)에 가면 기룡 한의원은 찾을 수 있겠지?"

"입이 있으면 어디든지 찾을 수 있다고 봅니다. 노인네에게 물어보면 되겠지요."

마승이라는 노복은 별감 댁에서 잡일을 하면서 주인이 불로장생에 목말라 있음을 알고 있었다. 이번 여행길도 그 목적인데 장수단이라는 환약도 모자라 기룡환(奇龍丸)이었다.

한 달 전, 성게 머리 파계승이 했던 말이 문득 생각났다. 마승도 문가에서 웃음 웃으며 들었던 일이 있었다. 주인처럼 노인네가 되면 다 그런가 보다 하고 노인에게 물어보면 한의원이나 유의는 찾을 수 있을 것이라고 믿었다.

'흥, 노인 소리 듣도록 칠순을 살았으면 감사할 줄 알아야지, 장수단이며 기룡환까지. 하기야 그 많은 재물을 두고 죽기도 서럽겠지.'

마승은 제 별감을 꼬집다가 되려 고개를 끄덕였다.

큰길을 달리던 치차는 인마에 밀려 멈추어 서게 되었다. 운진석교

(雲進石矯) 앞에 다다른 모든 일행은 검열을 받고 있었다.

선흥(宣興) 지방으로 가려면 이 석교를 지나야만 한다. 또 그 지방에서 밖으로 나오는 데도 그럴 수밖에 없었으며, 가는 이, 오는 이 전부 검열을 받느라 붐비고 있었다.

나룻배도 다닐 수 없는 뻘 천이 가로 놓여 개천을 건너기는 쉬운 일이 아니라서 모두가 석교로 이어지는 대로로 지난다.

여행자들은 각양각색이었다. 이웃 나들이하는 사람들과 여인들이며 군데군데 크고 작은 마차와 말을 탄 이들도 많았다.

제 별감은 깊은 잠에서 깨어나서인지 쉰 목소리를 내었다.

"우리 차례가 오려면 오랠 것인가?"

따분하다 못한 마승도 하품을 길게 하고 나서 대답했다.

"한 시진쯤 기다리면 통과될 듯합니다."

노인은 그 말이 미덥지 않았는지 창발 사이로 바깥 동태를 살폈다.

그때였다.

석교 앞에서 흑의의 무사가 손을 내저으며 큰 소리를 내질렀다.

"저기다! 도망간다!"

고함과 동시에 인파 속에서 경장의 장한이 황급히 뛰쳐나오며 말 등에 올라탔다.

후드둑 뚝 쿵!

먼지를 일으키며 인파를 비집고 내달리던 장한이 제 별감 마차 앞에서 꼬꾸라지고 말았다. 그의 어깨에는 관병이 내던진 창이 꽂혀 있었다.

아마도 인파 때문에 말이 쉽게 내달리지 못했던 것 같다.

"죽이지는 말고 사로잡아라!"

도망치던 장한은 그 소리를 들으며 봇짐의 한 행인과 같이 넘어졌는데 어깨에 꽂혀있는 창에는 별 의미가 없는 듯했고, 무엇에 놀라 토끼 눈을 했다. 순간 장한은 넘어진 봇짐의 항아리 단지 속으로 죽대롱을 얼른 집어 놓고는 뚜껑을 닫아버렸다.

나그네도 먼지를 털면서 일어서는데 귀한 항아리였는지 얼른 주워 들고 봇짐 속으로 감싸 넣었다.

장한은 두 발을 치켜세우며 놀라는 말 등에 올라타고는 내달렸다. 행인들이 보기에도 그 장한의 어깨에 적혈이 낭자한 것으로 보아 멀리 도망은 못 갈 것이라고 짐작했다.

"쫓아라!"

십여 명의 관병들이 장한을 쫓아 달렸다.

넘어지는 먼지 속에서 삽 시에 일어난 일이라 주위의 행인들도 어리둥절했으며 공포의 순간이었다.

봇짐의 사실을 아는 이는 창발 사이로 두 눈을 밝혔던 제 별감뿐이다. 봇짐의 나그네도 거기까지는 미치지 못했을 것이다.

분진이 일어났던 그 자리는 또다시 사람으로 메워졌고 나그네도 먼지를 털고는 여전히 차례를 기다렸다.

그 일로 인하여 반수의 관병이 빠져나갔고 석교를 통과하는 절차도 간소화해졌다. 마차 안에서 양 뺨을 쓸던 제 별감은 궁금증을 참지 못했다. 길손들이나 관병이 눈치를 못 챘으므로 노인에게는 충동이 생겼다.

"마승! 잠깐 쉬게. 나는 내려갈 테니."

마승은 주인이 소피가 마려운 줄 알고 얼른 내려서며 주인을 도왔다.

"따라오지 말게, 안면이 있는 사람이 있어서……."

봇짐의 나그네는 무림인이 아닌 것 같아 쉽게 접근할 수 있었다.

"나그네는 지쳐 보입니다. 행선지가 어디입니까?"

그의 말에 나그네는 몸을 돌렸다. 점잖아 보이는 명주 포의 노인네가 말을 건네자 적적하던 터라 정감이 갔다.

"태주 쪽으로 내려갑니다. 노야 어르신께서도 그쪽이 행선지입니까?"

"방향이 다르기는 합니다. 잠시라도 저의 마차에 동승하여 피로를 푸심이 어떠하겠습니까?"

"말씀만 해 주서도 감사합니다. 같은 방향도 아닌데 나는 조상의 유골을 모신 몸으로 함부로 남의 마차에 탈 수는 없어요."

제 별감은 이 나그네가 객가(客家)임을 확신했다. 객가라면 북쪽 지방에서 쫓겨 내려와 강남지방 여기저기 옮겨 다니며 터전을 잡는 이들을 말한다.

"그렇다면 당신 봇짐 속에는 조상의 유골인 금앵(金罌)이 들어 있다는 말씀이군요."

"그렇습니다. 우리는 조상 산이 멀어 성묘를 드릴 수 없어서 이차장(二次葬)으로 유골의 뼈를 마디마디 긁어모아 단지 안에 넣고 이렇게 지고 다닙니다. 하곡 객가에 모시고자 합니다."

말이 통하자 제 별감은 반색하며 접근했다.

"주가(主家)들도 따지고 보면 옛날에는 북방에서 흘러들어온 객가인데 주인 행세가 너무 하지요."

"그렇습니다. 이주하는 곳마다 토착민들이 주인 행세를 하고 따돌리고 심지어 행패까지 부립니다. 우리는 할 수 없이 먼 타향으로 자주 이동하게 되고 조상 묘까지 파내어 뼈를 지고 다니는 형편이 되었습니다. 그래서 가는 곳마다 이 차장 삼 차장 하며 봉분을 만들어야만 합니다."

"허 그것참. 조상님이 무슨 잘못이 있다고 이런 고초까지 겪는구먼유."

객인은 불룩한 입술을 내밀었다.

"아니지요. 조상님 잘못이 큽니다."

"땅속에 묻힌 분들이 무슨 잘못이 있다고 그러십니까?"

"생각해 보십시오. 조상님이 군건히 나라를 지켰다면 이렇게 쫓겨 다녔겠습니까? 소수 집단을 만들어 단합이 덜 되었던 죄이지요."

이번에는 반대로 제 별감 방식대로 생각을 달리했다.

"그렇군요. 조상 잘못 만난 죄군요. 자손들이 무슨 죄가 있다고 쫓겨 다니며 수모를 당하다니 원……!"

그렇게 말하며 나그네의 얼굴을 살펴보았는데 위로의 말이 되었는지 눈물까지 글썽였다. 고생이 많은 탓도 있었다. 그를 살피던 세 별감은 금앵 속에 죽통이 목적이어서 꾀를 내었다.

"나 같으면 금앵이고 뼈다귀 건 할 것 없이 아무 데나 묻어 버리겠어요. 죄 많은 조상님을 소중히 모실 필요가 없으니까요."

"소인도 그러고 싶었습니다. 하지만 성인의 말씀이 있어요. 맹자왈 불효유삼 무후위대(不孝有三 無後爲大)라, 조상에 대한 세 가지 불효 중 후손이 없는 것이 큰 불효라 했습니다. 나도 죽어서 저승에 가면 조상 밑으로 들어간다는데 선대를 모시지 못하고 성인의 말씀을 지키지 못하면 후손이 앉을 자리가 있겠습니까? 해서 한 명의 후손은 얻고자 합니다."

"한 명의 후손은 너무 합니다. 다산은 가문의 영광이고 무궁한 발전입니다. 불효불경(不孝不敬)의 죄는 짓지 말아야 합니다."

"예, 노복의 조상도 조상이며 그들의 자손도 많아야 한다는 성인의 말씀이 됩니다. 대부님 같은 높은 분이며 귀족과 대지주들은 그리 말합니다. 우리 객가들도 주가들이 시기하는 통에 단조로이 살아가고자 합니다. 노비들이며 전출들은 여기저기 팔려 다니며 성씨 없는 자식을 많이 낳는다고 하는데, 누구 좋으라고 그러는지 모르겠습니다."

나그네의 말에 제 별감은 이웃 사람들이 송아지며 망아지를 많이 낳는 어미 소를 보며 입이 벙글거리는 양반들이 떠올랐다. 그러다가 나그네의 입맛에 맞추다 보니 말은 엉뚱하게 흘러갔다.

"듣고 보니 그렇군요. 앞으로 모두가 평등한 사회가 되어야 한다고 한편에서는 난리를 피우고 있어요."

이번에는 나그네가 고개를 갸우뚱했다. 이리 말해도 옳고 저리 말해도 옳다고 모두가 긍정적이라 그리 나쁘지는 않아 보였다.

"조금 전 나와 부딪혔던 무림인은 죽지 않았을까요?"

"내달렸던 기세로 보아서는 그렇지 않을 듯하오만, 혹시 아는 분은 아니셨습니까?"

"아니요, 저도 깜짝 놀랐는데 하마터면 말발굽에 밟힐 뻔했습니다."

이분은 호골 단지 속에 죽 대롱을 넣은 것은 모를 것이고 그렇다고 말씀드려 같이 열어본다면 물건 주인은 나그네가 아닌가. 이렇게 생각한 제 별감은 소재지를 알아둘 필요가 있었다.

"나의 함자는 산동에 제발수라는 사람인데 이웃에서는 제 별감이라고 부릅니다."

나그네도 발걸음을 재촉하려다가 돌아서며 통성명했다.

"소인은 무석에 하자촌으로 위옥(圍屋)에 있습니다. 이름은 허자경(許子京)으로 허가 위문옥(圍門屋)입니다."

제 별감은 그 말을 깊이 새기며 본인은 합비에 성배 고을인데도 반대쪽인 산동 사람이라고 말했던 것이 잘 되었다고 입가에 웃음을 띠었다.

석교를 통과한 치차는 선흥(宣興) 시가에 있는 등용문(登龍門) 여숙에 몸을 풀었다.

본점 뒤로 후원에는 다섯 채의 여숙이 있었는데 청의를 입고 유건을 쓴 젊은 손님들이 들쑥날쑥하며 후원 주변을 오갔다. 이들은 강남의 절강성 젊은 유생들로 개봉에 상경하려는 이들이다.

장강을 건너면 첫 관문이리고 할 수 있는 이 여숙에 유 하며 양주를 거쳐 뱃길로 상경하는 것이 보편화되어 있었다.

지방 해시(解試)에 합격한 태호 지방 젊은이들이 거쳐 가는 등용문 여숙이라고 약삭빠른 주인이 걸어 놓은 어점이었다.

후원 내실밖에 방이 없다고 하던 점원은 두 손님을 훑어보자 머쓱

머쓱하던 마승이 먼저 말했다.

"나는 치차에서 잠잘 수 있어요. 걱정하지 마시오."

침상이 하나만 보여서도 그렇지만 주인과 동침하는 것은 유생들 앞에서 천덕스럽게 보이는 것이다. 미리 그러한 것들을 떨쳐 버리려는 말이기도 하다.

"마차에도 침낭이 있다. 그리해도 되겠구나."

제 별감은 마차를 지켜야 할 책무가 있어서 그리할 것이라고 간단히 말끝을 맺었다.

그날 밤, 잠에 취해 있던 제 별감이 잠에서 깨었을 때는 자정쯤이었다.

잠자리는 예민하여 주위가 스산하면 눈이 뜨게 마련이다.

옆 방의 손님들은 유생들로 보였는데 부산을 떠는 말이 무림인들로 보였다.

자정에 들어온 장한이 동료들에게 보고하였다.

"석한복(石悍僕)이 잡혔대. 벽곡천에서 말이야."

"운진석교에서 견대에 창을 맞았다는데 죽지는 않았다고?"

헐레벌떡 달려왔음인지 숨을 고르던 장한이 조용히 대답했다.

"죽지는 않았으니 잡혔을 것이 아니오? 관군에게 맞아서 초주검이 되었다고 하는데 생사는 알 길이 없소."

장한들은 셋인데 목에 가래가 가득 고여 보이는 탁한 목소리의 장한이 말했다.

"당주님이 우리에게 밀령을 내린 것도 그 죽 대롱 때문이다. 그를 찾아 보위하고 죽 대롱을 잘 간수하라고 했는데 닭 쫓던 개가 되었구나!"

"조용히 말하게. 우리가 밀령을 받았다고 알려 지면 불똥은 우리에게 될 것이야."

"잡혔다고 하면 우리 일은 끝난 것입니다. 내일 제궁당으로 철수합시다."

탁한 목소리의 장한이 대장인 것으로 보아 모두에게 행동을 주지시켰다.

"밀령이라는 말은 없는 것이다. 주인을 배신하여 도주하였는데, 우리는 스스로 그를 추적하였다는 것으로 한다. 내일 당주님을 뵙고 석한복을 구출하라고 하면 우리는 여부를 엿볼 것이다."

"관군의 지휘자는 나신천 장군이라는데 감히 관군의 철옥을 열 수 있다고 보십니까?"

"철옥에 있는지, 뉘 집 창고에 있는지 그 일은 차후 살펴본다고 했지요. 내가 느끼기에도 나 장군 사병들이라고 하면 뉘 집 창고가 아니겠소?"

"그래요. 투구들이 없는 것으로 보면 사병들일 수도 있어요. 그런데 주인님은 무엇 때문에 죽 대롱을 빼돌리려고 했을까요?"

"천문에 능통하여 언제나 경문을 읽는 당주님이라 오성 팔괘의 천문 지리도라면 남에게 주겠소?"

탁한 목소리의 장한이 나지막한 소리로 그 말에 의의가 있음을 말했다.

"아닐세. 강호에 백접이 날고 있다는 소문이 돌고 있네."

"그것은 또 무슨 말인가? 하얀 나비가 강호에 날고 있다?"

"백접을 잡는 자는 영생불사 할 것이다. 라는 말인데 뜬 소문만은 아닌 것 같아, 혹시 하얀 나비가 죽 대롱 속에 있는지도 모르지."

그의 말에 목소리가 가늘어 보이는 장한이 덧붙였다.

"맞아! 그럴 수도 있어, 불로장생이라면 도인들이 첫째가 아니오? 근자에 무당파에서 집안에 들락거렸고 그때마다 당주님 낯빛이 심각하였었네. 또 일성 서원 장 원장님이 죽 대롱을 보아주겠다고 원했던 일도 있었네."

한 장한의 코골이에 이들은 진담인지 잡담인지 수군대다가 모두 잠에 취해 버렸다. 한잠을 자고 난 제 별감은 침상에서 일어나자, 이웃 방의 동태부터 살폈다. 방안이 쥐 죽은 듯이 조용한 것으로 보아 그들은 방을 비운 것 같았다.

조반도 하지 않고 밤중에 떠난 것으로 보아 일이 급한 모양이다.

잘 되었다고 생각한 제 별감은 얼른 후원 마당으로 나왔다.

등용문 여점 앞에는 벌써 몇몇 상인들이 좌판을 벌여 놓고 객인을 유혹하고 있었다. 짚신 상인과 피혁 상인도 있었고, 그 옆으로 떡 광주리에 소병을 파는 상인은 객인들을 부르고 있었다. 모두가 여행길에 필요한 것이다. 마승은 벌써 소병을 사 들고 치차 앞에서 꼴을 씹는 말과 같이 입을 오물거리다가 주인을 발견하고 얼른 일어섰다.

"대부님, 식당으로 가셔서 아침을 드십시오."

"자네는?"

마승은 입술 밖으로 나오는 소병 속살을 도로 밀어 넣었다.

"보다시피 호떡이며 소병들을 맛보고 있습니다."

식당에는 손님들이 분주히 드나들고 있었다.

반수는 젊은 유생들로 등용문 여숙은 활기가 넘쳐났다.

주위를 살피던 제 별감은 체면을 무릅쓰고 제과점 판자로 발걸음 했다.

제과라고 하면 이 지방에서 유명한 제국당이 있기 때문이다.

"노야 어르신, 원로에 고생이 많겠습니다. 어르신은 생엿, 당엿보다 제국당에서 갓 나온 국병과와 하은 과자가 좋겠습니다. 여행길에 두고두고 드심이 좋은 과자입니다."

판자 상인의 말에 혹해서인지 그는 이것저것 살펴보다가 입을 열었다.

"제국당에 난리통이 났다고 하는데 이 과자는 언제 나온 것이오?"

상인은 사방을 둘러보고 조용히 말했다.

"말도 마시오. 나도 로차(路車)로 오늘 아침 도착했소만 집안이 풍비박산났습니다. 관군이며, 도인들이 마당을 가득 메웠습니다."

"그건 또 무슨 일이오?"

"제국당의 석한복이 관군에 잡혔는데 그는 초주검이 되어 마당에 내팽겨쳤다고 합니다. 당신네 집안에 도둑을 잡았는데 죽 대롱을 당장 내어놓으라고 으름장을 놓았다는 것입니다."

운진석교에서 있었던 일이 머리에 떠올랐다. 한복(悍僕)이라면 집인에서 주인과 밎싱을 빌할 수 있는 충복이다. 그런 사람이 집 안에 귀한 물건을 훔쳐 달아났다는 것은 의심할 일이다. 그런데 관군은 왜 그것을 요구했을까이다.

"죽 대롱 속에 무엇이 있길래 그렇게 야단 법석일까요?"

상인은 명주 포에 입제를 쓴 양반이 따지듯이 묻는 말에 입을 봉했다.

상인의 태도를 본 제 별감은 입술을 한 번 쓸었다.

"여기 과자들 말이오. 저 광주리로 하나면 대금은 얼마나 되겠소? 당신 말대로 두고두고 입가심하고 싶소."

상인은 그럴 것이라고 말이 통할 것 같아 입 꼬투리를 벌리며 웃었다.

"예. 어르신, 동문이면 오십 문이고 은전이면……."

말하다가 입을 닫았다. 노인은 허리춤에서 은 닢 하나를 꺼내고 있었다. 은 닢이라고 다 같지 않다. 도톰해 보이는 것이 보통의 무게는 넘어 보여 상인은 자연스레 말을 이었다.

"제국당 하면 과자를 만드는 제민기술(薺民技術)이 으뜸이며 맛이 좋다고 강남에 알려진 곳이 아닙니까. 나는 그 집에 자주 드나들어 우리 집 앞마당처럼 훤합니다."

상인은 노인의 눈치를 보아가며 말문을 이었다.

"죽 대롱 속에는 지관의 지리 문서가 있다고 하는데, 관군의 말로는 개봉성에 올리는 상소문이라고 하였고, 항간에는 죽 대롱 속에 하얀 나비가 있다고 합니다."

"아 그렇군요. 하얀 나비면 그 속에 누에고치가 있다는 말씀이겠군요."

제 별감은 어젯밤 들었던 백접과 연계하며 그의 말을 더 들어 보려고 했다.

"누에고치 하나 놓고 그러겠어요? 영생불사할 수 있는 백접이 있다고 하니 도인들이며 나 장군이 그러고 있겠지요. 그리고 남경의 순무현장까지 나왔다고 했어요."

과자를 한 광주리 사 들고 제 별감은 바쁘게 움직였다.

치차로 부안의 제국당으로 가면서 어제 있었던 소문들을 상상해 보았다.

노복들이 줄줄이 삼 십여 명이 떡가루를 묻힌 채 조사를 받고 곤장을 맞았다면 무엇에 추궁당했음은 틀림없다. 그렇게 되면 당주는 넙죽 엎드려 이실직고하였을 것이고, 죽 대롱에 관하여 그가 아는 대로 토설할 것으로 짐작이 간다. 그 속에 영약이 있었다면 누가 훔쳐 먹어도 남지 않았을 텐데. 그리 보면 실제 하얀 나비는 아닐 것 같고, 영생불사할 수 있는 근원임은 틀림없다.

가슴이 설레던 제 별감은 마승에게 말했다.

"말을 돌리게. 부안 땅이 아니고 무석에 있는 하자촌으로 가자."

"예? 이번에는 무석입니까?"

"그렇다네. 무석에 가면 하자촌 허가 위문옥을 찾을 수 있을 것이네."

"선홍에 기룡 한의원은 어떻게 하겠습니까?"

제 별감은 변덕이 심해 보였는지 멋쩍게 웃고는 입을 열었다.

"쌀집이 보이거든 백미 한 가마니를 마차에 실어 놓게."

입안에 생엿 한 모금 물고 오물거리던 나승은 엿물을 삼키고 마차 안으로 고개를 돌렸다.

"집 안 창고에 쌀은 많은데 돈을 주고 사는 것입니까?"

"그럴 수밖에. 허가 위문옥에 묻인드릴 일이 있으니 빈손으로는 갈 수 없지."

물었던 생엿을 삼키고 또 광주리로 눈을 돌렸다. 노인들은 입안이 헐어 엿이나 생과를 먹다가 이빨이 빠지는 수가 있다. 주인 영감은 그것을 아는지 대부분의 과자는 마숭의 몫이다.

한 달 전에 나개 화상이 다녀간 이후로 주인님은 돈 씀씀이가 후해졌다. 마숭도 그때의 이야기를 되새기며 왠지 마음이 고소했다.

부안으로 가려던 마차는 무석(無石) 지방으로 들어섰다. 돌멩이가 없는 강변 마을이라 언덕과 둔덕 위에는 몇 호씩 띄엄띄엄 집들이 보였다.

마을은 강물의 덕을 입어 쌀과 물고기가 풍부한 편이다. 살기 좋은 곳이라 사람들이 모일 텐데, 여기에는 대가가 있어서 그러지 못했다.

자연의 혜택을 입지만, 몇 년에 한 번씩 대홍수가 내려와 재해가 이어지는데 재물만 쓸어가는 것이 아니고 사람까지 쓸어가 대 난리통이 되기도 한다. 마숭은 둔덕이 이어지는 곳을 바라보며 시큰둥하게 입을 열었다.

"저기 보이는 마을이 하자촌이라고 합니다. 수소문해 보면 허가 위문옥이 나오겠지요."

"이놈아! 금덩이가 나온다는 말이냐? 마을이 보인다고 해야지."

강변마을은 띄엄띄엄 호수가 있어서 마을과 동떨어진 위문옥을 어렵사리 찾아내었다.

장대비가 계속되면 주민들은 덜컥 겁이 난다고 하는데 물이 많은 지역임에는 틀림이 없었다.

"어떻게 할까요? 위문옥(圍門屋)으로 들어설까요?"

"그래, 저 쌀가마를 드리고 저녁 한 끼 얻어먹는 것이다."

위문옥 울타리들은 가시가 앙상한 탱자나무들을 빼곡히 심어 놓아 앞문과 뒷문을 통하지 않으면 들어갈 수 없게 만들었다.

이주해 온 허씨(許氏) 선조들은 비적(匪賊)의 약탈과 토착민의 행패를 막기 위하여 험상궂은 울타리를 만들고 그 안에 여러 가구가 살고 있었다.

사립문이 열려있어 치차는 무난히 마당 안으로 들어섰다. 대뜸 나타난 마차에 놀란 사람들이 얼른 옥주를 모셨다.

낯선 사람이 마을에 찾아들면 늘 그랬듯 우선 마을 어른 격인 옥주를 찾는다. 그리고 옥주 뒤에는 무술깨나 하는 마을 청년 둘, 셋을 대동한다.

마차에서 내리는 제 별감을 보고, 사모를 단정히 쓴 양반은 관아는 아니고 유림에서 오신 손님으로 생각하였다. 입제를 쓴 사람이면 그렇기도 하다.

건장한 청년이 앞으로 나서며 물었다.

"아무 통보도 없이 우리 폐옥에 들어선 것이 길을 잘 못 찾으신 것은 아닙니까?"

제 별감은 마차에서 내리며 예의가 아님을 알고 우선 눈깍을 내리고 안면부터 곱게 갖췄다.

"산동에 사는 제 별감이라고 합니다."

별감이라는 직함에 청년 뒤에 있던 옥주가 앞으로 나서며 정중히 공수했다.

"여기는 허가 위문옥입니다. 폐옥에 무슨 볼일이 있으셔서……?"

"조상님 유골을 이차장(二次葬)으로 모셔 놓는다는 말을 들었습니다. 우리 제가(齊家)에서도 멀리 계신 조상님 묘가 있습니다. 해서 그와 같이 이장(移葬)을 하고 싶어서 이렇게 무례를 했습니다."

"무슨 말씀인지 알겠습니다. 이장 범례는 가문 가례가 지방마다 각기 다르지요."

"물론 그러겠지요. 여행길에 귀옥의 허자경 공이 금앵을 모시고 있음을 알았습니다. 그래서 이장 범례를 배우고자 하여 지나는 길에 들렸습니다."

"그와는 오촌 숙질간입니다. 그 일이라면 어제 뒷산에서 이 묘례를 하고 안장하였습니다."

마침 소식을 접한 허자경은 헐레벌떡 이들 앞으로 달려오며 반겨 맞았다.

"어렵게도 대부님이 우리 위문옥을 잘도 찾으셨습니다. 저희 집으로 모시겠습니다."

"아닙니다. 조상제를 올리고 조부님을 모셨는데 잘 되었습니다. 묘제를 마쳤다고 하여 산소에 예를 하고 떠나겠습니다. 방(房)과 용미제절(龍尾祭節)은 어떠한지 보아 두겠습니다."

마숭은 끙끙대며 마차에서 쌀 섬을 내리고 있었다. 주위 사람들이 쌀가마를 보고 의아해하고 있을 때 제 별감이 입을 열었다.

"제물에 보탬이 되었으면 합니다. 나는 가진 것이 있어 부불검용 빈후회(富不儉用 貧侯悔)라고 주자십회훈(朱子十悔訓)을 지금에야 깨우치고 있습니다. 어렵게 생각지 마십시오."

부할 때 쓰지 않으면 가난한 후에 뉘우친다는 문구를 구사하며 위상에 걸맞게 문투까지 써 보았으니, 쌀가마가 아깝지는 않았다. 사실 제 별감은 가난은 하지 않지만 늙어 죽게 되어 주자십회훈이 몸에 시사한 바가 크기도 했다.

이 마을은 길이 막혀 있어서 거렁뱅이나 행려 객들이 곧잘 찾아든다. 그러면 한두 끼 요기와 행랑방을 내어준다. 잠자리까지 신세를 진 손님들은 은덕을 잊지 않겠다고 다시 찾아볼 듯이 인사를 하고 뜬구름처럼 떠나버린다.

다시 찾아오는 사람은 한 사람도 없었는데, 오늘 손님은 양반다워 보여 옥주는 허자경에게 경사스러운 예를 갖추며 일렀다.

"별감님을 집안으로 잘 모시게."

허자경은 그리하려고 만류하지만 제 별감은 마차에 오르면서 산소에 용미체절을 살펴보고 떠나겠다고 산소 쪽으로 길을 재촉했다.

마을에서 한 마장쯤 떨어진 둔덕에 삼십여 기의 무덤들이 보였다. 산이라고 말했지만, 갈대와 찔레꽃 나무로 이루어진 둔덕이었다. 무덤들은 큰 광주리를 덮어 놓은 것처럼 둥그런 모습이 똑같았다.

"저기 밑에 보이는 것이 어제 모신 저희 조부님 산소입죠."

허자경이 말하지 않아도 한눈에 알 수 있었다. 어제 작업을 하였으므로 잔디가 말라 있었고 주위에 작업했던 흔적들이 그대로였다.

"우리 산동에서는 앞뒤를 한눈에 알 수 있게 용미제설(龍尾祭設)을 만들지요. 꼭 같이 둥그런 묘여서 방향도 짐작하기 어렵겠습니다."

"방(芳)은 곤좌(坤坐)입니다. 보통은 낮은 쪽으로 바라보게 만듭니다."

가시덤불을 헤집던 제 별감은 걸음을 멈추었다. 숲길이어서 이쯤

나개승과 제 별감 147

에서 되돌아서려는 것이다. 그의 흉계는 위치만 알면 그만이기 때문이다.

"한 눈으로 알 수 있을 것 같소, 용미가 없는 원통인데 방(房)이 낮은 쪽이며 곤좌(坤坐)로 봉안했군요?"

"강변으로 올라오면 편했을 텐데. 빠른 갈대길로 오르게 되어 죄송합니다."

십 장 너머에서 산소를 바라본 제 별감은 모든 것을 알 수 있다고 고개를 끄덕이며 되돌아 걷고 있었다.

마을 어귀에서 이들을 배웅하는 허자경은 가시나무 길로 들어선 것이 죄송스러웠다. 마승은 주인이 하는 일이 궁금하여 물었다. 남들처럼 대부님이라고 부르기도 하고 상황에 따라 주인님이라고 하기도 했다.

"주인님은 쌀가마를 드려 놓고 하룻밤 묵겠다고 했는데 이 밤에 어디서 유할 것입니까?"

"마차에서 날을 새기로 한다. 오늘 밤에 삽과 곡괭이가 필요한데, 자네는 하자촌으로 내려가 그것들을 구해 오게."

"에? 곡괭이요?"

"그렇네, 오늘 보아 두었던 산소에 볼 일이 있네."

마승은 깜짝 놀라 두 눈이 왕방울같이 커졌다.

"무덤을 파헤치는 것은 아니겠지요? 주인님은 예법을 바르게 하고 지극정성으로 조상님을 모셔야 한다고 말씀하셨습니다. 그렇게 모셔 놓은 영령인데 귀신이 나오면 어떠하겠어요?"

제 별감은 입술이 머슥머슥해졌다. 온 세상이 자신만을 위하여 존재하는 것처럼 생각해 왔다. 성인의 말씀까지 꺼내면서 성인의 인품을 내보였던 그에게 궁색한 변명의 말을 해야 했다.

"유골이 다 된 뼈다귀에는 영령이고 신이고 모두 하늘로 날아가 버린 지 오래여서 아무것도 없는 것이다. 삭아버린 유골에 겁먹을 일은 하나도 없다."

그렇게 당당히 말하며 품속에서 은 닢 하나를 꺼내어 그에게 내밀었다.

"자, 받게. 이 일들은 기밀로 하여 지켜주게."

마승은 그것을 받으며 의아한 눈총으로 주인을 바라보았다. 혹시 건강 장수 하려고 뼈다귀를 훔쳐다 달여 먹을 것으로 짐작도 했다. 오래된 유골에는 신이 없다고 했는데, 틀림없어 보였다. 골몰하는 그에게 주인의 달콤한 소리가 들렸다.

"앞으로 기와집도 마련하고 전지(田地)도 하나둘은 사놓는 것이 좋겠지?"

씀씀이가 후한 행동에 반기던 참이었는데 이번에는 주인으로부터 최고의 선물이 있을 것 같았다. 그는 입을 다물지 못하고 멍하니 바라보았다.

"어떤가? 떠돌아다니는 아들놈도 있다는데 불러들여 가정도 꾸려 주이야 하지 않겠는가?"

"예, 주인님! 하시는 일에 지극정성으로 받들어 모시겠습니다."

마승은 마을로 달려갔다. 주인님이 무덤 속에 유골들을 부숴 먹든 달여 먹든 관여할 비는 아니고 적극 도와드려야겠다고 마음먹었다.

깊은 밤 자정이었다.

하늘에는 총총한 별들과 반 토막난 반달은 서산 위에 걸려 있다. 제 별감이 말했듯이 이들은 허자경 조부님 산소를 향하여 엉금엉금 기어오르고 있었다.

"여기로군! 시작해 보게!"

노인은 산소 위로 발을 올려, 잔디 한 토막을 걷어 내었다.

"주인님은 앉아 쉬십시오. 인신(人臣)이 있지 않습니까. 제가 모두 파묘를 하고 유골을 갖다 드리겠습니다."

"자네는 파묘만 하고 금앵이 보이거든 나에게 말하게. 금앵 단지를 열면 액운이 자네에게 미칠 수 있다. 그 후부터는 내가 모두 알아서 하겠네."

귀신이 나오면 주인이 짊어진다는 말에 마승은 고맙게 생각하며 일을 했다.

하루 전에 만든 무덤이라 파묘하는 데 그리 시간이 걸리지 않았다.

"유골 단지가 있습니다. 들어낼까요?"

"아니다. 자네는 십 보 밖에 나가 있게. 말했듯이 내가 열어보는 것이다."

소매로 이마에 흐르는 땀을 닦아내고 주인을 바라보며 씨익 웃어 보였다.

이 정도의 일은 아무것도 아니라는 뜻이다. 그리고 유골들과 대면할 일이 없어 한시름 놓는 웃음이기도 했다. 주인님이 십 보 밖이라는 말에 될수록 멀리 떨어졌다.

무덤으로 내려선 제 별감은 금앵(金罌)을 살펴보았다. 유골을 넣을 수 있게 골호(骨壺) 큰 단지에 속했으며 의례를 하면서 삼색 천으로 정성껏 세 번 싸 놓았다.

그는 삼색 천을 풀고 뚜껑을 열었다. 가지런히 세워 놓은 다리뼈와 같이 낡은 죽통이 있었다. 이들의 장례법이 이묘하는 금앵은 한 번 닫으면 절대 열지 않는다고 하였는데 정말 그대로 있었다.

제 별감은 옷섬을 열고 얼른 죽 대롱을 가슴속에 넣었다. 그리고 호골 단지 뚜껑을 닫고 있던 그대로 삼색 천을 묶어놓았다. 목적을 달성한 노인은 밖으로 나오며 손을 들어 허물어진 묘를 가리켰다.

"저 달이 기울기 전에 빨리 복토를 하여 전과 같이 묘를 만들라!"

삽을 들고 달려온 마승은 주인의 양손을 살펴보았다.

"주인님! 유골을 싸 들고 가는 것은 아닙니까?"

마음이 흡족한 제 별감은 흥분된 상태로 입술까지 떨렸다.

"우리가 강아지냐? 뼈다귀를 싸 들게."

아리송해하는 그를 보며 그럴듯하게 변명했다.

"금앵 이장법을 모두 살펴보았다. 되었느냐? 그리고 이전과 똑같이 만들어라."

고개를 끄덕이는 마승은 열심히 복토를 해나갔다.

탐라도의
갑사 금석

∽

　봉울봉울 산봉우리들이 탐라섬 들판에 여인의 가슴과 같이 널려 있어 이 섬에 여자가 많은가 싶다.
　중국에서 온 아두는 밭갈이하고 누렁이 암소를 몰아 집으로 가고 있었다. 오름 사이의 자갈밭을 누렁이 소와 같이 하루 종일 일구었다. 밭을 갈았다기보다 머리통만큼, 주먹만큼 한 돌멩이들이 흙에서 나오는 바람에 이것들을 파내느라 힘에 겨웠다.
　누렁이 소는 서산에 기우는 태양을 바라보며 외양간의 송아지를 그리며 네 발을 부지런히 움직이고 있고, 그 뒤로는 쟁기를 짊어진 아두가 허리를 굽신거리며 따라가는 것이 짐승 따라 집으로 걸음하고 있다.
　동구마을 끝자락에 두 채의 초가가 있었는데, 누렁이 소와 아두는 올레를 돌아 마당 안으로 들어섰다.
　"혼다리 안다리 개청개, 신나오자 검은개
　추녀오녀 버믄개, 허허 장군 버믄개
　꼬노꼬노 돌감, 돌감밭디 새꾼!"
　이 집의 아이 명반이 친구들 여남은 명이 마루방에서 다리를 뻗어 놓고 놀이를 하고 있었다. 부인은 올레로 들어오는 누렁이 소와 아두를 보고 마루방으로 들어갔다. 아이들을 각자의 집으로 돌려보내려는 마음이었다.

여인은 귀여운 아이들을 보면서 동요에 젖어 질문을 하였다.
"여우야, 여우야, 뭐 하니?"
부인의 말에 아이들은 따라 대답했는데 여아들 목청이 높았다.
"밥 먹는다."
"무슨 반찬?"
"개구리 반찬."
"살았니? 죽었니?"
"살았지!"
"뱃속에서 헤엄치고 다니며 어쩌지?"
"뱉어내지."
"밖으로 안 나오면 어쩌지?"
"밑으로 싸 버리지."
대답하고 나서 아이들은 모두 웃음으로 방안을 장식했다.

이 집에 남자가 없어 바쁜 농번기에 다른 집들을 보면서 기죽어 할 때 이 여인은 홧김에 서방을 얻었다.

당시 농경사회는 가족들 모두가 일꾼이며 생산직이다. 남편이 일찍 돌아가면 아이들은 어리고 장정들이 할 일을 해 줄 사람이 없다. 이를테면 밭갈이, 돌담을 쌓는 일, 우마 다루는 일들이 있는데 가끔은 여인네가 밭갈이하는 수도 있다.

명반이 어머니도 그리하려고 결심하였는데 지금의 아두를 만났다.

처음에는 말 무르기라 하여 모르기에 집으로 통해서 불렀지만 개의치 않았다. 아두도 동네 청년들로부터 "모르기"라고 부르며 따돌렸지만, 그도 개의치 않았다.

어느 날 몇 동네를 돌아다니며 무전취식하는 망나니들이 들어왔는데, 동네 청년들은 그들을 피하기에 바빴다. 둘은 칼을 들고 다녔고, 싸움꾼들이었다.

아두는 무전취식하는 그들을 불러내어 혼쭐을 내주었다. 둘은 칼을 빼 들고 살인도 마다하지 아니하였으나, 아두는 맨손으로 제압하고 눈두덩이 튀어나올 정도로 패주었다. 강호에서도 그랬지만 검을 들고 죽음을 각오하고 덤비는 자는 죽어도 마땅하다는 계율은 여기에서도 통했다. 그래서 두 놈의 모가지를 비틀어 주려는데 둘은 싹싹 빌며 통사정했다. 그 후로 대막지와 소막지는 소문도 없이 사라져 버렸다.

아두는 말 모르기에서 지금은 아두로 불렸다. 두 팔을 벌려 한발 폭의 올레로 이 집에 어머님이 들어오고 있다. 올레담과 길 따라 양쪽으로 이어진 돌담들은 옹기종기 쌓아 올려 정겹기 그지없다.

자갈밭에서 일하다가 돌담길을 걷고 돌담집으로 들어간다. 흙보다 돌멩이와 싸우다가 죽고, 돌담으로 둘러친 곳에 들어 가 영면하는 삶이니, 돌과 인연이 많은 섬이다. 부인 어머님은 아두를 보고 있었다.

"다섯 마지기도 안 되는데 하루 종일 밭갈이했구나! 설렁설렁 하지 않고……. 돌멩이를 다 파내는 것은 죽어서도 다 못한다. 돌이 있다고 농사가 안되는 것이 아니다."

할머니의 말은 웬만하면 돌멩이를 무시하고 밭갈이하라는 것이다. 아두는 일 년을 넘게 살면서 남자 일을 도맡아 하는 편이다. 아들을 잃고 손주들과 며느리를 보면서 살길이 막막하였는데, 아두가 들어왔다. 머슴과도 같이 더불어 살면서 생활하다 보니 아들같은 정이 들어 버렸다.

친족관계가 두텁지 않고 부계사회가 공고하지 않아 이웃이나 친족들도 모르기가 들어와 산다는데 별 이의가 없었다. 일손이 없으니 부부가 되었다는 것뿐이며, 누구도 애 둘 딸린 집안에 서랑이 되라고는 하지 않을 것이다.

마루방에 들어선 아두는 벽에 걸려 있는 아기구덕으로 시선을 옮겼다.

죽대로 엮어 만든 아기구덕 위에는 백련초가 놓여 있어 여인도 따라 시선을 옮겼다.

그녀가 버리지 못하여 걸어 놓은 것인데 태교의 바람이며 묵시적인 바람이다.

"오늘은 더웠지요? 어머님 말씀처럼 대충대충 하세요. 돌멩이가 있어도 농사는 잘되거든요. 당신네 중국 천지는 돌멩이 하나 없다고 하는데 그래서 사방이 온통 먼지가 아니겠어요."

아두는 손짓으로 말했다. 성질이 꼼꼼해서 그냥 못 지나간다는 말이다. 그는 이어 물먹는 시늉을 해 보였다. 부인은 알겠다고 부엌으로 들어가 호리병과 사발을 들고 왔다.

아두가 우선 한 사발의 물을 부어 부인에게 내밀자, 그녀는 웃음으로 대답하고 꿀꺽거리며 물을 마셨다. 그리고 다 못 마셔서 남은 물에 호리병의 물을 채우고 남편에게 내밀었다. 아두도 소리 없는 웃음을 하고 난 다음 한 사발의 물을 모두 마셨다. 그런 다음 이목구비에 손을 옮기며 수화를 보냈다. 수화를 아는지 여인은 소리 내어 웃었고 지신의 얼굴을 쓰다듬었다. 눈가의 주름이며 이마의 주름까지 지워지고 젊어지고 있다는 말이다. 반년 전부터 먹는 약수가 효험이 있다고, 아두는 자주 아내의 얼굴을 주시해 왔다. 오늘도 그는 뚫어지게 쳐다보기에 아내는 얼굴이 붉어지기까지 하였다.

아두는 열흘에 한 번은 산으로 간다. 말안장을 채우고 가죽으로 된 수통을 실어서 새벽에 떠나면 저녁이 되어야 약수를 들고 돌아온다.

처음에는 젊어지는 약수라고 하여 둘은 긴가민가하며 마셔왔다.

산해수동에 소 지관과 안성에 안 정시가 그러한 일들을 살펴보면서 아두는 한참 후에야 그 샘물을 그들처럼 마셔 보았다.

"내일은 산에 오르십니까?"

마지막 호리병 샘물이 바닥이 났다는 말이고 열흘째 되는 날이어서 그렇게 물었다. 아두는 고개만 끄덕였다.

반가운 말이나 구차한 내용도 말은 할 수 없어 왠지 오늘은 부인의 말에 쓸쓸함을 보였다. 귀는 멀쩡한데 말하려고 하면 헛바람만 목으로 나와 음성은 나오지 않는다. 그 쓸쓸함은 혹여 샘물을 마셔서 목에서 소리라도 터져 나올까 하는 바람도 있어 보인 듯도 하다.

아두는 애처로운 눈빛으로 부인을 물끄러미 바라볼 뿐이다.

두 손을 휘저으며 수화를 잘하던 그가 마음에 있는 심정까지 수화로 말할 수 없기 때문이다.

아두는 사랑스러운 부인을 두고 떠날 시간이 도래함을 애석하게 생각하고 있기 때문이다.

강호의 낭인으로 가정을 꾸려보지 못했고 농아로 사람대접을 못 받아왔는데 지금은 모두를 이루었다.

이 섬의 물 위에 떠 있는 것이 모두 여자들이며 땅 위에 굴러다니는 것도 여인들이라고 하지만, 아두에게는 명반이 어머니만큼 좋은 여인은 없었다. 여인은 아두의 눈빛을 살피며 물었다.

"얼굴만 바라보면 누가 먹여줍니까? 벗이 그립다면 동네로 가서 약주라도 하고 오세요."

아두는 고개만 흔들었다. 소막지와 대막지 불한당을 혼쭐을 내었던 것이 이웃 마을 청년들까지 무언의 존경을 보내고 있다는 걸 느끼고 있다.

장정들은 조를 짜서 하루를 싸다녀도 사냥을 헛치는 수가 많다. 하지만 아두는 마음만 먹으며 반나절에 노루 한 마리쯤 사냥하는 것은 식은 죽 먹기였다. 장정들이 아두를 끌어들이려 하지만 자제해 왔다. 중국의 낭인이라고 알려지는 것이 두려웠기 때문에 사냥을 서툰 척하며 피했다.

세 살짜리 둘째 아이가 쪼르르 달려 나와 아두의 손을 끌었다. 아이들도 아빠라고 부르며 잘 따르고 때를 먹고 나면 뺨에 밥풀이 묻어 있는 것이 귀여운 것이다. 이 모두가 이별할 생각에 약수가 원망스러워진다.

호면귀 곽순의 예견처럼 젊어지는 샘물이라면 이 놀라운 사실을 갖고 중국으로 떠나야 한다. 그에게는 희망이기보다 불길한 예감이 든다.

올레로 들어오는 두 장정이 있었는데 어머니가 반겨 맞는다. 오랜만에 들어오는 남자 손님들이었다. 어머님은 얼른 며느리를 찾는다.

"애야! 오늘 소 판다. 그래서 이 사람들이 소를 끌어가려고 찾아온 것이다."

"우리 아두가 좋아하는 소를 정말로 파는 것입니까?"

두 장정은 여인과 아두를 바라보며 씽긋 웃고는 외양간으로 걸어갔다.

아두는 이를 짐작하여 앞질러 가서 외양간 문 앞에 막아섰다.

"애야, 아두에게 소 판다고 말 안 했어?"

"그래요, 어머니. 잡아먹을 소로 팔았다면 아두가 분개할 것이 뻔하니까요."

앞에 선 장정이 이 집의 며느리인 것을 알자 사실 내용을 말했다.

"삼 일 후에 모슬게포 축항에서 진수식이 있어요, 우리 배는 큰 배인데 소 한 마리는 잡아 올려야지요. 마침, 집에 할머님이 소를 팔겠다고 해서 우리와 약조했거든요."

"그래, 맞는 말이다. 송아지는 두 살이 넘으니 젖 뗄 때가 되지 않았느냐. 우리 누렁이는 나이가 들어서 앞으로 송아지는 못 낳는다고 한다."

어머니는 송아지도 못 낳는 늙은 어미여서 뱃사람들에게 팔겠다고 하였다. 상황을 짐작한 아두는 외양간에 매어 둔 소를 끌고 나와 올레 밖으로 걸어갔다. 젖을 뗐다는 송아지도 출랑거리며 그 뒤를 따라갔다. 명반이 어머니는 멀뚱히 바라보는 두 장정에게 말했다.

"그것 보세요. 우리 아두는 소를 팔지 않습니다. 그리 알고 돌아가 주세요."

아두는 따라오는 소를 보며 가여운 생각뿐이다. 탐라섬 사람들도 무슨 행사가 있으면 가축을 도축하고 핑계 삼아 갈기갈기 찢어발겨 나누어 먹는다고 느끼고 있기 때문이다.

집을 지으면 수탉 모가지를 대들보에 대고 나대로 단번에 잘라내어 그 피를 기둥에 칠한다. 그런 다음 몇 마리 더 잡고 목수들이며 집안 식구들이 닭요리로 회식을 즐긴다.

중국에서 이러한 사실들을 느껴보지 못했지만, 탐라에 들어와 가정을 알고 부인과 아이들을 사랑하다 보니 마음 또한 그와 같이 여리게 변했다. 가축을 길들여 정을 붙여보지 못한 사람들은 감이 오지 않지만, 사람들 입이 무섭다고 아두는 느끼고 있었다.

중국에서 보아 왔듯이 전장에 나가는데도 황제의 신과 치우신에게 소를 잡아 희성(犧盛)을 하고 출정식을 한다.

또한, 성리학이 유행하는 석전제(釋奠祭)에도 그렇다. 공자를 비롯한 성인들을 모셔 놓은 사당에서 황소를 잡고 희성하여 제를 지낸다.

열두 토막으로 해제된 황소는 그날로 제관들 몫이 되며 사방팔방으로 흩어져 버린다. 하제관들은 내장이나 먹고 뼈까지 으깨어 먹으니, 황소는 하루아침에 사라져 버린다.

누렁이 암소는 파리가 귀찮아 양 귀를 터는 것이 머리까지 흔들어야 했다. 두 눈을 껌벅이는 암소는 아두와 눈이 마주쳤다. 날이 저물어 밤이 올 텐데 왜 밖으로 멀리 떠나는지 의문의 눈초리였다. 그리고 따라온 송아지를 주의 깊게 바라보며 걷고 있다.

"이놈아, 그리 쳐다보면 어쩌냐, 오늘 밤 부로 해방이 되어 들소가 되거라."

　그렇게 뇌까리며 오늘 밤 종일 산속을 걸어야겠다고 마음먹었다.
　멀리 떠나지 못하면 누렁이는 정이 깃들었던 명반이네 집으로 찾아들 것이 뻔하기 때문이다. 매일 힘겹게 일했지만, 살아온 정은 대단하다고 한다.
　덕산촌에서 밤을 지낸 아두는 명반이네 집으로 찾아 들지 않았다.
　어머님이라고 수화를 내보이던 명반이 할머님은 며느리에게 면박을 주고 있을 것이라 짐작했다. 일 년을 정들어 살다가 누렁이 소와 송아지를 끌고 나갔는데 그것으로 값을 치르는 것이라고 짐작하게 했다.
　그렇게 생각하며 명반이 어머니에게 죄송할 따름이다.
　'좋은 식구들이었는데, 나도 한평생 당신과 그렇게 살고 싶었는데……'
　이 말 한마디 남기고 싶었는데 그것도 어디까지나 이유에 불과하다.
　'용서해 주시오, 나는 강호의 낭인이었으니 그리로 돌아가는 것이오.'
　만물의 생명은 똑같은데 사람들은 이상하리만치 신을 만들어 우상화하고 그것에 의탁하려고 한다. 제물을 올리고 핑계 삼아 고기를 먹는 것처럼, 잘 되었구나 누렁이 소를 핑계 삼아 나는 명반이네 집에서 벗어나야 되겠다고 생각했다.
　안 정시(安 正視)는 열흘에 한 번씩 산해수동의 소 지관(蘇地官)댁을 찾는다. 오늘은 그날이 되었음인지 안 정시는 산해수동의 소 지관

댁으로 찾아가고 있었다. 말안장 양쪽에는 두 개의 수통이 딸려 있었고, 죽 상자에는 몇 개의 약초가 있었다. 오늘은 갑사 금석이 소 지관댁 담장 가에 숨어 있었다.

여느 때와 같이 어둠이 찾아드는 저녁 무렵, 안 정시의 말은 소 지관의 후원 문가에 매어지고 있었다. 안 정시는 사방을 훑어 보고는 두 개의 수통을 들고 얼른 오두막 바깥채로 발걸음하였다. 부엌과 구들방 두 칸의 초가집이었다. 말발굽 소리를 들은 소 지관도 후원 마당으로 나오며 얼른 수통을 받아 들었다.

"오늘도 어렵게 발걸음을 하였소. 방으로 드시오."

일 년 전만 하여도 집 밖을 겨우 드나들던 소 지관은 혈기 왕성한 발걸음으로 후원을 드나들고 있었다. 촛불을 밝혀 놓은 방안에 두 늙은이가 들어섰는데, 왠지 노인티는 보이지 않았다. 먹물을 여기저기 찍어 놓은 얼굴이었는데 지금에 이르러서는 거의 지워지고 있었다.

오늘은 갑사 금석(甲士錦石)이 이들의 대화를 엿듣고자 소 지관 댁에 숨어 있었다.

호면귀 곽순이 처마 밑에 붙어서 상창 밑을 후벼 쓸 때는 왕내(노인네)가 풍겨 나왔는데, 방안은 말쑥했고 입성도 빨아 입어 젊은이의 방 못지않았다. 소 지관이 장기판을 내려놓지 안 정시는 장기판에는 관심이 없고 초조한 기색을 보이며 입을 열었다.

"하루가 다르게 약수가 말라가고 있어요. 깊이가 석 자는 내려서야 겨우 물을 뜹니다. 무슨 방도가 없겠습니까?"

노인은 초조한 얼굴로 마주한 안 정시를 바라보았다. 그도 일 년 전에는 이마에 흘린 퇴색된 몇 고을의 머리를 손가락으로 빗질을 곧잘 했었는데 지금은 그게 아니었다. 벗었던 이마로 숱한 검은 머리로 탈바꿈하고 있기 때문이다. 그의 궁색한 말에 노인은 두 눈을 감았다.

"글쎄요. 약수도 보름만 지나면 변색하고 냄새가 나는 것으로 보아 길어 다가 두고두고 마실 수도 없고 그래서 말했지요. 주위에 약초가 있으면 그것으로 대처해 보자구요."

"몇 가지 풀 초들을 찾아보았습니다. 사방이 습지로 된 곶자왈이라 돌무더기로 되어 있어 돌콩이 많았습니다. 습지 식물인 물 배추와 물 부추, 뱀 톱 몇 가지 캐어 가지고 왔습니다. 먹을 수 있는 야채임으로 같이 먹어 보도록 합시다."

이 내용을 엿듣고 호감을 갖는 이가 있으니 갑사(甲士) 금석(錦石)이었다.

안 정시가 나를 멀리하는 바람에 그의 뒤를 밟아 본 적이 있었다. 산간에서 들통이 나자, 그는 나에게 말했다. 멋쩍게 웃으며 약초를 캐고 있다고······.

산해수동에 자주 내려가는 데는 두 늙은이가 장기를 띠는데 우알(上下)을 못 가려 안 정시가 장기를 띠려고 드나든다고 하였다. 그런데 오늘 그들의 대화는 약수를 먹고 있다는 데 있었다.

검버섯이 뒤룩뒤룩 붙어 있던 소 지관도 깨끗한 얼굴로 지팡이 없이 밖을 드나드는 발걸음이며, 안 정시도 혈기 발랄한 행동이 팔팔하게 사시라고 농담 삼아 했던 인사가 천수를 누릴 것 같다.

좋은 못자리를 보아주겠다고 앞서거니 뒤서거니 명당 자리로 돌아가겠다던 이들의 말은 옛말이 되었다. 또다시 놀라운 말이 계속되었다. 팔순이 넘는 노인은 희색이 만면하며 주름진 얼굴을 펴고 웃음보를 터뜨렸다.

"나도 기력이 충만하여 이 약수가 끝나는 날 걸음을 같이 하십시다. 가시봉 북쪽 유지봉에서 나온 샘물이 사지로 흘러 버리는 것 같소이다."

"지관님은 수장올(水長兀)과 화장올(火長兀) 초장올(草長兀), 물과 불과 초목 이 세 가지 구색을 갖춘 오름이라 하였습니다."

"평대향장(平大鄕長)님은 창 터진 오름 물장오리에 스며드는 것이라 하여 심구올(深口兀)이라고 했소. 심구올이면 물을 먹고 자란 열매가 맺는다고 하여 큰 의미가 있어요."

안 정시도 궁색했던 얼굴이 급변하며 물었다.

"예? 큰 의미라면? 심구올을 찾을 수 있을까요?"

소 지관은 손바닥으로 얼굴을 쓸면서 말을 이었다.

"우리 정시에게 의미하는 바가 클 것으로 보지요. 동쪽으로 노인이 북을 치는 형상이고 서쪽으로는 백로가 날개를 펴서 앉는 형국을 찾으면 쉬울 듯싶소."

약수를 먹는 이들은 전설이 옛말이 아님을 실감했다. 산해수동에 연(鹽) 노인이 망구에서 또 백수에 이르러 고손을 찾았었나. 아마노 지금이 이르러 오 백수에 이를 텐데 옛말이 아님을 상기시켰다.

"곶자왈 어디엔가 염천 노인이 살아 계실지도 모르겠습니다."

"그럴 수도 있겠지요. 아마도 천기누설(天機漏洩) 때문에 은둔생활인지도 모르겠소. 천기누설은 맑은 하늘 밑에서도 벼락을 맞는다고

탐라도의 갑사 금석　165

하지 않는가."

그의 말에 깜짝 놀란 안 정시는 입을 조심해야겠다고 다짐했다.

"혹여 그 어른을 만나볼 수 없을까요?"

"솔솔이는 바람에 예언까지 할 수 있는 흑죽이 있는 성소(聖所)를 찾으면 만나볼 수 없다고는 하지 않겠지요."

무릎을 짚고 엉거주춤 일어서는 노인은 방바닥을 짚지 않고 훌쩍 일어섰다.

"부엌에 탁주가 있소. 드시면서 장기(將棋) 한 판 띠지 않겠소?"

"차 한 잔이면 되었구요. 지난번에 패했던 것을 오늘은 일 승을 하고 올라가겠습니다."

"그럴 수 있을까? 패하면 또 하겠다는 말은 말게."

소 지관은 구석에 밀어 넣었던 장기판을 꺼내 한(漢)나라와 초(楚)나라가 중원을 다투었다는 붉은 글씨와 파란 글씨의 장기알들을 판 위에 올려놓았다.

"내일 곶자왈에 들어서게 되면 주위를 살피면서 산행을 해야겠습니다."

"내일 유지봉에 가신다고?"

"말했듯이 샘물이 바닥이 드러나 수통 하나 뜨는데 한 참을 기다려야 합니다. 남의 눈도 있고 하여 산중에서 밤샘하면서 뜰 수도 없고 이틀은 다녀와야지요."

둘은 장기에 심취하여 별로 말이 없어졌다. 딱딱거리는 장기 마들의 전쟁터 같았다.

소 지관 오두막을 빠져나온 금석은 다음 날 그가 산행하는 길목에서 동이 트는 새벽을 기다리고 있었다. 엇저녁 엿들었던 일들을 생각하며 새벽 걸음을 해야 유지봉이라는 데를 다녀올 수 있기 때문이다.

갑사 금석은 궁리 끝에 안 정시의 행적을 살피고자 길목에 숨어있었다.

이들도 만파흑죽 가리키는 불로초라고 했다. 그래서 곽순이 이어도 소리를 흥얼거리며 다녔다. 제비도 강남으로 날아가기를 원치 않는 땅, 비연절익 형국(飛燕絶翼刑局)은 제비 날개가 부러져 날지 못하는 형국이 아니라 떠나고 싶지 않았다고 말하고 있다.

옛날부터 전해진 표석(標石)이라고 했다. 곽순은 염라신도 편제가 나에게 전하는 파발(擺撥)을 가로채고 그를 암살하여 나를 기만했다. 그리하고도 솔직 담백하게 나에게 말한 바 있다.

꿀을 따먹으려면 벌통을 쑤셔 놓아야 벌들이 우글거려 꿀을 딸 수가 있다고 했다. 가만히 눈치만 보고 있다가는 아무것도 할 수 없다고 그는 주절대었다.

그가 무슨 이유에서 궁을 배신하였는지는 알 수 없으나 흉계가 무서운 놈으로 밀정을 보내었는데 알 수가 없다. 이들이 음미하는 약수를 뜨고 중국으로 빨리 건너가야 한다. 궁을 배신한 곽순이 이 사실을 인지하면 큰일이다.

그때, 말발굽 소리가 들렸다. 보통은 말방울을 달고 딸랑이며 손님을 찾아다니는데 암행길이라 말방울이 없었다.

금석은 지난날에 들통이 난 일이 있어 흰 마장의 거리를 두고 보행으로 그의 뒤를 따라갔다. 안 정시의 준마는 억새 동산을 지나 태역밭으로 접어들었다가 다시 꾸불꾸불 능선을 올라 숲속으로 들어섰다.

그가 사라지자, 억새 동산에서 질풍같이 달려오는 조랑말이 있었다.

주황색 옷에 털립을 쓴 장정은 말갈기를 잡고 달리는 것이 보통 솜씨가 아니다.

숲속에 숨었던 금석은 조랑말의 사내를 살펴보니 소 지관의 장자임이 분명했다.

그도 안 정시의 뒤를 밟는 것 같았으며 분명 무슨 일이 일어날 것이라 짐작했다. 조랑말 소리에 놀라 노루 몇 마리가 풀숲에서 뛰쳐나와 사방으로 흩어졌고, 이어 노루에 놀란 장끼들이 푸드덕거리며 비둘기와 같이 사방으로 날았다.

숲속에 들어선 안 정시는 얼마를 가다가 더는 갈 수가 없었다. 숲길은 돌무더기와 하늘이 온통 가려진 동서남북을 분간할 수 없는 곳이었다. 서리 나무, 황칠나무, 사오기, 군목, 구지뽕 가시나무, 목달나무……. 있는 그대로 원시림이었다. 하늘은 숲에 가려 바라볼 수 없고 땅바닥은 돌무더기가 온통 옷을 입은 듯이 이끼가 끼어 있었다.

파란 이끼, 빨간 이끼, 갈색 이끼, 돌콩 같은 습지 식물이 바닥을 점령했다. 트인 곳을 찾는 것이 수령이 몇천 년은 되어 보이는 군목과 사오기 나무가 있는 곳으로 갔다. 나무 둘레가 어른 팔로 서너 아름은 넘어 보였다. 키가 자라지 못하면 아예 태어날 엄두도 없다.

밑동은 울퉁불퉁하여 이 세상 나무가 아님을 연상케 하였다.

안 정시는 훌쩍 말에서 내려 서리나무에 말을 묶어 놓고 말라붙은 수통을 어깨에 걸쳐 메어 짙은 숲속으로 걸어갔다.

방목하는 우마도 걸어 다니기가 쉬운 곳은 아니다. 미끄러운 이끼와 돌무더기도 그랬지만 사방이 습하여 몸에 와 닿는 것이 딴 세상이며 마시는 공기가 또한 그러했다. 약수가 아니더라도 이러한 곳에서 생활한다면 젊어질 수 있을 것 같았다. 그는 가만히 귀를 기울여 보았는데 주위에서는 이름 모를 새들이 지저귀는 소리만 간간이 들렸다.

열흘에 한 번씩 다니던 길인데도 두리두리 살피며 걸어갔다. 혹시나 염천 노인이 나타나 '당신은 뉘시오?' 하고 말을 나눌 수도 있는 희망도 없지 않았다. 드디어 목적지에 도착하였는지 수통을 풀어내고 돌무더기가 패어 있는 곳으로 걸어갔다. 쪽박 하나가 놓여 있어 물을 길었던 곳이 확실하다, 누가 다녀갔나 싶어 유심히 나뭇가지를 살펴보다가 석 자 깊이의 웅덩이로 내려섰다. 그는 쪽박을 들고 수통에 물을 떠 담기 시작했다.

풍덩풍덩 뜨는 것이 아니라 쪽박을 바닥에 한참은 대어 있어야 겨우 반 쪽박을 채울 수 있었다. 반년 전에는 이러지 않았지만, 지금은 아쉬움만 남기고 있었다. 물 뜨기를 반 시진쯤 하여 한 수통의 물을 뜨고 밖으로 나왔다.

새들의 지지귐이 이 물을 마시고 있는 산새라면 삼 년 살 것을 십 년은 족히 살고 있을 것이라 생각이 들었다. 안 정시는 수통을 어깨에 걸쳐 메어 엉금엉금 말이 묶여 있는 곳으로 걸어 나왔다.

분명 서리 나무에 그의 준미를 메어 놓았는데 말이 없어졌다. 고삐가 풀려 도망갔나 싶어 사방을 두리번거리며 살펴보았지만, 흔적을 찾을 길이 없었다.

그때 깊숙한 숲에서 사람이 불쑥 나타났다. 붉은 털립을 깊숙이 눌러쓴 사람은 다름 아닌 소 지관의 장자 소장개였다.

소 지관의 오막살이 안채인 와가(瓦家)에 살고 있는 그를 가끔 대면해 왔는데 오늘은 뜻밖의 일이었다. 안 정시는 갑작스러운 놀라움에 눈을 크게 뜨며 물었다.

"자네가 나의 뒤를 밟았구나, 아버님이 시키시든?"

다가온 소장개는 만면에 독기가 서려 있어 굳은 표정으로 입을 열었다.

"당신은 아버님께 말씀하시었소. 비밀은 두 사람이면 유지될 수 있으나 세 사람이면 어렵다고 그랬지요. 당신 때문에 아버님과 나 사이는 금이 가고 높은 산이 놓여 버렸소."

"뭐야? 내가 자네 부자간 이간질을 했다고?"

말하는 것으로 보아 이놈은 틈틈이 우리가 했던 말을 엿들었다고 짐작했다. 아버님하고 장기를 띠면서 교우가 깊었지만, 소장개는 자신을 따돌렸다는 것이다. 그의 가슴에는 탐욕이 철철 넘치고 있었다.

"그래서 어찌하겠다는 것이냐?"

"……."

말 못 하는 그에게 평정을 찾게 다그쳐 말했다.

"빨리 말을 내어놓게. 남은 수통을 채워서 집으로 돌아가자."

"말은 저기 있소."

그가 고갯짓으로 가리키는 곳에는 그가 타고 왔을 것으로 보이는 조랑말과 같이 나무에 매어져 있었다. 안 정시가 그곳으로 가려고 하는데 갑자기 소장개는 찍게를 꺼내 들었다.

철 찍게는 사냥에 오소리 잡기에 제격인 날카로운 무기였다.

"이놈이! 그대의 아버님은 내가 살려냈는데 배은망덕하게 그것으로 나를 죽이겠다고?"

"그렇소"

"자네는 젊어진다는 약수에 혜안을 흐리게 하여 광기로 변했구나!"

"광기라니요, 칠순을 살았으면 감사해야지요. 해서 이 샘물은 젊은 사람 물이지 연세가 많으시면 편안히 북망산으로 가서야 합니다."

안 정시는 갑자기 돌변하는 그를 주시하며 심장이 고동치기 시작했다.

소장개는 각오가 되어 있었는지 찍게를 앞으로 돌리며 한 발씩 다가오고 있었다.

"영지의 실개천 물을 자네 가친에게 알려 주었고 따박따박 떠다 드리면서 지금까지 같이 살펴보는 중이다. 그런데 자네가 나를 죽이고 이 물을 독식하려는 것이구나."

"그것은 우리 아버님이 거동하기가 불편하셔서 안 정시님께 부탁했던 것이오. 그리고 당신은 우리 아버님을 시험대에 올려놓고 살피고 있었어요. 치후에 당신이 이렇게 나올까 무서워서 내가 먼저 선수 치는 것뿐이오."

안 정시는 화가 머리끝까지 올랐으나 지금의 상황을 벗어 날 길이 마마했다. 상대는 젊은 놈이고 날카로운 찍게를 갖고 있다. 이제 할 수 있는 일은 도망을 치든 돌멩이로 대적하든 둘 중 하나뿐이다.

탐라도의 갑사 금석   171

"망상에 젖어 자기중심으로 정대함을 떠벌리지 마라! 하나 묻겠다. 자네 아버님은 이 사실을 아는가?"

소장개는 고개를 설레설레 흔들었다. 모른다는 뜻이다.

"다행이구나, 소 지관은 나를 배신하지는 않았으니 말이다. 그런데 안됐구나!. 약수가 한 달도 못가 말라버릴 것 같은데 우리가 싸우면 뭘 하겠는가. 집으로 돌아가자. 오늘 일은 없는 것으로 해 줄 테다."

그 말에는 대답이 없고 소장개는 단번에 가슴을 노리고 덤벼들었다.

무예를 닦은 솜씨는 아니지만 젊음에 날렵했다. 그렇게 안 보았는데 불효막심한 놈이었다. 안 정시는 옆으로 피하며 돌멩이로 맞받아쳤다. 내리친 찍게에 어깻죽지가 찍히며 돌멩이에 맞은 그는 팔뚝에 피멍이 들며 찍게는 허공으로 날았다.

순간 안 정시의 목을 누르고 와락 달려들었는데 무기가 없으니 육탄 공격이었다. 칠십 나이에 오십에 접어든 젊은이를 제압하기에는 어려운 것이다.

그런데 약수를 먹어 효험을 얻은 덕에, 웬걸 젊은이가 헉헉대며 내동댕이 당하고 말았다. 주먹다짐에서도 젊은이가 밀렸고, 안 정시의 발길질에 돌무더기에 꼬꾸라지며 머리통이 박혔다. 소장개는 늙쟁이한테 당했다는 생각이 들었다. 일어서서 싸우려고 했으나 몸은 움직일 수 없었다. 등과 머리가 바위에 심하게 부딪힌 것 같다. 지붕 위의 둥근 박 같은 돌덩이를 어깨 위로 치켜들고 다가오는 안 정시는 눈까지 붉게 변해 있었다.

'제발 살려 주시오. 없었던 일로 하겠습니다.'

그는 말하려고 했으나 입술이 열리지 않았다. 말 했다 한들 이 노인은 들어줄 리도 만무하다. 차마 그 돌덩이를 볼 수 없어 눈을 감았다. 시원한 숲 내음이 가슴으로 들어온다. 이름 모를 산새 몇 마리가 지저귀고 아버님 얼굴과 아내 얼굴이 스쳐 지나간다. 이미 예상했듯이 머리가 둔탁하게 울린다.

일을 끝낸 안 정시는 울렁이던 가슴을 진정시키고 시체를 정리하며 사후 계책을 모색하지 않으면 안 되었다.

느닷없이 일어났던 재앙에 곰곰이 생각에 잠겼던 그는 고개를 끄덕였다. 소장개가 주로 다니던 사냥터 절벽에 던져 넣어 사냥 다니다 낭떠러지로 떨어진 상태로 발견되어야 한다고 계획을 세웠다. 뛰는 가슴을 잠재우며 시체를 안아 들었다.

소장개의 사체를 조랑말 위에 꽁꽁 묶고 그가 다니던 사냥터로 떠났다. 침을 삼키며 이들의 싸움을 도시(盜視)하던 갑사 금석은 이마를 찌푸렸다. 안 정시와 다정다감 했던 일들이 무서운 사람으로 가슴에 와닿으며 독기가 웅크리고 있다는 것을 알게 했다.

양주에서 이 백여리 내려오면 강물이 모이는 진강(鎭江)이 있는데 진강 하류에 오이섬(烏泥島)이 있다.

삼십 년 전만 하여도 강변마을로 지주들이 많이 살던 부촌이었다. 당시 대홍수로 지금은 괴기스러운 섬이 되고 말았다. 북쪽과 서쪽 장강에서 떠밀려 내려오는 사람의 시체와 동물이 사체는 모두 여기로 떠밀러온다. 시체기 늘 상 이리히니 날아드는 들 까마귀와 독수리들이 많이 모여 오이섬이 되고 말았다.

탐라도의 갑사 금석 173

더욱 괴상한 일은 관아에 돈을 지불하고 이 섬을 매입했다는 유령선(幽靈船)에 있었다. 낡은 대룡주(大龍舟)였는데, 검게 색칠한 이 배는 하얀 깃발을 달고 이 섬에 드나든다. 깃발은 하얀 비단 천에 사불상(四不像) 깃발을 달고 혹 까마귀가 벌떼같이 날아드는 이 섬에 정박한다.

검은 독수리와 까마귀들은 사체가 모이는 섬이므로 그럴 테지만, 유령선은 강 하구를 오가며 유람하는 주악이 금 소리도 없고 사람의 그림자도 보이지 않으니, 사람들은 유령선이라고 부르고 있었다.

어떤 이들은 먹장 같은 어두운 밤길에 유령선과 오이섬에서 도인 같은 백포인이 걸어 나오고 강물 위를 걸어서 들어가는 것을 보았다는 이들도 있었다. 백포를 입고 도강하는 것은 도인도 할 수 없는 유령이라고 말했다.

둔덕으로 된 선창 가에는 중국에서만 산다는 진귀한 동물 사불상(四不像) 동상이 세워져 있다. 그리 크지도 않으며 무섭지도 않고 귀엽게 보이지만, 오이섬에 세워진 탓에 또 그렇게만 보이지도 않았다. 살아나와서 산으로 뛰쳐나갈 듯한 모습이다.

머리는 말 같기도 하면서 그것도 아니고, 뿔은 사슴 같기도 하고 아닌 것 같기도 하며 몸은 당나귀 같으면서 아닌 것 같기도 하다. 발굽은 소 같기도 하며 그것도 아니기에 '사불상(四不像)'이라는 진귀한 동물이다.

괴기스러운 오이섬에 검은 유령선이 선창 가에 닻을 내리고 있다. 그 용주선에서 난간으로 내리는 두 사람이 있었다. 한 이는 홍의에 상의는 주단으로 된 행괴를 걸쳤고, 그 뒤를 따라가는 이는 생저피

갑주(生猪皮甲冑)를 기워 입고 있었다.

둔덕에 올라서자, 회색의를 걸친 두 사내가 나타났는데 외창을 든 그들은 포권하여 예를 올리고 낮은 목소리로 말하였다.

"남방 신장 적제 신장님은 태백전으로 오르시고, 궁인 사십 오위 갑사 금석님은 오이채로 오르십시오."

오이채가 어디인지 분간 못 하는 갑사에게 적제는 웃어 보이며 두 무사에게 왼손을 펴 들었다. 같이 따라가면 된다는 뜻이다.

"궁주님이 부르시면 하고 싶은 말은 다 하시오. 그대는 나의 분신이며 우리는 궁인이니까요"

그와 작별한 금석은 사방을 둘러보았는데 다섯 채의 기와 채들이 군데군데 있었다. 모두 색칠을 하고 다듬어 놓은 것이 와가들을 개보수해 놓은 것 같다. 탐라의 초옥에서 생활했던 금석은 피로한 여정을 풀며 침상에 누웠다. 절친했던 안 정시가 나를 멀리 했던 것도 일 년 전의 일이다. 두 지관은 그렇게 약수를 마시며 오 백수에 이르는 염천 노인을 말하고 있었다. 금석은 잠자리에 누워 일 년 전 일을 곰곰이 생각해 보았다.

호면귀 곽순이 나를 배신하고 사라진 것도 일 년 전이고 보면, 분명 곽순은 무엇을 감지하고 섬을 떠난 것으로 추측할 수 있다.

내가 떠나기 두 달 전외 일이다. 탐리에서 초옥에 들어섰을 때 사람이 들어와 살핀 흔적들이 있었다. 그 발자국에 깜짝 놀란 나는 그 날로 행낭을 챙겨 초가를 빠져나왔다.

마룻바닥에 나 있는 자국들은 곽순이 신고 다녔던 귀면(鬼面) 무늬가 뚜렷한 와당문(瓦當文)이 있는 곽순의 신발이었기 때문이다.

신변에 위험을 느끼고 초옥을 떠났는데, 물론 이 사실은 아두가 금석을 밀살하려고 신고 있었던 귀면화에 들통이 나 실패했음이 확실하다.

다음 날 아침 식사가 끝나자 태백전에서 사람이 왔다.

진청색 당의를 입은 알자(謁者)인데 그는 집 앞에 곧게 서 있었다.

"나는 궁인 이십위 알자청담(謁者請談)이오. 사십 오위 갑사는 태백전으로 오르시오."

이도 궁인 계급이 있는지라 나이에 순서 없이 계급에 준수했다. 알자는 걸음걸이도 꾸부정히 하고 앞서 걸어갔다.

군데군데 기와집이 있는데 그사이에 목가들도 보였다.

회색의의 무사가 알자 앞으로 황급히 걸어왔다. 그는 금석을 두리두리 살피면서 입을 열었다.

"적제 신장님이 찾습니다. 시간이 지체됨을 아시고 이분을 태현랑사로 모십시오."

알자는 꾸부정한 몸을 곧추세우며 이외의 말에 뒤돌아보았다.

한 집 건너 왼쪽에 와가(瓦家)가 태현랑사(太賢朗舍)였다. 백초의 진의를 살펴본다는 의약 조제실이다.

그 방안에는 진인지가 앉아 있는데 곁에는 매선 부인이 있었다. 정말 놀라운 일이다. 부인은 백사기에 부어 놓은 약수를 심각하게 다루는 근초감 허달을 바라보고 있다. 곁에 섰던 풍침풍사(風針風沙) 두기호(斗其澔)가 왼쪽 장지로 백사기의 물을 찍어 음미해 보았다. 그는 고개를 들어 적제 신장을 바라보며 말했다.

"역시 그렇습니다. 맑음이 탈색되어 갈색이고 향취가 변하여 악취입니다."

 방문이 열리며 알자와 금석이 들어왔다. 방에서는 탕향이 코를 찌른다.

 금석은 자신이 들고 온 약수를 음미하는 것을 보고 반갑게 웃었다.

 "어떻습니까? 보통의 냉수가 아닙니다. 효험이 있겠지요?"

 반가운 모습은커녕 모두 황당한 얼굴로 바라보자, 그도 잘못되었음을 알고 와락 앞으로 달려갔다.

 "변색이 되다니, 약수가 썩었단 말씀입니까?"

 고개를 처든 적제가 부엉이 같은 눈을 크게 떴다.

 "그렇소, 당신 수통인지 잘 살펴보시오. 누군가 바꿔 치기라도 할 수 있으니까요."

 가죽 수통을 만지던 그는 경로를 말했다.

 "중국으로 오는 배는 언제나 있는 것도 아닙니다. 고려국 태안반도를 거쳐 육변 항로로 찾아오다 보니 한 달 반은 넘겼습니다. 탐라에 지관 양반들도 숙의를 하면서 열흘이 지나면 이와 같다는 말씀이 있었습니다."

 무안해하는 태도에 적제는 민망할까 싶어 불어져 나온 광대뼈에 웃음을 띠었다.

 적제 팽두를 바라보는 허달은 부인에게도 말 못 하고 혼자 냉가슴을 앓으며 와신상담(臥薪嘗膽), 지금까지 지내왔다. 장주님의 기력이 회복되는 것으로 만족할 수밖에 없다.

 "괜찮소. 궁주님께 보고를 아직 안 드렸는데 그나마 다행이오. 그런데 동료 신장들한테 귀띔했는데 민망할 따름이오."

밖으로 나오던 알자는 뒤돌아서며 말했다.

"장주님을 비롯한 모두 오늘 회동에 태백실로 오르시라는 분부요."

항주의 의가장 주인들을 궁에서는 극진히 우대하는 것 같다. 장주 내외와 허달은 서로 얼굴을 바라보며 알자의 말에 수긍할 수밖에 없다.

진 장주가 궁인 사십 위이고 다음은 허달, 매선 부인과 두기호 그리고 불로 영생의 천초를 찾는데 주역이 될 인물들은 모두 궁인 오십 위 안에 있기도 했다.

양주에서 만났던 식솔들은 근초감 허달과 같이 진 장주의 뜻에 따라 그렇게 지내고 있었다. 진 장주와 부인은 목가에 살고 있고 허달과 두기호 그리고 유의 두 사람은 태현랑사의 와가에 살고 있어서 크게 불편한 점은 없었다.

태백전(太白殿)은 중앙에 있었는데 제법 큰 집이었다. 붉은 휘장과 은빛 휘장으로 창문을 가려 고풍스러움을 나타내었다.

빙백궁(氷白宮)은 구중심처 백봉산에서 오이섬으로 옮겨왔지만, 구색을 갖춘 빙백 밀부로 꾸려가고 있었다. 그래서 빙백궁(氷白宮)을 사불상(四不像)으로 내보이고 있다.

태백진으로 따라가는 갑사는 생저피 상의를 뻗질나게 껴입었지만, 걸음걸이는 맥이 없어 보였다. 약수를 오방패 신장께 한 사발씩 드리고 싶었는데 그 물이 변색이 되고 구정물이 되었다니 한풀 꺾인 셈이다.

태백실에 들어선 금석은 싸늘한 분위기에 위압감을 느꼈다.

앞면에는 단상이 꾸며져 있는데 가운데에는 칠보 옥좌가 놓여 있었다.

주인 없는 옥좌를 바라보며 앉아 있던 마인들이 눈길을 돌렸는데 금석은 온몸에 소름이 끼쳤다. 첫 태사의에는 말로만 듣던 노란 곤룡포의 수장인 황제 신장 영우요천(靈雨要天) 전평(田平)임을 알았다.

다음은 사흘 동안 길을 같이 했던 적제 신장이었고, 그의 곁에 흑의 태사의에 앉아 있는 괴인은 불가와 도가를 오가며 도를 닦다가 괴인이 되었다는 야호선자(野狐禪子) 장호추(長胡推)임을 짐작게 했다.

다음 청색 태사의는 비어있었다. 그 뒤에 꽃무늬가 있는 태사의에는 궁장의 여인이 따뜻한 시선으로 바라보고 있었다.

왼쪽 벽면에 두 자 넓이의 비단 천이 걸려 있는데 여덟 자씩 쓰인 두 개의 만장이었다.

- 원항무생(願恒無生) 원항불로(願恒不老), 원항무병(願恒無病) 원항불사(願恒不死)

- 영원히 늙지 않기를 위하여 언제나 남아 있기를 원하며, 영원히 병이 없기를 원하며 영원히 죽지 않기를 기원한다.

옆으로 문이 열리며 줄줄이 진 장주 가족들이 들어왔다.

진 장주는 초췌한 얼굴이었고 그들은 말없이 양모의에 자리했다.

방으로 들어갔던 청의의 알자가 소매 속에 손을 넣고 단상에 나타났다.

그는 방 입구 쪽을 향하여 청아한 목소리로 방안을 올리었다.

"행(行)! 서백 궁주님 근구청행사(謹具請行事)!"

그 소리에 서로 수군대던 소리는 조용해졌고 모두 단상을 주목했다. 흑발에 백두건을 쓰고 백의를 걸친 칠척장신의 노인이 걸어 나왔다.

이목구비가 뚜렷한 얼굴에 나이답지 않게 검은 부채살 수염을 쓸면서 옥좌에 살포시 앉았다. 궁주를 보필하던 깃발을 든 동자 사환이 없는 것도 황제가 행궁을 나서는 것처럼 약식이 되어 있었다. 단하의 제 신장들은 양손을 합쳐 깍지를 끼고 묵례를 올렸다. 궁에서만 취하는 포권의 예였다.

모두 자리에 앉자 궁주는 청색 태사의를 바라보며 물었다.

"오악신마(五岳神魔) 청제 신장 구천(九泉)이 안 보이는 구나."

흑제가 간단히 대답했다.

"예, 청제는 강호에서 임무 수행 중에 있습니다."

궁에서는 나라의 이념은 떠났음으로 제 장군(將軍)들은 신장(神將)이라고 고쳐 부르고 있었다.

적제 신장이 일어서며 오른손을 펴고 입구 쪽을 가리켰다.

"적제의 궁제, 탐라도에 갑사 금석(甲士錦石)을 소개하고자 합니다."

그의 말에 금석은 방 중앙으로 나오며 양손을 모아 깍지를 하고 깊숙이 허리 굽혔다.

"궁인 사십 오위 갑사 금석이 인사 올립니다. 궁주님을 알현하여 영광입니다."

입구에서 회의의 무사가 건목 의자를 밀고와 금석에게 앉기를 권했다.

칠보 옥좌에서 웃음을 머금던 궁주는 두툼한 입술을 열었다.

"근자에 적제로부터 익히 들어 알고 있소. 수고가 많소."

금석은 의자에 앉으며 약수에 관한 말을 하려는데, 그 뜻을 알고 있었는지 궁주가 먼저 말했다.

"존재한다는 것이 얼마나 반가운 일인가. 옥수가 변색이 되고 구정물이 되었다는데, 있다는 것은 확실하다. 그래서 진 장주가 말했던 천초도 이와 같지요."

희색이 만면한 얼굴로 진 장주와 허달 쪽을 바라보며 말을 이었다.

"장주는 그렇게 말했지요. 있다고도 할 수 없고 없다고도 할 수 없으니, 태허(太虛)에 유존(有尊)이라고 말했지요."

궁주의 말에 금석도 진 장주를 돌아보았는데 진 장주도 금석을 바라보고 있었다.

진 장주는 갑사 금석이라는 신라인이 탐라도에서 궁인의 첩병이며 세작이었다는데, 그의 눈에서는 비감이 흐르고 있었다.

만일이라는 이름을 쓰며 중국말을 했다는 이 사람은 곽 순삼과 내통이 되었던 것 같고, 둘은 한 조였다는 예감이 든다. 지금 당장 달려가 목을 비틀고 싶었으나 진 장주는 그럴 힘이 없었다. 이들은 우리 동태를 파악하고 있었고 학소를 통해 우리에게 접근까지 했던 인물들이다. 아는 것이 모르는 것만 못하다는데, 진 장주는 절치부심하며 기회를 엿볼 수밖에 없었다.

궁주는 탐라도에서 동지가 찾아왔으니 동행하라는 뜻으로 장주를 바라보았고, 장주는 마음을 비우며 생소한 사람으로 바라보았다. 둘을 보며 궁주는 말을 이었다.

"우리 사불상은 머리는 말 같기도 하면서 그것도 아니고 뿔은 사슴 같기도 하면서 그것도 아니지요. 있다고도 할 수 없고 없다고도 할 수 없는 것처럼 매우 유사합니다. 이처럼 귀여운 사불상을 우리는 키우고 있어요. 모두를 믿으면 모두를 찾을 수 있습니다. 그리고 사불상은 진강에서 우리의 목적을 감추기 위한 수단이기도 하오. 사십 오위 금석 궁인으로부터 옥수에 관하여 들어보기로 합시다."

주저하던 금석은 단상을 바라보며 일어섰다.

"탐라에서 소 지관(蘇地官)하고 안 정시(安正視)가 초(楚) 나라와 한(漢) 나라인 중원을 놓고 늘 다투는 것을 보았습니다."

이 말을 듣던 흑제가 산양 같은 붉은 두 눈을 밝히며 놀라움에 찬 목소리가 나왔다.

"뭐야? 조그만 섬에 두 신선이 내려와 우리 중국 땅을 놓고 다투었다고?"

그의 말에 모두가 의아할 때 황제가 대답했다.

"박을 띠었다는 말이겠군요. 중국에는 박(博)과 혁(바둑)이 있고 박에는 상장(上將)과 천마(天馬)가 싸우는데 섬나라에서 중국 땅을 놓고 싸우는 것은 괘씸죄에 해당한다. 감히 유방과 항우를 놓고 싸우다니……."

호종단이 고개를 끄덕이며 말했다.

"아니다. 그것도 우리를 칭송하는데 영광이라고 생각한다. 예부터 그랬지요. 우리에게는 서왕모 모주님이 있는데, 그 섬에는 창조의 신 설문대 할망이 있어요. 하늘에서 신선이 내려와 백록을 타고 놀다가 올라간다고도 하지요.

천 년 전 한 무제는 탐라 섬에서 대국을 넘보는 장수가 태어난다고 상소하는 말을 믿었소. 그래서 우리 서왕모궁을 찾아 압승지술(壓勝之術)이 강한 방사들을 부탁했고, 우리 방사들은 그 섬에 들어가 신혈과 신당을 파괴했다는 말이 있소."

궁주는 자신의 선대 호종단을 아는지 눈을 감고 말했다. 궁주의 말에 마음을 졸이며 놀라움을 금치 못하는 진 장주는 탐라에 삼승산육무의(產育舞醫) 심방 할망이 떠올랐다.

지장 세미물 이야기를 하면서 옹달샘에 비친 나의 얼굴을 보고 말했다. 뒤도 돌아보지 않고 지장 세미못 그림자에 내가 꺼내는 바늘 속 그림자를 보았다. 그 그림자에 할머니는 바늘 가는 데 실이 간다고 호종단과 연이 묶여 있다고 했었다. 난폭군으로 생각했던 호종단은 합리적인 데가 있었다. 대국의 호웅답게 박에 관해 황제의 반발에 중원을 동경하고 칭송한다고 생각하라는 점이다.

무속 할머니 말처럼 신비롭고 불가사의한 기운이 스며옴을 느끼지 않을 수 없다.

잠시 침묵이 흐르자, 갑사 금석이 말을 이었다.

"안 정시는 태역 밭을 걷고 억새 동산을 넘어갑니다. 곶자왈을 지나 숲속 영지(靈地)에 들어가 약수를 뜹니다. 둘은 그렇게 음미했습니다. 얼굴에 검버섯이 덕지덕지 붙어 있던 소 지관은 검버섯이 하나도 없는 홍안으로 변했고, 안 정시도 대머리였던 이마에 흑발이 생겼습니다. 그뿐만이 아니라 약수의 효험에 무릎을 짚고 일어서던 노인이 훌쩍 일어서며 들판까지 활개 치며 다닙니다. 안 정시도 혈기 왕성하여 젊은이 못지않습니다."

그의 말에 모두의 시선이 금석에게 모이며 장내는 조용해졌다. 말

한마디에 가슴을 요동치게 하며 희망을 부풀게 했다. 금석은 생저피 갑주를 뻔질나게 상의로 껴입고 총대 머리에 깊숙한 눈매가 하늘에서 내려온 사자 같이 느껴지기도 했다.

당장 달려가서 그 실개천 물을 마시기만 하여도 젊어진다는 희망은 확실했다. 궁주 호종단은 분위기를 짐작하고 만면에 미소를 담으며 벽면에 걸려 있는 만장을 바라보았다. '영원히 늙지 않기 위하여 언제나 남아 있기를 원하며, 영원히 병이 없기를 기원하며 영원히 죽지 않기를 원한다.'라는 만장(挽章)이었다.

그리고 장주 진인지를 바라보며 무겁게 입을 열었다.

"옛말에도 빨리 가려면 혼자 가고, 멀리 가려면 둘이 가라고 하였소. 그런데 어려운 길이라면 여럿이 가야 한다고 했다. 망망대해 고도의 섬 탐라국은 멀고도 험한 길이오. 다음은 염 노인에 관하여 말해 보시오."

궁주는 귀띔을 받았는지 그의 입으로 모두에게 알리고 싶어진 것이다. 금석은 또 일어서서 말했다.

"사백 년 전의 일이었다고 합니다. 염천(鹽天) 노인은 망구의 몸으로 죽을 장소를 찾아 집을 떠났다고 합니다. 백 년 후인 이백수에 고손을 찾아 집에 돌아왔습니다. 고손에게 산으로 같이 가자고 원하자, 거절했다고 합니다.

그래서 고손에게 말하기를 억새밭을 하루 걸으면 태역밭이 나오고, 태역밭을 하루 걸으면 민둥산과 자단봉이 나오고, 또 하루를 걸으면 창 터진 오름과 화장올, 수장올, 초장올이 나온다고 했답니다. 후에 나이가 들어 이 할아버지를 찾고 싶다면 이리로 찾아오라고 말하였다고 합니다. 두 지관은 그리 말하면서 성소에 염천 노인을 만나 보기를 학수고대하는 형편입니다."

황제는 기이한 분위기를 바꾸고자 다그쳐 말했다.

"그 말은 지관들이 풍월 대는 말이라고 본다. 여기 장강삼협에 농부들이 이야기하는 도화원기(桃花源記)가 있다."

"갑사도 그리 생각했습니다. 그들은 도화원기는 무릉도원으로 책 속에 이야기이고 염천 노인은 실체의 이야기라고 하였습니다."

진인지도 금석의 말에 놀라고 있었다. 십오 년 동안 돼지를 끌고 다니면서 채약사 노릇을 했다고 하는데, 그 섬에 관한 한 나보다도 안목이 넓다고 생각했다.

잠잠히 앉아 있던 궁주가 고개를 들었다.

"제 신장들 어찌 보는가? 우리가 밝히는 비연절익 형국에 염천 노인이 살고 있는 성소가 있지 않겠소? 서불과지(徐市過之) 도인 백접도에 나와 있는 성소는 우리 앞에 놓인 것과 같네. 십오 년 동안 고도에서 생활했던 궁인 사십 오위에게 박수를 보냅시다."

장내에 있는 모두가 갈채를 보내는데 진 장주 내외며 곁에 서 있는 허달과 두기호도 박수를 보내지 않으면 안 되었다.

금석은 궁장의 여인 쪽으로 밀려나 앉았다. 싸늘한 태백실에 여인은 두 사람이었다. 진 장주 곁에 앙모의에 앉아있는 매신 부인과 시금 곁에 있는 궁장이 여인은 역귀실(逆鬼失) 조향(趙香)이라고 했다.

금석은 탐라도에서 흑돼지하고 십 년은 넘게 살았다. 해서 돼지가 죽을 말리고 때리기고 하여 우단같이 뻔질나게 생겨피갑주를 입었는데도 조향 부인 곁에 있어 보니 복식이 초라했다.

봉관 양쪽에는 파란 구슬이 딸려 있고 꽃무늬가 수놓아진 치마 위에는 녹색 장삼을 걸쳤다. 전족을 감추기 위하여 신어 놓은 구름무늬의 제비부리 운혜는 여인의 고고함을 나타내었다. 머리를 돌릴 때마다 파란 구슬은 산들산들 흔들렸다.

여인은 금석을 곁에 두고 가볍게 웃음으로 맞이했다. 단상에 있던 알자가 긴 목을 빼었다.

"행(行)---! 차예(次詣) 비황독안(飛蝗獨眼) 구룡방(九龍方) 입실이오!"

회의의 무사에 의해 한 사람이 안내되고 있었다. 왜소하고 홀쭉한 키에 걷는 걸음이 건장해 보였다.

회색 장포를 너울거리며 들어온 그는 길쭉한 얼굴에 한쪽 눈이 자상으로 그어져 검은 안대를 하고 있었다. 일견하기에도 검술깨나 했던 낭인 같은데, 흑제가 일어서며 그를 소개했다.

"비황독안 구룡방 선장입니다."

구룡방이 인사 올리자 궁주는 인자한 웃음을 보내었다.

"그대가 연엽선(連葉扇) 부채 하나를 들고 남통(南通)에서 진강까지 올라왔다는 구룡방 선장인가?"

"그렇습니다. 요행히도 순풍이 일어 그리 소문이 났나 봅니다."

흉맹스럽게 보이던 그도 궁주 앞에 인사 올리는 행동은 순한 양 같기도 했다.

근자에 장강 하류에서 강물을 거슬러 이 백여리 지간까지 올라와 날아다닌다는 소문이 나 있었다. 나는 메뚜기로 변신하고 피풍을 날개처럼 펼치며 연엽선을 펴 들면 못 가는 데가 없다는 선장이다. 물론 강이나 호수에서 하는 말이지만 삿대도 없고 닻도 없는 쪽배를 타고 풍향을 타는 기술은 강호에서 그만이 할 수 있는 일이다.

이번에는 황제가 물었다.

"비황독안은 월국 천축국을 수 차례 다녀왔다는데 사실인가요?"

"도항(도航)이 다섯 차례는 됩니다. 쪽배가 아니고 권상기(捲上機)가 있는 대해선입니다. 도강하는 것이 아니고 망망대해에 들어서면 연엽선은 겨우 얼굴에 난 땀이나 식히는 정도입니다."

궁에서는 입사 시험을 치르듯이 사람됨과 기능을 깐깐히 알아보고 있었다.

모두가 보통의 인물들이 아니기에 대해를 건너는데 믿음이 없으면 승선하기도 어려운 일이다. 이어 질문을 던졌다.

"대해선 선장 십 년이라고 하는데 고려국이나 탐라국은 다녀보았소?"

"산동반도에서는 고려국은 코앞에 있습니다. 한 차례씩 있습니다. 그런데 동해의 대도 탐라국은 만만한 항로가 아닙니다. 탐라국은 흑류(黑流:한류와 난류)를 찾으면 수월할 것입니다."

호종단은 믿음이 가는지 얼굴이 양가로 찍기며 하얀 치아가 드러나게 미소 지었다.

"금명간 우리는 동해의 탐라국으로 고래를 잡으러 떠날 것이다. 대합에서 대해선이 건조 중에 있다. 비황독안 구룡방은 대합으로 내려가 대해선(大海船)을 살펴보도록 하라!"

빙백궁 궁주는 정좌하고 명하듯이 대해선을 위임하였다.

궁주는 금명간이라고 말한다. 진 장주의 서불괘지도를 취한 이들은 갑사 금석으로부터 희보를 얻었으므로 모두의 가슴을 요동치게 하였다.

  뱃길까지 탄탄히 구축하며 광명이 이는 구만 리 같은 앞날이 펼쳐지고 있다.

진학소와 유양수

∾

　여기 절이 많다는 진강변 초산(焦山)에 고요가 깃들어 있다. 봉악 고갯길은 도적 떼가 출몰하는 곳으로 진강 시가에 들어가려면 남쪽에서는 이 고갯길을 지나야만 한다. 관군이 이 길도 한 달에 한 번은 순찰한다고 하지만 그것도 소 잃고 외양간 고친다는 격으로 사람이 죽거나 행장품을 털렸을 때뿐이다.
　초산을 넘으면 넓은 평야와 진강이 나오는데 시가와 떨어진 하구여서 귀곡이 흐르는 오이섬과 그곳을 오가는 유령선이 머무는 곳이기도 하다.
　산길을 따라 퇴색된 마차가 가볍게 지나가고 있었다. 그 마차는 귀인들이 타는 그런 마차가 아니라 농장에서 짐을 실어 나르는 마차였다.
　숲속에 숨어있던 열대여섯 명의 도적들은 마차를 내려다보며 실망한 태도이다. 봉두난발의 장한이 가슴을 쓸면서 뒤에 있는 동료에게 말했다.
　"어이! 번개! 저것은 귀한 물건이 아니라 전부 곡식대뿐이군."
　전포를 착용한 번개가 넓은 복두를 쓴 대장을 바라보며 실망에 가까운 소리를 했다.
　"부망산에 관군이 들어오는 바람에 오십여 리 달려왔는데 사흘 만에 만나는 손님이 겨우 저것입니까? 초산 고갯길은 승려들이나 지나

다니는 곳이라고 봅니다."

붉은 복두를 쓴 대장이 미소를 띠며 대답했다.

"보아하니 건초더미를 싣고 어느 마방으로 가는 것 같은데 내가 보기에는 위장인 것 같네. 건초더미 속에는 쌀가마가 있을지도 모르지."

"쌀가마?"

모두 대장 얼굴을 바라보며 그것도 해볼 만한 일거리라고 눈과 눈으로 동의를 얻고 있었다. 마차 주위에 교위 무사가 없다는 것이 작업하기에는 수월한 일이고, 집에 처자식이 있는 도적들은 삐쩍 마른 식구들 얼굴이 아른거린다.

"그렇구나. 사원이 많다는 초산에 공양미를 실어 나르는 길이라면 홍대장님 말이 틀리지는 않겠습니다."

두목인 홍색 복두가 앞에 있는 다섯 무부에게 고갯짓을 했다. 내려가서 확인해 보라는 신호였다. 대장의 고갯짓은 힘이 없어 보였다. 고작 쌀이나 털어내는 도적들이 아니기 때문이다.

다섯 무부는 숲을 헤치고 질풍같이 고갯마루를 내달렸다. 두 무부는 마차 앞길을 막아섰고 세 무부는 마차를 주시하며 건초더미를 살폈다. 돌연히 뛰쳐나온 도적무리에 기겁해야 했을 마부는 챙이 넓은 석모를 깊숙이 내려쓴 모습에 아무런 미동도 없었다.

앞에 막아섰던 봉두난발의 무부는 위엄을 떨고 나서 조용히 입을 열었다.

"우리에게 천리 준마들이 있는데 건초가 필요해서 말이야. 자네는 달구지에서 내려오게."

마차 주위에 있던 무사들은 장도를 휘두르며 건초를 묶어 놓은 배 줄을 끊어내자, 건초더미는 땅바닥으로 사르르 무너졌다.

그들은 짐 속에서 나타나는 궤짝에 놀라는 얼굴과 아울러 입이 헤벌어졌다. 거기에는 고급스러운 장식품이 박혀 있는 궤짝이 실려 있기 때문이다.

숲속에 숨어있던 도적 일행들도 번쩍거리는 큼직한 상자가 나타나자, 환호성을 토하며 우르르 몰려왔다. 자세히 보니 쇠뿔로 만들어진 화각함(華角函) 궤짝이었다.

홍색 복두를 쓴 두목이 앞으로 나오며 우렁차게 목청을 돋우었다.

"위장은 잘했군! 이것은 우리가 취할 물건이다. 어디로 가는 마차인가?"

마부는 대답이 없고, 집에 두고 온 망아지가 생각나서인지 흑마가 하늘로 고개를 들어 하얀 입김을 토했다. 말 울부짖음만이 허공에 메아리쳤다. 어찌 보면 말 울음이 궤짝을 빨리 내어주라는 의미인지 가소롭다는 뜻인지 사람으로서는 알 수가 없다.

궤짝을 바라보는 도적들은 생각이 제각각이다. 그들은 금화나 은화가 나올 것이라고 또는 귀걸이 같은 귀금속이 가득 있을 것으로 상상 중이다.

두목은 힘의 우위에 있었으니 타이르듯이 조용히 물었다.

"저기 궤짝에 무엇이 들어 있소?"

묵의의 마부는 귀찮은 어조로 말을 흘렸다.

"무식한 천출들, 개봉에서는 일 년에 팔백만 관의 동전을 주조하는데 그 일부인지도 모르겠소."

또다시 말 울음이 허공으로 메아리쳤다. 두목은 가엾지만, 도전적인 말투로 불호령을 내렸다.

"말 울음이 신호음인 것 같다. 빨리 해치우고 행동한다!"

그의 명령에 모두 병기를 빼어 들자, 묵의의 마부는 훌쩍 마부석에서 뛰어내렸다. 어디서 취했는지 묵검을 품에 안고 옛날을 상기하고 있었다.

하늘 아래는 귀천(貴賤)이 있어 천한 사람들은 귀한 사람들을 먹여 살린다. 곡식을 심어 볼 한 뼘의 땅은커녕 발 뻗어 누울 장소도 없는 천인들이 일자리마저 잃고 나면 굶어죽을 수밖에 없다. 유양수의 뇌리에 그때가 떠오른다.

무림인 대여섯 명이 오천사(五泉寺)에 난입하여 무차별 살상을 자행했다. 그들은 주지승을 목적으로 하여 난입하였는데, 유양수의 부모님도 그렇게 가슴과 목에 자상을 입고 붉은 피를 토하며 쓰러지는 것을 목격했다.

부모님은 천인으로 살아오며 먹을 끼니가 없어 오천사에 들어왔다. 석공들과 돌담 쌓는 일에 열심이었던 부모님은 그렇게 당했다.

창검을 보면 참을 수 없는 울분이 일며 그의 뇌리에는 아홉 살 나이 어린 시절부터 부모님을 가슴에 묻고 힘들게 살아가고 있다. 그의 울분은 솟아나고 있으며 그의 입에서 시 한 수가 흘러나왔다.

"내가 태어나지 않았을 때 (我未生時)

사방이 캄캄해 아는 바가 없었지요 (冥冥無所知)

하늘님께서 억지로 나를 창생하셨는데 (天公强生我)

나를 만들어 또 어떻게 하란 말인가요 (生我復阿爲)"

유양수는 고향에서 들었던 왕범지(王梵志)의 시를 한 수 읊고 있었다.

"입을 옷이 없어 추위에 떨고 (無衣使我寒)

먹을 밥이 없어 배를 주린다네 (無食使我饑)

다시 하늘님께로 돌려보내리니 (還央(仰)天公我)

내가 태어나기 전으로 돌려보내 주오 (還我未生時)"

그의 시구에 도적들은 당황했다. 먹을 밥이 없어 배를 주리며 살아온 이들은 스르르 눈물이 고이다가 하늘님께로 돌려보낸다는 말에 놀랐다.

"두목! 이놈은 북방 모래벌판에서 내려온 유양수가 틀림없소. 시구를 낭송하며 오천사 체시의 길을 만들어 용맹을 떨쳤던 놈이오."

오십 대의 제일 연장자인 붉은 복건인이 그의 동태를 파악하며 일렀다.

"짐작하고 있소. 좌우상편 오악진으로 친다."

한두 사람으로는 당해낼 수 없는 인물이라 연수식(連殊式) 추풍무영(追風無影)으로 명령을 내렸다.

스스스쏙……!

일사불란하게 네 개의 창과 도검이 난무하며 매섭게 주위를 돌았다.

유양수의 검은 동공은 이들의 신법을 하나하나 눈에 담으며 심장은 고동치기 시작했다.

창을 든 네 명은 별것이 아니고 다섯 놈은 강호에서 굴러먹었던 검수들이고 또 다섯은 호신용으로 익힌 무부들임을 알았다.

도적 무부들은 신호 암호에 맞추어 일제히 고함을 치며 중앙으로 난무했다.

중앙에 검은 흑 까마귀가 퍼덕이는 것처럼 그의 신형이 퍼덕이다가 바람개비처럼 돌았다.

따당 땅 땅 땅 땅!

검은 바람개비는 적들의 병기를 튕겨내며 일절을 뿌리고 중앙에 내려섰다.

도적들은 그의 묵검에 기겁하였다. 두목이 그것을 보고 일갈을 토했다.

"사악함이 극치라는 대천도가 저것이었구나. 멈추어서는 안 된다."

손바닥 넓이도 안 되는 검날은 한쪽 면이 번쩍이고 한쪽 면은 묵빛의 암흑세계와 같다. 묵검과 격검하고 난 이들은 손등이 쨍쨍 울림을 느끼고 있다.

"한 가지 나무는 단번에 자를 수 있어도 단단한 열 가지 나무는 한 수에 찌를 수 없다."

머리를 제치고 양손으로 검병을 불끈 잡은 봉두난발의 도적은 그렇게 외치며 재차 각오하고 연수식 맹공을 펼치자는 것이다. 멈춤이 있어서는 안 된다는 뜻이다.

"대천검을 알아보니 반가운 소리요. 나도 당신네처럼 천인이요. 귀인이든 천인이든 검을 든 자는 살생하는 자들이외다."

그렇게 떠들며 머리에 검은 석모를 밀어 올렸다. 유난히도 붉은 입술에 흰자위가 드러나는 동공은 보는 이로 하여금 저승사자가 날 데리러 오는 것 같기도 했다.

넓은 적복두를 쓴 풍악이라는 두목이 사악한 분위기를 바꾸려 했다.

"하하하! 체시의 길을 지키지 못하여 목숨보다 더한 상투를 땅바닥에 떨어뜨렸다는 유양검은 한 번 들은 바 있소이다. 인명은 재천이라. 우리는 하늘님이 아닙니다. 목숨을 귀히 여기는 적도(賊盜)들이외다."

전포를 착용한 번개가 앞으로 나서며 입을 챙겨 쓸었다.

"풍악 형님 말씀과 같이 우리 목적은 마차요, 저기 궤짝만 내어주면 물러갈 것이오."

깡마른 체격에 수염 한 올 없는 하얀 얼굴은 비장한 웃음뿐이고 고개를 좌우로 설레설레 움직였다. 비록 유명세가 있다고 하나, 수적으로 우위에 있는 풍악 두목은 사방으로 눈길을 보내며 물러설 수 없음을 암시했다.

강소성의 적도(赤盜)라면 위맹이 자자하다. 앞에 놓인 보물을 놓고 물러섰다는 오명은 도적으로서 죽음만도 못하다.

이들은 한 번씩 격검하고 나자 검력에 의해 손 울림이 심하여 손등에 통증을 느끼고 있었다. 그래서 칼자루를 단단히 잡았다.

반면 유양수는 그와 같은 것을 예상하고 검기를 뿌렸다. 딱딱함은 유연함을 이기지 못한다는데 이들은 강하고 딱딱함으로 쳐올 것을 예상하며 문제가 생겼다. 전부 베어 버릴 것인가, 이단 삼단까지 어어갈 것인가이다. 형상휘검교각으로 숙제를 풀기로 했다.

츠츠츠츠츠……!

일순 적도들은 중앙으로 짧은 기합을 넣으며 각자의 행동에 들어갔다. 다섯 명의 창수가 묵의의 사내를 찌르고 이어 검수들은 창수들의 등을 밟으며 뛰어오르는 신법은 대단했다.

힘차게 휘어잡은 검과 도는 흑영을 베어갔다. 신형은 묵빛으로 변하며 후방에서는 대천검을 잡은 다섯 개의 손은 찬란한 태양의 광명을 나타내었다.

바람개비처럼 휘두른 신형인데 주위에는 검강에서 뿜어낸 기류뿐이다.

휘잉! 스스쓱!

그들은 창끝 하나 내지른 것이 없으며 검 끝 하나 베어낸 것이 없는 자욱한 안개뿐이다. 공중으로 오른 바람개비는 수면을 태질하는 버드나무 그림자를 베어갔다. 수면 위에 떠 오른 둥근 달을 베어다 월녀에게 바치고 싶었던 형상휘검교각을 십분 발휘했다.

사방은 외마디 단말마 소리뿐이고 뿌려지는 선혈만이 낭자했다. 검과 검이 부딪쳐도 소리는 없고 사방에 내동댕이치는 창과 검의 댕강거리는 소리뿐이다.

허공을 바라보는 적도 풍악의 얼굴에 슬픈 미소가 번졌다. 마시지도 않았는데 따뜻한 온수가 폐로 들어오는 것을 느꼈기 때문이다. 목줄이 반토막 나며 바람을 마시던 그의 허파가 핏물을 마시고 있다. 흑영의 바람개비가 풀리면서 유양수는 저승차사처럼 중앙에 우뚝 섰다.

"만인을 태동시키고 천인을 종천시키는 대천차사다!"

도랑에 넘어졌던 두 무부가 그 소리에 놀라 산중으로 내달렸다.

휙!

땅에서 주워 던진 창이 두 도망자의 등에 꽂혔다.

검은 석모 속의 하얀 얼굴이 찔끔했다. 두 놈은 베지 못했으므로 고요 속에서 선검을 했던 수련이 부족하여 숙제는 풀어내지 못했다. 목에 검상은 열 명이고 몸통에 자격은 세 명이다.

나선풍이라는 진학소는 초서체로 사(死)자를 휘갈기며 선택하여 베어내었다. 획이 열다섯이면 열다섯 명도 선택하며 베어낼 놈이다.

검을 들어 가슴을 뛰게 만들지 못하면 살아있는 의미가 없다는 유양수! 지금도 그의 가슴은 잠들지 못하여 퉁탕거리는 풀무질이 계속되고 있다.

열다섯 명의 목숨을 앗아간 초산 맞은 편 진강 변에도 어둠이 찾아들고 있었다.

오이섬에 닻을 내리는 유령선이 뭍에는 난간이 없어 여기 강변 묘지(錨地)에 닻을 내린다. 강변마을 사람들은 유령선 묘지에 가까이함을 무서워하고 밤길을 지나는 배들은 여기를 피하여 돌아서 간다.

사연인즉슨 매어 있는 유령선에서 여인의 흐느끼는 울음이 구성지게 들리어 듣는 이로 하여금 머릿발이 곤두서게 만든다는 것이다.

오늘 저녁도 봄비가 부슬부슬 내려 묘지에 있는 유령선이 괴이함을 자아내고 있다. 둘 셋의 나룻배가 어둠이 찾아드는 강길을 재촉하며 부지런히 노를 젓고 있다. 자기들 나루터로 가면서 유령선을 힐끗거리고 서너 명의 뱃사공들은 힘차게 배를 저어 갔다.

한 사공이 입에 손을 모으고 초립인을 부를 참이었다. 그들이 보는 독목주에는 초립의 젊은이가 있었다.

"부르지 마라, 유령선의 선원일 수도 있다."

"아닌 것 같은데? 날이 저무는데 저 배에 있는 마귀에 씌어 홀려 가는지도 모르지."

그들이 말하는 독목주(獨木舟)는 판자를 덧대지 않고 나무통을 파서 길쭉한 배로 초립의 젊은이가 유유히 노 저어 가고 있었다. 초립에 도롱이를 걸친 젊은이가 아무렇지도 않게 유령선에 다가가고 있었으니, 마음이 쓰여 하는 말이다.

가는 비는 수면 위에도 독목주에도 조용히 내리고 있었다.

학소는 형호도판 화물선에서 시립에 도롱이를 걸치고 고기를 잡는 어부무(漁夫舞)가 떠올랐다. 오늘은 그 이야기와 같이 연극을 하려고 하지는 않았지만, 동방 사공은 그렇게 등검을 한 협객, 강호인을 말하였다. 비가 내리고 있어서 초립에 도롱이를 걸쳤고 배를 살펴보기 위해서는 그와 같이 행동할 수밖에 없었다.

사람들이 무서워하는 유령선과 여인의 울음소리에 진학소는 탐구하고 싶었다. 매선 부인을 양주에서 보았다는 귀소문에 그는 단걸음에 내려왔다.

양주에서 진강(鎭江)까지는 이틀이 걸리는 길이다. 유령선에서 여인의 한 맺힌 울음소리라면 혹시 어머님은 아닐지 의심하지 않을 수 없다. 강호에서 선녀(仙女)처럼 불리는 어머님이 괴기스러운 일은 하지 않을 텐데 혹시 무슨 수단을 쓰는지도 모를 일이다. 아니면 사기에 얽매여 누구의 사주이거나 울분인지도 모를 일이다.

모두가 무서워하는 대룡주(大龍舟)는 임금님이 탔다는 배인데, 검게 색칠이 되어 있는 판옥선으로 길이가 20장은 달해 보였다. 높이가 4장 5척은 되어 누구나 탈 수 없는 귀한 배가 세간에 떠도는 유령선이 되어버렸다.

그는 물 가로 천천히 노 저어 가다가 풀숲으로 몸을 감췄다.

키가 홀쭉한 사나이가 선미에 우뚝하니 나타났다. 그는 자상이 나 있는 왼쪽 눈에 검은 안대를 한 것이 무림인임에 틀림이 없었다.

다음에 나타나는 이는 하얀 전각복두에 백의를 걸친 노인이 우뚝 섰다. 노인은 밧줄을 잡고 수면으로 살짝 내려섰다. 어둠이 짙어 오는 수면은 어수선했다.

강물에는 동선이나 소선이 있어야 하는데 노인은 강물 위에 우뚝 섰다. 서 있는 것만이 아니었다. 노인은 강물을 밟으며 뚜벅뚜벅 뭍으로 걸어갔다. 마치 모래벌판 위를 걸어가는 것처럼 걸었다.

풀숲에서 숨을 죽이고 그 걸음에 놀라지 않을 수 없었다. 강호에 이름 없는 고인들이 많다고 하는데, 저 모습과 같이 내외공이 완벽한 기인은 처음이었다. 기를 끌어들여 발바닥에 얼음장을 만들어 걸어가는데 감탄사를 토할 뻔했다. 그가 걸어간 뒤 자국에는 대접만큼씩 한 얼음장들이 둥둥 떠다녔다.

다음은 검은 안대를 한 중년인이 넓적한 연엽선(連葉煽)을 펴 들었다. 그도 뭍으로 뛰어내렸는데 메뚜기가 물 가로 내려서는 것처럼 비행했다. 강호에 고인이라면 삼십여장 뛰어내리는 것은 어려운 일이 아니나, 연엽선 부채를 교묘히 움직이며 나는 기교가 대단했다.

뭍에서 만난 이들은 빠른 걸음으로 남쪽으로 내려갔다.

대장부라는 진학소도 감히 행동할 용기가 없었다. 유령선에는 보통의 인물들이 아닐 것이라고 자신감이 결여되었다.

한 시진을 그렇게 고요 속에서 보내었다. 해시(11시)가 들어서며 역시 여인의 울음소리가 들려왔다.
"흐흐흐흑 흑흑…! 흑흑…!"
조용히 들리다가 크게 흐느끼기도 하고 또 조용히 흐르기도 하였다.
오늘처럼 칠흑 같고 비가 내리는 밤이면 그러하다고 말을 들었는데, 역시였다. 목소리를 들어서는 어머님은 아니다. 자식으로서 어머님이 아무리 변했다고 해도 목소리나 향기는 모를 리 없다.
되돌아가려고 발길을 돌리다가 멈추어 섰다. 노비 생활 이 년여 강호인 일 년 반, 삼 년을 넘게 돌아다녔는데 귀신은 한 번도 본 일도 없고 만난 일도 없으며 또 그와 같이 귀신이 없다고 주장해 온 그였다.
슬픈 사연이 있을 것으로 보아 그 사연을 알고 싶어지는 것이다.
진강은 절강성과 강소성이 맞닿아 있는 곳이며 가까운 강남이다.
항주의 의가장과도 연관하지 않을 수 없다. 독목주는 미끄러지듯이 묘지로 갔다.
그는 닻줄을 잡고 분신마영(分身魔影)으로 은신법을 전개했다. 대룡주는 이 층으로 되어 있는데 선내는 쥐 죽은 듯이 조용했다. 이어서 또 울음이 시작되었다.
"흑흑---흐흐---흑흑!"
조용한 선실 내에 여인의 울음소리뿐이다.
분신마영 갑선(甲線)으로 몸을 감추며 문 사이로 선실 안에 들어섰다.
머리를 풀어 내린 여인은 하얀 꽃방석에 앉아 벽면에 걸려있는 탱화를 목도(目睹)하여 흐느끼고 있었다. 남자에게 시달려 우는 소리도 아니었고, 몸이 병들어 고통에 우는 소리도 아니었다. 선실 벽면에는 넓이 세 발 폭, 길이 두 발 폭의 비단 포에 그림들이 각양각색이다. 주먹만큼씩 그려져 있는 여인상인데 백인의 여인들이었다.

모두가 인간사에서 고통받는 형국인데 줄에 매달린 여인, 남편에게 구타당하는 여인, 아궁이 앞에서 연기 마시는 여인, 전족에 발등이 부어 걷지 못하는 여인, 젖에 매달리어 보채는 아이 그림, 빨래하는 모습, 물통을 든 여인, 밭에 곡식 타작하는 여인들이며, 제일 밑에는 오방살 여인(五方煞女人)이라는 글씨가 있으며 그와 같은 탱화도였다.

부모를 죽게 만든 청록살(靑綠煞), 남편에게 버림받은 공방살(空房煞), 떠돌아다녀야만 살 수 있는 역마살(驛馬煞), 외간 남자와 관계해서는 안 되는 도화살(桃花煞), 아이 낳다가 죽는 역살(轢殺) 등의 그림들이 있었다. 남자가 겪지 못하는 백 가지 여인상인데 가만히 보면 슬프고 애처롭기 그지없다.

여인은 가늘게 흐느끼다가 그 울음은 더 높아졌다. 풀어진 머리 사이로 얼굴이 나타났다. 붉어진 눈에서는 눈물이 흘러나오고 붉은 입술 주변에는 침이 흘러내렸다.

뒤주에 숨어 자세히 살피던 그는 한 번 더 놀랐다. 그 여인은 교주, 역귀실(逆鬼失) 조향(趙香)이었다. 아마도 개천산 봉향실에 걸어두었던 명주포 같은 데, 거기에 예배를 하고 있었다.

교주는 여자의 가슴은 자비와 사랑으로 솟아난 가슴이지만 남자들은 감정이 없는 암벽이며 흉물 단지라고 했다. 더욱 기가 차는 것은 여인에게 자비나 사랑의 감정은 여자들이나 느끼지, 남자들은 가져서는 안 되는 것이며 느끼는 자는 졸장부라고 하여 격분을 느끼곤 했었다.

개천산(開天山)에 원천교(元賤敎)를 세우고 길에서 주워 온 두 아환과 같이 조향은 강호를 주유했었다.

서백 호종단은 천하를 잡으려 했지만, 교주는 여인 천국을 꿈꾸었는지도 모른다. 그녀는 남자들이 관능적으로 바라보는 자기 발등에 가슴에서는 울화가 치밀었고, 신체적으로 괴로워하고 있다.

학소는 탱화를 바라보며 느끼고 있었다. 지금은 아무것도 이루지 못하여 모든 여성을 대표하며 울음으로 한을 달래고 있을 것이다. 항주에서 근초감 사숙이 약사유리 광여래상에 예배하고 묵도하는 것처럼, 이 여인도 그와 같다고 생각했다.

나의 얼굴이 드러나면 문제가 될 것이므로 살짝 물러났다. 교주가 정신을 가다듬는다면 나의 미행은 들통이 날 것이라고 짐작하여 그는 밖으로 나왔다.

선실의 호위무사가 없는 것으로 보면 유령선도 교주 조향을 위한 배려라고 짐작이 간다.

벗어두었던 초립과 도롱이를 감아입고 가볍게 닻줄을 타고 독목주에 내렸다.

다음 날, 날이 밝자 학소는 금산여숙(金山旅宿)에서 나왔다. 둔덕에 있는 변두리 여숙이라 진강 시가를 한눈에 볼 수 있다. 금산을 앞에 둔 진강은 조용히 밝아오고 있다.

여기 금산은 나지막한 산이라 사람들이 자주 찾았고, 북쪽은 북고산(北古山)이 있고, 남쪽으로는 초산(焦山)이 있어 진강 시가는 경관이 화려하고 아늑하며 수나라 양무제(揚武帝)는 양주에서 용선(龍船)을 타고 진강에 내려와 천하제일 강산이라고 노래했다고 한다.

학소가 탄 구름마가 강변길을 따라 시가로 들어섰다. 다그닥거리며 두 대의 마차가 앞질러 갔다. 길이 넓어 늙은이, 젊은이며 여인과 아이들이 길가를 분주히 걸어갔다.

먼 데서 오는 손님들은 마차나 아니면 학소처럼 준마를 타고 있었다.

한가히 걷는 구름마 뒤에서 마차가 멈추며 굵직한 목소리가 들렸다.

"어이! 자네는 바지 내린 서생이 아니오?"

어디서 들었던 목소리에 그는 반갑게 고개를 돌렸다. 밤색 마차 어자대에는 두꺼비눈을 부릅뜨며 미소 짓는 장한은 홍택이괴였다. 오랜만에 만나는 홍택이괴였는데 그는 나를 잘 아는 것처럼 말했다. 말할 때 치아가 번쩍거리는 것이 첫눈에 죄송한 감이 먼저 들었다.

"나선풍이라는 유객이 협사가 되었다는데 어찌 반갑지 않겠소이까."

"황공무지로소이다. 어쩌다가 이 황풍이 노비 천출은 면했을 뿐이오."

"나는 노비 장사를 하면서 자네 소식을 접했네. 운이 좋게 출세했더군."

"……"

"그런데 자주 떠오르는 것이 있는데, 두 격전을 벌여 자네 이빨 몇

개 뽑고자 하는데 어떤가?"

학소는 피식 웃었다.

"죄송할 따름입니다. 지나간 시간은 잡을 수 없다고 하지 않습니까. 좀 봐 주이소."

이들 대화에 마차 문이 열리며 홍치 선주가 가볍게 내렸다. 예의 그 망사 모는 그렇게 쓰고 있었다. 그대로 인사를 나누는 것은 예의가 아닌 듯이 망사 모를 열어 반 안을 드러내 보이며 미소 지었다.

"황풍? 별호가 많은 것으로 보아서 강호에서 산전수전 많이 겪으셨군요."

선주가 반기는 바람에 그도 마상에 그대로 있을 수 없어 훌쩍 뛰어내렸다.

땅에 착지하는 순간 여인도 그가 넘어질세라 손을 살짝 잡아 주었다. 학소의 손은 뜨겁고 억센 손이었다. 그도 양손을 잡아 주며 반가운 마음에 설레었다.

홍치원에서 첫날밤이 떠올라 붉어지는 얼굴을 감추며 미소 지었다.

"노상에서 홍치 선주님을 뵙게 되어 반갑습니다. 홍치원은 견고하시지요?"

"그런대로 생활하고 있지요. 물길을 잃어 건천이 되고 있어 문을 내리려고 합니다. 황풍 소협, 아니지 진 소협은 어디로 발걸음을 옮기시는지요?"

"예? 진 소협이라구요?"

그 말을 들으며 놀라는 얼굴이다. 가끔 들었던 일인데, 구채구에서 또 방 장군과 초희며 설하 낭자 그렇게 알고 있지만, 홍치 원주까지 짐작했던 말을 하였는데 예상 밖이었다.

"놀라실 것 없어요. 당시 당신을 데려오면서 귀공자 같은 언행에 그와 같다고 했던 말이 생각나겠지요?. 인신(人臣) 장사를 하면서 항주에서 경항 운하를 타고 제녕까지 올라가는데 세상 소문은 다 접합니다."

"제녕(濟寧)이라면 제주(濟州)를 말씀하시는 것입니까?"

"그러하오. 호수 변에 제주 땅은 좋은 곳이요."

학소는 도금육주가 떠오르며 얼굴에 미소를 담았다.

"풍남절곡에서 머리를 다치는 바람에……."

"그렇다고 합시다. 대명이 아무려면 어떻소, 그럼, 나선풍으로 합시다."

이괴가 어자대에서 핀잔대었다.

"나선풍은 무슨, 바지 내린 서생이라고 소문이 나 있는데……."

여주인 앞에서 심한 농담에 선주가 눈길을 보내자, 이괴는 바른 자세로 입을 닫았다. 고개를 내린 선주는 초산을 바라보았다.

"우리는 초봉탑에 봉배를 드리려고 가는 중이오."

"그렇군요. 오늘이 청명절 한식일(寒食日)인데 소민도 객가에서 낮잠만 잘 수 없어 이리 나왔습니다."

"호호호! 오늘 집에서 잠자는 자는 조상이 없는 이라고 하였지요. 우리는 한 달 후 관음생일(觀音生日) 일에 산사(山寺)에 갈 수 없을 것 같아 오늘 욕불전(浴佛殿)에 물 한 그릇 올리려고 합니다."

선주의 말처럼, 이월 경칩이 지나면 삼월은 청명절이 있으며 오늘이 한식일이기도 하다. 봄을 맞아 밭을 돌아보거나 조상 묘를 찾아 잡풀을 뽑아 주는 날이기도 하다. 땅에 있는 신(神)들이 모두 하늘로 올라가서 모이는 날이므로 지상에는 신이 없다. 큰 바위를 깨든지 고목을 잘라도 청명절에는 동티가 없다.

홍치 선주는 눈가에 핏발을 세우고 멀리 사라지는 검은 마차를 바라보며 이괴에게 말했다.

"흑마차도 한식일을 쇠는지 이리로 오고 있구나. 저들이 먼저 욕불을 하고 난 다음에 우리는 천천히 봉배를 드리기로 한다."

홍치 선주 엄지향은 흑마차와 마주하기를 꺼려하는 행동이라 학소는 궁금하여 물었다.

"강호의 마차 같은데 사연이 있으십니까?"

"오이섬에서 나온 유령선 마차요. 거기에는 삼십 년 전 토번의 거목 적소상인(赤掃上人) 팽두(彭斗)가 있을 거구요. 팽두는 역귀실(逆鬼失) 조향(趙香)과 소산해를 대동하여 다닙니다.

"흑마차가 오이섬에서 나왔단 말씀인가요?"

선주의 말에 대뜸 느끼는 바가 있었다. 오이섬은 그들의 본거지라고 보고 있다. 어제저녁 역귀실 조향을 보았고 팽두라면 우리 의가장의 주범일 수도 있다. 이는 곧 불구 대천지원수이니 밀행하여 밝혀 볼 필요가 있다.

홍치 선주는 말하기를 싫어하는지 마차에 오르려다 학소가 쳐다보는 눈초리에 멈추어 섰다.

"넘볼 수 없는 산맥과 같은 존재들이오. 저들은 진방가를 접수하고 대해선을 제작 중에 있어요. 우리 홍치원 수장 소산해(小山海)가 그쪽으로 자진 출가하여 면목이 없는 형편이오."

"소산해가 자진 출원(出院)했다면 배신행위 아닙니까?"

선주는 고개만 끄덕였을 뿐 더 나무랄 수는 없는 것 같았다. 힘의 진리에 찾아가는 것이 그들의 세계라고 단념한 상태였다.

소산해는 나에게 창표자(槍標者)로 생사람을 나무에 묶어 놓고 일곱 무사에게 깊숙이 찔러 보라고 명령했었다. 허나 이괴에게 말했던 것처럼 지나간 시간은 잡을 수 없다고 참아 두는 것뿐이다.

"적소상인 팽두는 조향과 소산해를 대동하여 우리 홍치원에 찾아왔었지요. 우리에게 하나밖에 없는 조운선(漕運船)을 다른 곳으로 옮기라고 협박했던 분들이오. 소산해(小山海)는 오이섬의 기인들로부터 갖가지 무공을 전수하며 진방가의 수장이 되었습니다."

홍치원 원주는 초라한 걸음으로 얼른 마차에 올랐다.

학소가 탄 구름마는 군중들이 모이는 초봉탑으로 걸어갔다. 주위는 넓은 광장이었으며 가로는 벚나무와 측백나무가 하늘을 메워 야유회를 즐기기에 안성맞춤인 곳이다. 하얀 벚꽃이 피어 있는 주위에는 사람들이 더욱 많았다.

오늘 여기 모이는 이들은 점심을 갖고 오는데 모두가 찬밥을 들고 온다. 불판이 없으며 말 그대로 찬밥을 먹는 한식일(寒食日)인데, 내일부터는 천제인 황제(皇帝)가 내어주는 불씨로 살아간다는 의미로 불을 지핀다.

초봉탑 광장으로 마차 한 대가 덜거덕거리며 들어서고 있었다.

군중들이 모이는 광장에 마차나 우마 등은 주변 나무숲에 모두 매어 있는데, 이 마차는 안하무인으로 광장에 들어섰다. 마부석에는 검은 석모를 깊숙이 내려쓴 사내가 묵의를 입고 저승사자처럼 냉습한 분위기를 자아내고 있다. 농촌에 곡식대를 실어 나르던 달구지인데, 바퀴는 나무통을 덧대어 만든 모습이다. 황소가 끌지 않고 흑마가 끌고 들어섰으므로 마차로 인식하게 했다. 또 기이한 것은 마차에는 달랑 궤짝이 하나 실려 있었는데, 쇠뿔로 만든 화각함(華角函)으로 크기가 있어 쇠뿔 궤짝이라고 볼 수 있다.

묵의의 사내는 덜거덕거리며 몰고 가던 마차를 세우고 판자 앞에 내려섰다. 소병을 사 먹던 사람들은 사내가 내려서자 기이한 행동에 모두 비실비실 자리를 양보했다.

"소병 다섯이오."

사내는 다섯 손가락을 펴 보이고 탁자에 앉았다.

"찬 소병이라서 입에 어떠하실런지 모르겠습니다."

"오늘이 무슨 날인데 뜨거운 소병을 달라고 했소?"

으레 그리하려니 짐작한 여주인은 미소까지 지었다.

얼마 후, 등에 검을 멘 건장한 사내가 판자 앞으로 다가갔다. 식사를 마친 것으로 보아 미리 예의는 갖추고 점잖게 말했다.

"광장까지 마차를 끌고 왔는데 저 궤짝에는 대단한 보석이라도 들어있소?"

궤짝에는 붉은 글씨로 모차차(某差差)라고 큼지막하게 적혀 있었다.

"달구지 위에 보석상자가 아니면 모차차는 무엇이오?"

"모(某)는 늙어 죽었다는 것이고 차차(差差)는 수령의식(守靈儀式)에 춤을 춘다는 말이 아니겠소. 열고 나면 그리할 것이외다."

묵의의 사내는 물로 입을 헹구며 거들떠보지도 않고 말을 흘렸다.

모두 신비스러운 화각 궤짝에 호기심을 갖고 기웃거리는데 이들을 대표하여 말을 물었던 장한은 무시당한 기분이다. 모두 그를 바라보자 이에 행동하지 않으면 안 되었다.

"그리 말씀하시니 호기심이 발동하여 열어 보겠소"

"잠겨 있지 않으니 그리하시구려."

질문을 했던 사람은 진강 변에서 방명이 있는 금사신검(金絲神劍) 여평자(呂平子)였다. 겹누비 명주 포를 철사 끈으로 누벼 입었는데 도검불침이라고 하여 웬만한 도검으로는 베지 못한다고 한다.

여평자는 시퍼런 검을 뽑아 들고 마차 위로 왼발을 내디뎠다. 주위의 사람들도 호기심이 발동하여 그와 같이 마차 쪽으로 몰려들었다.

그는 검 끝으로 화각 궤짝 두껑을 열어젖혔다.

"이 이크! 크악!!"

궤짝 안을 본 사람들이 모두 놀라 도망치는 바람에 흑마도 같이 놀라 앞발을 치켜세우며 긴 말 울음을 했다. 말들은 예민하여 사람들이 놀라면 같이 놀라는 습성이 있다. 달구지 마차가 기우는 바람에 궤짝에서 쏟아지는 것은 열다섯 명의 사람 머리통들이었다. 그의 수령 의식에 죽은 이들이 춤을 춘다는 말이 맞기도 하다. 머리통은 뒹굴어 사방 몇 장씩 데굴데굴 굴러가기도 하였다.

"이 이크! 저 머리통들은?"

"이 좋은 날 누구야? 추한 꼴을 보이게 하다니!"

여기저기서 수군대며 놀라지 않을 수 없었다.

"저들은 이산 저산 옮겨 다니는 풍악 적도들 수급들이구나!"

그렇다. 이들은 붉은 복두와 복건을 쓴 도적들로 그래도 의적이라고 자자한 도적무리였다. 금사신갑 여평자는 주위로부터 이목을 받으며 무겁게 말했다.

"들었지요. 이 좋은 날 난장판을 만들었는데 빨리 주워 담고 사라지시오."

묵의의 사내는 일어섰다. 어느 사이 가슴에 검을 품어 안은 유양수는 붉은 입술을 열었다.

"당신이 저랬으니, 당신이 주워 담고, 포청사 관아로 일러바치시오. 그리고 상금도 타 쓰시면 일거양득이겠소."

"나보고 이것들을 주워 담고 포교(捕校)를 불러 포상금을 받으라고?"

"쏟은 자가 주워 담는 법입니다. 포상금은 그 보상이오."

묵의의 사내는 초산 능선에서 도적무리의 목을 취한 대천검 유양수였다. 그는 누가 도전해 오기를 기대하며 가슴이 뛰기 시작했다.

검을 빼 들었지만, 자신감이 없는 여평자는 진퇴양난이었다. 열다섯 명의 산적 목을 베었다면 무림의 고수임은 분명하다. 검신을 빼 들었으면 미안함을 나타내며 물러서든지, 죄송한 말을 건네고 검집으로 검을 넣을 수도 있는데 오늘은 그렇지 않았다. 섬뜩할 정도로 일어서며 조소를 흘리고 있었다. 괜스레 궤짝 하나에 말을 던진 것이 괴이하게도 물러설 수 없는 상황이 되고 말았다.

여평자는 물리고 싶은 마음에 이유를 붙이며 토를 달았다.

"나는 포교를 불러올 수는 있는데 포상금은 원치 않소."

그의 말은 사람들 눈이 있어 차마 머리통을 주워 담을 수 없다는 뜻이다. 엉뚱하게도 포상금 타령에 유양수는 가슴의 묵검을 빼 들었다.

"주워 담지 못하는 사람, 저승 가는 사람인데 죽은 사람 포상금 타는 것 보았소?"

저승차사 유양수는 한 생명을 잡아 쥔 것처럼 완전히 일방적이었다. 여평자는 군웅들이 많은데 진강의 사내로 꼬리를 흔들며 주인에게 매달리는 그런 강아지는 될 수 없다. 이판사판 우각맹공법(于角猛攻法)으로 검을 높이 치켜세웠다. 빛이 나는 금사갑주에 황소 같은 체구가 마치 황소가 무식하게 달려들 듯한 자세다. 이것도 하나의 술수며 상대로 하여금 화가 돋아난 것처럼 보이게 하는 위장 세이다.

여평자는 선수를 잡으려 상단을 치며 한마디 던졌다.

"보아하니 경망하기 짝이 없군!"

까강! 깡!

한 수를 막아내던 유양수의 동공은 강가로 눈을 돌렸다. 그것으로 보아도 여유만만한 행동이다. 강가에는 흑마차 한 대가 서 있었고 날카로운 눈빛이 스쳐왔기 때문이다. 눈을 돌린 유양수는 앞에 놓인 적에게 숙제만이 남았다. 죽일 것인가 살릴 것인가.

여평자는 머리를 굴렸다. 이놈은 목을 따 본 선수답게 참격(斬擊)의 대가일 것이다. 나는 나무를 쪼개듯이 감격으로 쳐야 한다.

반면 대천 삼초로 몸을 돌리며 묵검에서 광 빛이 번쩍였다.

으윽!

금사신검 여평자의 빛나던 갑주가 땅바닥으로 무너졌다.

방명에 걸맞게 진강에 우뚝 서지 못하여 보는 이로 하여금 측은

하게 만들었다. 그때 한 마리 여우가 흑 까마귀를 낚아채려는 듯이 가볍게 장내에 내려섰다. 붉은 털이 드러나게 입은 호구(狐裘)의 사내였다.

"제법이구나. 자네가 여기 적도들 목을 땄다는 장본인이냐?"

발도 되었던 유양수의 검은 검집에 있었다. 묵빛에 헐렁한 마의를 입고 품에 한 자루의 검을 소중히 안은 채 석모를 깊숙이 눌러쓴 사내는 조용히 사방을 주시할 뿐이다.

발밑에 쓰러진 여평자는 가볍게 콜록이는 것이 죽지는 않는 상태인데, 그의 숙제에서 죽여낸 것이 아니고 살려낸 것이다. 호구의 사내는 여평자에게는 안중에도 없고 유양수에게 질문을 던졌다.

"나는 진강의 소산해(小山海)라는 사람이오. 그대는 서북땅 오천사에서 체시 길을 만든 대천도 유양수가 아니오?"

유양수는 검은 버선에 삼으로 짜진 검은 신발을 신고 있었는데 왼쪽으로 한 발씩 움직이며 입을 열었다.

"진강의 광극신도(光極神刀) 소산해는 이 지방에 들어서며 익히 들었소이다."

"진강에 와서도 검을 든 자는 낙검을 하고 하마를 하라는 말씀은 없겠지요?"

깡마른 체구에 걸음을 멈추어 선 그는 칼등으로 석모를 밀어 올리며 붉은 입술을 열었다.

"나를 대면하고자 하면 그리해야만 하오, 그렇지 않으면 물러서시오."

이들의 대화에 주위에 있던 젊은이들은 뒤로 대여섯 걸음씩 물러

진학소와 유양수 213

섰다.

외압적이고 방자하기 이를 데 없는 언사들이다. 소산해의 물음도 그러하고 답하는 유양수도 그러하니 둘은 물러설 수 없는 처지가 되었다.

심십 초반에 인간들의 사악함과 비굴함, 난폭함과 교활함에 대해서는 칠십 노인보다 더 깊은 성찰을 지닌 광극신도 소산해였다. 고강한 선배님들을 모시고 상명하복의 충성만이 살길이고 대망의 꿈이 있다고 믿는 그였다.

괴괴한 적막이 감돌았다. 광극신도(光極神刀)에게는 지켜보는 이가 있고 시도했던 일이기도 하다. 유양수의 시선은 삼십 장 너머에 꽃이 만발한 벚나무로 돌렸다. 발길을 돌릴 것으로 예상했던 진학소가 방갓을 눌러쓰고 여전히 거기에 서 있었다. 유양수는 눈길을 거두어들이고 그가 늘 하는 시 한 수를 읊조리니 가슴은 진탕하기 시작했다.

누가 황하를 넓다고 했던가　　수위하광(誰謂河廣)
칼로 자를 수도 없는데　　　　증불용도(曾不容刀)
낙엽만이 그 밑에 쌓여　　　　기하유탁(其下維蘀)

마치 황하강에 떠 있는 일엽편주에 검객이 대해로 떠내려 가는 것을 연상케 했다.

휘익!

까강! 깡!

발검한 유양수의 묵검이 상단을 쳐 갔다. 사방에 살벌한 검풍이 일며 가까이 있던 적도들 머리통이 한쪽으로 후르르 밀려났다.

세 살 나 보이는 철없는 아이가 아장아장 장내로 걸어 나갔다. 죽음을 부르는 서늘한 장내에 아이는 그렇게 걸어갔다. 아동의 눈에 먼저 띄는 것은 땅바닥에 뒹굴어 있는 적도들 머리통들이다.

머리가 헝클어진 것이며 복건을 쓴 것이 아이에게는 아빠의 모습만 상상하게 했다. 잠에서 깨어난 아빠는 머리를 그렇게 흘렸고 먹을 감는 아빠의 얼굴도 그렇게 보였다.

죽음을 모르는 천진난만한 아이에게는 희극적이고 장난감에 불과함인지도 모른다.

사람들 눈은 두 검수를 떠나 모두 아이에게로 돌아갔다. 들판 사냥터에서 말발굽 아래로 들어가는 행동이어서 놀랄 뿐이다.

불현듯 아이를 찾아보던 엄마가 화들짝 놀라며 장내로 뛰어드는데 언제 어디서든지 엄마들은 용감하다.

사랑으로 가슴이 부푼 엄마들은 늘 그러하다. 그런데 메마른 가슴의 두 사내는 심장을 고동치게 하며 죽음의 선상에서 대치해 있다. 검력을 주고받은 둘은 한 걸음씩 물러섰고 몸을 한 번 돌린 소산해는 섬뜩함이 온몸에 소름이 짜르르 돌았다.

소산해는 왠지 옛날이 상기되었다. 동료들로부터 구박을 당하자 이에 격분하여 고향을 떠났다. 그 후 어느 고인으로부터 익힌 솜씨로 강호에 던져졌다.

고향으로 돌아온 그가 힘의 우위에 서자, 나를 괴롭히던 선배며 동료들은 싹싹 빌며 모든 것을 갖다 바쳤다.

받아먹어 본 사람은 정의가 서지 않으니 강호의 살수로서 청부의 대가로 황금도 받아 보았다. 죄인이 된 그는 관아에 체포되어 그 죗값을 받게 되었을 때였다.

홍치 선주는 학소와 그를 구출해 주었고, 홍치원에서 나온 소산해는 오늘의 빙백 궁인이 되어 있었다. 빙백궁 오방패 중 삼 인의 신장님들로부터 한 수씩 터득한 무공이 소산해의 가슴을 울렁이게 하였다. 이들의 대적을 본 학소는 운명적으로 느끼고 있다.

또한 놈은 대천차사라고 자칭하며 말을 탄 자는 하마하고 검을 멘 자는 낙검하여 백 보를 걸어가라는 유양수다. 장안에서 환독구 음장에 당한 나에게 손을 써 보겠다고 하였다. 저승사자가 미덥지 않아서 뿌리친 나에게 제발 이승에 남아 주기를 원했다. 누가 버들잎을 안고 쓰러지는지 다시 만나 겨루는 것이 숙제라고 하는 놈이다.

벚나무에 기대어 서있는 학소는 이들을 바라볼 뿐이다.

그 숙제는 비무(比武)가 아니라 생명을 건 숙제로 저승까지 따라올 놈이다.

어깨에 무거운 짐을 짊어진 학소는 강호에 몸을 던지지 못하고 있었다. 그런 그의 검미가 꿈틀 움직이고 눈가는 위로 치켜지며 남쪽으로 돌리려던 그의 발길인 장요화가 뒤로 돌아서고 있었다.

그의 젊은 가슴에 요동치는 혈기는 떠나려던 발길을 돌리게 했다. 소산해는 강호의 무사라면 사람의 영혼을 한두 개는 수중에 갖고 다니는 것이 무게 있는 무사라고 했다. 내 영혼이 그대 주머니에 들어갈지, 자신이 있으면 당신 말처럼 나의 배를 깊숙이 갈라 보라고 내밀고 싶다. 또 한 놈 유양수에게는 누가 붉은 피를 토하며 버들잎을 안고 쓰러져 있는지 승자만이 볼 수 있는 이승에 우뚝 설 수 있는 기쁨을 맛보고 싶다.

둘 중 살아남은 자는 영광을 누릴 것이며, 나를 그 영광 속에 파

묻을지 아니면 이 진모가 그 영광을 맛보며 떠날 수 있을지 학소도 숙제였다.

최후의 승자는 강호에 파문을 던지며 젊은이들의 가슴을 요동치게 만든다.

강호에 무심한 그는 용맹으로 이들을 억압하려는 것이 아니라 남으로부터 억압을 받고 싶지 않은 젊음에 있었다. 이들과의 만남은 우연이 아니고 필연이라고 느끼고 있었다. 이상하리만치 오늘은 운명의 적을 피할 수 없게 만들었다.

유양수는 능선에서 내려오는 학소에게 눈 돌릴 겨를이 없었다.

소산해는 댕기 머리를 감아 올려 투구를 썼고 빙긋빙긋 웃을 때는 입술과 볼이 불룩불룩 튀어나왔다. 흑자락에서 빠져나온 소산해는 짐짓 대소를 터트리며 외침을 이었다.

"으핫핫! 강호에 떠도는 네 놈 따위의 잡인이 저승차사라니 우습구나!"

일갈을 토하고 표독스러운 눈으로 쏘아보다가 삼대허정(三坮虛精)으로 일절을 뿌려 나갔다. 소산해의 신도(神刀)도 경천할 무공들이다.

유양수는 좌우 교란으로 신도를 막아내며 생아양아(生莪養我)로 그의 숨통을 노리며 일절을 가했는데, 신통방통(神通防通)한 신법으로, 공중으로 날았다. 최근에 익힌 유양수의 휘검익편수(揮劍翼偏手)의 맹공이었는데 소산해의 모습은 꽃 속으로 사라졌다.

그들의 우측에는 한식날에 피어나는 왕벚나무가 하얀 솜을 무색하게 만발하였다. 파란 잎사귀 하나 갖추지 못한 세 그루의 벚나무는 하얗기 이를 데 없었다.

소산해는 그럴 것이라 짐작하며 뛰어드는 그에게 산곡판군(山曲鈑君)으로 신도를 뿌렸다. 신도 한 수를 놓친 유양수는 검은 옷자락을 내어주며 자취를 감추려 했다. 대천검이 엉뚱한 곳을 향하고 있음을 발견한 소산해는 삼대허정 십이식을 날렸다. 꽃나무 속에서 유양수의 옷자락이 잘리어 검은 나비처럼 떨어졌다.

쉬익! 깡! 깡!

하얀 꽃나무 속에서 검과 도가 맞부딪치는 소리에 누군가는 죽어 떨어질 것이라고 예상했다. 신도가 마지막 초식이 허공을 긋는 순간 소산해는 옆구리가 차가움에 당혹감을 금치 못했다. 자기 몸통을 향해 날아드는 한 줄기 백광, 그것은 진검이었다.

파공음이 일며 누군가의 단말마 고통 소리가 벚나무 속에서 들렸다.

소산해는 검은 천도 검날을 막아내는 것이 검날을 돌리자 광빛이 흐르는 검날은 놓친 것이다. 피 분수는 만발한 꽃나무 속에서 뿌려졌으니……!

세 그루 중 가운데 하얗던 꽃나무가 핏빛으로 물들었다.

군웅들은 하얗던 나무가 붉게 물드는 것을 보며 질겁을 하고 있을 때 사람 머리통 하나가 툭 하고 땅에 떨어지는 것을 보았다.

이어 핏빛 꽃 뭉치 속에서 가볍게 내려서는 무사는 저승차사 유양수였다.

마치 꽃나무 속에 땅벌 하나를 사냥한 사냥꾼 같았다.

그 격검을 목격한 학소도 가슴이 요동치고 있었다. 전장에서 적들끼리 만나 치명상을 입는 이이제이(以夷制夷)는 없었다.

그것을 바라지는 않았지만 누가 이승에 남을지 그들의 숙제처럼 학소는 앞으로 걸어 나갔다. 승자와 대결하고 싶은 결심이 있었기 때문이다.

그때 검은 흑마차에서 날아오는 인영이 있었다. 그 인영은 유양수 앞에 섰다.

"후후후! 강호에 떠도는 무지렁이로 알았는데 자네는 나의 왼팔을 잘라낸 놈이다!"

냉기가 풀풀 날리는 싸늘한 일갈을 토하며 질풍같이 유양수 앞에 나타났다.

불거져 나온 광대뼈에 붉은 주단 조끼를 기워 입은 기인은 품속에서 한 뼘 반쯤 되는 적봉(赤峰)을 꺼내 들었다.

천하의 유양수도 소스라치게 놀라던 일신을 감추고 평정을 찾았다. 그것은 신출귀몰한 빠른 신법이 마치 홍등이 날아오는 모습이었기 때문이다.

"팔을 잘라내다니요? 선배님 왼쪽 팔은 온전히 붙어 있소."

"맹랑하기 그지없는 놈이구나. 대천검을 쥐었다고 강호를 우롱하다니. 내 앞에서 낙검하고 무릎 꿇어 사죄하거라!"

유양수는 생긴 것 자체가 지옥의 사자처럼 창백하고 마른 몰골이지만 안광에서는 살기가 충천하고 몸에서는 사나운 기세가 당당했다. 그는 검은 석모를 이마 위로 올렸다. 적봉을 알아본 그는 붉은 입에서 싸늘한 음성을 흘렸다.

"토번 지방에서 염불이나 하고 있을 적소상인 팽두 어른이 아니시오? 나 유양수, 당신과 같은 기인을 대적함에 영광으로 생각하겠소."

말을 마치며 한 수 뿌리자 어느 사이 적봉이 원을 그리며 검을 튕겨 내었다.

오천사(五泉寺) 불전에 살았던 유양수는 그를 한눈에 알아보았다.

군웅들과 섞여 있던 학소도 이 말을 들으며 놀라움을 금치 못했다. 강호 초졸이라는 그가 이 노인을 인지하고 있음도 그러하였다. 그는 소흥 지방에서 양항까지 밀탐한 바 있었던 적소상인 팽두였다.

초절정 고수들은 호신강기로 몸을 보호하며 내공을 뿜어낸다.

유난히 불거져 나온 광대뼈가 실룩이며 대천검을 적봉으로 막아 내는 강기에 학소는 물었던 침을 뱉어 내었다.

혈선으로 풍잠 상투를 묶어낸 모습이며 판관필의 일종인 적봉 하나를 들고 우리 의가장에 난입하여 대재앙을 일으켰고 천기춘 사숙을 하직시킨 장본인이라는 그 사실을 알고 있었다면 당장 뛰어들었을 것이다.

유양수는 심장을 고동치게 하고 있고 큰 물고기 하나 잡아 올리는 기력에 숨이 찼다.

"밀교에서 얻은 솜씨라 대단하오."

"이놈이 못 하는 말이 없구나. 나 팽두는 밀교(密教)가 싫어서 라마승이 된 것뿐이다."

유양수의 천도검이 날렵하여 팽두는 몸을 날리며 혈장으로 쳐내었다.

파 파 팍!

검신이 광빛에서 묵빛으로 변하는 검풍에 혈장은 주위로 사라졌다.

팽두는 놀라움을 금치 못하며 노갈을 터뜨렸다.

"네 놈은 얼굴에 아수라도가 나타난 놈이구나!"

"아수라도가 무엇이오?"

그의 말에 얼굴을 실룩이며 옛날을 회상하는 말을 했다.

"우리 지방 밀교에 있었지. 네 놈이 말하는 지옥도(地獄圖) 아귀도(我鬼圖) 축생도(畜生圖) 말이다. "

그렇게 낮은 소리로 말하며 섭령통심안(攝靈通心眼)으로 쏘아보며 혈장을 뿌렸다. 유양수도 이공사술(異功邪術)은 익혀 있어서 몸을 돌리고 천도검이 음한 기공을 뿌렸다.

피-잉! 푸지직!

순간 유양수의 일신이 검은 회오리가 일며 학소에게 뿌렸던 홍비뇌무(紅飛雷舞)가 있었다.

무지개가 날고 번개가 춤을 추며 혼비백산(魂飛魄散)한 그림자가 천도검에서 발산되며 몇 개의 검신이 팽두를 압박할 때였다.

천강참(天疆斬)!

나직이 소리 지른 팽두는 신형을 돌리며 적봉에 기공을 실었다.

적봉을 관찰하던 학소는 대경실색하며 소리 질렀다. 한 자의 적봉이 석 자로 기(氣)가 실려 진검을 막아내고 있었고, 그 적봉이 유양수의 검은 몸체를 가하고 있기 때문이다. 순간 자신도 모르게 학소는 몸을 날렸다.

으윽!

무영환(無影幻)으로 몸을 날려 팽두 앞에 섰을 때 유양수를 구출하기에는 이미 늦어 버렸다. 팽두는 학소에게 섭령통심안으로 눈을 뜨고 보다가 장내로 눈길을 돌렸다.

"우두두두……!"

요란한 말발굽 소리가 장내로 쏟아졌다. 포교들이 몰려오고 있었다.

광장의 구경꾼들은 둑 위로 물러섰고 포교들은 마차 주위에 포진했다. 마차 주위에는 흙이 묻어 있는 적도들 머리통들이 흉악하게 널려 있다.

"저기다!"

수염이 덥수룩한 포교가 손을 들어 가리키는 쪽은 붉게 변한 벚나무쪽인데, 그쪽에 있어야 할 흑마차는 자취도 없이 사라졌다.

학소와 대치해 있던 적소상인 팽두는 바람과 같은 신법으로 떠났는데 학소로서는 어찌할 바를 몰랐다.

흑마차는 사라졌고 포교들은 붉은 꽃송이들만 이상하리만치 바라볼 뿐이다.

적봉에 당한 유양수는 가슴을 쓸어안고 그가 늘 말하는 저승차사를 기다리고 있었다.

학소는 그에게 다가가 일으켜 안았는데 붉은 피를 토하며 미소지을 뿐이다. 가슴을 뛰게 만들며 즐거움을 느꼈던 그는 패자로서 슬픈 모습은 찾을 수 없었다. 검생검사(劍生劍死) 유양수에게 무슨 말을 해야 좋을지 망설이며 가슴 명치에 치명상으로 보아 살아날 수 없는 노릇이다. 가볍게 미소 짓던 그가 입을 열었다.

"틀렸소. 당신과 만나 누가 피를 토하며 쓰러지는지 그 숙제를 풀지 못한 것이 한이오."

유양수는 가슴에서 흐르는 핏물을 누르며 학소를 올려다보았다.

"당신이 말하는 저승이 있지 않소. 언제인가는 나도 그쪽으로 갈 텐데."

무심히 던진 대답에 그는 고개를 흔들었다.

"종천을 하면 저승세계는 검과 도가 없소. 편안한 곳이오."

이어 미소를 지우고 슬퍼 보이는 얼굴로 시구를 읊조렸다.

"내가 태어나지 않았을 때

사방이 캄캄해 아는 바가 없었지요.

하늘님께서 억지로 나를 창생 하셨는데

나를 만들어 또 어떻게 하란 말인가요.

다시 하늘님께로 돌려보내리니

내가 태어나기 전으로 돌려보내 주오."

시구를 읊고 난 그는 더 이상 말이 없었고 그것으로 유양수는 이승을 달리했다.

그의 고행을 짐작해 온 학소는 고향으로 돌아가 영면하기를 기원하며 안장해 주겠다고 다짐했다. 장의사에게 부탁하면 멀고도 먼 서북지방이지만 오천사 체시의 길모퉁이에 작은 무덤 하나 설 것을 상상해 보았다.

그는 하늘 아래 귀천이 있어 가난한 부모 밑에서 절간 밥을 얻어먹으며 생활해 왔다. 곡식을 심어 볼 땅마지기는커녕 발 뻗어 누울 장소도 없는 천인으로 석공일을 부지런히 하던 부모님이 그렇게 당했다. 검과 도를 든 무림인들이 어린 유양수가 보는 앞에서 목과 가슴에 붉은 피가 낭자하게 뿌리며 쓰러졌다.

어린 가슴에 부모님을 묻은 유양수는 언제나 그날이 떠올라 괴로웠고 병장기를 보면 저주스럽게 여겨 왔다.

세상에 태어난 것이 한이 되어 죽지 못해 그렇게 하늘님께로, 아니 부모님께로 가고 싶었다. 마차에 몰려 있던 포교들은 머리통 하나하나를 털어내며 적도들 이름들을 확인하고 있었다. 흉한 일이지만 포교들은 한두 번 해본 일이 아닌 듯이 물건 다루듯이 적어 나갔다.

준마를 타고 안령도(雁翎刀)를 맨 건장한 위사관(偉士官)이 학소 앞으로 다가왔다. 따라온 하졸 포교는 유양수를 받아내었고 위사관은 시신에서 눈을 떼고 학소를 두리두리 살폈다.

"당신은 이분과 교분이 있는 도우(道友)이시오?"

그의 풍모가 도인 같아 보여 그렇게 말을 이었다.

"적도들 머리통이 열 다섯이라는데 은전으로 쳐도 백오십 냥은 될 것이오. 해서 수령인은 당신밖에 없을 것 같소."

대장인 위사관은 대천검을 이리저리 만져보며 보통검이 아닌 강호의 명검이라고 느끼고 있었다. 그는 그 검을 취할 목적으로 현상금을 선심 쓰듯이 나에게 권유하는 것이라고 생각이 들었다.

사기(邪氣)에 얽매인 것 같은 검이라서 취하고 싶지 않았고 오천사에 돌려주려고 마음먹었지만, 이 대천검으로 인하여 무슨 변고가 생길지 몰라 고개를 끄덕였다.

"관아에서 취하신다면 할 말이 없습니다."

위사관 얼굴이 화색으로 짙어지며 그도 고개를 끄덕였다.

"진강 통정사(通政使)로 오셔서 포상금을 수령하시오."

"그 말씀이라면 사관(士官)님께 부탁드리겠습니다. 고인은 저승차사 유양수입니다. 영면하기를 기원하며 포상금으로 길가에 무덤 하나 만들어 주시면 감사할 따름입니다."

"무덤이오?"

"그렇습니다. 서북 땅 란주 지방이라 멀기는 합니다. 오천산(五泉山)에 오천사와 숭경사 쪽에 대천도(大天道)가 있습니다. 그 길가에 조그만 무덤 하나면 되겠습니다. 그리고 비문 하나도 덧붙이겠습니다. 비문에는 왕범지의 시 한 소절이면 좋겠습니다."

거리가 있지만 위사관은 꿩 먹고 알 먹는 흡족한 표정을 하고 고개를 끄덕였다.

장안에서 학소는 방천수의 목을 효수케 하여 오백 냥의 포상금을 취했다는 어처구니없는 소문이 나 있었다. 오늘은 시구고 돈이고 모두 털어내었으니 한가로운 마음으로 떠날 수 있을 것 같았다.

오늘 또다시 포상금을 수령한다면 비적만도 못한 인간이 될 수 있다. 남이 벌어 놓은 돈을 갈취하는 바지 내린 서생으로 사람의 입에 오르고 있어서 이번에도 꼭 그와 같은 형국이라 아니할 수 없다.

곽순은 현무문(玄武門)으로 들어서며 고향 같은 느낌이 들었다. 그의 뒤를 따르는 검은 야행복에 등검을 한 사내는 입가에 짧은 미소가 나타났다가 사라졌다.

거리에서 아파자(啞巴子)로 자라온 아두(啞斗)는 현무문을 드나들며 부호가의 삶과 그의 접대에 회의를 느끼고 있었다. 문주는 그를 극진히 모셨는데 아두는 문주답지 않게 아첨인지 상술인지 그것이 싫었다.

전각마다 마당이 있고 마당마다 장대에 널려 있는 비단 포들은 바람에 너울거리며 말리고 있다.

대전은 대들보마다 조각이요, 기둥마다 색 고운 염색이 화려함을 더했고 아치형 반달문이 번쩍인다.

현무문 문주 곽교호(郭橋虎)는 두 사내를 보자 비단 의자에서 성큼 걸어 나왔다.

"어서 오시오. 곽 공. 괸당님이 말씀하시는 대해선(大海船)은 우리 아이가 물색 중이라고 하시었소. 그리고 아두(啞斗)는 이쪽으로 앉으시오."

문주는 아파자인 아두의 손을 잡고 곁에 있는 비단 의자에 앉혔다.

중앙에는 금빛이 흐르는 나지막한 탁자가 놓여 있었다. 말 못 하는 아두는 두 손을 합장하고 가슴과 얼굴에 두어 번 왔다 갔다 하는 행동에 문주는 덩실거리는 웃음뿐이다. 귀한 것이 없는 문주는 요사이 잠을 설치게 하는 것이 있는데, 탐라도에 불로초와 약수는 물론 해외를 여행한다는 생각에 마음이 부풀어 있었다.

"곽 공은 탐라에서 귀국길에 왜선을 타고 왜국(倭國)까지 돌아보았다는데 나는 부럽소!"

곽순은 오전모를 벗어 놓자 둥그런 얼굴에 눈이 번쩍일 때는 호안의 얼굴이 되기도 했다.

"뱃길이 여간 어려운 것이 아니니 국적을 가리겠습니까. 아무 배나 얻어 타다 보면 여행이 됩니다."

"고려국(高麗國)은 문헌과 여행자들로부터 들어왔지만, 탐라국과 왜국은 어떤 나라요?"

"예, 일본이라는 왜국(倭國)은 한 개의 국가가 아니고 이 백여 개의 지방 국가로 되어 있다고 볼 수 있습니다. 여기에 남자들은 성장을 하면 둘 중 하나를 택해야 합니다. 고향에서 농부가 되느냐 아니면 무사가 되느냐 하는 것입니다. 해서 성인이 되면 부모로서 해 줄 수 있는 것은 옷 한 벌과 칼 한 자루를 채워주면 그것이 전부이고 아들은 무사의 길로 떠납니다. 반면 농부가 되면 지은 농사를 군주(君主)인 막부(幕府)에게 바치며 살아가고 무사가 되면 주군(主君)을 최후까지 받들며 목숨까지 바치는 것이 무사도의 길이라고 믿으며 충성합니다. 탐라국(耽羅國)은 삼강오륜을 극치로 받드는 우리 중국과 비슷하며 군대도 없고 관료도 없는 성품이 순박한 사람들이 살아가는 섬나라입니다."

곽 교호는 주걱 같은 얼굴에 희색이 만면하며 턱을 쓸었다. 그것은 약수와 불로초가 있다는 나라가 만만해 보여 여행길이 순탄해 보였기 때문이다.

"병졸이 없는 나라는 주인이 없는 것이나 진배가 없지 않은가. 우리 현무문에 무예를 갖춘 가병들 여남은 명이면 어디든지 횡횡 돌아다니겠구나!"

"무법천지 이기는 하나 그것만도 아닙니다. 그들도 사람인지라 도의와 예도가 있어 다치게 해서는 안 됩니다. 그리된다면 농민군이 되어 몰려들 것으로 사료됩니다."

문주는 입맛을 쩍쩍 다시고 고개를 끄덕였다.

"물론 그러겠지. 괸당님이 말했듯이 사나운 짐승이 없고 사람들은 순박하다고 하여 신변에 안심이 될 것 같아 하는 소리요."

문주는 말을 하면서 가슴이 울렁였고 파란만장한 세상이 도래할 것으로 짐작했다. 산해진미를 맛보고 먹는 것마다 약초라 하고 말만 들어도 젊어지는 기분이다. 그래서 그는 또 하늘에서 내려온 보살님 같은 아두에게 눈을 돌리고 말을 이었다.

"모두가 아두같은 사람이라면 세상이 조용하여 그 섬에 정착하고 영생을 누릴 수 있지만, 약수나 영초가 있다고 알려지면 우리는 쫓겨나는 꼴이 아니오."

"물론 그러겠지요."

그의 말에 곽순이 난감한 표정으로 고개를 흔드는 것을 보았다.

"곽 공이 말했듯이 중국만 나라인가요? 왜국에 가면 이백여 개의 나라가 있다는데 조용한 곳으로 들어가면 우리들 나라가 될 수도 있겠군요."

그의 예상에 곽순이 고개를 들며 말이 아니라는 투로 설명했다.

"왜국은 조용하지 않습니다. 지역 대장군 쇼군(將軍)이 막부를 설치하여 지역쟁탈전을 하는 무사(사무라이)들의 나라입니다. 해서 전쟁에 패한 군주는 할복으로 사라지며, 과오가 있는 패장들과 사무라이들도 배를 가르지 못하면 무사가 아닙니다. 그들은 공자의 말씀도 모르고 오직 주군만 모시는 것이 미덕이며 사나이입니다. 조용한 나라는 하나도 없습니다."

그의 말에 문주는 섬 함을 느꼈다. 부와 권세를 누리며 살아온 그는 남경만큼 좋은 곳은 없다고 느꼈다. 문주 곽교호는 곽순을 바라보았다.

둥그런 얼굴에 잡인 같은 도둑이라고 생각하다가도 명철한 예지와 행동하는 데에 갈을 잡을 수 없었다. 그는 하늘과 땅은 영원히 무궁하지만, 사람은 철 따라 변색하며 때가 되면 늙어 죽게 된다고 했다. 곽교호는 그 말이 생각날 때마다 하늘이 무너지는 그런 슬픔을 느낄 때가 있다. 그런데 이 땡중이 같은 곽순이 곽위 장군의 팔 대조 형제라고 하면서 나타나고부터 언제나 즐거웠다. 팔 대조 형제라면 16촌 지간이라고 한다.

어젯밤에도 잠을 자면서 신선이 내려와 같이 노는 꿈을 꿀 수 있었고, 탐라도의 약수만 마셔도 앞으로 백 년은 너끈히 살 수 있다는 희망이 있다. 그가 주방을 돌아보며 손뼉을 두 번 치자 주방 문이 열리며 치포(緇布)를 입은 여인이 두 시녀와 함께 요리상을 들고 나타났다.

이 여인은 삼해라는 노복에게 채찍을 맞으며 딸아이와 같이 팔려 왔던 여인이다. 당시는 산호 비녀에 긴 조복을 입었던 양가의 여인이었으나, 차림새만 보아도 몰라보게 달라져 있었다.

쪽 찐 머리 귀밑에는 비취와 진주가 달랑거렸고 녹색 비단 장삼 아래로 둔부가 드러나 보이는 몸에 달라붙은 치포를 입고 있었다. 치포 아래로 작디작은 전족을 한 발이었는데 홍색 비단 신발을 신고 있었다.

여인은 집안이 모반죄에 풍비박산나며 주인들은 대역죄인이 되어 참형에 사라졌고, 이 여인은 팔려 나와 주인 입맛에 맞게 둔갑해 버렸다. 딸아이가 대청으로 얼굴을 내밀자, 엄마는 손짓하며 밖에서 놀라고 한다.

또르르 마당으로 나간 아이는 벗들을 찾았다. 회장저고리에 꽃신을 신고 있어서 다른 아이들과 구분할 수 있었다.

학소가 가엽게 생각하던 아이였는데, 어머니의 현명한 생각으로 딸아이는 양인으로 귀엽게 자라고 있었다.

주인 남편은 잃었지만, 부잣집의 첩실이 되어 호강 호색하며 살아가는 것도 누가 탓할 수는 없는 일이기도 하다.

"자! 여기 벽곡 청주에 아두가 갖고 온 산나물을 맛보기로 합시다."

주안상에는 화채 떡과 육회며 각각의 접시에는 산나물무침 요리가 차려져 있었다.

아두가 산나물 요리를 보며 수화를 보내자, 곽순이 그 뜻을 알고 말했다.

"약초는 아니고 탐라도에 두 지관이 잡수었다는 물배추, 물부추, 노루돌콩이라고 합니다. 아마도 약수터 주위에서 자라났으므로 효험이 있을 것으로 믿었나 봅니다."

"그게 그 말이오. 주인 몰래 나만 먹을 수 없어 한 상 차려 보라고 했소."

문주는 손뼉을 두 번 쳤다. 여인은 그 의미를 아는지 시녀들과 같이 방을 나갔다. 비밀스러운 말은 누가 들으면 안 되기 때문이다. 기름에 무친 귀한 나물을 한 움큼 베어 물고 아귀를 두드리면서 말을 이었다.

"약수를 먹으며 자라난 나물이라 향이 그윽하구나. 그대들은 오늘밤 남당에서 유숙하도록 하시오. 남당에는 베를 짜는 혼자 사는 반반한 여인네가 몇 있어요. 골라들 보시오."

주인의 말에 둘은 얼굴을 마주 바라보다가 곽순이 고개를 저었다.

"문주님 말씀은 고마우나, 우리는 마음에 없는 여색은 즐기지 않습니다. 아두도 그렇다고 하니 별채에 있는 것으로 만족합니다."

무안한 말이 되어 보였는지 낯짝 좋은 얼굴에 너털웃음을 하고 나서 말을 이었다.

"성욕과 식욕은 인간의 본성이라 하오. 모든 사람은 잘 먹어 생명을 유지하는 것이 첫째이고 그 근본 위에 성욕은 이 세상에 종자를 퍼뜨리는 것이 자연의 섭리라고 들어 말하고 있소이다. 좋은 음식을 먹으면서 하는 말이라서 그리 이해해 주시오."

그 말을 들은 둘은 서로 얼굴을 쳐다보며 가벼운 웃음뿐이다.

강호에서 산전수전 겪은 이들은 낯짝 좋은 문주가 자신만이 행운을 취하는 것처럼 이들에게 훈계까지 하는 말에 가볍게 웃었다.

말을 하지 못하는 아두도 탐라도에서 윙윙거리는 벌통 이야기가 생각났다.

벌통만 지키며 집안에서 윙윙거리는 수벌이 꽃을 찾아 자연 천지 돌아다니며 세상 구경하고 돌아온 일벌 앞에서 하는 세상 이야기와도 같다. 그래서 벌통들은 시끄럽다는 이야기다.

"그래, 그대들은 앞으로 어떻게 할 참이오?"

문주의 물음에 곽 순은 한참 생각에 잠겼다가 눈을 떴다.

"우리 시조모 유품을 찾아야겠습니다. 백접도 말입니다."

그의 말에 고개를 끄덕이다가 그것이 전부는 아니라고 말을 이었다.

"나도 괸당님 말씀에 우리 가문의 일로 보지만 어려운 일은 뒤로 미루고 약수부터 찾아 떠남이 어떻소?"

"어려운 일만도 아닌 듯합니다. 소문에 백접도가 제국당에서 화젯거리가 되었다고 합니다. 삼천 년 전 태호복희시절 오성팔괘는 대단한 물건입니다."

"그러면 부안 땅에 들어가 찾아보겠다는 소리요?"

둘은 문주의 말에 고개를 끄덕이며 일어섰다. 그리고 곽순은 자신만만한 태도였다.

"우리는 백접이 아니라 오성 팔괘의 지리 문서를 찾으려고 합니다."

"지리 문서라면?"

그가 질문을 던졌을 때 둘은 감쪽같이 마당을 돌아 밖으로 사라졌다.

우두두두두!

이십여 명의 군마들이 분진을 일으키며 등용문 여숙으로 날아들었다. 군장을 갖춘 십여 마리의 말에는 검은 투구를 쓴 장병들이었고 나머지 열 마리 말에는 검은 굴건을 쓴 이들이었다.

앞장섰던 백마의 나신철(那信哲) 장군이 뒤돌아서며 명하였다.

"아침 요기도 여기서 하며 저녁 취침도 등용문이다."

뒤에 달려오던 남경 순무현장(巡武縣長) 냉천후(冷天厚)도 말머리를 돌리며 멈추어 섰다.

"허가 위문옥이 오십 리라고 하는데 서둘러야 하겠습니다."

"미시가 되면 당도할 것이오."

둘은 몸을 날려 가볍게 말에서 내리자 뒤따르던 장병들도 하나 같이 말에서 내렸다.

자욱한 안개 속에서 흑의 장삼의 객점 주인이 서둘러 이들을 맞이했다.

"나 장군님과 순무현장님은 안채로 모시겠습니다."

"우리는 바쁜 몸이오. 조식을 서둘러 주시오."

나 장군 말에 객점 주인은 읍을 해 보이며 서둘러 말했다.

"말씀대로 준비시켜 놓고 있습니다."

두 장군이 마당으로 들어서자 뒤따르던 장졸들도 우르르 각자 식당을 찾아 들었다.

등용문(登龍門) 여숙에 들었던 젊은 손님들은 지방 서원에서 교육받은 이들로 장원급제와 공명에 뜻을 둔 젊은이들이 많았다. 그런데도 나 장군이 당도한다는 기별에 모두 방을 비운 상태다. 모병 모집에 혈안이 되어 있는 나신철은 어디를 가나 젊은이들로부터 저승사자가 되어버렸다.

장정이 많으면 그 고을 지방 장관이나 부곡(部曲)에 찾아가 모병 모집을 요청했기 때문이다. 공명(功名)에 뜻이 있는 남자라면 전쟁에 나가 공을 세우면 되겠지만, 그것은 전장에서 용맹을 떨쳤다는 것으로만 끝나 버리기 때문이다. 군인은 그리하여 죽어가는 것이 모병들이라고 당연시해 버린다. 오직 높은 관료직에서 공명을 세우든지 각종 예시에 장원급제가 성공의 길이었으니 말이다.

나 장군이 말에서 내리자 철렁거리는 군장 소리가 주위를 싸늘하게 했다. 남경에 평강전(平康殿)에서 네 관료가 모여 앉아 갑론을박하던 냉 현장(冷縣長)이 두 도인과 함께 마당에 서 있었다. 나 장군의 위압감은 여숙 주인과 두 도인을 담장 가로 물러나게 했다.

일 년 전만 해도 나신철(邪信哲)은 문관으로 진현관(進賢冠)을 쓰고 다녔는데, 지금에 이르러 무관으로 활관을 썼다. 허리춤에는 도장을 넣고 다니는 반낭 끈이 금색실로 되어 있어 사람들 이목을 집중하기에 충분했다. 무장으로서 허리춤에 찬 칼보다 금색 반낭 끈이 더 위용을 높였다. 장군은 전장에서 칼을 뽑아 높이 치켜세우며 '진격!'을 소리 높이 불러보는 용맹이 필요한데, 나 장군은 그러지 못했다. 못한 것이 아니라 후방에서 각 주를 돌아다니며 반낭 끈을 푸는 재미가 있다.

나신철은 위용일지 모르나 지방관들은 그 속에서 나오는 도장 하나에 울고 웃는 일이 허다했던 것이다. 그는 냉 현장에게 심각한 표정으로 눈길을 보냈다.

"하자촌 인근에 우역(郵驛)과 수역(水驛)을 관리하는 돈대(臺)가 있는 줄 몰랐소. 순무 현장 말씀대로 단출히 꾸려 여덟 명의 사병들만 보내었소. 부사관이 석한복을 대동시켰는데 잘될 것이오."

나신철 장군과 순무 현장은 등용문 여숙 깊숙한 내실로 안내되었다. 나신철은 머리에 활관과 허리의 군장을 풀었다.

냉 현장이 자리를 마련했는데 두 도인에게 인사시켰다.

"오늘 나 자윤님이 여가를 내고 행차 중이오."

나신철이 날카로운 눈매에 무덤덤한 얼굴로 두 도인을 바라보자, 근엄한 얼굴로 대하던 방학사해 배봉룡 도장이 앞으로 한 발 놓고 읍례 했다.

"무당에 몸 담고 있는 배봉룡입니다. 그리고 이 사람도 문중의 서사 탁발제입니다."

덤덤한 모습으로 인사에 말이 없자 탁발제가 한마디 했다.

"개봉에 상서성 나 조관님은 우리 도장에서도 흠모해 왔습니다. 뵙게 되어 영광입니다."

흠모라는 말에 그는 퉁명스럽게 대답했다.

"탁 선사님이 그렇게 말씀해 주시니 몸 둘 바를 모르겠습니다. 조관이라는 말씀은 나를 탓하는 말로 듣겠소이다. 허니 지금으로서는 있는 그대로 자윤이면 감사히 듣겠습니다."

나신철은 가는 곳마다 그렇게 추켜세우는 것에 반감을 품고 있었다.

두 노인이 무안함을 감출 때 나신철의 말이 이어졌다.

"중앙 상서성에서 나는 일을 함에 지덕과 신중함이 세상에 드러나지 않아 부족한 점이 많은 사람이오. 이번 일에도 냉 현장님으로부터 많이 들었습니다. 문도를 떠나 협조해 주신다니 감사히 받아들이겠습니다. 그리 아시고 기밀을 유지해 주시는 것이 우선이겠습니다."

말 한마디에 둘은 뱃줄로 꽁꽁 묶인 신세가 되어버렸다. 부족함이 많은 사람으로 자책하는 말이며 신중함을 공고히 하지 못하면 본인은 물론 연대하여 허물어져 버린다는 뜻이 내포되어 있었다. 두 도인은 예상되는 바와 같은 것이며 문무를 겸비한 지략을 갖춘 젊은 장군으로 생각하기에 부족함이 없어 보였다.

순무 현장 냉천후는 인사는 마쳤다고 생각하고 나 장군이 탐라도에 관해서 물어 왔던 것을 이야기하려 했다.

"당나라 초기에 탐라왕 유리도라(儒李都羅)는 당나라로 입조(入朝)하여 태산 천제 의례에 참석하였다고 합니다. 그 후에도 당나라 장수 유인궤(劉仁軌)와 신라, 백제, 왜국, 탐라 네 나라가 천제에 참석하였고, 서로 교우를 맺었다고 합니다. 지금 우리 도성에서는 탐라국을 아는 대신은 한 사람도 없는 형편이오."

검은 유건을 쓴 탁발제가 시험 관문임을 감안하여 냉 현장의 말에 덧붙였다.

"오백 년 전 신당서(新唐書)에 보면 국명은 탐라국이라 되어 있습니다. 사면이 바다에 접해 있으며 백제와의 거리는 오 일간 갈 만한 거리라고 합니다. 국왕은 있으나 성(城)이 없고 약간의 군사와 칼과 창 활 등은 있으나 문기(文記)가 없다고 하였습니다."

탁발제의 견해에 나 장군은 예상과 같다고 고개를 끄덕이다가 의심되는 부분이 있었다.

"문기(文記)가 없다면 글자가 없다는 뜻인가요?"

"그렇지는 않습니다. 한지가 귀하여 그런가 봅니다."

나신철은 예상은 했지만 어려워 보이지는 않았다. 해적선으로부터 가축이며 사람까지 침탈되는 섬이면 만만하게 보였다.

"우리는 지금으로서는 황궁에 어저금을 요청할 수 없는 형편이오. 이삼 년이면 북벌을 평정하여 난국은 조용해질 것입니다."

방안이 조용해지자, 여숙 주인이 문을 밀고 얼굴을 내밀었다.

"진짓상을 올리겠습니다."

나 지윤이 마당으로 시선을 돌리자, 냉 현장이 상황을 설명했다.

"군사들 제2진이 떠난 지도 한참은 됩니다. 상을 들기로 합시다."

뒤이어 남녀 두 사람이 가득 차려진 상을 맞잡고 들어왔다. 한 사람은 식부였고 한 사람은 요리사 선부(膳夫)였다. 그런데 현무문에서 천문지리도를 찾아보겠다는 곽순이 벌써 요리사로 가장해 등용문 여숙에 있었다.

곽순은 여숙에 숙식을 청했던 손님인데, 나 장군 일행이 온다는 바람에 급조로 모셨던 요리사다. 범선에서 요리사도 해보았고 궁성에서 요리사 선부였다고 자처하여 임시 채용된 사람이다.

냉 현장이 주인을 보자 주인은 의미를 아는지 요리사들에게 양팔을 저어 물러가라는 시늉을 했고, 둘은 방 밖으로 나갔다. 방 밖으로 나가는 곽순의 귀는 예민하게 움직이고 있다. 진짓상은 화려했다. 이들은 한 순배의 잔을 돌리고 요리를 즐기던 나신철이 배도장을 돌아보았다.

"당신네 두 분은 무당 오행자를 대동하여 강남을 두루 돌아다닌다는데, 제국당에서도 오행자는 안 보였고 오늘도 그러하니 어인 일이오?"

역시 강남 향병을 모집하는 나 장군답게 협사들과 유협들의 실태를 파악하는 질문이지만, 그것만도 아님을 알 수 있었다. 배 도장이 씁쓸히 웃으며 냉 현장 쪽으로 얼굴을 돌렸다.

"창칼을 든 무림인이 몰려다니면 유림에서 주목받는 시대가 아닙니까? 우리는 무당을 떠난 몸으로 그들은 도문으로 돌려보냈습니다. 냉 현장님이 더도 덜도 아니고 우리만 요구하여 그것도 감사할 따름입니다. 사병이나 관군에 부담이 되어서야 하겠습니까?"

등용문 마당으로 두 필의 황색마가 황급히 달려왔다. 이들은 훌쩍 말에서 내려 내실로 들어섰다.

머리에는 검은 복두를 썼고 날렵해 보이는 사령들이었다. 한 사령이 방 입구를 지키고 먼저 내렸던 사령은 두 도인을 바라보았다. 냉

현장이 그 의미를 아는지 고개를 끄덕였다.

"괜찮다. 우리는 동지들이다."

그 말을 들은 사령은 황급히 상황 설명을 했다.

"금앵 속에는 천문지리도가 없었다고 합니다."

"뭣이? 석한복이는 단지 속으로 확실히 넣었다는데……."

냉천후가 민망스러운 눈길로 나 장군을 바라보며 개탄했다. 나 자윤은 천장과 사방을 살피며 장소가 마땅하지 못함을 느끼고 있었다. 그는 훌쩍 일어섰다 앉으며 안절부절못하는 상태이다.

"그래, 그대로 돌아오고 있다는 소리냐?"

"예, 그게 토장 속에 묻혔다 하여 우리는 옥주와 허자경 그리고 석한복을 앞세워 파묘를 했습니다. 허자경 조부의 방추형 묘였는데 호골 단지 속에는 뼈마디만 가지런히 놓여 있었습니다. 석한복이가 끼워 넣었다는 죽 대롱은 감쪽같이 없어졌습니다."

방 안에서 모의하던 이들은 냉 현장 쪽으로 이목이 집중되었다.

순무 현장 냉천후는 일성 서원 부원장으로부터 보고를 받고 부원장과 같이 제국당을 방문하여 천문지리도를 보아주겠다고 간곡히 요청하여 얻은 사실이다.

제국당 백 당주는 알아들을 수 없는 경문을 흥얼지게 흘리며 천문(天門)으로 들어갈 수 있는 오성팔괘(五星八卦)의 천문지리도(天門地理圖)라고 하여 그렇게 불렀다.

죽통 속에서 나왔던 여덟 장의 양피지 책자는 부원장의 말과 같이 서복의 서불과지(徐市過之) 임이 확실하다. 강호에 흐르는 불로 영생의 백접도(百蝶圖)였다.

"백 당주나 허가 위문옥 두 곳 중 어느 곳에서 거짓으로 연극하는 것은 아닌가 합니다."

냉 현장의 말에 부사령이 연극이 아님을 보고했다.

"그렇지는 않은 것 같습니다. 앵속 단지는 삼색 천 묶음이 왼쪽 매듭이었는데 아무렇게나 묶여 있었고, 개판 덮개가 흐트러져 있는 것이며 누가 앞서 파묘(破墓)하였다고 허자경은 통곡하며 증명하였습니다."

"그러면 단지 속에 죽통을 넣었다는 것이 거짓말일 수도 있고 위문옥에서 파묘를 한 모습으로 위장일 수도 있고, 그대로 넘어갈 일은 아닌 것 같습니다."

덥수룩한 턱수염을 손등으로 쓸어 올리던 배봉룡 도장의 한 마디에 부사령이 난감함을 털어놓았다.

"석한복 말에 그 죽통에는 당주님이 천문지리도라 하여 붉은 종이에 하얀 글씨로 붙여 놓았다고 합니다. 그런데 반쪽 지리도라는 글씨는 쪽지가 되어 호골 단지 속에 있었습니다. 이로 보아 석한복을 의심할 수 없고 허가 위문옥도 의심할 수 없어 어느 쪽을 추궁할지 모르겠습니다."

이번에는 냉천후가 사령의 말에 따라 추론했다.

"근거가 될 쪽지가 있으면 인골 사이에 넣었다는 석한복의 말이 증명되겠습니다. 반면 위문옥에서 연극을 하려면 붉은 쪽지는 남겨 놓지 않을 것입니다."

냉 현장 추론에 지방 장관의 감찰을 담당했던 나신철의 눈이 날카로웠다.

"그렇게만 보기 어렵소. 백 당주는 뒤이어 야밤에 산소로 들어가 재차 훔쳐 올 수도 있고 위문옥에서 탐이 났다면 그것이 있었다는 것까지 솔직하게 증거를 만들어 벗어나려는 심산일 수도 있어요."

위문옥에서는 대낮에 벼락을 맞는다고, 석한복을 앞세워 허자경 조상의 호골 단지 금앵(金罌)을 파묘하라는 명령에 말이 아니었다. 허가 위문옥을 발칵 뒤집어 놓았다. 아무것도 몰랐던 허자경은 제 별감과 지금까지의 경위를 말씀드렸다. 큰 눈을 뜨고 이 말을 듣던 나신철이 고함에 가까운 소리가 나왔다.

"사령의 말대로라면 제 별감 재력과 성함이 있지 않겠소?"

"예, 허자경은 향교에서 주는 별책으로 산동의 제 별감으로만 알고 있습니다."

냉천후는 다 잡은 백접은 오리무중 어디로 날아가 버리는 것이 연상되었다.

"소관도 제 별감이 의심됩니다. 치차의 모형을 그려 군영에서 분실된 마차로 방을 띄우겠습니다. 그의 고향이 산동이면 제녕을 주목함이 우선이겠습니다. 제 씨(齊氏) 촌가들이 많은 곳이라 향교에 부탁하면 제 별감은 나오지 않겠습니까."

그의 추론에 나신철은 당연한 듯이 고개를 끄덕였다.

"이는 순무 형장님께 부탁드리겠습니다. 위문옥 전방에 돈대가 있다는 바람에 현장을 못 본 것이 한스럽소. 여기 동구밖에 포정(鋪丁)을 설치한다. 부사령은 돌아가 포정으로 모두 데려오도록 부사관(部士官)에게 전하라!"

말을 듣던 두 도인은 일이 순조롭지 못함에 전전긍긍했다. 강호에 어느 문파나 문중도 이 일을 진행하는 것은 어려운 일이다.

황궁에서 금군이나 어느 재상이 어저금으로 일을 하는 것은 어려운 일이 아니기 때문이다. 그래서 두 도인은 문중을 떠나 이 일에 일조하려고 작심했다. 그런데 일이 수포가 돼 중단되어 버리면 닭 쫓던 개가 지붕 쳐다보는 꼴이 된다. 배봉룡은 탁발제를 안쓰럽게 보다가 나신철 쪽을 향해 입을 열었다.

"백 당주가 말하는 오성팔괘의 천문지리도도 말씀드려 백접도만 대수겠습니까. 그것이 없이도 이름있는 방사나 약의며 거사들로 이십여 명 모이고, 군사를 만들어 천여 명 합세하면 그 섬 반분은 긁어낼 수 있을 것입니다."

나신철은 자신을 두고 추켜세우는 말로 간주하여 반갑게 생각하지 않았다.

"장안에 태종대왕님의 총애를 받았던 장희(長熙) 직사관(職事官)이 있소. 나는 약간의 귀띔을 드렸는데 양손을 부여잡으며 무척 반가운 말이라고 하였소. 우리가 어느 정도의 일이 매듭되면 직사관을 앞세워 도성에 들어가 진종 황제님을 알현할 생각이었소. 근거가 되고 목적과 근거가 될 수 있는 것을 취하여 아뢰어야지 입으로만 되겠소이까? 입으로는 누구나가 할 수 있는 일인데 우리가 무당 문중을 추천하여 황궁에 아뢰면 책임질 수 있겠습니까?"

나신철의 칼날 같은 말에 둘은 머쓱해졌다.

서복 선사처럼 성공하지 못하면 무당파는 문을 닫아야 할 것이며 떠나간 이들은 돌아오기가 두려워 귀로를 포기할 것이다. 이들에게 빙백궁에 들어간 갑사 금석(甲士錦石)이 약수를 말했다면 당장 황궁으로 달려갈 것으로 짐작이 간다.

 소 지관과 안 정시가 마셨다는 탐라도 약수는 금석을 앞세워 간다면 그것은 확실한 일이며 그것만으로도 보통 일이 아닐 것이고 황궁의 대신들도 난리통이 벌어질 것으로 짐작이 간다.

 탐라도에 메말라 간다는 담천(潭天) 약수를 취하기 위하여 많은 범선이 띄워질 것이다. 돌밭을 긁어내고 몇 길의 땅속까지 들어가는 대역사가 이루어지며 탐라의 역사는 어디로 흘러갈지 모르는 일이기도 하다.

 생각해 보면 갑사 금석이 황궁으로 가지 않고 빙백궁으로 들어간 것이 다행이라 아니 할 수 없다.

 집에 돌아온 제 별감은 궁리에 궁리를 거듭했다.

 방안에 모셔 두었던 죽 대롱은 무덤 속에 있었던 것이다. 마음이 착잡하여 헛간 광속으로 옮겼다. 위문옥에서 누가 뒤를 밟고 찾아올 것만 같은 상심에 헛간 낡은 서랍장에 임시로 보관해 두었다. 도둑이 들어와도 귀한 보물을 헛간에는 있을 수 없기 때문이다. 그래서 조용한 날에 헛간에 땅을 파고 모셔 놓을 각오는 되어 있었다.

 등용문 여숙에서 귀담아들었던 제국당의 석한복(石悍僕)이 훔치고 도주했다는 죽통인가 죽 대롱인가 하는 것이 대단한 것임은 틀림없어 엊저녁 늦게까지 살펴보았다. 양피지 책자에 영생할 수 있는 그림과 글씨들이 가득한 것이 무슨 뜻인지 알 수 없으나 귀한 보물인 것은 알았다.

 오늘 아침 신옥이는 숙숙(叔叔)을 만난다고 마승을 앞세워 이웃 마을로 나갔다. 지금쯤 돌아올 시간인데 집안은 조용하기만 하다.

식부와 팽인(烹人)은 아침상을 마련하고 이웃으로 마실 간 것도 알고 있다. 늦게까지 잠에 취했던 제 별감은 마당으로 발을 들여놓았다.

후르륵---!

또 오십여 마리 참새떼가 감나무 위로 날아올랐다.

옛날 같으면 마당의 좁쌀을 찾아 먹는 참새를 보면 심통이 나겠는데 나개(那箇) 대사를 만나고 나서부터는 마음이 평화스러웠다. 그래서 편안한 마음으로 감나무 위를 올려다보았다.

삼 일 전에 마승과 같이 집으로 돌아오던 길에 제 별감은 만송(萬松) 선생을 찾을 일이 있었다. 신기(神技)와 신통(神通)을 흔들며 점을 치는데 모두가 알아주는 신기에 가까운 점집이었다.

복채가 비싸다는 점집으로 은화나 금화를 드려 넣어야 문을 열어주는 집이었다. 제 별감은 은전을 넣으면서 점괘를 보았다.

"고명하신 산통점을 보고 고견을 듣고 싶어 찾아뵈옵니다."

만송(萬松)은 돌아앉으며 그의 얼굴을 유심히 뜯어보았다. 희끗희끗한 수염이 서로 닮은 점이 많아 친근감 있게 말했다.

"상정, 중정, 하정으로 길흉을 살펴보니 재백궁(財白宮)은 넘쳐 납니다."

만송 선생의 말 한마디로 자신을 알아보는데 호감이 갔다.

"여기 산통에 신기를 오른손으로 열두 개를 뽑아 보시오."

제 별감은 여기에 들어온 목적이 점을 보려는 것보다 백접도(白蝶圖)에 관하여 정보를 엿듣자 함이어서 그 말에는 대충 따라 하며 물어보았다.

"근자에 부안 고을 제국당에서 나왔다는 천문지리도인가 백접도인가에 관하여 소문이 분분합니다. 선생께서 들어본 일은 없으십니까?"

만송은 점술인으로 모든 것에 통달하지 않으면 안 되기 때문에 그가 듣고 알고 있는 것에 대해 기(氣)를 발휘했다.

"백접이라는 말씀은 천 년 전 진시황의 책사(策使)였던 서복 선사의 봉선서(封禪書)이기도 하며 불로초의 자생지를 알 수 있는 지도말이가 있다는 뜻이기도 합니다."

제 별감은 마차 속에 숨겨놓은 죽 대롱을 생각하면 가슴이 울렁였다. 그런데 만송 선생이 더 호기심을 보였다.

"제국당에서 천문지리도라는 말은 들었는데 대부님은 누가 그것을 백접도라고 하였습니까?"

"아 아, 나는 그것이 귀보라는 소문에 그것이 그게 아닌가 하여 물어봅니다."

"다르지요. 삼천 년 전 태호 복희 시절의 천문지리도 와는 엄연한 차이가 있습니다. 제국당주는 경문을 읽는 사람으로 천문지리도가 맞을 것입니다. 서복의 봉선서나 백접도라면 보통 일이 아닙니다. 항간에 백접을 얻은 자에게는 영생불사할 수 있다는 말이 무림에 흐르고 있소이다. 아마도 그것이 있으면 황가에 바쳐 큰 재상에 올라 대길운(大吉運)을 얻어 황궁과 같이 영생불사할 것이외다. 불로 영생의 불로초를 찾을 수 있다면 대단하지 않겠습니까?"

만송 선생은 부러움에 찬 말을 하고 창가의 먼 하늘을 바라보았다.

제 별감은 그 말을 들으며 자신이 뽑아 놓은 산통에 죽 대롱을 알아낼까 하여 자리를 뜨려고 했다. 뽑아 놓은 산통과 구슬을 유심히 바라보는 데 겁이 덜컥 났다.

"황도십이궁(黃道十二宮)으로 명운과 처첩궁이 겹쳐 있어서 여인을 멀리했소이다. 백수까지 장수할 상이나 등 긁어 줄 처첩이 없으시니 횡사할 액운입니다."

죽통(竹桶)인가 죽 대롱인가에 관한 말은 없으니 다행이었다. 그런데 액운이라는 말에는 고개를 들고 산통점에 놀라움을 감추었다.

젊을 때는 부를 축적하는 재미로 살아왔지만, 점점 외로움이 밀려오는 그의 삶은 말하고 있기 때문이다.

"길에서 횡사할 액운이면 말이 안 됩니다. 나는 길운이 트이고 무병장수할 것으로 믿는 사람이외다."

제 별감은 가슴에 묻어 둔 죽 대롱과 희망이 있기 때문에 용감하게 말할 수 있었다.

만송은 의지가 대단한 노인으로 보아 입가에 웃음까지 지었다.

"대부님처럼 길운을 믿으며 살아가는 사람도 많습니다. 점술은 과거가 아니며 앞으로 신수(身手)를 점치는 것입니다. 여기에 복록운(福祿運), 명운, 복덕운, 처첩운 모두 들어있습니다."

마당에 나온 제 별감은 삼 일 전 만송이 말했던 신수를 생각하며 일어설 때였다.

후드득!

또 참새떼가 감나무 위로 날아올랐다.

그런데 감나무 위를 올려 보던 제 별감은 갑자기 마당이 하늘이 되고 하늘이 땅이 되는 어지러움에 머리를 감싸며 땅바닥에 주저앉고 말았다.

"신옥아! 신옥아!"

외쳐 보았지만, 입술도 움직일 수 없는 마음뿐이었다. 늦게까지 잠에 취해 있던 탓에 조반상도 받아 보지 못한 상태여서 식부를 불러 보려 했으나 입이 열리지 않았다.

주저앉았던 제 별감은 앉는 것도 힘들어 마당 모퉁이에 누워 버리는 신세가 되어버렸다.

희망에 부풀어 힘차게 살려던 제 대부는 노인이라는 사실을 느끼며 죽음이 이런 것이구나 하고 느끼게 했다.

죽는 것도 여러 가지인데 노실을 하며 몇 년에 걸쳐 죽어가는 이 또는 길을 가다가 어느 날 갑자기 돌아가셨다는 이웃 사람들을 생각하며 제 대부는 숨만 헐떡이고 있었다. 백접도를 들고 황궁에 찾아가는 희망은 꿈으로 끝나버릴 것 같은 느낌이다.

삼 일 전 산통점을 기억하며 제 별감 제발수(齊別監 齊發秀)는 기사회생(起死回生)하려고 애쓰는 중이다.

감나무 위에서 마당을 내려 보던 참새 한 마리가 내려앉더니 널브러진 주인이 움직임이 없자 따라서 후르르 마당으로 내려선 참새들은 모이를 쪼아 먹는 데 열심이었다.

새들이 없었으면 집안은 삭막하고 흉흉했을 것이다.

성배 고을로 힘차게 달려온 중년인이 있었다. 머리에는 오전모를 깊이 눌러썼으며 밤색 장삼을 휘날리던 그는 목적지임을 확인하고 가볍게 몸을 비틀어 말에서 내려섰다.

제 별감 저택은 아홉 자 높이로 담장을 둘러쳐 있어 밖에서 감히 집안을 내다볼 수 없었다. 조용한 곳에 말고삐를 묶어 놓고는 오전 모를 벗어 얼굴과 몸을 다듬었다. 둥그런 독두(禿頭)에 호안의 호면귀 곽순이었다.

등용문 여숙에서 무당인들과 나신철 일행의 밀담을 도청한 그는 한발 앞서 이렇게 달려왔다. 성배 고을에 들어서면서 제 별감은 영생의 단약을 잘못 먹어 급사했다는 말을 듣게 되었고, 그의 행동은 다급해졌다. 그런데 집안에서 상곡 소리나 울음소리가 새어 나올 텐데 급사하지는 않은 것 같아 다행이라고 여겼다.

마을 어른들에게 다가가 그 집 사정을 물어보았는데 오히려 반문했다.

"당신은 제 노인네의 종친이시오?"

"아닙니다. 실은 양주에서 논마지기 한 필지 떼어 준다고 하여 돈을 빌려주었는데 이렇게 달려왔습니다."

수염이 덥수룩한 초노가 웃음을 발라가며 입을 열었다.

"떼어 주다니오? 그 노인이 어떤 사람인지 아십니까?"

"……"

"바람이나 물길에 밭담이나 둑이 허물어지면 소작농을 관리하는 부사(浮事)들을 불러들여 경계선을 내었다며 이웃 지주들을 괴롭힙니다. 심지어 도로까지 한 뼘씩 침범함으로 제 별감 밭을 접한 도로는 수레도 못 다니는 길로 만들어 버립니다. 아마도 그 노인이 돌아가면 그 집의 신옥이는 사리에 밝아 제자리로 돌려놓을 것입니다.

몇 년을 살겠다고. 쯔쯔쯔……"

초노는 열불 나게 말하며 혀를 찼다.

곽순도 그 말을 듣다가 웃음이 절로 나왔다. 어느 마을도 이와 같은 노랭이들이 있어 이웃 사람들을 피곤하게 만드는 이들이 있었다. 그래서 제 대부를 제전노라는 말로 통용하였다. 열 효녀 못지않은 신옥이의 울음소리는 하룻밤 하루 흘러나왔다.

"흑! 흑! 아버님……!"

제신옥 소저는 아버님을 일으켰으나 혼수상태로 말을 못 하고 있었다.

"아버님! 신옥의 목소리가 들리는지 말씀을 해보세요."

신옥이는 또 침상으로 눕히면서 말했으나 눈만 동그랗게 뜨고 천정만 바라볼 뿐 입을 열지 못했다.

'애야! 일으켜다오. 하고 싶은 말이 너무 많다.'

말하려 했으나 입술만 조금 움직였을 뿐 음성은 나오지 않았다.

신옥이의 등 뒤에는 청하(淸河) 의원과 오촌 숙부인 제발로(齊發路)가 가련한 눈매로 쳐다보고 있었다. 회색의를 걸친 의원은 염소수염을 쓸면서 다가앉았다.

의원은 흔들리는 환자의 팔을 들어 손등을 잡고 태연혈과 합곡혈의 혈맥을 짚고 가슴에 귀를 대고 맥박을 감지했다.

어제부터 웅황구(熊皇灸) 뜸까지 하며 몇 가지 방법을 써 보았으나 차도가 나아지지 않았다. 청하 의원은 병세에도 신경은 쓰고 있으나 그것보다 더 짙게 생각하는 것이 있었다. 그것은 고급 약을 어느 정도 받을까에 있었다.

젊은 사람에게는 생명줄에 열중한 보람이 나타나 서로 간에 돈독한 믿음과 기쁨으로 금전을 받을 수 있지만, 노인이면 부실한 쪽이 한두 곳이 아니어서 고급 약을 많이 처방해 드려 매출을 올리는 것도 의술이 아닌 하나의 상술로 이용해 왔다.

환자의 가족들은 고급 약에 흔쾌히 나아질 것으로 염원하지만 청하 의원은 알고 있었다. 노인들에게 최고의 의술로 갖은 방법으로 힘을 써 보아야 일 년이나 이 년이면 끝나는 생명들이다. 다른 의원들도 이와 같다고 느끼며 그렇게 보아 오기도 했다.

"별감님은 말을 할 수 없는 처지여서 문진(門診)은 할 수 없고 절진(切診)과 공진으로 예찰해 보았습니다. 대부님의 기색이 홍색이기는 하나 눈자위가 흑색으로 나타나 오장육부에 탁한 피가 고여 있습니다. 앞으로 백 일 동안 우황설련환(于黃雪連丸)을 드시면서 침 뜸을 해야 할 것 같습니다."

가부좌(跏趺坐)로 앉아 있던 제 별감의 사촌 동생 제발로(齊發路)는 다급한지라 지방에서 용한 의원으로 알려져 서 결론을 내렸다.

"신옥아! 어떠냐. 청하 의원님 말씀에 따르는 것이 좋겠구나."

제 별감은 사지가 쓸려 말할 수 없는 마비 상태지만, 귀와 정신만은 말똥말똥했다.

지금까지 살면서 금전을 옭아내는 사람들의 심보를 잘 아는 그로서 돌팔이 의원은 여지없이 노인의 입을 열어젖혔다.

"설태(舌苔)와 설질(舌質)에 사기가 나타나 위 기능을 재생시켜야 하므로 보하탕을 미음과 같이 잡수레 해야 하겠습니다."

의원이 물러서자 신옥이가 다가가 아버님의 얼굴을 닦아주고 있었다.

　노인의 짙은 눈썹에서는 그렁그렁 눈물이 맺혀 있었다. 신옥이도 눈물이 이는 눈으로 아버님을 쳐다보았다.
　제 별감은 노복이나 노비를 거느리는 장원급의 부자는 못 되지만 상배 고을에서 열 손가락 안에 꼽을 수 있는 부자이다.
　쌀독에서 인심이 난다는 말이 있는데 제 대부는 그렇지 못했다.
　몇 달 전 나개(那箇) 대사와 방하생 탕사가 열자대보탕과 하오대통문 약제를 얻어먹고 답답한 속을 훑어 내었는데 아직 선심을 쓸 기회는 없었다. 고향에 돌아와 곳간과 은자단지를 열어 민심을 베풀 생각을 하였는데 아쉽게도 그 기회는 병환으로 놓쳐 버리는 셈이 되었다.
　부할 때 쓰지 않으면 가난한 후에 뉘우친다는 주자십회훈을 되새기며 여행에서 돌아가면 그와 같이 행하겠다고 마음먹었지만, 시간은 기다려 주지 않았다.
　그와 같이 은덕을 얻어 하늘님은 나에게 영생의 길로 백접도를 내주는구나 하고 생각이 들기도 했다.
　'빨리 일어나 제발로를 앞세워 만송 선생이 말했듯이 황궁에 갖다 바쳐야 할 텐데……'
　그것도 자리에 눕고 나니 암울한 처지가 되었다.
　'신옥아! 신옥아! 안방 바닥 속에는 말발굽, 낙타 발굽 은보가 들어 있는 은단지가 있다. 제발로 숙부와 상의하여 반반 나누거라. 그리고 헛간 서랍장에 백접도 죽 대롱이 있다. 그것은 나라에서 주목하는 진기이보이니 숙부와 상의하여 황가에 바치거라. 그리하면 우

리들도 황궁에…….'

그렇게 버둥대며 일어나려고 애를 썼으나 발끝 하나 움직이지 못했다.

눈가에 맺혔던 눈물이 귓가로 흘러 베개를 적시고 있다. 빗물인지 눈물인지 알 수가 없다.

어제는 작은 집의 제발제 동생과 제가의 구촌 대숙 제감창이 문병차 들어왔었다. 대종(大宗) 지위의 구촌 대숙은 마루방에서 숙덕였던 말이 짐작이 갔다.

남대천 다섯 정의 논밭은 문종에 헌납하여 비문(碑文)을 세워 드리는 것이 어떠하냐고 의논했다. 제 별감은 손꼽만큼도 남에게 양보해 보지 못한 땅들이 산산이 부서져 바람에 날려가는 것이 상상되었다.

그러나 그의 마음은 제발로(濟發路)에 있었다. 그는 관아에서 부세를 관장하는 번사(藩司)로 있으면서 친형처럼 제 별감을 지켜주는 기둥이 되어 왔다.

삶이 좋은 그는 강직한 의지로 나의 재산을 반 등분하여 신옥이에게도 주고 나머지는 문중과 집안에 양(養)으로 드는 아이에게 넘어갈 것으로 짐작이 가며 그렇게 되기를 바라기도 했다.

마당에는 집 안을 정리하느라 부산을 떨고 있었다. 제신옥 소저도 밖으로 나와 일을 거들었다. 앞으로 종친들이며 땅을 관리하는 부객(浮客) 들이 문병을 와 북적댈 것이다.

손님을 맞기 위해서는 여러 개의 방을 비워 두어야 했기에 가복처럼 지내는 남팽인(南烹人) 부부며 마승자 내외도 일을 거들었다.

마승자는 별감님이 아껴 쓰던 호모로 된 낡은 의자를 들고 마당 구석에 있는 요어감(燎於監) 터로 들고 갔다. 거기에는 잡동사니들이 모아져 불길이 훨훨 타고 있었다. 뒤이어 남팽인이 들고 오는 서랍장도 너덜너덜 낡아 있었다. 그런데 그 서랍장에서 '툭'하고 떨어지는 죽 대롱이 있었다. 그것은 사흘 전까지도 제 별감이 애지중지하며 가슴에 묻어 놓은 희망의 죽 대롱이었다. 마승자는 그것을 주우려 하다가 멈칫했다. 위문옥(圍門屋) 허자경 조상의 무덤을 파묘했을 때 골호(骨壺) 단지 속에서 주워 온 죽 대롱으로 짐작하고 있기 때문이다. 그 후로 주인님은 가슴속에 묻어 둔 무엇인가가 있다고 느껴 왔는데 그 죽 대롱이었다.

마귀가 씐 저주받은 물건임을 인식하게 했다.

주인님이 저 모양이라 더욱 그러하였다.

남팽인은 씨익 웃어 보이고 아무렇지도 않게 훅! 하고 불길로 던져 버렸다.

이즈음, 호면귀 곽순이 달려왔던 것처럼 상배 고을로 달려오는 일단의 무리들이 있었다. 자세히 보니 검은 투구를 쓴 장병과 검은 굴건을 쓴 사병 이 십여 명이었다.

앞장섰던 남경 순무 현장 냉천후(冷天厚)가 제 별감 저택 앞에 이르러 손을 높이 치켜세웠다. 이들은 무석(無石)에서 산동으로 올라가다가 양주에서 제 별감은 상배 고을의 제발수(齊發守)라는 사실을 알고 달려왔다. 이들은 막무가내로 이십여 마리 호마들을 타고 풍진을 일으키며 마당에 들어섰다.

자욱한 풍진 속에 집안에서 나온 사람은 이 집의 신옥이와 번사

(藩司) 제발로였다.

검은 투구에 홍색 상투가 휘날리는 부사관이 으름장을 놓았다.

"상배 고을의 제발수와 마승자는 당장 나와 포박을 받으라!"

두 사관이 내려서자 당황한 제발로는 냉현장 쪽으로 걸음을 했다. 관아에서 번사(藩司)로 있으면서 무변대관(武弁大冠)인 평상책(平上幘)을 쓴 냉현장의 지위를 모를 리 없다.

그는 하마하는 냉현장에 다가가 읍소를 하고 대청으로 들어갔다.

부사관(部士官)은 두 사령과 함께 오랏줄을 들고 불문곡직하고 방 안으로 들어섰고 또한 마당에서는 두 사령이 마승자(馬承子)를 포박하고 있었다.

침상에 누워 번민에 차 있는 제 별감 앞에 두 사령이 오랏줄을 들고 우두커니 서 있다. 그에게는 악몽 같은 일들이다. 나개 화상(那箇和尙)이 말했던 저승차사가 찾아온 것 같았다. 노인은 눈을 감았다가 떴다. 그렁그렁 맺혔던 눈물이 뺨으로, 눈가로 흘러내렸다. 눈물이 따뜻하다는 것을 요즘에야 느끼고 있었다.

이들은 허자경 조상 무덤 속의 죽 대롱을 찾아온 것으로 알고 있다. 그러나 나의 병세를 듣고 본 이들은 어쩌지 못하여 우두커니 섰을 뿐이다.

대청에서 남팽인과 마승자에게 큰 소리로 오가던 사령들이 우르르 마당으로 뛰어나갔다. 마승자가 무엇을 일렀던 모양이다.

한쪽 방에서 두 무당인과 제발로 그리고 냉 현장 부사관이 심각한 말을 나누다가 마당에서 다급한 목소리에 그들도 밖으로 뛰쳐나갔다.

"뭣이? 천문지리도가 소각되고 있다고?"

남팽인과 마승자는 대야에 물을 쏟아부으며 훨훨 타는 불길을 잡고 있었다.

그것은 파란빛을 발하며 천천히 녹아 가고 있었으니……

붉은 불길 속에 파란빛을 발하는 죽 대롱을 요어감터에서 부사관이 막대를 휘저어 밖으로 끄집어내었다.

냉천후와 배봉룡 그리고 탁발제가 달려들어 살펴보았다.

한 뼘은 넘었던 죽 대롱인가 죽통은 거의 다 타버린 상태였고 그 속에는 글귀도 알아볼 수 없는 타다 남은 한 줌의 양피지 책자일 뿐이다.

이들과 같이 뭉쳐진 인파 속에 독두인 곽순도 고개만 설레설레 흔들며 바라볼 뿐이다. 귀하게 생각하던 서불과지도가 조글조글한 상태로 검게 변하여 가죽 타는 냄새까지 풍겨왔다.

진 장주와 근초감 허달이 일 년에 걸쳐 심혈을 기울여 똑같이 필사했던 것인데, 본품과 모자람이 없다고 지금에야 인정하고 있었고 취하고 싶었던 곽순이었다.

오늘은 나오지 못했지만, 나신철을 비롯한 강남의 네 장수가 갑론을박하면서 황궁에 갖다 바쳐 대역사를 쓰겠다는 꿈도 사라지고 말았다.

탐라에서 돌아온 갑사 금석(甲士錦石)이 황궁에 들어가지 않은 것처럼 황궁(皇宮)과의 인연은 영원히 지워지고 말았다.

학소는 진강(眞江) 변을 헤매고 있었다.

묘령의 대룡주(大龍舟)가 대합에 드나드는 소문을 접한 학소는 그곳에서 얻은 것은 하나도 없었다. 추억 속에 남아 있는 진방가(鎭方家)를 찾았는데 폐문이 되어 낯모르는 이들이 들어와 몇 가구의 어시장뿐이었다.

진방가를 매입했다는 사람은 무림의 오악신마(五岳神魔) 구천(九泉)이라는데 어가 상인들도 무림의 고인이라는 것밖에 아는 것이 없었다.

가주 방화전은 폐인이 되어 와사녀(瓦舍女) 주희(朱姬)가 주인을 모시고 진강으로 떠나갔다는 사실 밖에. 그래서 오 일째 헤매고 있었다.

그 난리통에 와사녀는 이 층 회랑에 앉아 실오라기 하나 걸치지 않은 채 옷이 무슨 대수라고 유랑가녀의 비파행을 노래했다. 호곡성과 비파소리는 진혼곡(鎭魂曲)이 되어 장내의 불협화음을 만들었던 창가의 그림자 여인이었다.

랑가사이곡을 한번 듣고 싶다고 물었는데 주희는 그러한 날은 없을 것이라고 말한다. 중천에 뜬 태양은 은빛 찬란하지만 저물어 버린 태양은 그림자만 만들 뿐이라고 감성이 풍만한 여인이었다.

진강에 선착장과 난간이 즐비한 부두는 혼잡스럽기 짝이 없다.

밤색 방갓을 눌러쓴 자익의 사내 진학소는 구름마에서 훌쩍 뛰어내렸다. 그는 달구지가 들어오는 둑 난간으로 걸어갔다. 말 모르는 황소들에게 오름만큼 물건을 실은 것을 보니 황소들이 가여워 보였다. 그런데 그 물건들을 자세히 보니 강남에서 들어오는 면화들이었다. 그때 그를 부르는 목소리가 들려왔다.

"원령포 젊은이! 원령포 젊은이!"

학소는 뒤돌아보았다. 영파 양항에서 원령포(圓鈴捕)를 귀하게 말하며 옷을 바꾸어 주었던 왕증(王增) 선장이었다.

"오랜만에 뵙습니다. 여기는 어인 일이십니까?"

"우리야 선착장 부둣가에 사는 사람들인데 자네가 여기는 웬일인가?"

학소는 대합에 대룡주(大龍舟)와 대해선(大海船)의 행방을 알고 싶어 진방가를 찾았는데, 모두가 묘연하여 와사녀 일행의 행방을 얼른 묻지 못했다. 대합에서 건조되었다는 선박은 정황으로 보아 빙백궁의 소유였고 또 이들은 탐라국으로 떠난 것으로 짐작되었기 때문이다.

왕증 선장이 탄 덕판배에는 세 사람의 일꾼이 달구지에서 내리는 아름드리 물건을 정리하고 있었다. 이 물건들은 대양으로 떠나는 대해선(大海船)으로 옮겨갈 것으로 짐작이 간다.

학소는 일꾼 중에 눈에 들어오는 철구(鐵具) 노비에서 눈을 떼지 못하고 있었다. 자기 발목에 찼던 철구에 비하여 반쪽 무게의 족철(足鐵)이어서 가볍게 움직였다. 그는 자기 발목이 근질근질함을 느꼈다.

왕증 선장은 둘을 바라보다가 말했다.

"형부에서 나온 족철 노비요. 왜선 해적 노비이었나 본데, 저놈은 탐라인이라 살려내었던 모양이오"

구갈포(構葛布)를 입은 그는 이들의 말에는 관심이 없고 일에 열심이었다.

학소는 탐라인이라는 말에 관심이 많아 얼른 입을 열었다.

"나는 탐라국으로 가려는데 저기 구갈포 노비가 용처가 있어 나에게 팔아 주시면 하고 부탁드립니다.”

왕 선장은 둘을 바라보다가 고개를 끄덕였다.

“원이 그러시면 그리하시오. 은자 다섯 냥이나, 돈은 있어도 좋고 없어도 좋으니 원령포를 얻어 입은 것이 보통이겠습니까.”

이 말을 듣던 구갈포 젊은 노비가 황급히 학소 앞으로 달려와 대례를 올렸다.

“속하 선풍재천(旋風宰天) 진학소(秦鶴小) 대협에게 충견이 되어 주군으로 모시겠습니다.”

이 말을 듣던 왕중 선장은 두 눈을 크게 떴다.

“바지 내린 서생 나선풍? 그대가 선풍재천 진 소협인가?”

학소는 입장이 난처했다. 몇 달 전 소주에서 유명세가 있는 괴수들 다섯 명과 결투를 벌였는데 삼합도 겨루지 못하여 그들의 목은 땅에 떨어지고 말았다. 그로부터 강소성에서 나의 행적을 밝히며 붙여진 이름인 것으로 알고 있다.

학문을 한 사람은 군자(君子)를 알아보고 무인(武人)은 무인을 알아본다는데 젊은이에게 물어보았다.

“그대는 나의 함자를 알고 단번에 달려왔는데 어디서 만났던 일은 있는가?”

“에! 저희들은 인자(忍子)들로 초산 모차차(莫箭箚) 수령의식(守靈儀式)에 대협의 당당함을 보았습니다.”

인자(忍子)는 일인(日人)들로 사무라이(武士) 은자(隱子)들인데 나를 알고 있었고 감시의 대상이었던 것에 놀라지 않을 수 없었다.

왕중 선장도 강호인으로 태도가 일변하며 그를 바라보았다. 눈에 감도는 정기는 상당한 수련을 거친 당당한 무인(武人)임을 은연 중에 드러내고 있었다.

"강호에 바지 내린 서생이 패자인가 상투를 떨어뜨린 유양검이 패자인가에 논란이 많았습니다. 유양검이 적소상인 앞에 당했다 하여 결국은 선풍재천 진학소가 승자로 결론을 내었다는 말씀을 듣고 있습니다."

그의 말에 학소의 가슴에는 무엇인가 뭉클하게 밀려오고 있었다.

승패는 유양수의 의지였고 나는 승패에 괘념치 않았던 사람이었다.

적소상인이 그 자리에 나타나지 않았다면 강호인의 말대로 누가 버들잎을 안고 쓰러지는지 승패는 있었을 것으로 짐작이 간다.

"대천검 유양수는 가슴에 부모님을 묻고 늘 내가 태어나기 전으로 하늘님께 보내달라는 분이셨소. 강호인들은 죽은 사람의 가슴은 열어보지 않고 승패에만 관심을 둡니다."

그렇게 말하며 방 장군이 떠올랐다. 그도 세금이 부과되는 소작농 백성들을 핍박에서 구출하려 했고, 매관매직하는 관료들이 미워 몸을 던졌다.

왕중 선장은 구갈포 노비의 족쇄 줄을 풀어주며 생각에 젖어있는 그를 바라보았다. 묵상에 젖은 선풍재천 진학소의 태도에 언사가 조심스러웠다.

"우리 대해선(大海船) 선단도 언제 서라벌(徐羅伐)로 떠날지 모르겠소. 탐라국의 바다는 거세기가 말이 아니라 기착지로는 환영받지 못합니다."

혹여 그 섬까지 우리 선단에 동승할 것을 요구할 것 같아서 미리 담장을 쌓아놓은 말이었다.

구갈포의 탐라인이 선장의 말을 가늠하며 입을 열었다.

"중국에 목화(木花)가 풍년인 것을 알고 장발(長發)로 가면 왜국과 탐라에서 들어오는 배들이 있다고 합니다."

그의 말에 왕중도 고개를 끄덕였다.

"그렇구나. 장발이면 주호(州胡)의 범주선이며 왜국에 교관선(交關船)들이 들어오는 곳이기도 합니다."

선장답게 배 바닥이 뾰족한 교관선과 범선을 구별하여 말하고 있다.

족쇄(足鎖)가 풀린 구갈포 젊은이는 구름마로 달려와 등자(䥷子)를 했다.

인사를 마친 선풍재천(旋風宰天) 진학소(秦鶴小)는 등자는 밟지 않고 마상 위로 몸을 던지자, 등자했던 갈포인도 마상으로 몸을 실었다.

두 사람을 실은 구름마는 풍진을 일으키며 남쪽으로 내달렸다.

탐라도는 말한다

철석 철석 척 쏴아악---!

바닷물이 도리도리 돌라진 이 섬에 파도는 쉼 없이 늘 그렇게 치고 있다.

바닷물이 둘러진 것이 아니고 바당물이 사방으로 막혀 돌라진 섬이라고 여기 탐라인들은 그렇게 말한다.

젊은 잠녀가 갯바위 위로 오르고 차롱착(넓적한 대바구니)에 싸 들고 왔던 것을 풀어 내리고 있다.

갯가에서 부산을 떨던 미역 해체 날이 지났는데도 잠녀들 테왁은 상군(上君) 바다에 여기저기 떠 있었다.

미역 속에 살던 소라와 전복 등이 숨을 곳이 없어지자, 잠녀들은 기회인지라 벌써 바다에 들었다. 이들은 자신들을 해녀라 하지 않고 잠녀라고 지칭한다. 마침, 썰물이라서 상군 왈가닥 잠녀들은 열 길 물속만 헤매면 많은 수확을 캐낼 수 있다.

갯바위 위에 오른 여인은 종이에 싸여 있던 밥 한 덩이를 바다에 던져주었다. 그리고 고기 적 몇 점과 산나물 한 숟가락을 바다에 던져 넣었다.

부아 잠녀는 어젯밤 제삿밥을 싸 들고 와서 그렇게 고사를 하고 있다. 제삿밥은 정성 들여 지은 쌀밥이므로 용왕님께 고사하지 않을 수 없었다.

칠성판을 등에 지고 바다에 나간다고 하는데 잠녀들은 각자 자기만의 믿음을 갖고 의지한다. 하얀 거품을 물고 왔던 파도는 고사 밥을 드시고 먼바다로 잠잠히 사라져 갔다.

"용왕님, 고사 밥 드시고 여느 때와 같이 보살펴 주십시오."

부아는 간단히 어머님 품 같은 바다에 허리를 굽히고 양손을 부볐다.

여남은 잠녀들은 긴 휘바람 소리를 내뿜으며 물질에 여념이 없었다.

잠녀들은 두 다리 쌍돛대를 하늘로 세우며 잠수하면 그 자리에는 테왁만이 둥그렇게 떠 있다. 열 길 물속 험한 바다 밭을 드나들며 내는 긴 휘파람 소리는 제주섬의 소리였다. 부아 잠녀도 오늘은 늦게 왔지만 귀한 쌀밥을 바쳤으니, 용왕님은 대물 하나둘은 내줄 것이라고 생각이 든다.

그녀는 불 턱으로 내려가 옷을 갈아입고 서둘렀다. 바다에 들면 경쟁의식이 생겨 남보다 더 많은 것을 채취하는 것이 목적이기도 하다. 육지에 올라오면 서로 망사리를 바라보면서, 묵직하고 큰 망사리를 보면 부러움을 받고 잡은 것이 없는 작은 망사리는 바라보지도 않는다. 물소중이를 입고 테왁과 망사리를 어깨에 걸쳐 메어 갯바위로 올라섰을 때였다.

동료들 쌍돛대를 바라보던 그녀는 먼바다에서 쌍돛대에 바람을 싣고 다가오는 흑선을 목격했다. 잠녀의 두 다리가 아니라 바람을 실은 쌍돛대의 흑선은 불길한 예감이 든다. 부아는 양손을 입가에 모으고 동료들에게 외쳤다.

"저기는 해적선이다. 빨리들 나와라!"

몇 번 외쳐대자 한 잠녀가 고개를 들어 흑선을 보았는지 주위 동료들에게 손을 흔들며 수다를 떨었다.

세 개의 범주 중 두 개의 범주에 바람을 싣고 다가오는 것이 불길한 소식을 전할 것 같은 그런 느낌이다. 월라봉 봉화대에서는 연기가 피어오르고 있었다. 누군가가 흑선을 목격하여 벌써 주민들에게 연락망은 이어지고 있었다. 거의 나신이다 싶은 잠녀들은 불 턱에서 옷을 챙겨 입으며 발걸음을 재촉했다.

"저렇게 큰 배가 갑자기 나타나 이리로 다가오는데 해적선이 틀림없다."

부아는 칠랑이 엄마 말에 의문을 던졌다.

"해적선이면 오밤중에 쳐들어오지, 대낮에 유유히 들어서고 있어요. 아마도 무역선은 아닐까요?"

오늘은 시급을 다투는 일이라 해산물을 정리할 여유가 없었다. 옷을 갈아입는 둥 마는 둥 하여 모두 망사리를 걸머지고 집으로 향했다.

부아 잠녀는 마중 나온 남편에게 다가가 계면쩍게 웃으며 빈 망사리를 내밀었다.

"썰물 때를 맞추다가 늦게 나와 물에 못 들었어요."

남편은 하찮은 해산물 몇 점에 섭섭할 일은 아니었다. 그는 흑선을 바라보며 심맥이 뛰고 있었다. 옆에는 일곱 살 난 아들이 아빠의 등 뒤에 있었다.

"저 배가 사람 잡아가는 해적선인가요?"

소동은 아빠와 아빠 친구들만 있으면 무서움이 없는 세상일 텐데 왜 동네 사람들이 왁자지껄하는지 의문이 갔다. 그런 아빠가 자기 손을 잡으며 산 쪽을 가리켰다.

"너는 어머님과 같이 동구 밖 유자나무 동산에 나가 있거라. 거기에는 친구들이 많이 모인다."

해적선이 들면 여인들과 아이들을 납치하는 통에 아들 거념에도 게을리하지 않았다. 어머니 부아는 노루 가죽으로 된 전복을 입은 남편을 믿음직스럽게 바라보았다.

허리에는 짧은 도가 채워져 있고 왼손에는 세 발은 족히 되는 죽창을 들고 있었다.

"여보, 앞에서 촐랑대지는 말아요. 당신보다 젊은이들이 많은데."

부아 남편 대자는 나이 서른인데 아직은 젊은이 못지않다고 자부하고 있다. 만약 해적들이 상륙하면 맨 앞에 해적 몇 놈은 잡아놓겠다고 벼르고 있었다.

이 삼백 명 젊은이들이 모였는데 맨 앞에 앞장섰다는 용맹을 보여 줄 기회가 없으므로 이참에 그러고 싶어지는 것이다.

그는 창 질도 잘하고 이름과 같이 죽 대창을 잘 만들어 대자라고 동료들이 불러 주었다. 대창을 불에 달구어 곧게 만들고 창날은 오소리 기름을 바르며 불에 달군다. 창날을 불에 몇 번 그을리면 철창 무기 못지않게 날카로워진다. 대낮에 침투할 위인들이면 대단한 무예가들과 병사들이 있을 것이라고 예상이 된다.

"형님도 무장을 했습니다. 저 배는 우리 마을로 직선해 왔습니다. 우리가 만만해 보이는 것 같은데 본때를 보여드려야지요."

동네에서 힘이 장사라는 두 아우가 역시 가죽상의를 걸치고 손에는 묵직한 철검을 들고나왔다. 대자도 씽긋 웃어 맞았다.

"저 배에 범주(帆柱)로 보아서는 대해를 드나드는 기범선(機帆船)이오. 선착장이 없어 아마도 여기 백사장을 기착지로 달려 온 것 같은데……."

옆에 있던 아우가 듬직한 뺨을 쓸며 자신 있게 말했다.

"봉수대에 연기가 피어올랐으니, 성안에도 기별이 닿았을 것이고 이웃 마을에도 준비가 되고 있는데 저들은 섣불리 하선은 하지 않을 것입니다."

"해적 놈들은 야밤에 고양이 같이 쳐들어와 치고 빠지는데 저 배는 해적선이 아닐 수 있어요. 대낮에 곡식과 가축을 도둑질할 수 있을까요?"

이들의 말대로 그럴 법도 했다. 그런데 상선이면 산지포나 조천포로 가야 할 텐데 금당포(金塘浦)는 예외였다.

검은 흑선은 진강 하류 대합(大合)에서 건조된 빙백궁의 범선이었다. 갑판 위에 뱃머리 선주기에는 빙백궁(氷白宮)이라는 검은 천위에 하얀 글씨가 바람에 펄럭이고 있다. 기주를 중심으로 빙백궁에 황제 신장 영우요천(零雨要天) 전평(田平)과 적제 신장 적소상인(赤掃上人) 팽두(彭斗), 그리고, 흑제 신장 야호선자(野弧禪子) 장호추(張虎推)가 금당포를 바라보며 숙덕거리고 있다.

선상 갑판 위로 궁주가 올라서고 있다.

그 뒤로 한 줌이나 되는 총대 머리를 금색 천으로 불끈 묶어 놓은 갑사 금석이 따라 걸어오며 이들 앞에 다가오자 모두 손깍지를 하고 궁주에게 묵례했다.

 궁주는 하얀 비단 포를 입었고 검은 머리 가장자리에는 태두 상투로 말아 올렸는데, 상투를 묶어낸 금색 비단이 너울거렸다.

 굳게 다물었던 팔자(八字) 입술을 무겁게 열었다.

 "갑사는 이 섬에 관하여 주의할 것이 있다면 무엇이 있는지 말해 보시오."

 탐라도에 10여 년을 살았던 갑사도 왠지 무겁게 다가오는 한라산이 신령스러워 그와 같이 말했다.

 "오름마다 신령이 있고 고목과 큰 바위도 신령이 있다고 믿는 섬사람들입니다. 무서운 것이 있다면 신령이 되겠습니다."

 황제가 궁주의 눈치를 보아가며 갑사의 말에 덧붙였다.

 "임금이 없고 장군이 없는 섬이 아닙니까, 그래서 신령을 모시고 신의 영령에 따르고 있는 것으로 생각합니다."

 궁주는 고개를 한두 번 흔들고 한라산 정상으로 눈을 돌렸다. 파란 하늘에 파랗게 나타나는 산맥은 고요하기만 하다. 산맥 따라 오밀조밀한 오름들은 신령스럽기보다 정겹고 어디서 많이 본 듯한 느낌이 머리에서 떠나지 않았다. 적제가 침묵해 있는 궁주에게 황제의 의미 있는 말에 결론을 내렸다.

 "우리가 이 섬에 빙백궁을 세우면 섬사람들은 궁주님을 하늘같이 모실 것입니다."

 호종단은 적제의 말에 세상을 보는 것처럼 달갑지 않게 대답했다.

 "믿는 것은 좋은 것이오. 황제를 받들고 신을 믿는 사람들은 착실하고 순수하니까요. 믿는 사람들을 이용하는 것은 흉계가 깊고 제일 악랄한 수법이지."

뒤에 서 있던 갑사가 한라산에 신선이 있음을 말했다.

"한라산 정상에는 백록담이 있고 하늘에서 신선이 내려와 백록을 타고 다닌다고 합니다. 신령보다 신선이 우선이 아닙니까?"

호종단은 가볍게 눈을 감고 경안지술(鏡按智術)로 섬을 점치고 있다가 조용히 감았던 눈이 찔끔하고 두 눈을 번쩍 떴다.

봉울 봉울 오름들이 운무 속에 잠겼고 영주산인 한라산 설봉이 다가오며 위압감에 서리었다.

앞으로 이 섬은 어떤 운명에 이르게 될까.

탐라국(耽羅國)은 한국 역사서에도 없는 외면당한 고도(孤島)의 섬이다.

기회를 빌려 필자는 제주인으로서 이 섬에 관하여 그대로 함축하여 써 본다.

흔히들 '제주' 하면 세계적인 자연유산을 품고 있는 아름다운 섬이며 살기 좋은 곳이라고 한다. 물 맑고 공기 좋은 곳임에는 틀림없다. 그러나 인심 좋다는 말은 이웃 간에 그렇지 육지 사람과의 사이는 그렇지 않았다. 오십 년 전만 해도 제주도민으로서 육지 사람을 보는 눈은 위험인물이고 사기꾼이며 언변이 좋은 협잡꾼에다 언제 도망갈지 믿음이 안 가는 사람들이라고 생각해 왔다. 지금은 지나간 역사이고 십 년만 제주에 거주하면 제주인이다. 지역민은 보수적인데도 있지만 역사적으로 제주 토민을 괴롭혀 왔기 때문에 인문에 관하여 살펴보기로 한다.

자급자족이었던 탐라국이 고려 숙종 10년(서기 1105년)부터 고려국은 탐라군으로 하여, 중앙에서 현령(縣令)을 파견하기 시작하며 수난의 섬이 되어 갔다. 국령(國令)을 모르는 섬사람들은 모든 명령을 거부하며 민란이 시작됐다. 이후 몽고군(蒙古軍)의 침략을 받은 고려국은 여몽 연합군과 삼별초(三別抄) 군 간의 동족상잔의 혈전이 이 섬에서 진행되었다. 그때에도 도민들은 양쪽으로 징병을 당해 피해가 컸다고 한다.

삼국시대부터 나라 간에 동족상잔의 한반도였으니 그런가 싶다.

결국 여몽 연합군에 의해 1273년 몽골 영토에 들어가게 된다. 그로부터 공민왕 21년(서기 1372년) 고려 조정에서 최영장군(崔瑩將軍)을 보내어 몽골군을 몰아내기까지 100년간 몽골의 지배하에 있었다. 제주시 애월읍에 삼별초(三別抄) 항몽유적지가 있으므로 이 사실은 길이 보전되고 있다.

탐라에서 보면 공민왕 23년(서기 1374년) 8월 한여름 제주 갯바위는 피로 얼룩진 자립 항쟁의 역사가 있으나 역사서에는 찾을 수 없을 것이다.

몽골국이 멸하자, 탐라는 독립의 길로 목호(牧胡)가 있었다.

목호는 몽골의 유산이지만 섬을 통치할 기관도 국가이념도 없었다.

도민은 삼백 년 전 성주(星主)가 관할하는 자급자족 사회로 회귀(回歸)하려 했다. 그런데 고려에서 명(明)나라에 말 2,000필을 상납하라는 명령이 떨어졌다. 목호는 국가의 위엄이 없었기에 각 지역 테우리(목동)들에게 논의한 결과 과한 요구이므로 500필만 내주었다고 한다.

명태조(明太祖) 주원장의 위세에 고려 조정에서는 제주섬을 토벌하기로 하여 최영장군(崔瑩將軍)을 사령관으로 출정하였다. 고려 정예군 2만 5천, 전함 300척을 편성하여 제주 한림읍 옹포로 상륙하였는데, 적군의 3할도 갖추지 못한 목호군은 중과부적(衆寡不敵)이었다. 물론 섬 내에서는 양분 논쟁으로 과반은 협조가 없었다고 한다.

목호(牧胡)의 병사들은 몽골족이겠지만 혈육은 서자(庶子), 얼자 손이며 혈육도 탐라인과 얽히고 설키어 제주 목동들도 반수는 희생양이 되지 않았나 싶다.

서두에 '범섬이 떠 있어 호안 장군 날 듯한데……' 이렇게 노래로 이어지지만, 이면에는 희생의 역사가 있다.

그 후 조선 500년 고난의 도민사에 조정에서 280여 명의 목사(牧使)들이 부임했다. 그중에 선정을 베푼 목사는 열 손가락 안에 꼽힐 정도라고 한다. 들어 왔던 목사들이 떨구고 간 한양의 건달들이 지방관이며 아전이었고, 관노비도 아전 역할을 했다고 본다. 목사들도 조정에서 행실이 좋지 못했으니 유배 보내듯이 그랬을 것이다.

관아가 생겨나며 지방관은 부사(副使)가 되며 부사와 판관이 병졸을 거느리고 각종 행위를 다 했다.

한양에서는 이전에도 그래왔으니 제주 특산물이 유명했다. 섬에 내려온 관리들은 특산물을 조정에 있는 관리들과 지인들에게 바치기 위해 온갖 수단이 동원되었다. 부역도 그랬지만 육지로 진상하는데 남자 포작인(鮑作人)에게는 해삼과 전복이며 건전복, 소라 몇백 근, 미역, 우뭇가사리, 산호 이외에 진주, 앵무조개, 건어물 등등을 요구했는데, 마치 수산시장에서 귀하게 보이는 것 전부라 해도 과언이 아니다.

당시는 양식장도 없고 먼 데서 오는 것은 귀할 수밖에 없다. 산촌에서는 표고버섯과 귤이며 영생할 수 있는 약초들과 말총각, 향심, 우황, 갓, 돗자리, 노루 육포에다 별미 나는 가축 혓바닥까지 있다고 기록되어 있다.

목장에 테우리(목축인)들은 마적과 우적이 매겨져 있어 징마에 시달리며 관아에서 내려오는 공납 숫자 채우기가 힘들었다. 한양에 특산물을 많이 갖다 바쳐야 알아주는 관리였다.

육지에 비해 기껏 해 봐야 백 분의 일밖에 못 되는 이 섬에, 주는 것은 하나도 없이 많은 공물에 시달려 육지로 피신하기에 급급했다. 그래서 나온 말이 여자를 낳으면 효도할 놈이고 아들을 낳으면 내 자식이 아니고 고래밥이라고 했다.

제주에서는 고생만 하고 물 밖으로 출타하며 바다에 많이 빠져 죽었기 때문이다.

이에 목민관(牧民官)은 상소를 올려 조정에서 출육금지령(出陸禁止令)이 내려 육지부나 타 지역으로 출타도 못 하게 만들었다. 따라서 육지로 도망간다고 하여 쌍돛대의 중대형 선박은 제작 금기하여 조선 사업은 낙후했다. 말 잘 듣는 가축과 같으니 가두어 놓은 것이다.

떠나간 구관이나 내려온 신관이나 산지물(산지천 용천수) 사흘만 먹으면 탐관오리가 되어 머리에 뿔나고 엉덩이에 꼬리가 난다고 빗대었다. 목민관이 아니라 천민관이 되어갔다.

출육금지령은 1629년부터 1830년까지 200년 동안 제주 남녀 누구도 타 지역으로 나갈 수 없어 감옥과 같은 섬을 만들고 말았다. 이것으로 보아도 핍박이 증명된다.

조선시대 민란도 10여 차례 일어났으며 관아가 불탄 예도 있다고 기록되어 있다. 군주가 되려는 것이 아니라 핍박에서 벗어나려는 정의의 민란이었다.

성리학을 최우선으로 하는 조정에서는 제주섬은 예법과 상전을 모르는 백성이어서 다루기 힘든 섬이라고 단정을 내렸다니, 자기들이 저질러 놓고 이딴 소리를 한다.

이러한 조선(朝鮮) 관리들은 이씨조선(李氏朝鮮), 즉 집안 나라라 하여 일본에 갖다 바치는 매국노들이 되었다.

오늘날에도 4.3 진상 파악에 왜곡하게 되다시피 좌우로 갈리어 저술하고 있다. 우익진영은 당시 경찰 조서에 의한 보도, 반면 유족 측은 강압 진압에 의한 피해자의 입장으로 보도한다. 남한의 반일 감정을 모르는 미군정청은 친일 세력과 일제하에 행정과 치안을 유지했던 사람들을 규합하여 지원함으로 좌우익을 총망라한 인민위원회는 와해되었다. 인민위원회는 일제하에 인사도 포함되었으며 친일이라고 하여 모두가 민족의 적은 아니었다. 친일 앞잡이들인 독립군 저격수, 끌통, 경찰, 내선일체(內鮮一體)의 선봉자들과 친일 민생 인사들을 구분하지 못했던 것이 문제이기도 하다. 당시 재판에 선 반민족행위자에게 왜 그랬냐고 물으면 '설마 해방될 줄 몰라서 그랬다'라고 대부분 말했다니 한심하기 이를 데 없다.

사람들은 해방이 되어 기뻐했으나 행정관서나 경찰서에는 일제하에 있던 이들이 치안과 행정을 하고 있어서 해방된 기분이 아니었다고 한다.

47년 삼일절 기념행사는 경축식이 아니고 신탁통치 반대, 남한 단독선거 반대(김구 선생이 제주 다녀갔음), 친일파 숙청하라, 미쏘 군정은 물러가라는 등의 구호로 전국적으로 성토를 했다고 한다. 북한은 독재이므로 벌써 완고한 데 비해 이러한 구호들은 국민의 절실한 염원이며 요구였지만 남한 당국은 부담이 되는 일이기도 했다.

이에 휩쓸려 제주에서도 각 지역에서 2만 5천여 명이 동원된 47년 삼일절 행사에 약간의 불미스러운 일로 100여 명의 응원 경찰에 의한 발포 사건이 발생했다. 6명 사망, 8명 부상했는데 사과 한마디 없었고, 불법시위라 하여 이 행사에 참석했던 각 지역 선생님과 지식인들을 일 년에 걸쳐 수색, 구류 처분하고 이들을 총살하여 도민들을 격분하게 했다. 경찰 대부분 육지인이기 때문에 더 격분하지 않았나 생각이 든다.

도민들은 남로당이 심각한 상태도 아니었는데 동원된 군중에 미군정청은 사태의 심각함을 액면 그대로 받아들였다. 친일 세력과 미군정을 등에 업은 조경무부장과 모인(평안도 독립군 저격수 총경) 응원 경찰 200여 명, 서북청년단원 500명에게 경찰 완장과 카빈 총을 채우고 서울에서 파견하여 진압에 이어 계엄령까지 내리며 학살의 본보기가 되었지 않았나 생각이 든다.

이에 각 지역 교원과 지식인들은 옳지 못한 사회현상을 총파업으로 들어가면서 사회는 혼란스러웠다. 특히 서청은 지주의 자손 또는 일제하에 친일행각으로 부를 쌓아 올린 이들은 공산당 치하에서 부모, 형제를 잃고 고향에서 싸우지 못하고 고만고만한 이 섬에 와서 분풀이한 것이 아닌가 싶다.

빨갱이라고 공격하면 출세의 무기였던 시절, 20만 북한 주민들이 있었고 안두희도 여기에서 간부였다고 한다. 그는 자유당 시절 정보장교에 올라 은밀히 보호받았다니 그 시대를 말하고 있다.

그러다 보면 빨갱이가 문제가 아니라 국가권력에 의한 행패와 그와 맞서는 백성들 간의 마찰이 불화의 시발점이 된 것이다. 특히 응원 경찰 과반은 일제하에 있었던 사람들이라는데 경찰 자질의 문제이기도 하다. 응원 경찰도 서청에 비견될 만큼 무소불위의 악랄함에 현지 제주 경찰은 육지 것들이라고 아연실색했다고 한다.

유럽에서는 당시 프랑스 드골 장군은 독일 나치에 나라를 잃고 점령당하자, 영국으로 피신했었다. 4년 후 연합군에 의해 해방된 프랑스로 돌아온 드골 대통령은 나치에 협조했던 인사와 경찰 등 오천 명은 재판해 처형하고 일만 명은 감옥으로 보냈다. 이 사실은 우리와 같은 의미가 있어 대서특필될 텐데 왜 그렇지 않았을까. 36년 동안에 조국 배신자는 고대광실 높은 집이요, 독립에 힘쓴 사람이 적으로 내몰리지는 말아야 한다. 방방곡곡 만세 소리가 가득한데 숨죽이고 있던 친일 세력인 기득권 세력은 친일파 숙청을 해서 이 나라 주인이 되지 못하게 해야 했다. 빨갱이라는 새로운 적을 만들어 다시 한번 주인이 되려고 한 것이다. 그렇다 보니 해방된 것이 또한 그들을 위한 것이 아닌가 생각하지 않을 수 없다.

지주계급이 없고 빈부의 격차가 없는 섬사람들은 당시로써는 공산당이 무엇인지 모르는 시기였고 공산당이나 남로당을 찬양하며 일어서지도 않았다. 그 예로 수많은 사람이 살상되면서도 공산당 만세라는 구호도 없고 외치는 사람도 없었다고 한다.

6.25 전란에 도민이며 4.3 유족 어느 누구도 군대 영장에 반대한 사람도 없이 병역의 의무를 다했다.

48년 무장대가 지서 습격 사건이 벌어지고 4.3 사건이 발생하며 파업과 북제주 2개 선거구 미달 무효 사실이 심각함에 무제한 초토화 전개로 인명피해가 극심했다. 해안선 5km 이상은 적성지역으로 간주하여 소개령(疏開令)을 내려 마을 방화와 남녀노소 3만의 인명을 처단했다. 반면 산으로 피신한 무장대가 폭도가 되어 중산간 마을에 내려와 십여 차례 방화와 약탈 그리고 살상이 있었던 일은 간과하지 않을 수 없다. 만 6년 6개월 만에 유혈사태는 막을 내린다. 일본군 8만 관동군이 제주섬 각처에 진지동굴을 파면서 들녘에 널려 있을 때도 주민들은 일상생활이었고 한 사람 죽은 이도 없었다. 전시였으니 공출은 있었다고 한다. 이들은 마을에 들어오는 이도 없고 닭 한마리 바친 일도 없다. 여인을 범하는 일도 없었다. 당시도 범법자 한 사람을 총살하는 데도 몇 번 재판을 받아 판결을 내렸다. 그런데 어디 사람들은 재판도 없이 짐승 쏘아 죽이듯이 그랬으니, 학살이라고 하지 않을 수 없다. 동족이 아니라 적군도 이리하지 않는다.

4.3사건에 이어 북한 노동당이 일으킨 6.25는 이 섬에서 토벌하다 남은 젊은이들을 찾을 수밖에 없었다. 부산지방 이외에는 모두가 적성지역이 되어버렸다는데, 적성지역이라고 하던 이들도 이 섬에 안착했다. 제주 소개령처럼 육지에서 피난을 못 떠난 이들을 인민군에 협조했다며 모두 처단하는 일은 없겠지요.

착취하던 이 섬은 남한 당국의 피난처이고 전진기지이기도 했다. 18세 이상 젊은이들이며 학도병들이 약간의 훈련을 받고 육지로 실어 날라졌다.

50년 8월에 1차 지원군에 여군도 126명이었다.

제1 훈련소가 제주도 모슬포로 옮겨져 후방 전략기지로 막중한 역할을 하게 된다. 모슬포 훈련소는 70만 강병 육성에 기여하며 대한민국 출발지로 호국영령이 살아 있는 곳이기도 하다. 이로 보아서는 이승만 대통령과 미군정청은 과오를 지울 수 있는 자유민주 국가의 토대가 되는 셈이기도 하다. 우리 마을 덕수리 앞뜰에서는 훈련에 의한 총소리와 우렁찬 고함이 지금도 생생하다.

필자의 조부님은 이승만 대통령으로부터 건국 감사장을 받았으며 또한 4.3의 유가족이기도 하다.

바다에 인연이 깊다고 본도 출신 해병대 3천 명은 인천상륙작전에서 선봉대였고 서울 수복에 중앙청에 처음 태극기를 꽂은 국군부대도 제주인이라고 한다.

조그만 섬에서 우국충정에 산화하여 고향 땅을 밟지 못한 용사들도 일만이 넘는다. 이것이 1940년 말과 1950년대 초의 제주 시대상이다.

지금도 10만도 못 되는 유가족 표보다 삼천만이 넘는 유권자들이 있기에 군대도 미필한 중앙 정치인들은 원인도 모른 채 4.3 사건을 폄하하고 자신은 애국자인 양 약자에게 하는 마녀사냥을 하려고 한다. 이러한 사람들이 남남갈등을 초래하는 인면수심이며 사회악이고 간첩이 아닌가 싶다. 야당도 여당도 정치판으로 끌어가 아픈 가슴을 쓸어내리게는 하지 말자.

지금도 남북한이 갈리어 대륙 간의 무력 증강과 이념투쟁으로 한

반도에서 대리전이 되면 몇천만 명 백의민족이 사라질 것으로 짐작이 간다. 언제나 분단과 분열의 한반도인가. 이웃 나라들은 우리가 패망하는 것을 바랄지도 모른다. 북쪽은 사람을 귀도 눈도 입도 막아버리는 오직 전쟁을 위한 짐승으로 만드는 오천년 역사에 처음 보는 이상한 나라가 있어 더욱 그러하다. 백성에게 거짓말로 시작하여 거짓말로 끝나는, 국가라고 할 수 없는 사상누각(沙上樓閣)의 집단이 될 것이다.

탐라국은 이웃한 고려국에 자진 합병이 되었다. 그 후 삼별초의 항쟁과 목호의 난이며 조선의 수탈에 이어 4.3사건과 6.25 동란은 이 섬에 무엇을 남겼는가.

막대한 바다를 거느린 고도의 섬은 한반도에 부속된 것이 아니며 무시하여 아무리 해도 되는 곳은 아닌가 생각하지 않을 수 없다.

육지의 중앙집권적 사관에서 보면 변방에 피로 얼룩진 역사는 왜곡하여 승자의 안목으로 써나간다. 따라서 앞으로도 이 섬은 이처럼 온갖 수모를 당하며 지워질 것으로 본다.

섬을 만든 설문대 할망이 다시 환생하여 제발 이 섬을 치마통에 싸 들고 먼 나라에 갖다 붙였으면 좋겠다.

잠잠히 눈을 감았던 호종단은 돛대에 매단 도르래 소리에 눈을 떴다. 반쯤 올라갔던 닻이 내려오며 구룡방(九龍方) 선장이 궁주에게 다가가 공수했다.

"궁인 삼십 칠위 구룡방 선장 임무 완수함을 보고드립니다."

"탐라 바다는 바람과 광기가 대단하다고 들었소. 수고가 많았어요."

영주(靈州)가 이렇듯이 바닷길이 험하여 이르기 어렵다는 제주 고용희 선생의 해민(海民) 시 한 구절을 소개하고자 한다.

전하는 말로
봉래(蓬萊) 방장(方丈) 영주(靈州)의 삼신산(三神山)은
발해의 한가운데 있소.
그다지 멀지 않으니 어렵사리
그곳에 이르더라도 바람에 밀려나
가까이할 수가 없도다.
더러 그곳에 간 사람들도
있다고는 하는데
그곳에는
선인과 불사약이 있어
물건과 새와 짐승이 모두 새하얗고
황금과 은으로 궁궐을 지어
멀리서 바라보면은
구름과 같고
어쩌다 그곳에 이르더라도
바람에 내몰리고
삼신산은 물속에 잠겨있다.
끝내
그곳에 이르지 못한다.

이와 같이 중국에서는 동경의 섬이고 환상의 섬이었다.

탐라국 왕세기(耽羅國 王世紀)에 연(燕)나라 공격을 받은 진, 번국의 해민(海民)은 한반도 서해를 따라 남으로 또한 요동 반도와 부여국에서도 황해를 따라 유민들이 남하하였다고 한다. 하늘과 같이 넓은 바다 가운데 있는 섬 천정중원(天渟中原) 영주(瀛州)로 내려왔다.

구룡방 선장은 나경침부(羅經針符)를 들고 하늘과 섬을 계측하는 바늘을 보이려 했다. 궁주는 몇 번 보아왔던 터라 더는 관할하려 하지 않았다.

동쪽과 서쪽 갯가 높은 산에서는 토대 불이 일며 연기가 자욱한 바다를 바라보았다. 궁주는 진강(鎭江)으로 옮기면서 국가이념을 떠난 장군보다 신장(神將)으로 칭하였다.

"제 신장(諸神將)들, 행동 요강이 있으면 말씀해 보시오."

황제 영우요천(零雨要天) 전평(田平)이 갯가 인파들을 가늠하며 고개를 들었다.

"어림잡아 이백여 명은 됩니다. 궁시(弓矢)와 병장기도 갖추었는데 일이 시끄러울 것 같습니다."

그 말에 산양 같은 붉은 눈을 껌벅이며 흑제가 앞으로 나섰다.

"계획대로 밀어붙이는 것입니다. 나에게 궁사(宮士) 이십 인만 붙여 주십시오. 우리 궁의 제병들은 일당백을 할 수 있는 궁사(宮士)들이 아닙니까. 깡그리 해결하겠습니다."

야호선자(野狐禪子) 장호추(長胡推)! 이십 년 전 불가와 도가를 오가며 양가(兩家)에서 익힌 무공이 극에 달한 인물이었다. 흑제 장호추를 바라보던 궁주가 고개를 설레설레 흔들었다.

"제장들도 알다시피 우리는 전쟁하려고 불원천리(不遠千里) 달려온 것은 아니오. 갑사 금석(甲士錦石)에게 타진한바 진 장주를 앞세워 부해송 선장과 협상하는 것이 제일 목표이기도 하오. 부해송(夫海松) 선장은 이 섬에서 임금님에 필적하는 성주(星主)로 있었던 유능한 인물이오. 그는 진 장주와 막역지우(莫逆之友)라 하여 길이 있을 것이오. 그래서 우리는 진 장주가 더욱 필요했지요."

궁주의 말을 듣던 토번에 신마(神魔) 팽두(彭斗)가 항명에 가까운 소리가 나왔다.

"변방의 동이족(東夷族)이 아닙니까. 본때를 보여줘야 적을 알고 나를 알아본다고 하지 않습니까."

신장들은 몸이 근질근질할지 모르지만, 궁주는 호응답게 머리를 설레설레 흔들었다.

"자갈길을 걸어서야 하겠습니까. 북을 거두고 고동을 불어 접안을 타진토록 하시오."

말을 마친 궁주는 검은 머리 태두에 금색 비단 천을 휘날리며 성큼성큼 선실로 내려갔다.

대자 일행은 소리 없이 다가오는 검은 흑선을 바라보고 있었다. 벽돌 바위에 의지해 있던 서달이라는 젊은이가 말했다.

"대자 형님, 토대불 연기망도 성안에 닿았겠지요?"

"성안 장정들이 모여든다 해도 하루는 걸릴 것 같구나."

대자의 곁에는 고려 활을 늘려 보는 젊은이가 있었다.

"방축이는 촉살이 몇 개나 확보되었지?"

"예 형님, 우리 마을에서 준비된 것만도 천 촉은 됩니다."

"철촉이 맞지?"

"그렇습죠. 철촉이 아니면 오십 장 넘어가지 못합니다. 다른 마을에서도 우리처럼 준비된 것으로 알고 있습니다."

조천포에서 달려오는 젊은이들은 널바위 중심으로 진을 쳤다. 이들 중 다섯 장정은 군장을 갖추고 탐라 대마에 몸을 실었다. 가볍게 하마하는 몸놀림이 무예를 갖춘 이들 같았다.

삼 층으로 되어 보이는 육중한 검은 누선은 밀물에 밀려 어김없이 백사장으로 밀려왔다. 갑판 선상에는 병장기를 갖춘 이들이 뭍을 내려다보고 있었다. 어림잡아 육십여 명은 넘어 보였는데, 그들은 편안한 자세로 산천을 주유하는 그런 태도였다. 그 흑선에서 분위기에 맞추어 고동 소리가 은은히 들렸다.

연 세 번씩 아홉 번이었다. 갯가에서 들려오는 은은한 고동 소리는 들판 멀리 메아리쳤다.

부웅--- 부웅--- 부웅---

널 바위에 있던 조천방장(朝天方長)이 곁에 있는 만지(滿芝) 대장에게 말했다.

"화친의 고동이오. 이들은 평화적으로 접안을 알리고 있소."

"무역선도 아닌 것 같은데 화친의 고동이라고요? 그러면 조천포나 산지포로 가야지."

한편 부해송은 성주(星主)로부터 부름을 받아 한걸음에 애매헌(愛梅軒)으로 달려왔다. 애매헌 대청에는 붉은 광채가 흐르는 기다란 탁자가 놓여 있었다.

여기에 명위장군(明威將軍) 양기호(梁基浩)와 명월대장(明月大將) 그

탐라도는 말한다 281

리고 섭지대장(拾地大將) 졸락이 앉아 장정 동원에 총의를 모으고 있었다. 부해송 선장이 들어오기가 바쁘게 뒤이어 조천(朝天)에 만지대장이 들어왔다.

밤길을 달려온 만지대장은 투구를 벗어 탁자 위에 올려놓으며 밤에 있었던 상황을 보고했다.

"중국에서 들어온 흑선은 우리가 모여 있는 것을 보고 접안을 타진했었습니다. 연 세 번 아홉 번의 고동을 또 세 번씩 불었습니다. 우리가 답이 없는데도 저녁 밀물에 맞추어 막무가내로 모래사장으로 밀려 들어왔습니다."

당나라 유리구슬이 치렁거리는 목줄을 쓸어내리던 고익(高益) 성주(星主)가 당황함이 엿보였다.

"우리 장정들도 창과 도검을 갖추고 모였다는데, 보고만 있었단 말이오?"

"그들 신장(神將) 삼인이 갈매기와 같이 선상에서 날아와 백사장에 안착했습니다. 그때 우리 일행 십여 명이 이들에게 궁시를 날렸습니다. 그런데 이들은 피하기는커녕 날아오는 축살을 입으로 물고 손으로 가볍게 잡으며 모두를 놀라게 했습니다. 선상에서 몇 사람이 장내로 뛰어내리는데 우리도 공격대형을 갖추고 백사장으로 달려들었습니다. 조천방장이 우리를 제지(制止)하고 제자리로 돌려보냈습니다. 강호의 무림인들로 하나같이 모두가 기인들이었습니다."

산지항 졸락코지에서 별의별 외국 사람들을 다 겪어본 섭지대장이 퉁명스럽게 말했다.

"호들갑을 떨게 무엇이오? 항포마다 외국(外國)선박이 드나드는데 그들이 공격하지 않으면 관망할 수밖에 없소."

명월대장이 일어섰다.

"항포가 아니라서 그러는 것이 아닙니까. 외진 곳 백사장이면 무역선은 아니지 않습니까?"

성주는 상황을 짐작하며 고개만 끄덕였다. 여기에서 장(掌)을 치고 이십 장 이상 행공법은 부해송과 곽지(郭支) 장군밖에 없을 것으로 보인다. 섭지대장이나 명월대장도 장과 경공법은 있다고 하지만 이십 장은 힘들 것으로 성주는 짐작하고 있었다. 만지대장은 대단한 것을 본 것처럼 떠들어 바쳤다.

"우리가 공격할까 싶어 이들은 또 삼십여 명이 바닷물을 밟지 않고 하나같이 이십 여장이나 되는 모래사장으로 뛰어내렸습니다. 그뿐만이 아니었습니다. 뱃문이 열리며 칠척장신의 노인이 걸어 나오는데 바다 위를 뚜벅뚜벅 걸어서 내려왔습니다. 앞서 뛰어내렸던 이들은 노인 앞에 공수하고 파오를 치기 시작했습니다. 사람들은 도술을 부리는 도인으로 감탄했습니다."

중원을 주유했던 곽지 장군이 주위를 쓸어보며 설명했다.

"중원에는 개세의 비급을 터득한 자자한 명성을 갖고 있는 고인들이 수없이 많소. 물 위를 걷는 것도 도인 이전에 열화마존이나 수국천존 같은 내력이 극에 달한 무림의 고인 같소. 조천방장의 처신은 잘한 것으로 보입니다."

모두 의문의 눈동자를 하며 성주와 부해송 선장을 바라보았다.

부해송 선장은 성주(星主) 자리에도 있어 보았고 중국 송(宋)나라 궁성까지 찾아갔던 이로 당(唐)과 송(宋)의 중국 통이었다.

성주도 그의 눈치를 보아가며 무슨 말이 나올 것을 기대했다. 여기 몇 사람은 백접도(白蝶圖)의 내력을 알기 때문에 그에 맞물려 부해송 역할이 클 것으로 성주는 기대를 두고 있다.

오 년 전에 진인지 장주가 채약사를 대동하여 탐방한 바 있는데 그때도 부해송은 책임을 지고 일을 처리하였다. 성주는 부 선장 쪽으로 고개를 돌렸다. 삼 년 후배에 속하나 한편으로는 성주의 선임이며 선장들로서 교우가 있었다. 그리고 백접도 사정을 잘 아는 이들로 메기 같은 입술을 열었다.

"이 일은 부 선장이 앞장서서 풀어갈 것으로 나는 위임합니다. 궁지를 세운답시고 우리 탐라인이 피를 흘려서는 안 됩니다. 섭지대장의 의견처럼 그들이 힘이 있다고 강권이나 약탈이 없는 이상 관망으로 대처하도록 합시다. 무엇을 얻을 것이며 몇 달이나 아니면 몇 년을 체류할 것인지 상면을 하고 보고해 주시오."

성주다운 판단에 모두 고개를 끄덕였다. 금당포이면 부해송과 성주는 짐작하고 있지만 말할 수 없는 사연이 되고 말았다.

명위장군(明威壯軍) 칭호를 받고자 하는 양기호(梁基浩)는 한시름 놓았다. 고려와 우국(友國)을 맺고자 하는 그로서 중원인들과 전쟁하게 되면 중국인들이 몰려올 수 있기 때문이기도 하다. 그리고 성내(城內)에 일도(一徒) 호장, 이도(二徒) 호장, 용담(龍潭) 호장 모두 불러들여 군사를 일으키는 일은 뒤로 물릴 수 있기 때문이다. 그리고 방물진사(方物進士)로서 공사다망한 상태이기도 하다.

일이 시급한지라 그들은 밖으로 나왔다. 애매헌 마당에는 이들이 타고 온 대춧빛이 흐르는 탐라 대마(大馬)들이 줄줄이 매어져 있었다.

만지대장이 준마에 오르자, 부 선장을 필두로 하여 모두 출마하였다. 이들이 도착한 곳은 금당포(金塘浦)가 가까이 있는 외진 곳으로, 거대한 흑선이 모래사장 위에 올려져 있었다.

먼지를 날리며 군장을 갖춘 부선장 일행이 도착하자, 조천방주(朝天方主)가 이들을 맞았다. 주위에는 이백여 장정이 각종 무기를 들고, 화친이냐 공격이냐 둘 중 하나를 기다리고 있었다. 이들은 부 선장 일행에게 눈총을 보내었다. 장수복을 입은 곽지(郭支) 장군이 철렁거리는 금속성이 울리며 하마하자, 조천방주가 다가섰다.

"저들은 중원에 대단한 무림인들이오. 무장(武裝)에는 아무렇지도 않게 오히려 파오를 치는 데 협조까지 부탁했습니다."

"들어 알고 있소이다. 무장을 풀고 공격 명령을 거두신 것은 성주님도 높이 평가했습니다. 장정들 인명을 아끼시어 화친으로 명하였다는 보고도 들었소."

파오 막사(幕舍)에서 두 사람이 걸어 나왔다. 빙백궁의 안내자 알자(謁者)와 갑사 금석(錦石)이었다. 둘은 뚜벅뚜벅 부해송과 곽지 장군 앞으로 걸어와 공수했다.

"막사 안으로 들어오시라는 분부이옵니다. 의심 말고 안에 들어옵써."

고려말도 아닌 탐라 방언을 쓰는데 모두 눈이 휘둥그레졌다.

주저 없이 금석을 따라 막사 안으로 들어섰다.

의자에는 세 신장과 꽃무늬의 옷을 입은 여인 그리고 검은 안대가 얼굴 반쯤 덮인 괴인도 있었다. 알자는 소리높여 통내외(通內外)를 선언했다.

"상석으로 황제 신장 영우요천 전평(田平), 차예(次詣) 토번의 신마 적소상인 팽두(彭斗), 차예 야호선자 장호추(張胡推) 그리고 이진으로 오는 오악 신마 구천(九泉)이 있소. 우리는 중앙에 서백 호종단(西白胡宗旦) 궁주님을 모시고 있는 빙백궁(氷白宮) 오방패(五房牌)입니다. 그리고 차예 역귀실(逆鬼失) 조향(趙香) 차예 구룡방(九龍方) 선장 이상입니다."

알자의 호성에 차례로 머리를 끄덕였다. 격식을 갖추는 말에 부 선장을 비롯하여 세 장군과 만지대장, 조천방장은 어안이 벙벙할 따름이었다.

전설로 내려오는 호종단과 중원의 괴수들이며 무림의 고인들이었다. 모두 지긋한 나이에 눈에 감도는 정기는 대단한 기인들로 인식되었기 때문이다. 중국어에 능통한 곽지 장군이 답례했다.

우측으로 선임 성주였던 부해송 선장, 만지대장, 조천방장 등으로 통내외를 마쳤다. 모두에게 의자를 마련하고 차 대접을 했다. 상석에 앉아 있던 황제(黃第)가 얼굴에 미소를 띠며 조천방장을 돌아보았다.

"우리가 하선할 때 궁전을 날렸던 것은 이해합니다. 화살촉이 이십칠 개였습니다. 도로 거두어 가시오."

말하면서 탁자 밑에 있던 화살촉 묶음을 밀어내었다. 모두 꽁꽁 묶여 있었다.

부 선장이 일어서며 사과드렸다.

"저희가 미처 분간하지 못한 처지라 선처를 바랍니다. 우리 탐라국은 모든 이에게 평화를 가르침으로 각별히 주지시키겠습니다. 사소한 일들은 그리 헤아려주시기를 바랍니다."

이들은 중국어에 능통한 태도에 모두 머리를 끄덕이었다.

산양 같은 붉은 눈을 껌벅이던 흑제가 찻잔을 내려놓으며 한마디 던졌다.

"하마터면 내 눈에 촉살 하나가 박힐 뻔했소. 조천방장이 장합을 자제하는 통에 나는 우뚝 섰지 않았습니까."

장내의 신장들은 웃음으로 해소했다. 그 말은 하마터면 전쟁터를 방불케 했을 것이라는 말이기도 했다. 조천방장이 화살촉을 받아들고 제자리로 돌아왔다. 막사 문이 열리며 청의 알자가 목소리 높였다.

"행(行)- 인예(引詣) 부해송 선장 궁주님 대면이오."

인예는 모신다는 뜻으로 알자의 뒤를 따라 흑선으로 걸어갔다.

앞에 솟아있는 장대에는 하얀 글씨로 빙백궁(氷白宮)이라는 흑기가 너울거리는 것이 우중충한 감이 든다.

호종단이라는 말을 들었을 때 진 장주가 떠오른다. 천이백 년 전 서복(徐福) 책사와 동남동녀들이 금당포(金塘浦)로 들어온 것이 불로초라고 예측은 했지만, 공개적으로 모든 이에게 설명할 수가 없었다.

성주는 그 뜻을 알고 나를 호천하여 이에 앞장서게 했다고 느낌이 든다. 흑선은 고목향이 짙게 풍겨 지금에야 제작된 대형 선박이었다.

나귀와 여러 짐짝으로 이들은 한라산을 탐방할 목적임에는 한눈으로 알아볼 수 있었다. 선실 중앙에 들어섰는데 오각 탁자가 놓여있는 방이었다. 그 앞에는 전각(展脚) 복두에 하얀 복식을 한 노인이 잔잔한 눈으로 바라보고 있었다. 노인이라고 하기에는 검은 부챗살 수염과 그와 같은 검미하며 주름 기가 없는 위인이었다. 그런데 왠지 방안은 쌀쌀한 냉기가 흘렀다. 호종단이면 반백(半白)의 도인이라고 생각했는데 대장군임을 떠오르게 했다. 그는 고개를 들어 형형한 눈빛으로 부 선장을 바라보고 있었다.

"부해송 선장님을 뵙게 되어 반갑소."

"빙백궁 궁주님을 뵙게 되어 영광입니다."

부해송은 준마에서 내렸을 때부터 나의 이름이 거론되는 것으로 보아 탐라의 사정은 모두 드러난 것 같았다.

"우리 서왕모(西王母) 모주님(母主任)의 가르침을 받은 호종단(胡宗旦) 선사님이 천 년 전에 이 섬에 왔었소. 가르침을 받은 나 또한 이와 같이 내려왔는데 모든 안녕을 지켜 주시기 바라는 바이오."

"우리 탐라국은 모든 이에게 안녕과 평화를 바라는 섬입니다. 아시다시피 우리는 군대도 없는 섬이 아닙니까."

무림인들 한두 척의 배로는 우리 탐라섬과 전쟁을 벌여도 승산은 우리 섬이 될 것이라 말하려다 눌러 참았다. 이들의 의도도 아니었고 서로가 평화를 바라기 때문이다.

"병정이 없는 나라가 무서운 법입니다. 병정들은 한두 사람 장군 밑에 딸려 있지만, 장군 없는 나라가 무섭다는 말이오."

궁주의 말은 이해하고도 남았다. 이들은 불로초를 찾는 목적에 이에 방해되는 것이 민심이라는 것을 말하고 있었다. 천 년 전에 호종단(胡宗旦)은 영생의 복숭아와 신혈(神穴)과 물혈(水穴)을 끊으려 왔는데, 오늘의 호종단은 불로영생의 영초(靈草)를 찾으러 온 것이 확신이 간다. 궁주는 이어 놀라운 말을 흘렸다.

"선장님은 항주에 막역지우 의가장 진인지 장주가 있지요? 그의 가족분과 동승하였는데 다독여 많은 편달을 바라겠소."

부해송은 그이 말 한마디에 놀라지 않을 수 없었다.

"이 배에 동승하셨단 말씀입니까?"

"그렇소, 지금 만나 보시면 아실 것이오."

그 말을 끝으로 궁주는 훌쩍 일어섰다. 도포 자락을 휘감으며 계단을 밟아 다음 방으로 올라갔다. 성큼성큼 걸어가는 걸음걸이도 젊은이 못지않았다. 이어 방 입구에서 알자의 목소리가 들렸다.

"의가장 장주 입실이오."

방문이 열리며 핼쑥한 얼굴에 진인지 진 대협이 걸어 들어왔다. 걸음걸이는 노인같이 늙어버려 엉거주춤한 걸음걸이였다. 그 얼굴에도 웃음을 머금으며 둘은 양손을 부여잡았다.

"진 대협! 이게 어떻게 된 일이오?"

"부 선장! 반갑소. 나는 여기에 볼모로 잡혀있는 사람이오."

그렇게 말하며 탐라도의 삼승할망이 떠오른다. 바늘 가는 데 실이 간다고 세미 옹달샘에서 호종단과 나는 바늘과 실 같은 운명이라고 말하고 싶었으나 참았다. 옹달샘에도 파란 하늘에 해와 달이 뜬다는 말은 이 섬을 의미하고 있었다.

"용서하시오. 이들은 대국까지도 농락할 무예와 지혜를 갖춘 무리이오. 나는 호종단과 동귀어진(同歸於盡)으로 뛰어들었으나, 나의 무공으로는 그 일도 실패한 몸이오."

진 장주는 문가에 있는 알자(謁者)가 신경 쓰여 괴수라는 말은 삼켰다. 궁인(宮人)들에게 주지하는 금기사항에 첫째가 옥수(玉水)에 관한 사항이다.

갑사(甲士)의 말에 의하면 안 정시와 소 지관이 마시고 있다는 옥

탐라도는 말한다 289

수가 탄로 나면, 섬사람들이 모여들 것이다. 호종단 일행이 들어온 이상 이것으로 인해 난리통이 날 것이며 살상이 염려되는 일이기도 하다. 인고에 빠진 진 장주의 얼굴을 보던 부해송이 입을 열었다.

"빙백궁은 언제까지 체류할지, 목적이 무엇인지, 성주님 앞에 보고할 책무를 맡고 여기에 왔소."

진 장주는 염려되는 일들이 눈가에 어렸다. 옥수에 관한 것은 금기시되므로, 말할 수는 없는 일이었다.

"딱히 언제라고 말할 수는 없어요. 일이 년을 산중에서 헤매다 보면 지루하겠지요. 삼 년이면 돌아갈 것입니다. 나도 빙백궁과 같은 배를 탔는데 오월동주(吳越同舟)가 되어 버렸소. 부 대협도 나의 뜻은 아시지 않소."

말 한마디로 진 장주의 입장은 이해하고도 남았다. 철천지원수는 뒤로 미룰 수 있다는 말이며 서불과지도의 불로초는 그의 희망이며 긍지였다. 집념이 강한 의가장 장주였다. 그가 바라보는 벽면에는 두 폭의 글귀가 걸려 있어서 부해송도 따라 읽어 보았다.

원항무생(願恒無生) 원항불로(願恒不老)
원항무병(願恒無病) 원항불사(願恒不死)

진 장주는 글문에서 눈을 떼면서 부 선장을 바라보았.

"고익(高益) 성주님도 이처럼 우리 목적이 무엇인지 짐작은 하실 것입니다. 우리는 손님인데 손님이 주인집의 물건을 탐내는 것은 용서할 수 없겠지요. 그 물건은 있다고 보기도 어렵고 없다고 보기도 어려운 일이라 나는 탐닉하는 것이 아니라고 말할 수 있어요. 당분간은 부 대협과 멀어져 있을 것입니다."

그이는 궁인이 되어 의생(醫生)으로 목적하는 바를 이루려고 마음먹고 있었다. 그래서 나와는 거리를 두려는 말이기도 하다. 불로하는 것이 무엇인지 존재의 여부를 탐구하는 그의 집념이었다.

문가에서 청의의 알자 목소리가 은은히 들려왔다.

"인예(引詣) 부해송 선장, 인강복위(引降復位)요.---!"

학소는 산지 객잔(山地客棧)에서 사흘을 소일했다. 객잔은 세 개의 동으로 구분되어 외래인들과 뱃사람들이 묵고 가는 바닷가의 넓은 객잔이었다.

밤거리도 배회해 보았고 오늘은 구갈포의 청년 호조(號鳥)와 같이 개맛디를 걸었다. 이들이 중국 장발(長發)에서 타고 왔던 범선도 하역을 모두 마쳤는지 부둣가에 조용히 매여 있었다.

주호(州胡)의 깃발은 여전히 바람에 펄럭거리고 있다. 그 깃발은 중국인들이 불러 주는 바다 건너간 땅 섬나라의 의미이다. 고려 선박, 왜인 선박과 구분이 되는 것이기도 하다. 그 선박을 바라보던 호조 청년이 다가왔다.

"우리가 타고 온 두일(斗日) 선장님이 장사는 잘되었나 봅니다. 나도 손을 거들어 주었다고 목면 서른 자는 받았거든요."

"그래 나도 운임을 드렸는데 사양하더구먼. 우리 구름마가 있어 은자 다섯 냥을 밀어 넣었네."

탐라에도 남포라고 하던 면포가 들어오기 시작했다. 두일(斗日) 선장은 서른 마리 치의 우각과 우황(牛黃)을 갖고 가서 면포와 목화를 한 배 가득 실었는데, 장사가 안될 일이 없었다. 추운 겨울에 흔히 입는 마포에 솜을 넣어 누비옷을 만들면 따뜻한 겨울을 지낼 수 있기 때문이다. 무겁고 흉측스러운 가죽에 비하면 양반 옷이 될 수 있다. 그래서 목면인 면포가 시장에서 무명으로 금전적 가치로 쌀과 더불어 돈의 가치를 다하고 있었다. 말 두 필에 면포 서른 자면 두 사람 무명옷을 만들 수 있는 값어치이다.

학소는 그 뜻을 가늠하며 뜻한 바가 있다.

"고향에 다녀오거라. 나도 자네를 주려고 무명 한 필을 사두었다."

"속하, 어찌 주인님 곁을 떠나겠습니까. 말씀을 거두어 주십시오."

호조는 갑자기 무릎까지 굽으며 사양했다.

"이 섬은 모두가 평등하다고 하는데 그대가 이러하면 같이 다닐 수 없겠구나. 사람들이 이상하게 보고 있다. 일어서거라 친구! 자네 말처럼 정말 노비가 없는 평등한 섬이구나."

"갈 곳이 마땅치 않아서 생각하고 있어요."

"나는 친구와 같이 생각한다. 나의 구름마를 타고 가렴."

호조(虩鳥)는 먼 산을 하염없이 바라보다가 말했다.

"고향은 없어요. 여기 성안이 내 마음의 고향일 뿐입니다."

"부모 형제가 있는 그대 고향이 탐라라고 알고 있었는데."

호조는 옛날을 회상하며 얼굴에 미소까지 담았다.

"그러면 얼마나 좋겠습니까. 주군(主君)이 말씀하지 않으셔도 부모 형제가 있는 고향이라면 당장 달려가겠습니다."

학소가 그랬듯이 둘은 침묵이 흘렀다.

"이 섬에서 나는 여섯 살 때부터 이 배 저 배 옮겨 다니며 뱃사람들에 의해 자랐습니다. 이름은 아무렇게나 불러 주어 호(號)야로 불렀습니다. 열 살쯤에 바로 여기 산지 항에서 청소부의 일원이 되어 왜(倭)선에 있었지요. 낮잠에서 깨어보니 배는 바다 한가운데 있었습니다. 왜인들은 나에게 목소리가 좋다고 도리꼬애(鳥)라고 불러주었습니다. 결국 이름이 호조(號鳥)가 되었지요."

그의 말에 둘은 얼굴을 바라보며 웃음으로 주고받았다.

부모도 모르는 애처로운 고아의 말이지만 아무렇지 않게 웃음으로 말하는 그의 태도에 둘은 그렇게 웃을 수 있었다.

"내가 주군이라면 명령으로 받아들이게. 오늘부로 객잔에서 나가 마음대로 다니게. 나는 혼자 있고 싶어 그러하니 닷새 동안 혼자 있고 싶다."

학소는 호조를 떠나보내고 혼자 해변을 걸었다. 그는 청자 성에서 족쇄 줄이 풀리고 넓은 강하를 바라보며 한 시인의 말을 회상했다.

강은 산을 넘을 수 없고, 산도 강을 넘을 수 없지만
뜬구름은 산과 강을 잘도 건너가는구나!

그와 같이 호조도 해적이라는 죄인이 되어 족쇄 줄의 노비였다. 그도 고향의 산하를 바라보며 뜬구름처럼 나와 같이 대리만족을 느끼고 있었다. 바닷가에 물웅덩이에서 여아들이 물놀이하고 있었고, 먼 길가로는 목동들이 소를 몰아 내려오고 있었다. 제주 박물관에 있는 송관수 시인의 시구 한 구절을 써 보고자 한다.

탐라의 여인들은 잠수를 잘한다.
열 살 때 벌써 앞 냇가에서 잠수하니

잠녀, 잠녀 그대들 즐거워 떠들고 있다마는

보는 나는 슬프구나

돌을 쌓아 초가집 짓고

울타리는 조각조각 돌을 쌓았네

시골 아낙은 허벅으로 물 긷고

말테우리는 피리 불며 함께 돌아오네.

중원은 격식을 갖춘다고 천을 첩첩이 둘러 몸뚱이는 답답하게 느끼었다.

궁궐 같은 집에 하얀 쌀밥은 없지만 도민들은 모두가 자유로웠다.

이 섬에는 무장을 갖춘 군속도 없어 보였고 검이나 창을 들고 활보하는 이도 없었다. 학소는 중원 무림 가에서 후기지수(後起之秀)로 첫손가락에 꼽히는, 이름이 자자한 선풍재천(旋風宰天)으로 이름이 뜨기 시작했다. 등검 아니면 패검하고 다니는 것도 별나 보여 그것들은 말안장 봇짐 속에 있을 뿐이다.

불구대천(不俱戴天)의 원수를 찾아 방갓에 등검하고 배에서 내렸지만 모두 의문의 눈초리뿐이다.

앞을 내다보면 넓디넓은 푸른 바다요, 뒤돌아보면 하늘에 닿을 듯한 한라산은 어디에서나 보인다. 그 산을 바라보며 무림의 대종사(大宗師) 서백(西白) 호종단(胡宗旦)이 들어 왔다고 확신한다. 어느 쪽을 돌아보아도 가슴이 확 트이는 섬이지만 그의 가슴은 그렇지 못했다.

원수를 덕으로 갚는다는 노자(老子)의 제 육십 삼장이 떠오른다.

무위(無爲)로서 마음을 비우고 무사(無事)를 일로 삼으며 무미(無味)를 맛본다. 하늘을 우러러 소(小)를 대(大)로 하고 소를 다(多)로 한다.

그리고 원수를 덕(德)으로 갚는다.

해석이 필요치 않은 쉬운 말로 크고 작다고 비유하지 말고, 모든 마음을 넓게 비우라는 뜻이기도 하다. 그러나 혈기 왕성한 젊은이로서 그 경지에 이르지 못했다. 그러면 나는 갚을 덕도 없는데 이 몸까지 원수에게 가져다 바쳐야 하는 것은 아닌가.

이 섬에 들어오면서 말하는데, 무사(無事)를 많이 씀을 알았다.

무사 불럼시니(왜 불러요), 무사 마씨(왜 그러세요), 무사 경 허염수가(왜 그렇게 하느냐). 이렇게 아무 일도 없는데 무위(無爲)를 덕으로 갚으려 한다.

객잔 여주인은 나의 행장에 단번에 알아보았다. '무사 이 섬에까지 와서 사람 잡아갈 일이 있쑤과.' 단지 웃음으로 답했지만, 나에게는 진행형이기 때문이다.

그는 란봉 마장에서 구름마를 찾았다. 기둥에 매어 놓고 사료를 주는 그런 마장이 아니었다. 주위 만여 평에 그대로 방목하는 마장은 지정된 곳에 꼴을 갖다주면 말들은 찾아들어 사료를 먹는다. 지금은 이십여 마리밖에 없어 말들은 땅바닥의 누런 잔디 풀을 한가로이 뜯고 있다. 한겨울 무릎까지 눈이 덮여도 말들은 앞발로 눈을 걷어내며 마른풀을 찾아내므로 방목하기 쉽다.

학소는 입술을 묶고 휘파람 소리를 불었다. 그 소리를 듣고 한 번에 구름마는 달려 왔다.

"말이 참 영리합니다. 말은 친구가 많으면 주인을 멀리하던데 휘파람 한 번에 당장 달려오니 말입니다."

방주는 또 말안장을 내주며 자랑했다.

"우리 란봉 마장은 가을이 되면 이삼백 수가 우글댈 때도 있어요. 뱃사람들이 모여들어 고려와 중국, 왜나라로 팔려 갑니다."

탐라에는 대춧빛 대마와 조랑말들이 들판에 방목되어 있었다.

사립문이 열리며 점등 벌립을 멋들어지게 비틀어 쓴 중년인이 들어왔다. 그는 비쩍 마른 황소를 끌고 걸어왔는데 소는 병들어 가여워 보였다. 소를 끌고 오던 그는 단번에 학소를 알아보았다.

"몇 년 전에 한장마을에서 보았던 젊은이가 아니오?"

"그렇습니다. 반갑소이다."

함박웃음을 지어 보이는 중년인에게 방주가 부러운 눈을 떠 보이며 반겼다.

"오늘 횡재했구나. 쓸개에 우황(牛黃)이 든 소를 잘도 찾아내었군."

"방주, 그 말이 맞제? 사람들은 긴가민가했는데 나는 단번에 알아보고 돈을 듬뿍 드리면서 샀어. 삼일만 우사에 매어주게"

방주는 고개를 갸우뚱하며 축사로 끌고 갔다.

쓸개에 우황이 들었으면 황소 일곱 마리 이상의 가치가 있고, 다른 병으로 소가 말라 있으면 고깃값도 못 된다. 백여 마리중에 하나쯤 나타나는 병인데 이것이 우황(牛黃)이며 동양에서 제일로 치는 값어치이다.

학소는 말안장을 얹어놓고 훌쩍 몸을 실었다. 중년인도 그를 따라 흑마에 몸을 싣고 따라 나왔다.

"사오 년은 되었나? 질고환(疾膏丸) 백 첩을 얻었는데 잘 썼습니다. 그 약이 궂은 허물에는 최고였습니다. 닷새 전에 중국 장발(長發)에서 들어온 두일(斗日) 선장님 배가 있었는데 그 배에서 내리셨소?"

"창전(昌田) 아저씨는 발이 넓습니다. 고산포에서도 보이고, 오늘은 산지포에서도 만나볼 수 있어서 인연인가 봅니다."

정등 벌립에 창전 아저씨는 그의 말에 신이 나 보였다.

"나는 입이 가벼워서 여러 마을에 친구들이 많은 편이오. 이번 여행길에는 어떤 약초인지 말씀해 주시면 내가 알아보겠소이다. 우황(牛黃)을 찾는다면 오늘 보았던 소도 팔아 드리고 더 구해 줄 수도 있습니다."

"약초가 아니고 여행차 이리합니다. 탐라는 조용하고 구경거리가 많습니다."

"구경거리면 내가 안내해 보겠수. 우선 칠성통(七星通)으로 가서 요기부터 합시다."

칠성통에는 고풍스러운 기와집이 많은 거리였다. 탐라는 별의 나라라고 하는 칠성대(七星坮)가 드문드문 있는 곳이다. 돌로 쌓아 만든 옛터인데 삼성신화(三姓神話)에서 처음 나와 삼도(三徒)를 나누고 북두칠성을 본떠 대(坮)를 쌓아 나누어 살았다고 한다.

동서양 고대 왕권의 무덤에서 천장에는 북두칠성 별자리를 수놓아 죽어서도 하늘을 우러러 하늘 밑에 잠들어 있듯이, 탐라섬은 칠성단을 모시고 오곡과 육축을 기르며 별자리를 담아내는 곳이기도 하다.

탐라의 왕에게 붙여지는 성주(星主)라는 호칭은 한반도와 이웃 중국, 일본까지도 인정하는 별나라의 주인이기도 하다. 굳이 왕(王)자가 필요 없는 섬이다. 대소신료가 없기 때문에 그 의미도 없는 것 같다.

둘은 대월 반점에서 식사를 마치고 나왔다.

탐라는 쌀이 귀한 고장이지만 성내에는 반직이(쌀 반 보리쌀 반) 식단을 꾸리는 집안도 많았다. 창전은 오랜만에 중국인을 만나 하얀 쌀밥과 좋은 찬으로 대접을 해주었다. 쌀에 해당하는 밭벼(산디)는 여름 농사로 재배되고 있었다.

여기서도 은전이나 중국의 동전까지도 거래되는 것으로 보아 뱃사람들에 의해 그 가치는 인정되어 거래되었다. 여숙방을 한 달간 삯을 낸 그곳에는 봇짐 속에 은전 꾸러미들이 있어 학소에게도 여비는 많았다. 그런데 창전 아저씨는 그때의 선물값을 치른다고 식대는 물론 모든 도움을 주려고 한다. 둘은 반주로 고소리 소주를 들었던바 술기운이 오르고 있었다.

"저기 북소리가 들리지요?"

"그렇군요. 그때의 삼승무의 할머니가 떠오릅니다."

"북소리는 그렇지 않아요. 새집을 지어 입주하는 날로 성주풀이하고 있어요. 북소리 가락이 다르거든요."

둘은 마상에서 내려 새로 지은 와가(瓦家) 마당에 들어섰다.

마당 가득 찬 데 남녀노소 모두가 웃음 웃으며 산재 무희의 이야기 속에 묻혀 있었다.

둥당 둥당 둥당---

놀기 좋아하는 창전 아저씨는 벌써 어깨를 들썩이며 학소를 바라보았다.

"심방 할망은 없습니다. 산재무희(山災舞姬) 셋이서 돌아가며 굿을 합니다."

꽃 달린 종이 모자를 쓴 남녀 북꾼은 어깨를 들썩이며 북을 쳐 대었고 사십의 지긋한 중년 여인은 붉은 꽃이 달린 종이 모자를 쓰고 주문하고 있었다. 역시 얼굴에는 쌀가루를 발랐는지 하얗게 분칠하였고 검미와 눈자위에도 검게 그려져 있었다. 본풀이는 끝나 진자(振子)를 쟁글 거리며 세상만사를 이야기하고 있었고 창전 아저씨는 학소에게 하나하나 설명해 주었다.

"소별 왕이 대별 왕을 속여 이승을 차지할 때

서러운 아기 소별 왕아 이승에 발 딛지 말라---

쟁글 쟁글 쟁글---

꼬불꼬불 기어가는 벌레나 다름없이---

팔락팔락 뛰어 가는 개구리나 다름없이

비린내에 날아가는 날파리나 다름없이

바람 불면 날아가는 나비나 다름없이

쟁글 쟁글 쟁글---

이래 화륵 저래 화륵 정처 없이 사는 것아

입만 열면 소도리에 퍼득하면 거짓말에

이녁 각시 내버려덩 남의 가시 침 흘리곡

이녁 서방 돌아누엉 남의 서방 배 맞추곡

이래 화륵 저래 학륵 편갈라젓 싸움허곡

창! 창! 창! 둥당 둥당 둥당

하루하루 가는 날이 편한 날이 없구나

인간 시상 막되 가나 서천 왕국 우리 아방

갑자년에 시작된 의논 계해년에 안 끝난다

대궐 안이 들싹들싹 온 나라가 비틀 베틀

경해도 인간 시상 저영해도 한세상

창! 창! 창! 둥당 둥당 둥당---!"

(이성준(李成俊) 선생의 설문대 할마님 어떵읍데까에서)

마당에서는 대바구니에 손 주먹 만큼씩 자른 시루떡을 두 여인이 나누어 주고 있었다. 하얀 시루떡에 호박이나 팥을 넣어 만드는데 굿판의 떡은 모두 하얗게 만든다고 한다. 학소에게도 배당되어 떡은 쫀득쫀득하여 맛이 있었다. 창전 아저씨는 술기운도 흥이 갔는지 말 있는 곳으로 걸어갔다.

굿판은 다른 산재무회가 올라서며 다른 가락으로 이어졌다.

"중국에는 무공을 갖춘 강호인들이 하늘을 날고 칼부림이 신통방통하여 장수가 많은 대단한 땅이라고 알고 있소."

"땅이 넓어 사람이 많다 보니 기예를 갖춘 이들이 있어 그런가 보오."

"보름 전에 금당포로 들어온 중국인들이 모두가 이십 장씩 뛰어내렸고 심지어 한 노인은 바다 위를 뚜벅뚜벅 걸어서 내려왔다고 합디다. 대단한 도술을 부렸는가 봅니다."

중국에 흑선이 금당포에 들어온 소식은 접하고 있었다. 서백 호종단이 대룡주(大龍舟)에서 내려 진강(鎭江) 변을 걸었던 것을 보았던 진학소였다. 그 노인이 서백 호종단이라고 짐작하게 했다.

"우리 섬에도 하늘을 나는 장수가 간혹 태어나면 날개를 잘라 버리곤 합니다. 대정촌에 오찰방이 있었고 여기 다호 마을에 문장부 선대의 이야기를 해 보겠습니다.

두 부부는 혼인하고 이십여 년 만에 옥동자를 하나 낳았는데, 아들은 무럭무럭 자라 열 살이 넘었다.

그런데 부부는 물론 주위 사람들은 아이가 하는 행동에 고개를 갸우뚱거리게 했다. 걸음걸이도 한 발짝이 다섯 자는 넘어 보였고 처음 하는 밭갈이도 하루 갈 밭을 반나절에 끝내곤 하였다. 아이는 주위 눈총이 두려워 자세했다. 오름에 모시(말과 소)도 돌아보는 데 하루 걸릴 것을 반나절에 끝내고 아버님이 놀랄까 싶어 창고 방에 숨어서 짚신을 꼬기도 하였다. 부부는 어느 날 중병을 앓은 연극을 하였는데…….

'아이야, 어머님이 급체하여 큰일 났구나. 성안의 정의원 댁을 급히 찾아가 약을 지어오거라.'

성안까지 심부름을 시켰는데 반나절은 걸리려니 하고 집에서 끙끙대는 척하다 보니 어느 사이 약봉지를 들고 달려왔다.

십리 길은 되었는데 분명 날아서 다녀온 것이 확실했다. 아버지는 아들을 꾀어 술을 잔뜩 먹였다. 잠이든 틈을 타서 아들의 몸을 뒤져 보았다.

아뿔싸! 아들의 겨드랑이에는 황새의 날개가 나 있었는데 명주 천으로 꽁꽁 묶여 있었다. 부부는 가슴이 덜컹 내려앉았다. 이 사실이 뱃사람들에 의해 알려지면 중국에서나 육지에서 병정들이 들어오기 때문이다. 작은 섬에 장수가 태어났다고 아이를 잡아 죽이고 집안도 멸문하기 때문이다. 자식과 집안을 위해 칼을 들어 날개를 잘라버렸다. 그 순간 천지가 진동하더니 우레와 번개가 치며 벼락이 떨어졌다. 우렛소리에 부부는 피하여 목숨은 건졌으나 집과 아들은 온데간

데없이 사라졌고 집이 있던 자리는 크게 패여 못이 생겨났다.

이 못을 벼락(霹落) 못이라고 합니다."

탐라섬은 영실기암이나 산천초목이 한 골 모자라 아흔아홉 골로 살아가는 섬사람의 순수함이기도 하다. 한 골만 더 있으면 장수가 태어나고 섬나라가 번창할 텐데 딱 하나가 모자라 그렇지 못하다는 말이다.

이야기가 끝나자, 학소는 훌쩍 냇가로 뛰어내렸다.

건천 벽가에는 맑은 물이 흐르고 있었다. 바위벽에서 조금씩 흐르는 물을 손으로 받아 여남은 줌을 마셨다. 갈증도 있었지만, 애도의 마음으로 그러고 싶었다. 그의 신법에 놀란 창전은 소리쳤다.

"무사(無事) 경 허염수과? 물이 시원하제?"

호종단 일행은 탐라섬에 들어와 한 달을 보내었다. 조천 바위를 찾아 서복(徐福) 선사가 그랬던 것처럼 제(祭)를 올리고 첫 번째로 검은 오름 수혈굴(竪穴窟)을 찾았다.

"선사(先師)는 검은 오름 수혈굴에서 목을 축이고 수맥을 끊었다. - 라고 되어 있소."

이 말을 숙의한 호종단은 목을 축이고 하룻저녁 묵상에 잠겼다.

이진은 남쪽으로 보내고 오방패와 일진은 한라산 산중 환선대(喚仙臺)에 파오 두 개를 쳤다. 여기는 신선을 부르는 대(臺)라 하여 방선문 곁에 있는 평평한 바위를 일컫는다. 저녁 햇살은 뉘엿뉘엿 서녘 하늘로 기울어 산하를 붉게 물들이고 있었다. 백설이 쌓인 숲 사이로 나타나는 네 위인들이 있었다.

하나같이 호복에 다리는 끈으로 꽁꽁 묶여 걸음걸이에는 지장 없도록 활기차게 내려오고 있었다. 모두 복건을 썼으며 하얀 복건에 검은 결항 끈은 턱으로 내려 꽁꽁 묶여 있다. 올해는 따뜻한 날씨가 이어져 백설이 녹아내렸다고 하지만 구릉진 곳에는 눈 뭉치가 쌓여 있었다.

앞장선 장비 수염에 두툼한 입술을 한 이가 휴-하고 숨 한번 내리쉰 것이 휴식의 전부이다. 칠순은 넘긴 이들은 좀이 쑤셔 걷지 못할 나이인데, 모두가 경공과 신법의 대가들이라고 가히 그렇게 추측이 된다. 세 번째 노인이 앞에 있는 이에게 말했다.

"황제(黃第) 궁형! 올해 세수가 어떻게 되지요?"

황제는 뒤돌아 보았다.

"하하하. 내 나이를 물어보는 이는 처음이오. 그래 적제 신장 연세부터 알아봅시다."

불거져 나온 광대뼈에 적제는 왼손을 펴고 손가락을 꾸부려 보다가 입술만 삐죽였다.

"장지도 긴가민가 약지도 긴가민가 세수는 모르겠소이다."

"본인 나이도 모르면서 남의 나이는 알아서 무엇에 쓰겠소?"

이들은 앞서가는 궁주의 경공술을 보며 팔순을 넘긴 망구(望九)의 나이일 텐데 굳이 세수를 헤아려 보는 이는 없었다.

모두가 자신의 나이도 어디쯤이라고만 알았지, 확실한 셈은 하지 않으려 했다. 물론 육갑을 찍으면 확실하지만 그리하지 않으려 한다.

뒤쪽에서 따라가던 흑제가 뒤돌아 백설이 드러난 백록담은 바라보았다.

"두기호 의원과 만화상(萬和尙)이 안보입니다. 이 섬은 오수(惡獸)가 없다 하여 미록(美鹿)과 우마가 활개를 치고 번식하는 땅이라 신변에는 걱정이 없겠지요."

"아침부터 각종 풀뿌리를 더듬는 이들이라 어둠이 되면 돌아올 것입니다."

일행은 방선문에 이르러 걸음을 멈추었다. 오늘 아침에 등영구(登靈久)와 여기에서 제(祭)를 올리고 백록담 정상을 다녀왔다.

등영구는 신선의 세계로 들어가는 공간으로 그와 같이 이행을 다했다.

우선대와 등영구에 후손들이 찾아와 오언절구(五言絶句)의 시수들을 많이 남긴 곳이며 바위에 글씨들이 지금까지 내려오고 있다.

환선대 파오에 들어서자, 모두가 거처하는 곳으로 들어갔다. 황제 전평(田枰)이 우측의 파오로 걸어 들어갔다. 한쪽에 칸이 되어 있는 방인데 세 사람이 앉아 숙덕공론하고 있다가 그에게 공수했다.

"오늘 받고(캐고) 오는 명초요. 우리 까만 눈에 영초가 보이겠소? 말씀대로 받고 왔으니 살펴보시오."

진인지가 약초들을 유심히 관찰하다가 다음 약의에게 넘겼다. 받아 든 이는 하얀 붓필 수염에 얼굴이 유난히도 하얗다. 강서지방 산중에서 한평생 불로초를 찾던 반타옹(磻打翁)이다. 그는 약초의 달인으로 널리 알려져 약타옹(藥打翁)이라는 별호도 갖고 있다.

황제 신장 전평이 진인지에게 다가가 투정을 늘어놓았다.

"백록담에는 신선이 하늘에서 내려와 담수를 먹으며 흰 사슴을 타고 다닌다는데, 어찌 된 일인지 백록은 고사하고 노루 한 마리도 볼 수 없었소."

약탕에 불을 지피고 있던 반타옹이 그에 화답했다.

"여씨춘추에 세 무리의 동물 가운데 물에 사는 동물에서는 비린내가 나고 풀을 먹는 동물에서는 노린내가 나며 짐승을 잡아먹는 동물에서는 누렁내가 난다고 합니다. 아침에 건량으로 보아 녹포가 있었습니다. 사람에게는 육식의 누렁내 때문이겠지요."

"반타옹의 말씀도 일리가 있소. 하지만 백록담 바위에 귀를 붙이고 있던 궁주님은 말씀하시었소. 지하 궁전에서 화산이 터져 나올 것 같다고 그랬지요. 우리 일정도 빨라질 것입니다."

황제는 진인지 쪽으로 살펴보았다. 진 장주는 약물을 손가락으로 음미하고는 다섯 개의 단지 중 자(子)의 단지 쪽으로 걸어갔다. 단지의 면포를 벗기자, 그 속에는 하얀 개미들 백여 마리가 생활하고 있었다. 개미들은 단지에 흙 굴을 파고 솜에 묻어있는 약물을 먹고 있었다.

중국에서 갖고 온 개미단지는 이들의 실험용이기도 하다. 하얀 개미들은 약의 성질에 따라 검게, 붉게 또는 청색으로 변한다. 또는 거구가 되는가 하면 죽기도 하고 생로병사를 알아본다. 단지 속 반은 흙이 채워 있었다.

제일 끝에 있는 진(辰)의 개미단지를 살펴보던 근초감 허달이 뒤돌아보며 물었다.

"하늘에서 벼락이라도 떨어진다는 말씀이오?"

그의 말에 황제는 피식 웃고 나서 말을 이었다.

"벼락이 떨어진다는 말이 우리 모두가 하늘님께 죄인이라는 말은 아니겠지요?"

허달의 질문은 그릇된 말은 아니어서 황제는 난색을 보였다.

"화산이 터져 나올 것을 짐작하여 천지이변을 감지했다는 말씀이오. 그리고 산짐승도 노루도 없었으니까 하는 말이외다. 하늘이 무너질까 하는 것은 기우(杞憂)에 불과하오. 걱정하지 마시오. 기우겠지요."

파오 문이 열리며 두기호와 만화상이 약낭을 들고 들어왔다.

"수고들 했소. 두 의원이 짊어진 약낭은 무엇이 있길래 그리 듬직하오?"

반타옹이 묻자 두기호는 약낭을 내려놓았다.

"천문동(天門冬)이오. 하늘의 문이라 하여 가슴앓이와 장기가 나쁘면 산으로 올라 천문동을 파먹으라고 합니다. 누가 속앓이하는 사람 없습니까?"

그의 말에 밖으로 나가려던 황제가 웃음을 발라가며 돌아섰다.

"그렇소이다. 오늘 밤 이것을 삶아 우리도 한 사발씩 돌아가게 해주시오."

다음날 환선대에서 세 마리의 나귀에 등짐이 가득 실어졌다. 신장들과 궁주는 빠른 걸음으로 하산하였고 진 장주를 비롯한 약의들은 나귀와 같이 산남으로 내려 서귀포(西歸浦)로 향했다. 동쪽에서 내려 서귀(西歸)로 돌아가는 행로이다.

호종단과 세 신장(神將) 그리고 갑사 금석(甲士金石)은 달래 오름에 도착했다.

달래 오름 능선에서 백여 마리의 말 떼를 몰고 내려오는 노인이 있었다.

"어려려려려---와! 어려려려려---!"

노인의 구령에 따라 말들은 대열을 맞추며 냇가로 물을 마시러 내려오는 탐라 대마(大馬) 말발굽 소리가 우렁찼다. 냇가에는 큰 소나무 하나가 있었는데 노인은 걸음을 멈추고 그늘 밑에 앉았다. 갑사는 그 노인을 알아보았다.

"저 노인이 자글자글 노인이요. 만지송(萬枝松) 나무와 억수로 살겠다는 노인인데, 나이는 알 수 없다고 합니다. 백만 장 목장에 우마를 방목하는 노인인데 어릴 때부터 말테우리로 살아온 분입니다. 우마 장사를 하며 중국도 다녀왔고 중국말도 합니다. 나는 저 노인이 두 지관이 말하는 염(鹽) 노인은 아닐지 의심해 보았으나 그까지는 아닌 것 같습니다."

그의 말에 이들은 호기심이 발동했다. 입이 무겁던 호종단이 말했다.

"갑사가 주선해 보시오."

만지송(萬枝松) 고목은 냇가까지 뿌리를 박고 늘어지게 서 있었다.

노인은 억수로 오래 살며 억수로 가지가 많은 그 밑에서 물을 먹는 말들을 흡족하게 바라보고 있었다

"자글자글 어르신, 나는 대정촌에 살았던 만일(萬日)이라는 금석(錦石)입니다. 여기 오신 분들은 이 지방에 산천초목이 수려하여 여행 중입니다. 저 말들이 모두가 대춧빛이 흐르는 건강한 자태에 감탄합니다."

노인은 자글자글 주름진 얼굴에 웃음보가 패이며 그를 알아보았다.

"아, 그대가 맨날(萬日) 풀 초를 뜯어다 약초라고 하며 팔아먹는다는 대정촌의 만일이구나."

"너무 그러지 마시오, 약초는 사람마다 다르니까요. 이분들은 외지에서 오신 분들이라서……"

"입성으로 보아 짐작은 하고 있소이다. 나는 노인네들만 보면 반갑습니다. 젊은이들이 무얼 안다고 떠들어도 나의 귀에는 먹혀들지 않습니다."

그렇게 말하며 중원인들을 친구와 같이 허탈하게 웃어넘겼다. 이들은 강호에서 고인들로 자글자글 노인 같은 사람은 말 상대도 안 되는 이들이었다. 무섭기가 이를 데 없지만 모르는 것이 약이었다. 산양 같은 눈을 굴리며 흑제가 물었다.

"우리는 백약이 오름도 돌아보았고, 백발촌도 지척에 있는데 무슨 연고(緣故)가 있어 모든 인문이 성성합니까?"

노인의 나이는 가늠할 수 없고 몸가짐이나 행동도 젊은이 같았다. 노인은 오랜만에 한어를 써 보려고 했다. 그것으로 보아도 기억력도 보통이 아니다.

"연고야 많지요. 설문대 할망이 만든 오름들이 있으니까 그리하겠지요."

"예? 여기에서도 설문대 할망이 나옵니까?"

불거져 나온 얼굴을 실룩이며 적제 신장이 묻자, 노인은 고개만 끄덕였다.

자글자글 노인은 대춧빛의 갈중이 옷을 상하로 입고 있어서 냇가에 있는 말들과 같았다. 갈중이 옷 첫해에는 붉은 자색이지만 빨고 햇빛에 바래어 가면 퇴색되어 간다. 노인은 평평한 돌 위에 궁둥이를 붙이고 말을 늘어놓았다.

"설문대 할망은 엉덩팍과 가슴이 함박만 한 거구의 여인입니다. 하늘에서 그 여인은 바다에 떠다니는 탐라섬을 보고 가엽게 여겨 하늘에서 내려왔다고 전해져 내려옵니다."

가벼운 섬은 방향을 잃어 이리저리 떠돌기 때문이다. 섬에 내리자 섬은 무게를 이기지 못하여 기우뚱거리기도 했다. 걸음을 옮길 때마다 섬이 흔들려 동식물과 사람들은 정신을 가누지 못할 지경이었다. 섬을 가볍게 느낀 할망은 높은 산을 하나 만들기로 마음먹었다. 그러려면 흙을 퍼와야 할 텐데 막연했다.

서쪽 중국 땅을 바라보니 사람들이 바글바글, 북쪽 땅을 바라보니 허리가 가는 땅이라 이도 어렵고, 동쪽을 바라보니 이 섬 저 섬 아기섬이 많아 이도 가엾고 남쪽을 바라보니 바닷물만 찰랑찰랑. 할 수 없이 하늘만 한참 쳐다보았다.

촘촘히 모여 있는 다몰(별자리)에는 돌멩이와 흙이 넘쳐나는 것을 보았다.

팔을 휘둘러 무시새다리를 다몰 별자리까지 놓았다.

다음날부터 치마통으로 흙과 돌멩이를 퍼 나르기 시작했다. 이것들을 섬 가운데 쌓아 놓았는데 이것이 한라산이 되어버렸다.

섬은 그 무세에 바다 밑바다까지 닿아 안전하게 고정되어 동식물과 사람들은 안전하게 살 수 있었다. 설문대 할망은 혼자 우두커니

서 있는 한라산을 바라보며 이 또한 가여워 보였다. 벗들과 아이들을 만들어 주기로 작심한 할망은 또다시 별자리에서 치마통으로 흙을 날라왔다. 군데군데 놓아갔는데 이것이 오름이 되었다.

그런데 할망이 나르고 있는 치마통이 헐어 떨어져 더는 만들 수가 없었다. 할 수 없이 하늘의 옥황상제 아버님을 찾아갔다. 하늘에 올라온 여식을 보던 아버님은 분기탱천했다.

"지상 세계는 해와 달이 뜨고 지게 만들어 놓았다. 햇볕과 밤과 낮을 맞으면 늙어 버린다."

그렇게 호통을 치자 설문대는 한 번 더 내려갈 것을 호소했다.

"이 설문대는 지상에 아들과 딸을 만들어 놓았습니다. 이에 여한은 없사오며 행복합니다. 그곳에는 일 년에 삼백육십오 일의 날 수가 있습니다. 삼백의 오름은 만들었는데 이에 육십오 개를 더 만들어야 날수와 같이 삼백육십오 개입니다. 그리되면 천지가 개벽이 되어도 그 섬은 영구합니다. 치마 한 폭만 내어주십시오."

또다시 별자리까지 가면서 고생할 것이 염려되던 차에 딱한 사정을 듣고 고개를 끄덕였다.

"그러면 우리 천상에서 먹는 우물가로 가 보거라. 거기에는 가벼운 송이 돌멩이들이 우물가에 오름과 같이 쌓여 있다."

아버님께 고맙다고 인사하고 바람의 신 장정들을 불러들였다.

화적과 송이들은 가볍기가 이를 데 없어 바람의 신 장정들은 오름 같은 송이산을 '후욱'하고 불어 제쳤다.

"설문대 할망은 다시 탐라섬에 내려와 하늘에서 날아온 화적과 송이들로 나머지 오름들을 만들었다고 하는데, 이것이 모두 삼백육십오 개의 오름들입니다."

이 오름들이 탐라섬 군데군데 붉은 오름이며 송이 오름들이 있다.

송이와 화적들은 물을 품고 맑게 하는 성질이 있어서 천상의 물과 같다고 한다. 지금은 그 맑은 물이 삼다수가 되어 세계 각지로 퍼져 나간다.

산남의 오름들을 두루 돌아보는 중원인들이 있었다.

장주 진인지(秦忍知)와 반타옹 허달 그리고 갈의를 입은 중년인이었다.

깊숙한 산속에서 헤매다 탁 트인 영아리 오름에 오르고 있었다.

갈의의 탐라인이 있었는데 이름은 전표(田漂)라 했다. 갑사 금석이 일찍이 사귀어 왔던 탐라인이었다. 영(靈)아리 악(岳)에 오른 전표가 손을 들어 사방을 가리키며 설명했다.

"동남방 붉은 오름이 불칸디 오름이고 남쪽이 남송이(南松岳), 서쪽에 홈이 패인 오름이 병악(竝岳) 오름입니다."

진 장주는 죽 대롱에 양피지 책을 펼치며 지형을 뚫어지게 바라보다가 고개를 끄덕였다.

"맞소, 서복(徐復) 선사가 산에 올라 십자성을 바라보았다는 남송악이오."

반타옹과 허딜이 등 굽어 장주가 가리키는 책장을 유심히 바라보았다.

"양산병립 고명(兩山竝立 故名) 두 산이 나란히 서 있는 병악으로 뇌어 있지요. 소학(小學)에 음학오서(音學五書)로 진나라 때의 한어(漢語)요."

우두커니 서서 장주의 말을 듣던 전표가 이에 응답했다.

"맞습니다. 우리는 쌍둥이를 '골래기'라고 하는데 골래기산이라고 합니다."

이번에는 반타옹에게서 놀라운 말이 터져 나왔다. 이도 중국 서남부에 산을 찾아다니며 불로초와 희귀약초를 찾던 고인이었다.

"시생도 고서 설문해자(說文解字)를 심독한 바 있어 탐라 오름들이 아리(神)라는 말이 많습니다. 영아리(靈神)는 신이 앉아 있다는 말로 중국의 북방언어입니다. 또한 음어(音語)로 아리(山)는 산이라는 의미도 됩니다."

진 장주는 허달을 바라보았다.

"점점 풀려가고 있소. 여기 사면(斜面)이면 측릉악(側稜岳)이 맞소. 측릉악 남쪽으로 가시봉(加時峰)이라고 되어 있는데 우리 막사가 들어서는 곳이라고 보고 있습니다."

다음 책장을 걷어 보는데 등 뒤에 있던 허달이 물었다.

"그러면 금문(金文)으로 조소악(鳥騷岳)이면 새들의 오름이라는 말이 되는데 측릉악 북쪽입니까?"

전표 탐라인은 심드렁하게 그의 말에 덧붙였다.

"새신오름 말입니까? 새들이 많아 한겨울에도 떠나지 않아 노래하는 곳입니다."

진 장주가 일어서며 모두에게 환한 웃음을 보였다.

"맞소, 우리가 찾아갈 비연절익형국(飛燕絶翼形局) 바위를 찾으면 천궁 동혈이 있을 것이오. 제비도 강남 가기를 거부하며 새들의 고장, 새신오름이오."

이들은 미로를 찾으며 팔 부 능선을 넘은 듯이 가슴이 설렜다.

저녁 햇살을 등에 진듯하여 가시봉 막사로 내려왔다. 궁인(宮人)들은 나무를 베어다 집을 만들고 있었고, 다섯 개의 파오가 군데군데 설치되어 있었다. 높은 쪽에는 듬직한 파오가 있었는데 궁주의 막사였다. 혼자 기거할 곳이겠지만 신장(神將)들 의논처이기도 했다.

막사 하나는 여인들의 거처로 역귀실 조향(趙香)과 매선 부인, 그 외로는 다섯 여인인데 기예를 갖춘 여인들로 식부 역할도 하고 있었다.

모두 일진에 속해 있으며 일이 순조로우면 제2 진도 중국으로부터 들어오는 것으로 계획이 되어 있었다. 지금의 궁인(宮人)은 육십 인은 되어 보였다.

금당포는 인가가 많고 지금은 산남을 주유하는 처지라 배는 번내(蕃川) 포로 돌아와 매여 있었다. 모래사장이 넓어 배는 덩그러니 바닷물이 닿지 않은 모래사장 위에 올려져 있었다. 배지기 궁인은 다섯인데 다섯 마리의 나귀와 탐라의 조랑말 다섯 마리에 짐을 싣고 있었다. 성안이나 넓은 마을에는 소달구지가 있었으나, 마을 인근에만 사용했지, 산간 쪽은 다니지 못했다. 길이 좁고 험준하므로 조랑말 등짝을 이용한다. 조랑말은 길들이기가 쉽고 만만하여 그렇다. 만만하다고 힘은 없지는 않았다. 나귀는 일을 하다가 심통 부릴 때가 있지만 조랑말은 그렇지 않았다.

중국의 나귀와 탐라의 조랑말 등에 실은 짐들은 가시봉에 도착했다. 짐들은 대부분 쌀이었고 소금과 간장류 그리고 의복이 전부였다. 산에는 임자 없는 말이며 들소, 노루, 멧돼지들이 많으므로 계획

된 것들이었다. 배에는 은보와 은전, 철전들이 있어 지역민에게 누를 끼칠 일은 없었다.

산에서 돌아온 진 장주 일행은 태현랑사(太賢郎舍)에서 갑론을박하고 있었다.

개미단지를 관찰하던 두기호가 아뢰었다.

"보다시피 풍란초를 먹는 이 단지는 개미들이 작아지고 있어요. 여기에 지초를 넣어 관찰해 보겠어요."

반타옹이 끝에 있는 단지를 관찰하다가 자신의 예를 늘어 놓았다.

"개미도 풀 초만은 아닌 듯하오. 지렁이 한 마리 넣어 보시오. 사람은 약초와 의약을 터득하는 영장의 동물로, 자연으로 돌아가는 우리에게 생로병사를 극복하는 그 무엇이 있다는 진 대협의 의견에 나도 일치하오. 나는 원공심법에 심취하여 일 년을 산속에서 약초와 풀떼기만 먹고 살았소. 그런 나의 몸을 뒤돌아보고는 점점 짐승이 되어가고 있음을 알았소이다. 몸가짐이 가벼워 날고 싶었고, 몸은 쇠약하여 늙어감을 알았소. 해서 사람은 쌀이나 곡식(穀食)을 먹어야 짐승과 달리 현명해진다는 것을 느꼈습니다. 일 년만 더 그리했다면 나무를 타는 늙은 침팬지가 될 뻔했소이다."

말인즉슨 사람은 식물에서 자란 곡식을 먹으므로 현명해진다는 뜻이기도 하다.

그의 말에 모두는 웃음으로 응답했다. 탁상 위에는 열 가지는 됨직한 버섯들이 올려져 있었다. 영지버섯과 옥지버섯, 가지 버섯, 곰버섯, 광대버섯 등이었다. 초근목피(草根木皮)에 매달려 한 달을 보내고 지금에 이르러 버섯과에 열중이다. 반타옹이 만화상에게 말했다.

"거두어 온 초기(草起)는 저녁 찬거리로 따고 온 것입니까? 중원 천지에 있는 지초는 제외합시다. 희귀한 것부터 살펴보는 것이 중요합니다. 영지, 목이, 송로 등은 중국에 흔한 것인데 불로는 찾을 수 없어요. 이는 제외함이 옳소."

만화상은 섭섭한 말투로 대답했다.

"반노야 말씀은 알고 있습니다. 젊은 궁사(宮士)들 십여 명과 같이 이틀 동안 산을 헤매며 따온 것입니다. 말씀과 같이 식당에도 가져다드렸는데 우리들 눈에 귀한 것이 보이겠습니까? 산에 오르기 전에 잘 주지시켜 주십시오."

"여기 딱딱한 영지, 상황, 차가 그리고 목이, 팽이, 능이도 제외하는 게 좋겠소."

장주도 고개를 끄덕이며 화제를 돌렸다.

"종유석, 황룡 석순에는 천년 물길에 호수가 있고 황룡 석순에 돌매화가 있다고 책자에 있기도 하오. 파랗고 붉고 다음에는 하얗다는 그 대목도 살펴보심이 좋겠습니다."

파오의 거적문이 열리며 청의를 입은 알자가 들어섰다. 의원들은 격식을 갖추어 부르는 그의 입으로 주목하였는데 격식 없이 말했다.

"궁주님 막사에서 모임이 있소. 진인지 장주와 반타옹은 입사입니다."

알자는 입가에 웃음 웃었다가 청아한 음성이 나왔다.

"오늘 저녁 유시에 궁인 모두에게 옥수(玉水) 한 사발씩입니다."

그가 돌아가자, 장내의 의원(醫員)들은 웅성거렸다.

"사흘 전 갑사(甲士)가 옥수를 찾아간다고 하였는데 오늘 한 모금

먹는구나."

만화상이 웃음 웃자 두기호가 장주에게 말했다.

"아마도 옥수로 축배를 나눌 것 같소. 이를 계기로 우리에게도 그리고 궁인들에게 모두 배당된다고 합니다. 매일 한 사발씩 음복하다 보면 무슨 수가 나겠지요."

이 말을 듣던 반타옹도 입이 헤벌어졌다.

"이팔청춘이 따로 있는 것이 아니구나. 불로초가 아니더라도 이 섬에 소 지관처럼 환생한다면 무엇이 부럽겠소이까."

서둘러 장주와 반타옹이 궁주 막사에 들어섰는데 수뇌부의 궁인들이 앉아 있었다. 첫 태사의에는 황제 신장 전평(田平) 적제, 흑제 다음으로는 역귀실 조향(趙香)이었다. 여인은 고고함을 지키려고 봉관(鳳冠)을 쓰고 꽃문양이 수놓아진 연분홍 옷을 입고 치장하여 앉아 있었다. 적제는 붉은 마고자를 껴입었고, 흑제는 검은 면포에 하얀 끈으로 허리를 묶고 있었다. 검은 안대의 선장 다음은 갑사 금석(錦石), 다음으로 회의를 걸친 다섯 장한의 궁인(宮人), 끝으로 반타옹과 진 장주였다. 끝자리지만 별도로 배치되어 있어 특별해 보이기도 했다.

"행(行)---! 궁주님 입실이오."

청아한 홀기(笏記) 소리에 안쪽 방에 있던 궁주가 걸어 나왔다.

칠척장신에 짙은 검미와 수염은 검은 부챗살처럼 위로 솟아 있어 이들에게 궁주임을 확인시켰다.

호종단은 흑발 위에 백건을 쓰고 하얀 비단옷 위에 검은 피풍(被風)을 걸쳤다. 기립해 있던 장내의 궁인들은 일제히 손을 모아 공수를 했다.

모든 의례는 간소화되어 궁주의 의자도 칠보 옥좌가 아니고 태사의였다.

"제 신장들과 동지들을 보니 반갑소. 오이섬에서 약속했던 옥수(玉水)가 오늘부터 궁인들에게 배당될 것이오."

궁주의 말에 장내의 궁인들은 목젖을 늘리며 마른침을 삼켰다.

막사 파오의 문이 열리며 젊은 궁사들이 항아리와 놋그릇을 들고 들어섰다.

궁사들은 유기 사발로 항아리에 물을 뜨면서 궁주님과 신장(神將)들 차례로 모두에게 물사발 한 개씩 돌아갔다. 웅성이던 장내는 젊은 궁사들이 돌아가자 조용해졌다. 궁주는 각자의 앞에 있는 물사발을 둘러보며 목청을 가다듬었다.

"중국에 백년하청(百年河淸)이라는 말이 있어요. 황하강은 늘 흐려 맑을 때가 없다는 뜻이지요. 누가 맑아진 강을 본 이가 있습니까? 인간의 수명이 기다려봐야 헛일이라는 말인데 우리에게는 통하지 않을 것입니다. 오늘부터 이 옥수를 드심으로 그리 믿소. 그보다 우리의 희망은 불로영생(不老永生)의 불로초를 찾을 것으로 믿는 바이오. 우리 모두 만사형통(萬事亨通)하기를 빌며 축배를 들겠습니다."

말이 끝나자, 모두는 약수에 의미를 부여하며 꿀꺽이는 소리가 장내에 흘렀다.

삼천갑자 동방수

진학소는 산남에 있는 산방산(山房山)을 유심히 바라보고 있었다. 우마가 뛰어다니는 오름과 달리 백석으로 우뚝 솟아있는 산이었다.

잣밤나무와 동백나무 그리고 보리수나무가 무성한 산이다. 봄철에 따먹을 수 있는 보리수 열매며 촉살같은 잣밤이 많은 곳이다. 잣밤은 솔방울에 끼어있는 잣처럼 기름기 있는 간식거리이기도 하며 이 섬을 상징하는 나무이다.

석벽에는 춘란, 중란, 풍란이며 희귀식물이 많았다.

학소는 꿈속에 떠오르는 호연지기(浩然之氣)의 영산(靈山)이 떠오를 것도 같은데 무엇인가 떠오르지는 않았다. 몇 걸음만 더하면 앞으로 옥섬여가 되어 울어 대던 구녀 못이 있지만 감추어진 운명의 장부를 볼 수 없는 것이 인생사이기도 하다.

청의 궁고(窮苦) 바지에 배의 상의를 걸치고 구름마에 몸을 실은 진학소는 자단(紫丹) 마을 쪽으로 말머리를 돌렸다.

오늘 아침 호조(號鳥)는 달려와 가시오름(加時岳) 못미처 막사를 쳤다고 보고했으며, 삼 일 전에 배에서 내린 중국인 두 사람은 무림의 낭인이며 바닷가 산해수동 마을을 배회하고 있다고 말했다. 호조는 외선을 타며 인자(忍子)가 되어 은자(隱子)인으로 무예도 출중했다. 산해수동이면 산이수동(山伊水洞)을 말하기도 한다.

빙백궁 막사는 감히 접근을 피할 수밖에 없었다.

강호에서 실전을 겪으며 자신도 모르게 내력이 충만함을 느끼고 있어 자신이 붙어 있었다. 자단골 세당(新堂) 마을 입구에 돌하르방이 양손을 가슴에 붙이고 우두커니 서 있음에 물끄러미 바라보았다. 중국 북방지방(北方地方) 란주를 여행할 때의 생각이 떠오른다. 옹중석(翁仲石)은 진시황 때 흉노족을 벌벌 떨게 한 용맹한 장수 완옹중(阮翁仲)으로 중국의 돌부처 장군이다. 죽어서도 완옹중 장군을 동상으로 만들어 성문 앞에 세워 나라를 지켰다는 고사에서 유래한 돌하르방이 이 섬에 군데군데 있다는데도 놀라고 있었다. 이 섬의 하르방 같은 돌하르방은 포근함과 강인함이 중국에 있는 것과는 달라 보였다.

빙백궁을 상상하며 의기소침하던 그의 젊은 가슴에 이웃해 있는 돌하르방이 믿음의 신이 되기도 했다. 왕방울 같은 두 눈을 번쩍 뜨고 쳐다보는 모습이 용기를 돋아나게 했다.

강남 갔던 제비가 탐라의 들판에 나타났다. 사람들은 제비를 이방인처럼 생각하지만, 이 지방에서 태어나 자랐는데 고향에 돌아온 셈이다.

두 낭인이 제비처럼 산하를 내려오다가 갯마을로 걸어갔다. 둘은 하나같이 면포 갈의에 흑립을 쓰고 있었다. 장대를 잡고 앞서가던 이가 흑립을 벗었다. 둥그런 독두(禿頭)머리의 호면귀(虎面鬼) 곽순(郭淳)이었다.

뒤에 있는 아파자(啞巴子) 아두에게 고개를 돌렸다.

"기회를 보아서 두 지과의 명줄을 절명으로 끝을 내려는데 좋은 방법은 없는가?"

귀는 밝아도 목소리는 낼 수 없는 아두는 고개를 흔들며 손가락과 팔이 얼굴에 오가며 수화를 보내었다. 그의 행동에 짐작은 되었는지 말을 이었다.

"자네 말이야. 명반이네 집을 찾아본다는데 왜 그대로 왔지?"

그의 말에 수줍어 보이는 얼굴로 고개를 흔들며 수화를 했다.

마당 앞 올레까지는 갔었는데 차마 들어갈 수 없어 돌아왔다고 했다.

이들은 파도 소리가 밀려오는 갯마을로 접어들었다. 거리에 간간이 드나드는 사람을 피하며 바닷가로 걸어갔다. 갯바위에 올라 곽순은 목발을 꺼내어 왼쪽 발목에 끼우면서 중얼거렸다.

"궁인으로 금석과 같이 두 지관을 염탐했던 일들이 떠오른다. 두 지관은 오늘 이 마을에서 만나는데 자네는 삼 일 후에 모람낭 밭에서 만나자구나."

아두는 남쪽 바다를 가리키며 열심히 수화를 보내었다. 두 달 후면 남경 현무문(玄武門)에서 대해선(大海船)으로 명월포(明月浦)로 들어오는 것으로 되어 있는데 그 일이 확실한가를 묻고 있었다.

곽순은 입가에 웃음이 일며 고개를 끄덕였다.

"문주는 발바닥이 둥둥 뜨고 있을 것이야. 그런데 빙백궁에서 약수터를 알아냈다면 그 일이 상심일세."

여기 갯바위에서 곽순은 잠녀가 채취한 물건에 호기심이 일어 갑사 금석에게 그것을 사 먹고자 권유했던 일이 있었다. 여인들이 옷을 갈아입는 불턱에 갔다가는 잠녀들은 나의 옷도 훌렁 벗겨낼 것이라고 말하며 남자 금지구역이라고 말했다. 그리하던 금석의 행적이 묘연하여 그것이 문제였다. 오늘은 물때가 맞지 않았는지 연기가 피어오르던 그곳은 조용했다. 곽순은 아두를 돌려보내고 갯가를 혼자 걸었다.

중국에서 신라 여인과 생활하고 있었고 오 년 전부터 탐라 방언을 익혔던바 두 지관의 대화를 엿듣는 것은 아무것도 아니었다.

어둠이 깔리자, 그는 행동에 들어갔다. 담벼락과 나무 틈을 타면서 소 지관 문간에 도착했다. 안 정시가 타고 왔던 말은 마당 가에 매여 있었다.

어제저녁에는 안 정시댁 담벽에 붙어서 밀탐했고 오늘은 이들의 만남을 예견하여 밀탐하려는 것이다. 이 년 전에 염탐했던 소 지관 바깥채는 그대로였다. 두 지관은 만나기만 하면 장기판에 몰두한다는 것도 알고 있었다. 적수가 되다 보면 승패에 몰두하고 승자는 어디서 상금이나 상장이 없는데도 승자가 되는 낙에 즐거워하고 있다.

장기를 띠는 사람들 심정이기도 하며 한판 대결을 물리고 안 정시가 말했다.

"내일 동행합시다. 오 일 전에 말씀했듯이 아무래도 수상쩍어 실개천 담수에 누가 드나드는 감이 듭니다."

"그럴 수도 있지요. 물이 있는 곳이라 산짐승도 있을 것이고 가축도 있지 않겠소? 가축을 찾는 산테우리(목동)도 지나가다가 마실 수도 있는데 너무 예민하오. 집에서 밭갈이 장남이 없다고 하여 내일은 밭갈이해 주기로 약속했소."

안 정시는 고개를 들고 노인을 한참 바라보았다. 망구가 지나는 노인이 지난번에는 사흘동안 농장 일을 거들었다고 자랑삼아 말했으며, 이제는 밭갈이도 거뜬히 해내고 있었다. 황소와 씨름하며 밭갈이 하는 것은 장남(남자)들 일이기도 하다. 이로 보아 자신도 몇 참씩 걸어 정시 일도 하고 밭갈이도 거뜬하여 뿌듯한 마음이다. 들창 가에 붙어 있던 관순은 두 노인을 보면서 놀라움에 아연실색했다. 이 년 전에 소 지관은 방바닥을 짚고 겨우 일어서던 노인이었는데 지금은 그게 아니었다. 안 정시의 독두도 지금은 흑발이 성성했다.

아두가 젊어지는 샘물이 있다는 말은 옛말이 아니라 자신의 앞에 놓인 것처럼 보였다. 고목에 붙어 돋아난 검버섯 같은 얼굴이 탈색되어 붉어 있었고, 명당 자리 보아주겠다고 앞서거니 뒤서거니 땅속으로 가겠다는 노인들이 아니었다. 이들은 염씨(鹽氏) 노인 이야기를 하며 그와 같은 미로를 상상하던 말이 전설만이 아님을 보여주고 있었다.

다음 날 아침, 인성(人城) 마을 입구에 곽순이 고목에 붙어 있었다. 그는 암행할 때는 언제나 오전모(烏展帽)를 눌러쓴다. 쌀쌀한 봄 서리가 가시지 않은 이른 새벽 초가집이 띄엄띄엄 있는 마을 입구에서 한 필의 준마가 나타났다.

말안장을 채운 황마는 가벼운 걸음으로 먼 산을 바라보며 나섰다.

갑사 금석(甲士錦石)이 그랬던 것처럼 먼발치로 따라갔다. 곽순은 이들의 대화를 아두에게 전해주었던 일이 있었다. 태역밭을 걷고 억새 동산을 걸어 더 갈 수 없는 숲 지대라고 말했다.

안 정시는 목적지에 이름인지 하마를 하고 숲속 곶자왈 안으로 들어갔다.

평대향장(平大鄕長)은 수장올(水長兀), 화장올(火長兀), 초장올(草長兀)

물과 불과 초목, 이 세 가지가 구색을 갖춘 곳에 성소(聖所)가 있을 것이며, 불로초가 자생할 것으로 짐작되는 그곳에는 오백 수의 염천 노인(鹽天老人)이 살고 있을 것이라고 두 지관(地官)은 이야기했었다.

이틀 길은 걸어야 그곳에 닿을 수 있을 텐데 반나절을 걸어 도착하면 성소는 아닌 듯 싶었다. 열흘에 한 번씩 물을 떠 왔다는 실개천이 대단한 약수임은 두 지관의 모습을 보고 곽순도 느끼고 있었다. 그러면서 침을 삼키고 안 정시의 뒤를 놓치지 않았다. 두 지관(地官)은 중원인들이 들어와 가시봉 밑에 막사가 세워진 것도 알 수 없었고, 엊그제 빙백궁에서 그물망을 쳐놓은 것도 모르는 사실이다. 그런데 곽순의 박쥐 같은 두 귀가 움직였다. 그의 코도 예민하여 사람의 누렁내도 감지하여 더 깊은 은신법을 취했다.

안 정시는 숲 지대에 이르러 따라온 사람이 없나 싶어 주위를 돌아보는 것이 조심성이 대단했다. 돌무더기가 있는 곳이라 말에서 내려 더듬더듬 걸어갔다. 두 개의 가죽 통을 어깨에 걸치고 금석이 보았던 것처럼 오늘은 호면귀 곽순이 그와 같이 도시(盜視)하고 있다.

닷새 전에는 사람들이 다녀갔다고 감지되어 걱정이 태산같았는데, 소 지관은 산짐승이나 목동들이라고 단정하는데 그와 같이 믿어 안심은 되었다.

박으로 된 쪽박을 들고 웅덩이에 내려섰을 때였다. 청모변(靑毛弁)을 쓴 삼 인의 무사들이 나타났다. 안 정시는 소스라치게 놀라며 낮은 소리로 조용히 물었다.

"당신들은 누구요?"

삼 인의 무사는 회색의 호복에 등에는 검을 메고 있어서 강호의 무림인임이 확실했다. 중국 서적을 많이 읽어 이번에는 중국말로 겸손하게 물었다.

"여기는 어인 일이십니까? 혹시 약초를 찾으려 하십니까?"

뒤에서 익숙한 탐라 방언의 목소리가 들렸다.

"오랜만이오. 그사이 아주 젊어지셨수다."

안 정시는 두 눈을 부릅뜨며 경악한 얼굴이 드러났다.

이 년 전까지 다정다감했던 금석이었다.

"그대가 어찌하여 중국인들까지 불러들이고?"

그의 말에 금석은 양심의 가책을 느꼈지만, 책무에 냉랭한 얼굴을 하고 그의 약점을 들추어내었다. 일 년 전에 도시했던 일들이다.

"소 지관의 장자 소장개가 생각나겠지요? 여기서 주웠는데 이 찍게 말이오."

그렇게 말하며 녹슨 찍게까지 꺼내며 빙글빙글 돌렸다.

안 정시는 두 눈을 감고 억울함을 지그시 삼켰다. 이들을 은밀히 주시하던 곽순도 놀라움에 더 깊은 은신술로 납작 엎드렸다.

금석은 만일(萬日)이라는 별호를 쓰며 나와 소 지관까지 감시해 왔다는 사실이다. 오늘은 나를 잡으려 거미줄을 쳐놓았다는 사실에 후회스러워진다.

"그 찍게가 어떻단 말이오?"

"안 정시라는 사람은 여기 담천(潭天) 샘에서 소장개를 죽여 사냥터 벼랑으로 던져버리고 사냥터에서 횡사했다고 그랬지. 그리하고도 소 지관과 잘도 지내더군."

그의 말에 안 정시의 얼굴이 붉으락푸르락 해졌다.

"그 일은 내가 잘못이 아니었다. 그 죄를 지어 나는 소 지관에게 열과 성을 다하는 것이 나의 덕목으로 삼고 지내왔다. 그대가 건각인까지 끌어들여 염탐꾼 노릇이나 하는 나쁜 놈! 소장개가 나를 염탐하고 덤벼들던데 이번에는 그대가 똑같은 짓을 하는구나!"

안 정시가 내지르는 고함에 금석은 머리가 따끔하여 할 말을 잃었다.

주위에 있던 청모변을 쓴 무림인들이 다가와 불문곡직하고 검을 빼 들었다.

"뭐야? 성스러운 곳에 혈향이 묻어서는 안 된다. 벼랑으로 끌고 가라!"

미적거리던 금석은 호령하며 서둘렀다. 숲이 짙은 영지(靈地)의 담천샘 주위는 성스러워야 한다. 빙백궁 투망에 걸려든 안 정시를 낚아채고 이들은 사라졌다. 안 정시의 마지막 단말마가 아련히 들려왔다. 삼 인의 무림인에게는 당해낼 수가 없었을 것이다. 건각인으로 이 섬에 찾아와 궁인 위패(位牌)를 드렸던 갑사 금석인데 절친한 안 정시를 그렇게 배신할 줄은 몰랐다. 그보다 더 놀라운 사실은 빙백궁이 벌써 여기 담천샘을 관리하고 있다는 데 있었다.

은신(隱身)과 투토술의 대가 곽순이 이 사실을 도시하고 돌아설 때였다.

"하하하! 고목에 붙어 있는 것은 우리도 몰랐지만, 우리 투망에 걸렸군. 호면귀 곽순!"

홍등이 날아들듯이 바람같이 낡아드는 이가 있었다. 바로 적소상인 팽두였다. 오전모의 사나이도 놀라움에 일신을 가다듬었다. 그리

삼천갑자 동방수 327

고 경솔한 행동이 후환이 되어 돌아온다. 곽순은 청모변 무사와 갑사 금석이 놀라운 행동을 하고 떠난 마당에 은신술을 풀었던 것이 잘못이었다.

"혹시가 역시였군. 금석을 묻어놓고 두 지관까지 살펴 가며 여기 실개천 담수를 찾아낼 줄은 몰랐소이다."

"망측한 놈! 나의 분신 편제(片弟)를 우롱하고 살해한 죄를 묻겠다."

"당신네는 은자단으로 나를 이용하여 백접도(白蝶圖)를 취하는 것이 목적이었소. 당시 리안산(里安山)에서 나를 살려주셨으면 제국당으로 들어가 그것을 찾을 수도 있었을 텐데 당신이 나를 살해하라고 명령했소"

그의 말에 팽두는 큰소리를 내질렀다.

"은자단은 그대가 자초한 일이다. 그리고 불에 타 죽어가는 사람을 그냥 쳐다보고 걸어갈 수가 없었다. 자네가 아니더라도 서불과지도는 우리 수중에 있다. 되었느냐?"

할 말을 다 했다고 팽두(彭斗)는 적봉을 꺼내 들었다. 곽순은 등에 메어있는 검을 뽑을 용기는 없었다. 강호 무림의 고인(高人)인데 자신의 무공으로 당해 낼 엄두가 없었다. 그의 가슴속에는 도자(刀子)와 삼각 각면철이 있어서 편법으로 선(先)과 선(先) 먼저 공격하여 먼저 나는 방법이 떠오른다.

이이 얏!

파파파곽!

고성을 내지르며 도자와 몇 개의 각면철이 회오리바람에 실려 팽두에게 뿌려졌다. 하지만 홀연히 사라지는 그 자리에는 고목만이 버티어 있어 도자와 각면철은 고목 곳곳에 박혔다.

일순, 곽순은 기문둔갑술(奇問遁甲術)로 몸을 돌려 숲속으로 사라졌다. 무영보의 신법으로 준마 쪽으로 날아갔는데 흑영이 앞을 가로막았다. 곽순은 육단슬행(肉旦膝行)으로 검을 빼들며 자격을 했다.

쉬익!

이번에는 홍등이 날아들며 적봉이 적양장(赤陽掌)으로 곽순의 가슴을 후려쳤다. 나는 새가 활촉에 맞아 떨어지는 것처럼, 곽순은 기문둔갑술이 헛일임을 알았다. 밤공기를 마시며 강호를 주유하던 그도 고도의 섬에서 떨어진 낙엽이 되고 말았다.

구름마에 앉아 산하를 바라보는 청년이 있었다.

한 마장 건너 내달리는 주인 잃은 탐라 황마가 있었다. 비어있는 말안장을 등짝에 붙이고 기겁한 상태로 산하를 달려갔다. 아침에 수통을 싣고 곶자왈로 걸어갔던 안 정시의 말이었다. 그곳에는 하늘 위에 흑수리와 흑까마귀들이 감장을 돌고 있었다. 그곳에 무슨 일이 벌어지고 있음을 짐작게 했다.

벼랑에 떨어진 안 정시의 시체와 억새밭에서 혈향을 풍기는 곽순이 있기에 흑까마귀들은 야단법석이다. 그곳에는 붉은 행괴의 노인이 성큼성큼 걸음을 옮겼다.

"할 말은 없느냐? 막사로 돌아가 금석에게 전할 말이라도……"

그는 입을 열 기운도 없고 이들에게 할 말도 없었다. 저승길 문턱에서 미련이 남았다면 현무문(玄武門) 문주가 떠오른다.

'두 달이면 이 섬에 도착할 텐데. 아두가 중국으로 돌아가 이 사실을 알려야 할 텐데……'

팽두가 양팔을 힘차게 밀자, 음한기공(陰寒氣功)이 몸을 스쳐 호면귀(虎面鬼) 곽순(郭淳)은 이승을 달리했다.

일을 마친 팽두는 아지랑이가 이는 억새밭으로 눈을 돌렸다.

푸릇푸릇 돋아나는 억새밭 너머로 한 필의 준마가 거침없이 달려오고 있었다. 그 준마는 팽두 앞에 이르러 앞발을 세웠다가 멈추었다. 용감무쌍하고 거침이 없는 강호의 젊은이였다.

"워! 워!

젊은이는 훤칠한 키에 하얀 백의 상의를 걸치었고 용모 또한 준수한 데다가 비범해 보였다. 둘은 날카로운 눈으로 동태를 주시했는데, 놀라움을 감추지 못한 이는 팽두였다.

"어떻게 여기까지? 자네가 강호에 뜬다는 선풍재천(旋風宰天) 진학소구나!"

"알아보아 주서서 영광입니다"

젊은이는 미간을 찌푸리며 단호히 말을 이었다.

"토번에 신마 적소상인(赤掃上人) 팽두(彭斗), 구중심처 백봉산에 숨어 빙백궁인으로 잘도 숨어 지내셨소이다."

"이놈! 건방을 떠는 것이 죽기로 작정했구나. 바지 내린 서생 주제에 선풍재천이라고 잘도 컸구나, 자네의 도우(道友) 유양수는 저승 가는 길이 멀어 자네를 기다린다고 하더구나. 내 그곳으로 보내주지."

"말 잘했소이다. 검생검사(劍生劍死) 유양수는 그대 같은 마인들을 척살하지 못한 것이 통한의 일이오. 그리고 하늘 아래 귀천이 있어 천한 사람들은 귀한 사람들을 먹여 살리기가 힘들어했었소. 부모가 눈앞에서 척살당한 것이 괴로워 그곳으로 가고 싶었던 것이오. 팽두라는 마인은 그의 가슴은 열어보지 않고 홍이 나 있었지……."

"그놈은 나의 왼팔 소산해를 잘라낸 놈이다. 수령의식(守靈儀式)에 모차차의 춤은 그를 괴롭게 했다. 나의 친구이며 우리 궁인에 원천교(元賤敎) 교주 조향(趙香)이 그와 같지만, 지옥도(地獄道)는 없다."

팽두는 불거져 나온 광대뼈를 실룩이며 하찮은 젊은 놈의 언사에 피가 거꾸로 도는 기분이다. 오른팔을 들어 쇠스랑같이 손을 구부리자, 학소는 훌쩍 말에서 내렸다. 구름마가 걱정이 되어서였다.

"그대의 진 장주는 우리 막사에 있다. 우리 신장(神將)들은 자네를 놓고 왈가왈부했었다. 검을 내리고 내 앞에 무릎을 꿇으면 우리 궁인으로 추대해 주겠다."

"궁인(宮人)이요?"

"그렇다. 영생을 누릴 수 있는 길이기도 하다."

젊은이는 입가에 한 가닥 엷은 미소를 띠고 팽두 노인을 응시하고 있다. 강호에서 숱한 살생의 흔적을 남긴 마인으로 보지 않고 시효(時效)를 마친 기울어가는 노인으로 보려고 노력했다.

"당신네가 영생이라는 사심에서 살생을 저지른 우리의 가장 식솔들을 상상해 보시오. 아비규환의 화마 속에 숱한 생명들은 나의 가슴속에서 지우지 못해 살아 있소이다. 천사숙이며 동료들이 가슴속에 있는데 영생을 누릴 수 있겠소?"

학소의 훈계에 팽두는 작심했다. 우리가 아니면 적이고 적이면 척살하는 것이 힘의 진리라고 믿는 마인들이었다. 양손을 공중으로 휘둘자, 학소도 검을 뽑아 들며 중단으로 휘둘렀다.

"펑……!"

섬뜩한 냉풍과 한기가 장중에 휘몰아쳤다. 학소는 장으로 맞서지 못하고 검풍으로 맞서 장을 갈라치었다.

팽두는 섭령통심안(攝靈痛心眼)으로 불거져 나온 광대뼈를 실룩이며 쏘아보았다. 눈과 눈으로 그의 통심안은 날카로웠다. 그러나 자신의 눈도 찡그리며 늙어버린 짐승의 안목임을 주입해 비열한 늙은 눈매임을 제압하려 했다. 머리가 어지러웠다. 숱한 영혼을 빨아먹은 통심안은 제압할 수가 없었다. 알고 보니 눈동자를 바라보는 것이 아니었다. 팽두의 콧등으로 초점을 옮기자 편안한 마음으로 정신을 집중할 수가 있었다.

천강참!

홍등이 날아들듯이 적봉이 세자나 늘어나며 심장을 얼릴듯한 한기가 사방에서 학소의 가슴을 때렸다. 일순, 대파요격세(對破要擊勢)를 취하며 오금파천식의 영풍탄석으로 맞받아쳤다. 목표를 잃은 적봉은 빙하강기를 잃었다.

까강 깡!

학소의 내공을 실은 오금파천(五禽破天)에 창졸지간에 당한지라 팽두는 우뚝 서고 말았다. 딱딱하던 적봉은 반토막 나 핏물이 흘러내리며 흐물거렸다. 위세가 당당하던 적봉이 살아있는 생명줄이라는 것을 느끼게 했다. 팽두는 경악해 마지않았다. 구채산 백하칠가(白河漆家)에서 무림인 네 사람을 일수에 동강냈다는 젊은이가 있었다는데, 바로 이놈임을 알게 되었다. 검결에 곰, 원숭이 등 다섯 짐승의 영상들이 불쑥불쑥 나타났다.

신비에 가려진 반토막 난 적봉을 안주머니에 쑤셔 넣으며 비애에 찬 음성을 토했다.

"전통 무예를 자랑하는 일천 무림세가에서도 보지 못한 오금파천식을 십성 익혔구나. 어디서 얻은 검법이냐?"

학소는 실소를 터트렸다.

"당신이 말하고 있지 않소. 선풍재천(旋風宰天)이면 하늘에서 얻은 것이오.

우주 사해 팔황을 통틀어 신비로 감추어진 불가사의한 빙백궁(氷白宮)이 있다는데, 마인들의 오방패를 하나하나 척결할 것이오."

염라대왕이 보낸 사자처럼 당당한 태도에 팽두는 패자의 심정을 처음 느껴보기 시작했다. 내공의 힘도 젊은이의 대력에 미치지 못함을 느끼었다. 이놈은 통심안에도 흔들림이 없이 안법(眼法), 격법, 세법, 자법 모두 통달한 듯하다. 그가 자랑하는 통심안은 눈이 아닌 콧등에 초점을 두었으므로 통할 리가 없다. 심기가 불안한 노인의 음성은 격앙되어 있었다.

"애송이가 기고만장하기 이를 데 없구나!"

당황한 팽두는 두 눈을 실룩이며 억새밭에 꽂혀있는 곽순의 검을 주위들었다. 은망세를 취하며 검을 휘둘러 청룡탐조(靑龍探爪)로 음후한 기세로 치고 들며 오른손을 들어 그가 자랑하는 적양장(赤陽掌)으로 때렸다. 학소는 비발검무(飛發劍舞)로 사(死)자의 초서체를 휘갈겼으니, 장을 가르는 찰수팔선보다 몇 단계 높은 공력이 깃든 검법이었다.

장안에서 당 노사에게 했던 것처럼 다섯 토막으로 장을 가르고 마지막 빗겨 친 획은 팽두의 복부를 깊숙이 가격했다. 점점 늘어가는 공력은 유사풍(流砂風)의 내력으로 예전 같지가 않았다.

윽!

팽두는 두 눈을 크게 뜨며 이국 하늘을 바라보았다. 불끈 힘을 갖춘 팽두는 풀었던 손을 거두며 마지막 적양장을 뿌렸다. 너 죽고 나 죽자는 양패구상(兩敗俱傷)의 죽음이다.

헉!

다가선 학소의 가슴에 정타하였다. 장발은 드세지 못했지만, 가슴속이 따끔함을 느꼈다. 검을 거두었을 때는 불거져 나온 광대뼈가 목불인견의 검은 사안(死顔)으로 변했다.

담천 샘 숲속에서 웅성이는 사람들 목소리가 들렸다. 옥수를 뜨러고 들어온 궁인들인데 북방 흑제 신장 장호추가 지휘하고 있었다. 궁사 한 사람이 숲 밖으로 나오며 말에 오르는 진학소를 발견하고 고함을 쳤다.

"침입자다! 저자를 잡아라!"

그 소리에 몰려온 이들은 참담한 광경을 보았다. 곽순과 팽두의 시신이 있었는데, 팽두는 한 움큼 나오는 적혈이 낭자한 복부를 끌어안고 있는 시신이라 황당할 수밖에 없었다.

달려가는 말발굽 소리에 궁사 대여섯 명이 붙어 있었고 맨 앞에 신법을 휘날리는 이는 야호선자(野弧禪子) 장호추(長胡推)였다.

적양장에 당한 학소는 붉게 미어오르는 가슴을 쓸어안으며 달려 나갔다. 두 마장만 달리면 아무리 뛰어난 신법이라도 따라올 수 없다는 것을 감안하여, 이 장합을 피할 수밖에 없었다. 이 몸으로는 누구와 대적하기보다 죽고 사는 것이 문제 같기도 하다.

"네 놈이 달려 보아야 내 손 안에 있다.!"

장호추는 검은 피풍을 휘날리며 구름마 위로 뛰어올랐다.

비곡파군(飛曲破軍)!

헉!

그가 자랑하는 비곡장을 치는 순간 학소는 정강이에 차 있던 소도(小刀)로 호도구령(好道救靈) 검보를 뿌렸다. 도를 좋아하고 신령을 구하는 도법에 장호추의 왼쪽 발목이 싹뚝 잘려 나갔다.

말에서 떨어진 장호추는 대성통곡했다. 정강이에 숨어있던 병기가 자신의 발을 요절내었는데, 이는 이 나이에 반신불수의 몸이라는 것을 깨달았다.

학소는 목이 타는 뜨거움을 느끼며 물 몇 모금이 그리웠다. 가슴에는 적양장, 등 뒤로는 비곡장이 그를 죽음으로 내몰고 있다. 강호의 내로라하는 마인들의 괴장(怪掌)에 정통은 아니더라도 배겨낼 수는 없었다.

기경팔맥(奇經八脈)이 요동을 치며 중국 구포산(句砲山)에서 유사풍(流砂風)이 생각난다. 가슴 임맥(任脈)에는 적양장이, 등 뒤에 독맥(督脈)에는 비곡장이 대반란을 일으키고 있다.

말안장에 엎드려 '물', '물' 무의식적으로 소리내는 일밖에 없다. 이 년 동안 정들었던 구름마는 물소리는 알고 있었다. 주인 방 장군의 시신을 실었던 일과 지금 선풍재천 진학소를 싣고 달리는 것이 똑같은 비애에 젖어 있었다. 싣고 달리는 것과 타고 달리는 것은 어느 말이든지 감지한다.

구름마가 다다른 곳은 창고천 상류 행기소(幸器所)였다. 둑에서 하

삼천갑자 동방수 335

마한 그는 짐승이 기어가듯 괴로운 몸을 이끌고 기어갔다. 물가에 다다랐을 때 웬 소녀가 행기 그릇을 들고 우두커니 서 있었다. 학소는 사람을 보자 그 얼굴에도 미소를 지어 물먹는 시늉을 했다. 하얀 명주천을 단정히 입은 소녀는 놋그릇에 물을 담고 학소의 입가로 내밀었다. 그는 단숨에 벌컥벌컥 마셨다. 하지만 일어서고 싶어도 기력이 없었고 앉을 힘도 없었다. 소녀는 품속에서 파란 알약 하나를 꺼내 들었다. 그는 그 향에 끌리어 왠지 먹고 싶어 고개를 끄덕였다. 소녀가 엷은 손으로 내밀자 그는 받아 삼켰다. 소녀는 또 행기 그릇에 물을 내밀었다.

이른 아침 하원 법화사(法華寺)에서 이슬길을 신법으로 달려오는 두 여인이 있었다. 막사(幕舍)에서 지루하여, 역귀실 조향(趙香)은 매선 부인 매영(梅榮)에게 권하여 법화사에서 며칠을 보냈다.

법화사(法華寺)는 신라 때부터 유명하여 신자도 천여 명은 된다고 하였다. 두 여인은 한라산 정상에서 피어오르는 연기에 황당함을 감추지 못해 발길을 멈추었다. 봉관(鳳冠)의 여인이 뒤돌아보며 말했다.

"빈녀는 엊저녁 굉음에 잠이 깨고 벼락이 치는 것으로 느꼈지요. 그래서 절간에는 벼락은 피해 갈 것이라고 마음을 달래었습니다."

"소부도 유황 냄새가 방 안 가득 진동하여 지진이나 화산이 터지는 것은 아닌가 하여 마당으로 나왔지요. 마당에는 불공을 왔던 이들이 산 정상을 향하여 큰절을 올리고 있었어요. 따라서 산 정상을 바라보니 붉은 불이 피어오르는 것을 보았습니다."

궁장의 여인이 조용한 음성으로 말했다.

"백록담에서 돌아온 궁주님은 신장(神將)들에게 말한 바 있어요. 이 섬에 대재앙이 있을 것 같다는 말을 흘렸습니다. 그의 말씀은 백록담(白鹿潭)에는 백록은 고사하고 노루 한 마리도 없었고 유황 냄새를 감지했다고 합니다."

봉관의 여인은 역시 치마저고리는 꽃문양이 있고 구름무늬의 운혜(雲鞋)는 깨끗했다. 쪽 찐 머리에 아얌을 눌러쓴 매선 부인의 송죽(松竹) 무늬 궁혜(宮鞋)도 젖어 있지 않았다. 아침 이슬길인데도 말이다. 두 여인은 얼굴을 마주하다가 사람들이 모여드는 곳으로 발길을 돌렸다. 번내(番川) 고을과 감산(甘山) 사람들이 화적봉에 올라 연기가 피어오르는 한라산 정상을 바라보고 있었다.

남바위의 가죽 모자를 쓴 노인이 손을 들어 고래고래 소리 지르고 있었다.

"한라 영주가 우릴 버렸소이다. 한라 영산(漢拏靈山) 천지신명(天地神明)이시여, 우리를 버리지 말아 주십시오."

중국의 두 여인도 이들과 같이 두 손을 모아 꾸벅꾸벅 절을 하였다. 이색적인 의상과 화려함에 사람들 이목이 돌아올 텐데 모두가 산을 바라보며 격앙되어 있었다. 물론 두 여인은 돋보이려 하지도 않았고 빠른 걸음으로 막사가 있는 곳으로 발길을 재촉했다.

태현랑사 막사에서는 어젯밤에 일어난 화산보다 더 놀라운 일이 벌어지고 있었다. 개미단지 항아리에 흰개미들이 하룻밤에 모두가 사라져 버렸다는 사실이다. 감싸 놓은 면포에 구멍이 나 있었고, 하얀 개미들은 밤중에 모두 날아가 버렸다. 허달이 반타옹에게 보고했다.

"말려놓은 천초(天草)들인데 그것이 문제입니다. 그 천초는 바다의 우뭇가사리와 같은 천궁(天宮) 동혈에 천초(天草)요. 사흘 전 우리가 배회할 때 받아온 것이 아니오? 바로 그것이오!"

왜소한 얼굴에 놀랍다는 표정으로 진 장주를 바라보았다.

진인지는 서불과지도를 꺼내며 경악해 마지않았다.

"서복 선사의 전서체(篆書體)인데 바다의 우뭇가사리는 사람이 먹는 우미(優美)이며 천궁(天宮)에 우미(優美)는 신선이 먹는 우미라고 되어 있소."

태현랑사에서는 천초, 불로초, 영초 등 이름있는 것들을 모두 수집하여 시험에 몰두해 왔다. 이 지방에서는 바다의 천초는 우뭇가사리이며 여름에는 도토리묵과 같이 만들어 먹고 있었다. 무미의 맛이지만 지금까지 이어지고 있다.

새들의 고향 새신오름에는 비연절익형국(飛燕絶翼形局) 바위가 천궁 동혈 입구에 있었다. 동혈 금빛 현무암 절벽에는 바다의 천초 같은 붉은 석순들이 있어 수집해 왔었다. 딱딱하지 않은 풀 초 같은 석순이었다. 황금 같은 절벽은 마치 신세계 같은 느낌이기도 했다.

그것을 달여 하얀 개미에게 먹여 왔던바, 바람과 같이 사라져 버렸다. 흰개미들은 효험이 있으면 변고가 일어난다. 모두가 겨드랑이에 날개가 나타나면서 밖으로 날아가 버렸기 때문이다. 진 장주는 금문(金文)으로 쓰인 전서체를 밝혀내며 희망을 보이기 시작했다. 서복 책사(策士)가 여러 방사(方士)와 같이 간지(干支)로 열두 해에 무르익는 불로초임을 알아내기 시작했다. 솟아 삼 년 청초 삼 년 붉어 삼 년 백설 삼 년인데, 일 년만 지나면 하얀 불로초를 얻을 것이라고 신념이 굳어졌다. 일 년 살이가 아니고 열두 해 살이라는 것을……. 그런데 붉어 삼 년에는 광기가 돋아나는 것까지는 확인은 못 한 상태다.

진 장주는 흡족한 미소를 띠며 두기호의 손을 꼭 잡았다.

만화상(萬和尙)은 불문곡직하고 밖으로 나서며 한마디 했다.

"태현랑사에서 성과가 없다고 하는 데 알려야지요."

궁주에게 환심을 사려고 밖으로 나갔다.

궁주의 태백 막사에는 싸늘한 한기가 서려 있었다.

궁주 주위로는 알자와 전평(田平) 그리고 우림랑(羽林郞)이 앉아 있었다. 만화상이 입구에서 인기척 기침을 하자, 알자가 문을 열고 나왔다.

"만화상께서 이 밤에 무슨 일이오?"

"소인 감히 궁주님께 문후 여쭙고자 이렇게 찾아왔습니다."

방으로 들어간 알자는 고개를 들었다. 궁주는 얼굴에 독기가 서려 붉게 타오르고 있었다.

"만화상이 문후 여쭙겠다고 하옵니다. 하문하옵소서."

호종단 궁주는 아무 말이 없고 귀찮은 표정으로 손을 들어 밖으로 내치라는 시늉을 했다. 옆에 앉았던 전평도 고개를 끄덕이며, 문후는 다음날 받을 것으로 신호를 주었다. 극강의 고수 호종단은 강인한 열기를 이기지 못해 입도 열기 싫어하던 행동이 격노함을 누르며 조용히 말했다.

"우림랑은 돌아가 단독막사에서 야호선자(野弧禪子) 장호추(長胡推)를 전담 치료 해주게. 그리고 이 사실은 궁인들에게 비밀에 부쳐두시오."

"받들어 모시겠습니다."

우림랑이 퇴장하자 전평은 불끈 물었던 입을 풀며 말했다.

"우리가 애송이라고 보아 넘긴 것이 불찰이었습니다. 흑제 장호추의 말에 의하면 그도 얼마 못 가 낙마하여 죽을 수 있다고 말합니다. 선풍재천이 진학소라면 진 장주 내외에게는 금기사항이 되겠습니다. 계획대로 일 년 동안 천존께서 내려주신 옥수(玉水)를 음복하는 데 이에 지장이 된다면 모두 절연으로 끝을 마치겠습니다. 행적을 밝혀 살아있다면 당장 처단하겠습니다."

적소상인 팽두(彭斗)의 죽음도 백록담에서 화산이 터지는 바람에 난형난제가 되어버렸다. 떠들어 이득이 될 일이 아니기 때문에 조용히 참아내는 것뿐이었다.

검은 모발에 백두건을 쓴 호종단 궁주는 고개를 끄덕이며 일언반구 대답이 없었다. 세상만사(世上萬事)를 무공의 힘으로 제압하고 농락해 온 그는 다른 생각은 할 수 없는 위인이 되었다. 짐승을 잡아먹는 맹수는 털이 나고 이빨이 날카로우며 흉악하게 변모해 가듯이, 사기를 다스리지 못하면 사악(邪惡)한 흉물이 되어간다. 인성(人性)이 있어 어질고 감성(感性)이 있어 눈물이 있고 인품이 있어 이웃을 사랑하고 마음이 평화로우면 아름다운 인간으로 변해가듯이 말이다. 호종단은 전평의 의사 타진에 동의하고 화제를 돌렸다.

"다른 데서는 볼 수 없는 노인성(老人星)이 이 섬에서는 춘분(春分)과 추분(秋分) 일 년에 두 번 나타나는데 나는 기대를 두고 있어요."

"그와 같이 준비를 마쳤습니다. 서귀포 남성대(南星臺)에서는 지역

노인들이 행제(行祭)를 올리고 노인성(老人星)을 바라본다고 합니다. 남성대는 거리가 있고 사람들 이목이 쏠릴 것으로 사료되어 모슬포 송악(松岳) 절장개로 장소를 잡았습니다. 남극 노성은 구름에 싸여 만나보기가 어렵다고 합니다. 허나 요사이 날씨가 맑아 천기는 우리 편입니다. 모두들 기대를 두고 있습니다."

궁주는 그의 말에 고개만 끄덕이었다.

다음날 이들은 송악봉(松岳峰)으로 걸음을 했다. 태현랑사의 약의들은 하는 일에 여유가 없었고 궁사들 십여 명이 조랑말에 짐을 싣고 떠났다.

궁주와 수뇌부 여섯 사람은 말은 타지 않고 걸음으로 송악봉에 도착했다.

송악산 절장개는 절울이코지로 한반도 최남단 높고 높은 절벽을 말한다. 이 절벽은 넓은 대양을 막아내는 높은 단애(斷崖)이다. 멍석말이 같은 파도가 밀려와 단애의 절벽을 때리는 파도의 울음소리가 밤새 울어댄다.

바다에 풍랑이 이는 날이면 벼랑 아래 절벽에 부딪혀오는 파도의 울음은 절(파도)울이 애가(哀歌)가 되어 구슬픈 소리로 서남단 지역민의 잠을 설치게 한다. 그래서 지역민은 절울이코지라고 말하고 있었다. 꿈적도 하지 않은 단애가 있기 때문에 파도가 울어 대는 것 같기도 하다.

이월 스무나흘 가는 달빛을 거울삼아 이들은 송악봉에 모여 있었다. 쌀쌀한 초봄이라 먼저 도착한 궁사들은 파오를 설치하고 모닥불을 피워 몸을 녹이고 었다. 호종단 일행은 발밑에 천 길 낭떠러지에서 희끗희끗 넘실대는 파도를 바라보다가 서쪽 하늘로 눈길을 던졌다. 남쪽 수평선을 바라보던 하얀 복식의 궁주가 말했다.

"선인(先人)의 말씀이 있었지요. '봉래승적우영주(蓬萊勝跡又瀛洲) 봉래산 절승을 보고 다시 영주로 왔으니, 남극노성 휘해상부(南極老星揮海上浮) 노인성 별빛이 바다 위로 솟았네.' 이 구절이 생각나오."

곁에 서 있던 전평이 고개를 끄덕이었다.

"초봄 춘분과 가을 추분 딱 하루만 나타나는 노인성은 탐라 남쪽 지방 몇 곳에서만 볼 수 있다고 합니다. 넓은 중국 지방에서도 보기 힘든 남극노성(南極老星)입니다. 장수를 염원하는 뜻으로 노인성이 아닙니까"

밤은 깊어 축시초(丑時初)였다. 깜깜한 밤바다를 바라보던 그들은 남쪽 수평선에서 파란 기운이 밝아옴을 느꼈다.

"보입니다. 별이 보입니다. 저것이 남극노성이 아닙니까?"

여인의 목소리였다. 교주 조향이 경악에 찬 음성을 토해냈다. 그녀로서도 처음 보는 별이었으며 막사에 있는 매화 부인과같이 동행하지 못함을 아쉬워했다. 궁주가 가는 길에는 같이 하지 않으려는 눈치를 보아 왔기 때문이다.

밤바다 수평선 저 멀리 아스라이 떠오르는 파란빛을 발하는 남극노성은 어쩐지 서글퍼 보인다. 그래서 노인성(老人星)인지도 모른다. 남쪽 하늘 주위로는 온통 파란 기운이다. 하늘에 뜨는 태양과 달은 동쪽에서 떠오르고 서쪽으로 지건만 남쪽 끝자락에서 한 뼘을 떠올라 남쪽으로 기울어가는 그런 별이다.

어두운 밤공기를 가르며 유별나게 큰 목소리가 들렸다.

"망망대해 이역만 리 고생한 보람이 있습니다. 옥수를 마시며 남극노성을 바라보는 것이 보통이겠습니까? 아직 대해를 돌아다녔지만, 오늘 같은 날은 처음이오. 궁주님의 덕입지요"

흉맹한 모습을 자아내던 검은 안대를 벗으며 토해내는 구룡방 선장의 말이었다. 십 장 건너 수평선을 바라보는 궁사들이 있어서 궁주님과 함께 들리라는 말이었다. 남에게 보이기 싫어하는 왼눈이 어두운 밤중에는 벗는다. 양쪽 눈으로 바라보지 못함을 아쉬워하며 오른쪽 눈을 크게 떴다.

궁주 호종단은 어젯밤 일들을 생각하며 잠에서 깨었다. 막사에서 걸어 나와 아스라히 보이는 바다 너머 수평선을 바라보았다. 하얀 고목과 같이 도포 자락을 휘날리며 어젯밤 보았던 노인성을 떠올리며 우두커니 서있었다.

그의 곁으로 영우요천(零雨要天) 전평(田平)이 걸어 나오고 뒤이어 역귀실 조향 그리고 갑사 금석 다음으로 알자와 궁사 수장 우림랑이 다가왔다.

두 개의 파오 막사는 십여 명의 궁사들이 철거 작업을 하며 말 등에 짐을 싣고 있었다. 전평이 궁주에게 다가갔다.

"일년지후에는 가시봉에 빙백궁 본당(本堂)을 세우는 것으로 계획을 수립하겠습니다."

그 말에는 대답이 없고 갑사 쪽으로 고개를 돌렸다.

"소 지관을 찾아 우리 궁인으로 추대할 것을 원했는데 아직도 행방이 묘연하오?"

"산해수동은 여기에서 지척에 있습니다. 며칠 수소문해 보았으나 행방이 묘연합니다. 안 정시가 타고 있던 말이 소 지관 마당에 들어와 텅 빈 말안장과 소리 지르는 말을 보고 질겁을 했던 모양입니다. 그날로 가산을 친척에게 양도하여고 세 식구는 사라져 버렸습니다. 여기는 섬이 아닙니까. 궁사에게 은자(隱者)를 붙여 놓은 상태라 찾아낼 것입니다."

"땅을 짚고 일어서던 구순을 넘긴 노인이 일 년만에 밭갈이한다니 나는 그것이 보고 싶은 것이오. 집에 들어온 친척도 관심이 있을 텐데. 이 말이 세간에 퍼져나갈까 그것이 걱정이오."

"친척에게는 삼재 운이 걸려 집을 떠나야 그 운을 면할 수 있다고 했답니다. 소 지관은 옥수를 약수로 칭하며 밖으로 새어 나갈까 입조심하는 어른입니다."

호종단은 고개를 끄덕이고 전평의 질문에는 답을 내지 않았다. 이들은 하루에 옥수를 아침저녁으로 먹고 있음으로 그 답은 일 년이 지나서 나올 답이기 때문이다.

수평선을 바라보던 검은 안대의 구룡방 선장이 목을 늘이었다.

"우리가 바라보는 저 멀리에는 중국의 진강(鎭江)이 있소. 나는 그곳이 보이는 것 같기도 하오."

그의 말에 봉관의 여인이 그와 같이 바다를 바라보며 웃음보를 지었다.

"우리는 두 눈을 갖고도 보지 못하는데 선장님은 한 눈으로도 잘도 찾아봅니다. 항해술의 귀재다운 말씀입니다."

"항해술을 눈으로 봅니까? 아무리 눈이 밝아도 십 리 밖에는 볼 수 없듯이 머리로 보는 것입니다. 조향 교주님은 세상을 눈으로 보지 않고 마음으로 보는데 나는 감탄하고 있습니다. 사람마다 보는 눈이 각각 다르지요."

품새가 외눈박이 해적같이 보이던 이로부터 한 말 먹으니 교주는 갑사에게 말꼬리를 넘겼다. 가지런히 서 있는 두 섬을 바라보며 말했다.

"나는 이 앞에 있는 두 섬 명칭을 갑사 어른께 묻고자 합니다."

의미 있는 두 사람의 대화를 듣다가 그는 전설에 관한 말을 늘어놓았다. 두 섬 명칭은 가파도와 마라도였다. 모슬포 앞바다에 떠 있는 최남단의 두 섬에 오늘날에는 관광객이 붐빈다.

"대정촌에 두 친구가 있었는데 남이 부러워할 정도로 우애가 깊었다고 합니다. 한 친구가 육지로 장사를 떠나는 데 돈이 필요하다고 하여 많은 돈을 빌려주었습니다. 그 친구는 육지에 나가 장사가 잘못되어 고향에 돌아오지 못했습니다. 돈을 갚을 길이 없자 고향에 있던 친구가 그를 데려왔습니다. 둘은 송악봉에 앉아 두 섬을 바라보다가 고향에 있던 친구가 말했습니다. '나는 자네 소식을 알고 두 섬에 물어보았네. 앞에 있는 섬은 빚을 가파도 좋고 뒤에 있는 섬은 마라도 좋다고 했어. 마음을 풀어 두 섬에 물어보게.' 만사태평한 세상에 이래도 좋고 저래도 좋고 모두 긍정적이어서 그 친구는 새로이 일을 시작했습니다. 장사가 잘되어도 좋고 말아도 좋으니 마음이 편했습니다. 그러다 보니 모든 삶이 즐거워 부자가 되었으며 밀렸던 빚을 갚았다고 합니다.

마음가짐이 넉넉하면 일도 잘된다고 전해지고 있으며 섬 명칭도 하나는 가파도요, 하나는 마라도입니다."

갑사의 말을 듣던 궁주가 오랜만에 얼굴에 미소를 담았다.

"이 섬에 들어와서 섬 하나 오름 하나 의미가 없고 전설이 없는 오름은 없었소이다. 이것이 저것 같고 저것이 이것 같고 마음이 혼돈되기도 하오. 갑사의 말처럼 이래도 좋고 저래도 좋고 마음을 비워보고자 하오. 장수의 섬에서 노인성을 만남으로 큰 의미가 있을 듯하오."

짐을 실은 조랑말이며 궁사들은 샛길로 가시봉으로 떠났고, 궁주를 비롯한 수뇌부들은 대로를 따라 본 막사로 걸음을 하고 있었다. 대로라면 달구지 정도는 다닐 수 있는 길이었다. 모두 한가한 걸음이지만 보통 사람보다 빠른 걸음들이다.

검은질을 지나 새당 마을로 들어섰을 때였다. 둥당거리는 북소리가 들렸고 이 마을 저 마을 사람들이 간간이 무리 지어 모여들고 있었다. 호종단은 고개를 들어 갑사에게 물었다.

"저 사람들은 어디로 걸어가는 것이오?"

"굿 마당입니다. 이 길은 용이 되려는 이무기의 전설이 있는 광정당(廣靜當)길이며 여기에서 산방산까지는 금장지(禁葬地)여서 죽은 사람은 얼씬도 못 합니다."

"그렇게 무서운 길인가?"

"하늘과 땅을 껴 안은 광정당 길 앞을 지날 때는 말을 탄 이는 하마 하지 않고 그냥 지나갔다가는 변을 당합니다."

물색 면포의 이방인들이 굿 마당에 들어서도 주민들은 한번 돌아 보았을 뿐 관심을 두지 않았다. 삼 일 전부터 터져 나온 화산 연기가 솟았다 멎었다 하는 통에 모두의 마음이 동요되고 걱정이 태산 같았기 때문이다. 전 도민이 한라산 정상을 바라보며 이들과 같이 대반 란을 일으키고 있다. 감산에서 그랬던 것처럼 여기서도 그랬다. 당 굿 마당 언덕 위로는 괴석과 천년 묵은 노송 몇 그루 있었고 가시넝 쿨과 보리수 넝쿨 위에는 구멍이 숭숭 뚫린 암석이 기이한 풍경을 상 징하고 있었다. 넝쿨 위에는 구멍 뚫린 명주 천과 베 천이 신이 나올 것 같이 여기저기 걸려 있었다. 넓은 의례상 위에는 돼지머리가 하늘 을 쳐다보고 있으며 시루떡과 갖가지 과일들이 가지런히 놓여 있었 다. 호종단은 그 광경을 보고 흉물스럽기보다 왠지 몸이 으스스 떨 렸다. 굿판은 무르익고 있었다.

창! 쿵당 쿵당 쿵당~~~
지보 왕이 하늘 아래 해도 둘 보내고 달도 둘 보내니
밤에는 인간 백성 얼어서 죽고 낮에는 인간 백성 더워서 죽고~~~
천지 왕이시여 대소 별 왕이시여~~~
일광도 도업입네다. 월광도 도업입네다.
둥당 둥당 둥당~~~
하늘에 해 하나 달 하나 마련해 주셨습네이다~~~
대별 왕이랑 금시상 법을 다시리고~~~
소별 왕이랑 저승법을 다시리고~~~
춘하추동 사시절에 잎이 무성하곡~~~
육축이 번성하여 인간 시상 편안하였습네다.
둥당 둥당 둥당~~~

무당굿 할머니는 주문을 말하며 요령(搖鈴)과 신 칼을 휘두르며 장 단에 맞춰 멍석이 깔린 굿 마당을 오고 갔다. 남자 박수무당 삼 인은 빨간 두루마기에 갓을 쓴 황포 관대 차림이다. 역시 파란 옷과 빨간 옷을 두른 산재무희 두 사람은 굿 마당 주위를 너울너울 돌다 멈추어 섰다.

쟁글 쟁글 쟁글 ~~~

사방이 조용해지자, 진자를 흔드는 심방 할머니는 흰쌀이 들어있는 유기 사발을 들고 사방으로 뿌리며 주문했다.

"갈라 삼킨 천하해동(天下海東) 광정당(廣靜當)에 ~~~

하느님 공은 천덕(天德)이오, 지하님 공은 은덕(恩德)이오.

조상님 공은 호천만덕입네이다 ~~~

창! 쿵당 쿵당 쿵당 ~~~

옥황성 불법 할마님 천왕불도(天王佛道) 할마님 쟁글 쟁글 쟁글 ~~~

인황불도(人皇佛道) 할마님 쟁글 쟁글 쟁글 ~~~

산신님께 인사 올립니다. 쟁글 쟁글 쟁글 ~~~

화도 재우고 분도재왕 우리 시상 돌보게 하시옵소서 ~~~".

고깔모자의 심방 할머니는 연기가 피어오르는 한라산 정상을 향하여 진자(振子)와 요령을 높이 들었다가 큰절을 올렸다.

무리 지어 있던 마을 사람들도 연기가 피어오르는 산으로 일제히 삼세번 절을 올렸다. 이를 보던 호종단과 황제는 머쓱해했고 그 외의 중원인들은 손을 합장하여 굽신거리는 인사를 올렸다. 천재지변이 일어날 징조에 할머님 말씀과 같이 행동하지 않을 수 없었다.

호종단은 당신(堂神)을 보는 것 자체가 불안하여 가슴이 요동쳤다. 굿판 장소를 피하여 갑사에게 말했다.

"무당 할머니를 저쪽에서 뵙게 해주시오."

넓적한 바위에 앉아 한숨을 내리 쉬던 궁주에게 갑사가 아뢰었다.

"령(令)이면 거절로 말씀드리고 청(請)이면 만나 뵙겠다고 전하라고 합니다."

"거참 이리도 어렵다니 청이라고 말씀드려라."

십여 장 밖에서 바라보는 궁인들은 궁주답지 않은 행동에 모두가 의아해했다.

"궁주님은 청하여 말씀 여쭙고자 하옵니다."

심방 할머니는 뒤돌아보았다. 모시 장삼을 깨끗이 빨아 입고 안에는 붉은 마고자를 껴입고 있었다. 신기에 가까운 일로 진 장주와 만나 바늘가는 데 실이 꿰어 따라간다고 말을 했던 당굿 할머니이며, 학소에게도 금장아가 은장아가 사람들을 울렸던 할머니였다. 호종단도 이 섬에 들어오면서 꿈속에서 그 할머니가 선연히 나타나 자신을 놀라게 하고 잠을 설치게 했던 당굿 할머니였다.

그 할머니가 자신의 앞으로 걸어 나오고 있다. 무서움을 참으며 말했다.

"산육무의(産育舞醫) 할마님은 수많은 병도 척척 고쳐준다는 말을 들었소. 나는 머리가 혼돈하여 넋두리를 해주시오."

갑사도 그와 같이 방언으로 말하자 할머니는 고개를 좌우로 돌렸다.

"이 섬은 머리와 꼬리가 없는 섬 두미(頭尾) 팔방이면 창공이 머리라고 합니다. 중국에 치우신은 나의 넋두리를 알지 못하여 정중히 거절합니다."

갑사로부터 전해 받은 말에 우왕좌왕하는 호종단에게 심방 할망은 이어 말했다.

"장올이(長兀岳) 오백 장군 백록담(白鹿潭) 저 산 앞도 아흔아홉 골 이산 앞도 아흔아홉 골, 한 골이 모자라 범도 곰도 신하도 왕도 아무 것도 솟아나지 못하는 섬입네다. 다시 귀로를 정하여 돌아감이 마땅합니다."

당굿할 때 떠오르는 호종단을 보며 둘은 얼굴이 마주쳤다. 호종단을 보자 덜컥 가슴이 내려앉았다. 또다시 찬찬히 쳐다보았다.

턱과 양 뺨에 나 있는 세 치의 검은 털 하며 검미와 눈꼬리가 위로 쳐진 것이 당굿에서 나타나는 호종단임을 단번에 알아보았다.

반면 호종단도 머리가 어지러우며 귀에서는 매미 소리가 요동을 친다. 흑자의 머리로 둥글게 말아 올려 얼굴에는 하얀 분칠을 하였고 붉은 눈자위에 고깔모자의 할머니이다. 호종단의 귀에서는 지옥갱의 소리가 들린다. 사람들 웃음과 울음과 괴로움이 어우러진 지옥 속의 소리였다.

신 칼을 들고 진자를 흔들며 자신 앞에 나타났지만, 왠지 땀만 흘리며 덤벼보지 못했다. 지금 당장 빙도를 들고 단칼에 베어 버리고 싶지만, 왠지 무섭고 저주가 내릴 것은 의심의 여지가 없다. 벨 곳이 없어 할머니를 찌르는 것은 말이 아니다.

호종단은 돌아서 걸어가고 있다. 심방 할머니도 진자를 흔들며 굿마당으로 돌아가고 있다. 호종단은 생각한다. 천 년 전 선사(先師) 호종단은 산천초목이며 신혈과 물혈을 떠버렸는데 그 한이 당굿에서 밀려왔다. 선사님은 한(漢) 나라의 책사(策使)로서 그 영을 받아왔지만, 나는 서왕모(西王母) 모주님의 영생(永生)에 복숭아를 찾으러 이 섬에 왔다.

궁주 호종단은 백신(白身)의 몸으로 들어와 좌견천리(坐見千里) 입견만리(立見萬里)의 선견지명이 있다지만, 선사는 바다에서 횡사(橫死)하였다는 기록만 알고 있지 차귀도(遮歸島)의 비문은 아직으로서는 만나지 못하고 있다.

이들은 걸음을 옮기며 갑사가 말을 이었다.

"이 마을은 도체비 마을입니다."

궁주는 섬뜩한 마음에 정신이 퍼뜩 들면서 물었다.

"그것은 또 무슨 소리요?"

"이 마을이 새당(덕수리)입니다. 한라산 기슭 동광에 자단봉(紫丹峯)이 있습니다. 자단봉 중허리에 두 동자(童子)가 나와 춤을 춘다는 무동(舞童) 이왓이 있습죠. 그 옛날도 지금과 같이 화산이 폭발하였다고 하는데, 두 동자가 황새로 변하여 여기 새당에 내려앉아 당(堂)이 생겨났다고 합니다.

도체비는 새당 마을에서 솥과 보습, 볏 등 발판 풀무로 주물을 제작하며 밤새 쇳물이 튀어나와 이웃 마을 사람들은 도체비불이라고 했나봅니다."

지금까지도 몇백 년 동안 새당에는 유교에 의한 리사위(里社位) 태사위(太社位) 별성위(別星位) 마을 포제를 이어가고 있다. 방앗돌과 풀무 공예 재현행사도 이어가고 있으며, 전국 경영 대회에 대통령상도 수상받은 바 있다. 따라서 1990년도 전국 민속 문화 마을로 선정되기도 했고 포항제철에서 관심을 두기도 했었다.

이들은 오랜만에 도보 여행을 하고 있다. 비황독안 구룡방은 손을 흔들며 발걸음을 옮길 때마다 검정 비단 바지와 연청색 적삼이 바람에 너울거린다. 궁주는 백건에 검은 구슬 결항 끈이 턱에 묶여 있었고 턱수염을 기른 도인은 유유자적하게 하얀 장삼 위에 검은 피풍을 휘날리며 걷고 있다.

이들을 따라가는 조향(趙香)은 당굿 할머니에게 쩔쩔매던 궁주가 이상하리만치 비감이 흐르며 애처롭게 보였다. 개세의 비급을 터득하여 무공의 힘으로 역성혁명(易姓革命)을 일으켜 세상을 뒤집어 놓을 일대 호웅이 될 꿈이 있었을 텐데, 초라한 이 섬에서 저 멀리 산 정상에서 피어오르는 막대 같은 연기를 바라보며 걷고 있다.

그 나이에 황궁의 주인이 되면 무엇할 것이며 재상이 되면 무엇하겠는가.

옥수를 음복함으로 뜻하는 바의 반은 이루었다고 하지만 과연 불로초를 만날 수 있을는지 그것이 의문이다. 역귀실 조향도 그와 같이 궁주를 따라 여인들의 피폐한 생활과 전족(纏足)으로부터 해방되는 것을 목적으로 원천교(元賤敎)를 세우는 것이 희망이었다. 허나 사회의 흐름은 남성이 기득권자이기 때문에 호웅을 얻지 못했다. 지금으로서는 빙백궁에서 불로영생에 의탁하고 있을 뿐이다.

주먹만 한 전족 발등을 갖고 공력을 갖지 못했으면 삼십 리 길은 걷지 못할 것이다. 창이 넓은 구름무늬 신발에 의지해 숨이 차게 걷고 있는 줄은 모른다. 자신의 약점을 감추며 당당한 태도로 보아서도 의지가 대단한 여인이었다.

학소는 잠에서 깨었다. 웬걸, 사방이 숲으로 막힌 첩첩산중에 사방에서는 퀴퀴한 유황 냄새가 숲속에 깔려있었다. 몽롱한 머리를 흔들며 걸어 나왔다. 그런데 삼십여 장 앞에 웬 낭자가 걸어가고 있었다.

낭자의 걸음걸이 품새가 조용하여 가볍게 걷고 있었다. 멀리서 소리쳐 부르고 싶어도 예도가 아니며 빨리 따라가려고 서둘렀다. 그런데도 낭자의 걸음걸이도 그와 같이 신법을 쓰려다 잠시 멈추었다. 그것도 사람을 놀라게 하기 때문이다. 그러는 사이 낯익은 장소에 다다랐다. 몇 년 전 한여름에 탕사들하고 물을 마셨던 기억도 떠오른다. 구름마에서 떨어지다시피 내려 엉금엉금 기어가던 생각이 떠오른다.

'아 ~ 그때의 소녀였군.'

그는 다가가면서 물었다.

"낭자, 낭자~! 소인은 낭자의 덕을 입어 이렇게 걸어 나옵니다."

소녀는 뒤돌아섰다. 하얀 비단 적삼과 비단 치마를 늘어지게 입고 있었다. 머리는 둥글게 말아 올려 화월잠(花月暫)을 하고 비취 비녀를 꽂은 여인이었다.

이 섬에서 보던 예사 여인은 아니었다.

"그때의 은공을 어찌 갚을지 난감합니다."

고운 얼굴의 낭자는 방긋 웃어 보였을 뿐이고 행기소 둑안으로 들어섰다. 학소도 따라 샘 안으로 들어섰는데 감쪽같이 여인은 사라져 버렸다.

따그닥, 따그닥, 따그닥

말발굽 소리가 들렸다.

워! 워!

다가온 젊은이는 호조였다.

"주군!"

"서광 들판에 황마와 백마가 말안장을 채우고 돌아다닌다는 말을 듣고 찾아보았습니다. 다행히도 구름마는 나를 알아보더군요."

학소는 호조와 구름마를 보며 입이 함지박만큼 벌어졌다.

"다행이오. 그대와 이 말을 다시 보다니……."

"홀로 다니는 말을 보고 걱정이 말이 아니었어요. 진자에 핏자국이 있어서 다친 데는 없으십니까?"

핏자국이면 흑제의 정강이를 요절내었던 일이 생각난다. 그러면 그도 불구의 몸이다. 그는 소녀의 말을 하려다 이는 함구하고 꿈속 같은 말을 흘렸다.

"괴인들한테 장(掌)을 맞고 애타는 바람에 이 못에까지 와서 살아난 것 같네. 여기 행기소에 선녀가 사는 것 같아. 소녀에게 물 한 사발 얻어먹고 숲속에서 한잠을 자고 보니 원상회복된 거야."

"주군도 꿈같은 소리를 하는구먼유. 허기사 신들의 고향, 이 섬에서는 있을 수 있어요."

"맞아. 숲속에서 긴 꿈을 꾸었지."

"호조가 노심초사 걱정했던 것은 공자님이 화산재에 묻혀 어느 절곡에서 횡사는 하지 않았나 생각도 해봤어요."

그는 눈이 휘둥그레졌다. 그도 유황 냄새를 느끼고 있기 때문이다.

"화산이라니? 어느 오름에서 화산이라도 터졌나?"

"예? 그것도 모르면서 사흘 전에 한라산 정상에서 검은 연기와 붉은 불을 뿜어 내었습니다. 진동 소리에 섬사람들은 대단한 동요를 느끼며 말이 아니었습니다. 그러다가 어제부터 뚝 그쳤습니다."

그렇다면 나는 사오일은 숲속에서 잠에 취해 있었던 모양이다. 그는 휙 돌아서서 산 정상을 바라보았다. 거기에는 검은 구름만 맴돌고 있을 뿐 별다른 일은 없었다. 그는 혼자 중얼거렸다.

"그 사이 천지이변이 일어나다니 이 섬은 세월이 탄생하는 곳, 세월이 흘러가는 곳, 세월이 지나가는 곳, 세월이 늙어가는 곳이라고 말할 수 있구나."

"그렇습죠 모두가 그런 것이 아닙니까. 산에서 노루며 들소 각종 짐승이 떼 지어 내려와 마을마다 고기 굽는 냄새가 넘쳐나기도 했습니다. 그러다가 재앙이 닥칠 것이라 짐작이 되어 모두가 자제하고 있습니다."

두 사람을 실은 구름마는 설렁설렁 초가집들이 듬성듬성 있는 마을로 내려갔다. 길가 넓은 보리밭에서 여인들의 목소리가 왁자지껄 들렸다.

햇볕이 따뜻하여 이웃끼리 수눌음으로 보리콩과 보리밭에 김을 매고 있었는데 김을 맬 때 부르는 사대소리를 하고 있었다.

앞 멍에랑 걸어오고 뒷 멍에랑 물러나라
바닷 속에 지는 해는 잠녀들의 테왁같고, 얼싸 얼싸~
오름 위에 뜨는 달은 지붕 위의 대박같네. 사대야 사대야
날아 날아 가지 말아 해도 달도 가지 말아

지는 해는 달을 찾고 뜨는 해는 달을 쫓아

돌고 돌아 몇 년인가 숨바꼭질 몇 년인가. 사대야 사대야

해야 해야 지는 해야, 지지 말고 멈추어라

따라가도 따라가도 잡지 못하는 둥근 달은

같이 가면 안 되겠니 손잡고 가면 안 되겠니. 사대야 사대야

해와 달이 만나면은 온세상이 평온한데

모든 생명 영생한데 너도 나도 영생인데. 사대야 사대야

해도 달도 둘이 지쳐 세상이 끝이로다

한라산이 불을 토해 온 세상이 암흑이다.

여인들은 즐겁게 사대야 후렴을 치다가 영생까지는 좋았는데 마지막 두 대목은 조용했다. 세상이 끝이고 암흑이라는 대목은 없었는데 어느 여인의 즉흥적인 소리가 아니고 요사이 흐르는 소리이기 때문이다. 시간은 가만히 있는데 태양이 돌고 돌아 사람을 늙게 만든다는 혜불 스님이 생각난다.

호조로부터 해석을 듣고 난 학소는 여인들을 바라보며 말을 흘렸다.

"낮과 밤을 만들어 돌고 도는 생명을 말하고 있군. 태양이 도는 것은 만고불변(萬古不變)의 원칙인데 해와 달을 원망하고 있소."

진학소는 처연한 얼굴로 먼 산하를 바라보았다. 가시봉(加時峰)이 가는 구름에 가려 어렴풋이 보인다. 거기에는 어머님이며 아버님이 있다.

폐허의 의가장을 찾아가 눈물은 흘렸어도 소리내 울어보지는 못

했었다. 언제면 어머님을 만나 그렇게 울고 싶어진다.

둘은 주막을 찾아들었다. 나그네가 없기 때문에 인근 사람들이 들어와 술 사발을 먹고 가는 단출한 집이었다. 농사짓는 중년인 내외가 장검이 있는 말과 중국인으로 보이는 손님을 청하기는 주저했다.

학소가 주린 배를 잡고 하마하자, 주인이 다가와 부축까지 해주며 내자(內子)에게 고갯짓했다. 며칠 먹은 것이 없으니, 발걸음이 뒤틀릴 수밖에 없다.

뒤뜰에는 장정 칠팔 명이 돼지추렴을 하고 있어서 보릿짚 태우는 소리와 털 타는 냄새가 나는데, 호조는 돼지추렴을 알고 있었다.

그는 주방으로 서둘더니 부인이 빙떡 한 차롱을 들고 왔다. 중국에 전병(煎餠)과 같이 메밀가루 전에 쏙을 넣어 만든 빙떡이었다. 열 개는 되어 보였는데 둘은 얼른 먹어치웠다. 호조는 들창문을 열고 뒤뜰을 바라보았다.

붉은 식칼을 든 두 장정이 돼지 사각을 자르고 나머지 이들은 내장을 손보고 있었다. 호조는 씽긋 웃더니 밖으로 나가 이들과 잡담을 나누었다.

잠시 후 그는 돼지 생간이며 내장토막을 갖고 들어왔다. 쟁반 위에는 주먹만큼 한 간덩이를 싹둑 자르며 왕소금에 찍어 입으로 올리었다.

"공자님도 드셔 보세요. 따뜻할 때는 간 맛이 일품입니다."

붉은 입을 노리는 호조는 주군 소리보다 공자님 소리를 자주 한다. 강호에 낭인들의 규칙을 벗어난 표현이라서 그 말이 더욱 가까웠다.

실소를 터뜨리며 한마디 했다.

"내 팔자에 생간 먹는 친구들이 한둘이 아니군."

"예? 여기에서는 없어서 못 먹습니다. 황소면 간셈마이가 일품입니다. 추렴하는 데는 이런 맛이 있어서 장정들이 즐깁니다."

이어 주인이 풋풋한 탁주를 들고 왔다. 좁쌀 탁배기로 먹어본 적이 있었다.

들창 너머에는 열 명은 됨직한 이들이 모여들어 모두가 붉은 입을 놀리고 있었다. 벌써 장작불이 피워지고 손바닥 만큼씩 잘린 고기들이 소금 칠 되어 구수하게 익어가고 있었다. 호조는 쪽박에 쥐 나들듯 하여 학소의 식탁에도 구워놓은 고기가 풍부했다. 돈을 주고 사 먹는 것이 아니고 추렴으로 마음대로 먹는 맛이 구수했다. 보리밥에 순대까지 더하여 먹은 식사는 잊을 수 없을 것 같았다.

"호조야, 나는 삼 인분은 넉넉히 먹은 것 같구나, 중국 사람은 고기만 보면 걸신이라고 하겠다. 삼일동안 굶은 사람이라고 말해주게."

"음식 앞에 양반은 없다는데 뭐든지 잘 먹는 사람은 부러워합니다. 그렇게 미안해하는 모습을 보고 주인께 은자 하나를 내밀었습니다. 돼지 한 마리 값으로 마다하는 것을 억지로 그래 놓았습니다."

그는 이 섬에서 많은 것을 느꼈다. 이 섬은 믿음의 성지이기도 했으며 죽으면 사후생(死後生)을 부정하는 종교는 없다. 여기서는 혼백(魂魄)을 두어 죽으면 혼(魂)은 하늘에, 백(魄)은 몸뚱이로 땅에 묻혀 썩어버린다고 보편적인 믿음을 갖고 성실히 이행한다. 존비귀천(尊卑貴賤)이 없고 귀족이나 문벌 세가도 없다. 남의 손을 이용하여 농사를 지으려 하지도 않고 의탁하여 살아가지도 않는다. 땅을 많이 차지

하여 세를 놓든지, 갈림 곡식도 없으니 많은 땅이 필요 없다. 한가한 날이면 대바구니를 메고 바다로 나가 낚시를 즐긴다. 주위에 경조사가 있을 때는 물색 옷을 입고 이웃끼리 만나 환담과 작은 도박이며 오락을 추구한다. 다음날이면 언제 그랬냐는 듯이 모두가 갈색 마의를 입고 일터로 나간다. 만약 이 섬에 중국인이나 외지인들이 몰려온다면 군대를 만들고 성(城)을 쌓아 궁성을 짓고 각종 재상(宰相)과 제후(諸侯)들은 많은 토지를 차지할 것이다. 만족할 줄 모르는 부호는 만족할 줄 아는 거지보다 가난한 사람이다. 부는 더 많은 부를 요구하기 때문에 한이 없다고 한다.

화산이 터질 조짐에 태현랑사(太賢랑浪舍)는 분주해지고 있다.

진 장주는 주먹 같은 버섯을 들고 설명했다.

"한나라의 무제(武帝)는 이것을 놓고 불로가 되지 못함을 한탄했다고 합니다. 옥지(玉指)는 뿌리 없이 자라나는 것으로 명산에 나는 불사초입니다. 가장 좋은 것은 말 모양이고 그다음은 인간 모양, 좋지 않은 것은 육축과 같이 솟아난다고 하여 이 섬에서는 돼지를 끌고 다니면서 채취한다고 합니다."

두기호가 꽃무늬 풀 초를 들고 의문을 제시했다.

"축(丑)의 단지에 활로초(活路草)입니다. 개미들이 모두 나와 빙글빙글 감장을 돕니다."

청의를 입은 반타옹(磻打翁)이 하얀 붓필 수염의 턱을 문질렀다.

"이보게 장주, 인(寅)의 단지에 개미들은 단약마초(丹藥麻草)로 혈란초(血蘭草)라고 하는데 모두가 잠에 취해 있소. 언제 깨어날지……."

이에 두기호가 답했다.

"영지구엽초(靈芝九葉草)인데 담천샘(潭天水) 주변에 있던 약초들이오."

색바랜 유삼을 입은 진 장주가 고개를 끄덕였다.

"그 어디엔가 화장올(火長兀) 수장올(水長兀) 초장올(草長兀)이 있을 것이오. 중국에서 말하는 단양현수, 반로회천수(返老回鷹水), 천수수병수(天壽數秉水), 삼천갑자동방수(三千甲子東方水) 모두 여기에 있소. 바로 우리가 음미하는 담천 실개천 물이 되기도 하겠지요."

그때 문이 열리며 호종단 궁주가 들어서면서 진 장주의 말을 반복했다.

"삼천갑자동방수는 우리가 영위하고 있다. 우리 궁인들은 앞으로 일 년이면 혈기왕성한 몸을 유지할 텐데 저놈이 천재지변이 문제요."

만화상이 다가와 태사의(太社椅)를 밀고 궁주 앞에 놓았다.

"만화상(萬和尙) 안색이 유별나요. 그대는 무엇을 드시고 있소?"

궁주는 무엇을 찾아내었음을 부여하며 뚫어지게 쳐다보았다.

진 장주와 반타옹, 근초감 허달은 숙의하던 책자를 놓고 모두 일어섰다. 궁주는 전각 복두에 도포 자락을 걷어 올리며 태사의에 반듯하게 앉았다.

만개한 얼굴을 들어 반타옹 얼굴을 주시하며 입을 열었다.

"일이 풀리고 있다는 말을 들어 반갑소이다. 바다에 천초(天草)를 두고 지대한 관심을 보인다고 하여 그 일에 대하여 알고 싶소."

반타옹은 진 장주를 바라보는데 그도 고개를 끄덕였다.

"예, 책자에는 전서체로 바다의 천초는 늘 물에 씻겨 우미(優美)로 변하고, 지상의 천초는 햇빛에 녹아 돋아나지 못하며, 땅위의 천초는 상하를 구분하지 못하여 땅속으로 사라져 버리는 것을 알았습니다. 전서체는 그것으로 끝을 내었는데 과두문자에서도 바다에 천초가 있었습니다. 황금 석순에 돌매화는 바다의 천초라고 되어 있습니다."

"불로초는 연꽃이나 아니면 아담한 풍란초와 같이 생각했는데 의외군요. 그러면 황금 석순의 돌매화는 누가 잡수어 보았소?"

반타옹은 진 장주에게 눈길을 보내며 말씀해 주기를 기대했다.

"예, 반노야 말씀과 같이 황금 석순의 돌매화는 아직 반응이 없습니다. 무취, 무미, 무색이라는 갑골문자에 뜻을 두어 바다에 천초로 뜻을 두었습니다. 우뭇가사리는 중국이나 탐라도에서도, 세간의 말에도 천초가 아닙니까. 바다에서 한 뼘 자라나는 우뭇가사리(天草)는 미역이나 다시마만도 못한 흔한 해조류입니다. 여기 다섯 단지 제일 끝에 있는 자축인묘에 있는 진(辰)의 단지에 개미들이 범상치 않습니다. 만화상(萬和尙)이 진의 단지 탕사입니다."

부싯돌로 서너 번 내리치던 만화상은 종이 심지에 불을 당기고 있었다.

궁주가 고개를 돌리자, 그는 깍지불을 두기호에게 넘기며 다가섰다.

미황색 비단 적삼을 입은 만화상은 얼굴 빛깔도 불그레하니 윤기가 감돌고 두 눈빛이 초롱초롱하여 해맑은 상태다.

궁주는 무엇을 찾아내었다는 의미를 부여하며 뚫어지게 쳐다보았다.

"그대는 진(辰)의 단지에 옥수를 음미해 보았지요?"

궁주는 귀한 약수는 옥수(玉水)로 통칭하여 부르고 있었다. 동료

의원들이 그에게 고개를 돌리자 붉어진 얼굴을 하고 입을 열었다. 동료들 몰래 마신 것이 미안해서이다.

"그저께부터 진의 단지 탕사 일을 맡아 오늘 아침까지 한 잔씩 두 잔을 음미해 보았습니다."

궁주는 형형한 눈빛을 발산하며 그를 쏘아보는 것이 범상치 않았다.

장내의 의원들도 그를 주시했고 궁주가 바라보는 의미를 알 수 있었다. 만화상은 붉어진 얼굴을 감추기 위해서 그에 걸맞게 말했다.

"당나라 현종 임금님은 생기발랄한 귀비(貴妃)를 보며 현종은 해조류를 물어다 만든 제비 둥지 연와탕(燕窩湯)을 구해다 줄 것을 신하들에게 원했다고 합니다. 책자에 있는 새신오름에 비연절익형국(飛燕絶翼型局)에 그와 같은 제비집이 있을 것 같습니다. 제비 둥지는 바다의 천초들이 있을 것입니다."

검은 머리 태두에 비단 천이며 장비 수염을 주무르던 궁주는 반안을 드러내었다.

"만화상이 그리해 보이시구료. 진 장주가 심혈을 기울여 찾던 바위가 아니오? 새신오름에는 각양각색의 새들이 모인다고 하여 뜻깊은 곳이오. 그 덕으로 천궁(天宮) 동혈을 찾는데 길잡이가 된 줄로 믿소. 어젯밤에는 천둥소리 같은 굉음이 온 섬에 울려 오늘 아침 산 정상을 바라보았소, 모두가 보았다시피 방정대 같은 화산이 하늘에 피어오르고 있소, 그대들과 같이 천초를 찾으러 입동할 생각인데, 반타옹, 진 장주, 약사 유리 근초감 허달은 채비를 차리시오. 그리고 진(辰)의 단지 옥수는 내가 취하겠소."

궁주는 할 말을 다 하고 손을 내밀었다. 만화상이 단지 앞으로 걸어가 호로병을 들었다. 어른 손 주먹만 한 미색의 앙증맞은 호로병이었다.

그것을 받아 든 호종단 궁주는 성큼 일어서서 걸어 나갔다.

다음날 이른 아침 태현랑사로 달려오는 두 여인이 있었다. 매선부인(梅仙婦人) 매영(梅榮)과 교주 역귀실(逆鬼失) 조향(趙香)이었다.

궁주에 의해 불려 간 진 장주와 허달이 신변에 위험이 따를 것으로 생각되어 매선 부인이 달려왔다. 또한 조향 부인은 어두워지는 하늘을 보며 궁주의 신변이 걱정이 되었다. 밖으로 나온 풍침풍사(風針風沙) 두기호(斗基號)도 하늘을 바라보았다. 하늘은 화산재로 먹구름이 되어 산과 오름들은 알아볼 수 없게 뿌연 재로 깔려있었다. 어젯밤에 거론되었던 약의들은 궁주를 따라나설 수밖에 없었다.

"두 사숙! 어떻게 말려보게. 이 와중에 산속으로 가는 것은 말이 아니에요."

매선녀는 발을 동동 구르며 두 의원의 손을 잡았다. 두기호는 궁주 일행이 떠난 자리를 멍하니 바라볼 뿐 달리 방법이 없었다.

화관을 즐겨 쓰던 조향 부인도 머리는 수래계(愁來啓)를 하여 옥비녀를 꽂아 썼다.

"궁주님은 말릴 수 없어요, 그런데 황제 신장께서는 여분의 말은 없었어요?"

조향의 물음에 두기호는 고개를 저었다.

"황제 신장께서는 산신령이 노하여 으르렁대는데 막사(幕舍)를 번내 천으로 내릴 것을 삼 일 전부터 말씀했습니다. 궁주님은 서복 책사와 같은 길은 걸을 수 없다고 으름장을 놓았습니다."

매선 부인이 두기호가 바라보는 곳으로 발걸음을 옮기자, 교주는 하늘을 바라보며 부인의 손목을 잡았다.

"이 와중에 산으로 들어가는 것은 위험천만이요"

"교주! 나는 따라가 봐야지요. 그이는 몸이 성치 못하니까요."

노란 습자(褶子)를 입은 다섯 명의 여인도 태현랑사로 달려왔다. 진동 소리에 질겁을 한 얼굴을 하고 조향 부인을 쳐다보았다. 조반 거리를 하던 여인들인데 장군을 잃은 병사와 같았다.

매선녀 매영은 훌쩍 몸을 날려 천궁(天宮) 동혈을 찾아 떠났다. 조향 부인도 그와 같이 신형을 날리려는데 습자의를 입은 여인들이 달려와 팔과 손을 잡았다. 여인들 눈이 초롱초롱하여 이 와중에 전족의 발등으로 떠나가는 것을 잡아 놓았다. 모두가 궁인(宮人)들이지만 궁인 이전에 많은 정을 느껴 조향 부인을 따르고 있었다.

"교주님 안 됩니다. 하늘을 보세요."

뿌연 화산재는 먹구름이 되어 하늘을 온통 가리고 있었다.

황금 석순의 돌매화

쿠르르릉~쿵!

굉음과 진동이 땅을 흔들게 하며 두기호의 귀청을 때렸다.

굴건을 깊게 내려쓴 두기호는 매선 부인을 그대로 볼 수 없어 몸을 날렸지만, 신법으로는 따라갈 수 없었다. 우거진 송림을 벗어나자 사오기(벚나무) 지대로 앞이 트였다. 아직 꽃봉오리도 달지 못한 사오기 나무들은 가지마다 붉게 물들어 있었다. 길을 찾지 못하여 서성이는데 두기호가 도착했다.

"형수님은 동혈을 찾을 수 없어요."

"나도 조소악(鳥騷岳)까지는 다녀보았네. 동서남북을 식별하기가 어렵구나."

두기호는 사방을 더듬거리다가 숲길을 찾았다.

"여기는 영아리(靈神)입니다. 다음이 병악(竝岳)이며 조소악인데 사방이 온통 먼지에 휘날려 찾아보기가 힘듭니다."

얼마를 올라섰을 때 반타옹이 동굴에서 탈출하여 나오고 있었다. 이른 새벽 궁주 일행과 천궁 동혈을 찾아 떠난 의원이었다.

청의를 입은 노인은 피로 얼룩진 얼굴을 하고 있었고 지레 겁먹은 발걸음으로 이들 앞에 멈추어 섰다. 여기저기 혈흔 자국이며 얼굴이 부어올라 말이 아니었다.

"우화등선(羽化登仙)에 오른 궁주님이 광기(狂氣)가 들었습니다. 이어 괴인으로 변하며 닥치는 대로 천살혈륜마공(天煞血輪魔功)과 낙백장(落白掌)을 날리는 바람에 이 모양이오."

반타옹은 씩씩거리며 뒤돌아보기까지 하다가 한숨을 내쉬고 말을 이었다.

"진(辰)의 단지 천초수(天草水)가 문제요. 검증되지 않은 것을 잡수었던 모양일세. 어젯밤에 만화상 행동이 심상치 않았네. 눈빛이 변하는 것을 보고 아침에 그를 찾았지만 없어졌지 않았는가. 그도 우리를 보면 공격할 것으로 짐작이 되니 조심들 하시오!"

이들의 대화를 들으며 안절부절못하던 부인은 반타옹의 팔을 잡았다.

"우리 장주와 허의는 어떻게 되었습니까?"

청의 소맷자락으로 선혈을 닦으며 고개를 좌우로 흔들었다.

"진 장주도 나와 같은 처지인데 허의가 간호하고 있어요"

부인과 두기호 의원은 벌렁 가슴이 내려앉으며 두 의원이 낙담(落膽)의 소리가 나왔다.

"모든 것은 때가 있는 법인데, 바다의 천초도 하얗게 바래어 가을에 우무로 드시고, 곡식도 여름에는 파랗고, 가을에는 누런 곡식을 하얗게 만들어 먹는다고 근초감(謹草監) 허 사형은 말씀하시었소. 가을에는 황금 석순의 천초도 분명 하얗게 익을 때를 기다려 봐야 한다고 말씀하시던데 결국 그랬군요."

"맞소. 진 장주도 간지(干支)로 열두 해 살이라고 했습니다. 일 년지 후에는 분명 하얗게 바랜다고 했었지요. 그것이 불로초(不老草)라고 나도 확신합니다."

천궁동혈(天宮同穴)은 새신오름(鳥騷岳)과 연이어 있는 절벽 단애의 끝부분이 있었다. 입구가 그리 커 보이지 않아 동혈(同穴)이라고 기록되어 있었으나, 안쪽으로 들어서면서 넓어지는 황금 석순이 산재한 동굴(洞窟)이었다.

탐라섬은 동굴이 많은 지하 궁전의 섬이기도 하다.

여기에 바람과 같이 날아드는 젊은이가 있었다. 진학소(秦鶴小)는 호조로부터 정보를 접수하고 그렇게 달려왔다. 어두컴컴한 동굴 속이라 사방이 울퉁불퉁하여 학소는 류운신법(流雲神法)으로 내려앉았다.

아니나 다를까 허 사숙님이 아버님을 등에 업고 나오고 있었다.

"사숙님!"

소리쳐 부르며 달려가 보았는데 업혀있는 사람은 아버님 진 장주였다.

"아버님~~~!"

오 년 전을 돌이켜보면 건강하시던 아버님은 왜소한 얼굴에 몸도 왜소하여 측은한 감이 가슴을 진탕되게 했다.

"학소가 아니냐? 진학소 진 도령님이?"

궁고 바지에 하얀 상의를 걸치고 등에는 검까지 메어져 있었다.

"네, 사숙님!"

힘차게 손을 잡으며 아버님을 안아 들었다. 그의 가슴에 안겨드는 아버님은 가볍다는 것과 싸늘함이 첫 느낌이었다.

"궁주는 천살혈류마공과 낙백장을 마구 휘둘러 출수하는 바람에 마공에 이렇게 당했다."

"호종단이 그랬단 말입니까?"

"궁주는 광인이 되어 뿔이 솟아나고 꼬리가 나오는 이무기가 되고 있다. 빨리 여기를 빠져나가야 한다."

"예? 이무기요?"

"그렇다. 우리가 만드는 불로수(不老水)가 잘못되어 어젯밤부터 발작된 것 같다. 지금도 붉은 천초를 먹고 있어서 이무기가 되어간다."

가슴에 안고 있던 아버님을 도로 허 사숙님께 안겨주며 학소의 얼굴은 열기가 오르고 있었다.

"천초라면 불로초를 이름입니까?"

"그렇다네. 설익은 붉은 천초를 뜯고 있다."

그는 그 말을 뒤로 넘기며 걸음을 하고 있다.

"안 된다. 그는 광인이다."

바람과 같이 선풍재천 진학소는 동굴 속으로 몸을 날렸다. 광인이 세상에 나오면 풍파가 일 것은 자명한 일이다.

동혈 양쪽으로 울퉁불퉁한 기이한 형상으로 노려보는 것이 지옥도(地獄圖)를 방불케 했다.

학소가 걸음을 멈추게 한 것은 두 개의 빙인이 가로막고 있어서이다. 호종단이 무슨 짓을 해놓았는지 그의 수족 같은 황제 신장과 알자를 얼려 놓았다.

재상의 묘직이 동상처럼 동혈 양가에 얼음 인간이 되어 곧게 서 있었다. 청담(請談) 알자(謁者)는 등 굽은 상태로 두 손을 모아 백지장처럼 하얀 얼굴로 서 있었고 황제 신장(黃第神將) 전평(田平)은 양팔을 구부려 력장(力狀)처럼 빙인(氷人)이 되어 곧게 서 있었다. 안쪽에서

황금 석순의 돌매화

검은 물체가 움직였다.

하얀 장삼 위에 검은 망포를 걸친 호종단이 걸어 나왔다.

검은 머리를 대모(玳瑁)로 풍잠을 두르고 태두에 금색 비단을 휘날리던 당당한 호종단이 아니었다. 머리는 헝클어진 봉두난발에 얼굴은 유난히 붉어 있었고, 두 눈은 붉은 광기를 발산하고 있었다. 학소를 바라보며 반색에 가까운 웃음을 짓는 입 양가로 누런 침을 흘리고 있었다. 그리고 양팔을 들어 두 손을 쇠스랑처럼 벌렸다. 더 소스라치게 놀라운 것은 봉두난발 머리에는 두 개의 뿔이 주먹만큼 솟아 있어서 완전히 괴인이 되어 가고 있었다.

"그대가 천황지자 일월지황이라는 호종단이냐?"

괴인이 두 눈을 부릅뜨자, 적광이 흘러나왔다. 말이 없자 재차 물었다.

"무림의 대종사(大宗師)라는 빙백궁(氷白宮) 궁주 서백 호종단인가?"

괴인은 말없이 한 걸음 한 걸음 다가올 뿐이다. 학소는 검에 힘을 불어넣었다.

"향주에 인지의가장의 영혼들을 위하여 그대를 바치겠다!"

검에서 뿜어져 나오는 검기, 검강, 검풍의 검력과 공력을 주입한 상태에서 발검하면 무형의 기운이 뻗쳐 물체를 자르는 모든 행위에 몰입했다.

펑!

음한 기공이 장내를 휩쓸며 학소를 강타했다. 바닥에 솟아 있는 금빛 종유석들이 산산이 부서지며 사방으로 날렸다. 그 자리에 있어야 할 그는 무형의 신법으로 좌측에 서 있었다. 괴장(怪掌)의 힘은 우레와 같은데 신속함이 이에 미치지 못함을 인식한 호종단은 그가 자랑하는 호시무백(呼屍無白) 장을 뿌렸다. 학소에게는 장을 가르는 검법이 있었다. 그런데 사(死) 자의 여섯 갈래는 검력으로 부칠 것 같아 울울창창의 울(鬱) 자의 초서체로 삼십여 획수에 삼십여 토막을 내리는 것이다.

펑!

차르릉~!

진 장주를 얼려 빙관저(氷棺邸)를 만들었던 호시무백장(呼屍無白掌)은 허사가 되고 말았다. 사방으로 얼음조각이 흩뿌려지며, 그의 몸도 툭툭 털어내자 얼음 조각이 부스스 떨어졌다.

찰수검법과 서화검행은 암석과 같이 뻗어오는 장을 휘날리는 울(鬱) 자의 초서체로 산산이 무산시켰다. 놀라움에 괴인은 몸을 틀자 용의 꼬리처럼 괴룡이 되고 있었다. 두 눈을 치켜뜨고 학소가 공격할 틈을 주지 않았다.

천살마공(天煞魔功)과 호시무백장을 십분 발휘할 기세다. 꿈에 보았던 발이 여덟 달린 이무기가 아버님을 물고 가던 악몽이 떠오른다.

펑!

학소도 검풍을 일으켰는데 호종단의 괴력에 미치지 못했다. 천살마공을 더하였으니 마공과 호시무백장의 괴력은 살아있었다. 천궁 동굴 바닥에는 의가장에서 진 장주의 얼음 관저처럼 빙(氷) 관저(棺邸) 하나가 놓여 있었다. 괴인은 힐긋 바라보고 동혈 벽에 붉은 천초를 긁어내어 오물거리는 것이 황소가 풀을 되새김하는 형국이기도 하다.

서불과지도(徐市過之圖)의 불로초(不老草)는 황금 종유석 위에 돋아난 백엽지초(百葉芝草)라는 것을 알아내었는데, 때를 기다리지 못한 호종단은 그렇게 괴룡(怪龍)이 되고 있었다.

빙 관저는 영원히 심장이 얼리는데, 이상하리만치 학소의 몸은 얼어있지만, 변신을 일으키고 있었다. 행기소(幸器所)에서 한 소녀로부터 얻어먹었던 내단(內丹)의 힘이 지고무상(至高無常)의 경지에 다다라 반신반의(半信半疑)의 사람이 되고 있었다. 두꺼비나 개구리는 얼음 빙판 땅 속에서 동면한다고 한다.

관저는 꿈틀거리기 시작했고, 이어 금이 가며 부스스 무너졌다. 얼음조각을 털며 관저에서 일어서는 학소는 사람이 아니었다. 놀랍게도 하반신은 궁고 바지를 입은 사람인데 상반신은 색이 파란 두꺼비였다. 팔은 길어 같이 얼려 있던 백영검(白影劍)을 불끈 쥐고 일어섰다.

개구리 머리에서도 공격술은 알고 있는 것으로 보아 진학소의 분신임은 확실하다. 목 밑 천부혈이나 배꼽 부분 단전혈(丹田穴)에 치명을 입히지 못한다면 괴룡은 잡을 수 없을 것으로 알고 있다. 다른 곳은 허점이 없었다.

쾌(快)로서 이기어검술(以氣御劍術)을 돌파하는 것이다. 마음으로 검을 부린다고 하지만 학소에게는 기(氣)가 있었다. 왕 개구리눈은 말똥말똥하여 묘한 신기(神氣)가 흐르고 있었다.

양손을 치켜세우면서 괴룡은 육탄으로 개구리에게 달려들었다. 마치 앞에 놓인 개구리이고 보면 만찬이 될듯싶었다. 개구리와 괴룡은 엉키었다.

난형난제 막상막하 박빙의 승부였다. 검강으로 내찌른 학소의 오른팔이 괴룡의 괴력에 의해 잡혀버렸기 때문이다. 더벅머리를 휘어잡았던 그의 손이 장력에 밀리는 순간 왕 개구리가 자랑하는 헛바닥이 있었다. 한바퀴 회전하며 일순 긴 혀로 눈을 쏘았다.

이얏!

장력이 주춤하는 순간 고성을 지르며 검기는 괴룡의 목밑 천부혈(天賦穴)에 사자방첨(斜刺膀尖)으로 자격(刺擊)을 했다.

푸엉!

괴룡은 오므렸던 양손을 뻗으며 괴력의 장을 쳤다.

장에 얻어맞은 두꺼비 진학소는 십 장이나 날아가 동굴 바닥에 뒹굴었다. 소중히 간직하고 다니던 학소의 백영검은 괴룡의 목에 깊숙이 박혀 검붉은 피를 토해내고 있었다. 이어 모골이 송연하여 손과 발이 뻣뻣하게 굳어지며 주위가 노랗게 변했다. 개세의 비급을 터득한 호종단도 쏟아지는 혈맥은 막을 수 없었다. 학소는 정의는 사악함을 몰아낸다는 사불승정(邪不勝正)의 호연지가 꿈속에서 나타나곤 했는데, 오늘에 이르렀는가, 호종단은 오방패(五防牌)를 두어 빙백궁을 세우고 하늘에 천도(天挑)와 천초(天草), 불로초(不老草)를 찾아왔건만, 호거용반(虎踞龍蟠)의 지세(地勢)에 궁(宮)을 세우려다 이무기의 괴룡으로 천궁(天宮) 동굴에서 생을 마치고 있다. 동굴 안으로 달려오는 매선 부인과 허달은 망연자실한 상태로 우두커니 섰다.

"도련님! 도련님!"

하반신은 사람이요 상반신은 파란 두꺼비가 거품을 물고 누워있기 때문이다.

"진 도령, 학소가 확실합니다."

허달이 진 도령을 안아 들었다. 궁고(窮苦) 바지의 진 도령을 보았기 때문에 확인할 수 있었고, 반신반의하던 매선 부인도 형태로나 감성으로 진학소임을 느낄 수 있었다. 허달은 입었던 청의를 벗어 그를 감싸안으며 출구를 찾았다. 이들을 더 놀라게 하는 것은 봉두 난발의 이무기가 두 개의 뿔을 세우고 꼬리를 흔들며 바위틈에서 임종을 맞고 있었다. 은빛과 자색으로 돋아난 황금 석순 돌 틈에서 호종단은 그렇게 생을 다하고 있었다.

머리에 두른 금색 비단천의 풍잠과 백의의 검은 도포를 보면 호종단이 확실했다. 괴이함이 물씬 풍기는 동굴에서 섬뜩함을 자아내었다.

"호종단은 음한기공에 설익은 천초를 먹고 노마(老魔)가 되어 있습니다. 학소의 검날에 임종을 맞고 있습니다."

허달의 울부짖음에 매선 부인은 얼른 학소를 안아 들었다. 불구대천지원수(不俱戴天之怨讐)를 찾아 의가장의 영령들과 아버님을 구하고자 이국 천리를 달려온 것에 감회를 느끼고 있었다. 글을 읽어 어느 지방 현장이나 현령 자리쯤은 따놓은 당상 자리였는데, 전시도 마다하고 무과를 지망하여 나라에 헌신하겠다는 아들이었다. 어머니로서 혈기 왕성한 아들을 이해할 수 없었다.

그렁그렁 맺혔던 어머니의 눈물이 학소의 얼굴에 아니 왕 개구리의 얼굴에 뚝 뚝 떨어졌다.

"형수님! 빨리 자리를 피하셔야 합니다. 땅이 흔들려 동굴이 위험합니다."

왕 개구리의 파란 눈은 꼭 감겨 깨어날 조짐은 보이지 않았다.

동굴밖에는 두기호 의원이 장주 간병에 심혈을 기울이고 있었고, 그의 곁에는 호조가 주위를 열심히 관찰하고 있었다. 업혀나온 학소의 하반신을 바라보던 구름마는 긴 울음을 토했다. 두기호는 장주를 안아 들며 길을 재촉했다.

"막사 쪽은 위험합니다. 하늬바람이 불어오는 곳으로 바람을 맞으며 서북쪽을 택함이 좋을 듯합니다."

"사제의 말이 맞네. 가시봉 막사에서도 해안가로 옮기고 있을 것이오."

호조는 길을 안내하며 주위 상황을 설명했다.

"길을 잘못 찾으면 헤어나지 못합니다. 곶자왈에는 삼동, 볼래, 꾸지뽕 등 사시사철 가시가 앙상한 나무에는 열매가 남아 있으며 열매 없는 나무는 없습니다. 철새, 텃새, 잡새들이 날아들며 지나가던 철새들은 새신오름에 내려와 약수를 마시며 열매를 먹고 몸을 회복합니다. 새들도 천재지변을 아는지 한 달 전부터 조용합니다."

우르르릉 쾅!

설마 하던 일이 섬 전체를 불바다로 휩쓸고 있었다.

수뇌부가 없는 빙백궁은 갈피를 못 잡아 흔들리고 있었다. 흑제 신장 장호추와 역귀실 조향 그리고 약의 반타옹은 능선에서 서성거리고 있었다.

피변을 깊숙이 내려쓴 흑제가 지팡이에 의지해 반타옹 앞으로 걸어 나왔다.

"천궁 동굴이 무너져 모두가 함몰되었다고 하는데 살아남은 이는

황금 석순의 돌매화

그대들 약의뿐이란 말이오?"

"보다시피 시급을 다투는 일이라 궁주님이 앞장섰고 황제 신장과 알자 청담과 동행했습니다. 황금 석순의 천초를 한 움큼 채취할 때였습니다. 갑자기 큰 진동 소리에 동굴이 무너지며 함몰되기 시작했지요. 진 장주가 거동이 불편한 탓에 늦게 걸어가던 중이라 우리 약의 둘은 먼지와 같이 밀려 나왔습니다. 뜻밖의 재앙입니다. 단언컨대 모두가 작고했습니다."

똑같은 질문을 조향 부인이 물어왔으며 그와 같이 대답했다.

청의 소매로 핏물이 묻어난 얼굴을 닦으며 동굴이 함몰과 같이 돌아가셨다고 말할 수밖에 없다. 광인이 된 궁주가 천살혈류마공과 빙백장을 뿌리며 황제와 알자를 그렇게 만들어 놓았다고 말할 수 없다. 궁주를 위한 대답이었고 약의로서 원인 제공이 되는 셈이기도 했다. 비애에 찬 울음 섞인 흑제의 음성이 들렸다.

"발산개세(拔山蓋世)의 기상을 내뿜던 설중송백(雪中松柏) 궁주님이 흑흑~~~! 그럴 리가 없는데~~~!"

이어 여인의 목소리가 들렸다.

"개세의 무공도 천재지변에는 아무것도 아니라고 느끼게 만들어요"

우림랑이 날쌘 신법을 발휘하며 내려섰다.

"반노야(潘老爺) 어르신 말씀이 맞습니다. 동혈 지대는 벼랑으로 시뻘건 용암이 덮치고 있습니다. 빨리 행동해야 하겠습니다."

볼멘 목소리로 흑제는 소리 질렀다.

"모두가 번내천(番內川)으로 내려간다. 빨리 행동하라."

취사를 담당했던 여인들의 막사는 튀는 불똥에 불이 번지고 있었다. 조향 부인은 앞서 여인들을 피신시켰던 일이 잘 되었다는 생각이 들었다. 청모변을 쓴 궁사가 조랑말을 끌고 와 말고삐를 내어주며 재촉했다. 궁사들도 발등이 전족임을 알았는지 배려해 주는데 눈물이 맺혔다.

우르르릉 쾅!

조향도 다급함을 알았다. 구룡방 선장과 갑사가 다가와 하산할 것을 재촉했던 때가 반 시진 전이었다. 그때 같이 하산하지 않은 것을 후회했다.

흑제는 흑포 자락을 휘날리며 막사로 들어갔다. 절뚝이는 걸음으로 말안장을 메고 밖으로 나올 때였다. 끈적끈적한 붉은 용암이 지직거리며 숲속에서 흘러나와 막사를 덮쳤다. 흑제의 오른쪽 발등에 오른 용암은 삽시에 발등을 녹였다.

으악~~~!

왼쪽 발목이 없는 그는 몇십 장씩 뛰어다니던 신법도 무용지물이 되어 그 자리에 주저앉았다. 그대로 용암에 녹아 형체도 없이 사라져 버렸다.

끓는 물의 열두 배나 되는 용암은 닥치는 대로 파괴해 버린다. 말갈기를 잡고 분진으로 방위를 살피던 조향 부인은 흑제 신장이 당하는 모습을 바라볼 수밖에 없었다. 젊은 시절 도가와 불가를 오가며 습득한 무공으로 탕아가 된 야호선자(野虎禪子) 장호추(長虎推)도 소리 한번 지르고 씨알도 없이 용암 속에 사라졌다.

여기저기서 아우성이 넘쳐나며 시커먼 화산재가 하늘을 덮는다.

조랑말에 담천수(潭天水)를 싣던 궁사들도 우왕좌왕 각자도생이다.

궁주는 불로불사 영생의 복숭아나 불로초는 한두 번으로 영생할 수 있다고 궁사들에게 말했었다. 갑사(甲士)의 말에 담천 실개천물을 매일 한 사발씩 음복하면 젊어진다고 하여 큰 희망이었는데, 지금에 이르러 한 치 앞도 알 수 없는 생명이 되고 말았다.

분화구에서는 용암이 솟구치고 붉은 용암들은 산하로 물 흐르듯 내려가며 모든 것을 불살라 버린다. 누가 잠자는 한라산을 건드려 부글부글 터지게 만들었는가. 그래서 탐라도는 화산섬이라고 하였다.

우르르르룽 쿵!

화산재와 연기로 사방은 컴컴한 세상이 되고 말았으며 여기저기서 아우성이 들린다. 이 섬에 자욱한 분진은 몽고 벌판에서 세차게 불어오는 하늬바람에 섬 동남부 지역은 검은 화산회토이며 피해를 덜 받은 서부지역은 황갈색 회토이다. 높이 솟은 분진은 기류를 타고 북쪽으로 뭉게구름과 같이 흘러 고려 호남평야에 햇빛을 가리게 하였고 일 년 농사를 망쳤다고 기록되기도 한다.

전공호가 보았던 옹포 앞바다 비양도(飛陽島)는 이때 바닷속에서 솟아 나왔다고 기록되어 있으며, 이 년이 지나고 남쪽에 난드르(넓은 들판)에 군산(君山)이 용출되어 산맥이 융기되었다고 전해지고 있다. 지금도 태평(太平) 마을을 난드르라고 부르고 있으며, 용이 나온 들판이라고도 한다. 서두에 있었듯이 수천 길이의 지맥을 갖춘 이 섬은 일 년에 한 치 두 치 움직이며 이와 같이 황해를 육지로 만들고 중국을 밀어 산악을 세울 힘을 키우고 있다.

번내(番內) 바닷가에는 고동 소리가 은은히 들리어 가시봉까지 다다랐다.

가시오름은 조소악처럼 가시가 많은 나무들이 엉켜있다고 하여 가시봉(加時峰)으로 부르지만, 전하는 말로는 더(加)하여 오래(時) 산다는 오름도 조용하다. 꾸지뽕 열매처럼 가시가 날카롭고 앙상한 그 속에 열매일수록 더하여 오래 산다는 장수의 열매인지도 모른다. 바닷속에도 앙상하고 독 가시가 있는 물고기일수록 맛이 나고 건강에 효험이 있다고 한다.

십주야(十晝夜)를 지나자, 하늘이 트이고 일렁이는 파도도 잔잔해지고 있다.

구룡방 선장은 모래사장으로 나오며 조개를 줍는 궁사들에게 언성을 높였다.

"배를 끌어내시오! 이 정도면 순항할 수 있습니다."

번내(番川) 천(화순리)은 차디찬 냉천수가 아름드리 솟아나는 하강물(下强水)이 있다.

이 섬에는 지하에서 솟아나는 용천수(湧泉水)가 천여 개 이상 있는데, 하강(下强) 물은 물 수량이 많기로는 한 두 번째이며 끊겨본 적이 없다고 한다.

모래사장에는 며칠 높은 파도에 조개들이 모래 위와 갯가에 널려 있어서 이를 줍느라 떠들썩했다. 지루한 날을 보내던 조향 부인도 배 밖으로 나왔다. 흑선은 모래톱 위에 올려놓았던 탓에, 큰 파도가 밀려왔지만 손상이 없었다. 담천(潭天) 실개천 물을 찾아 나섰던 우림랑과 갑사 그리고 청모변을 쓴 궁사(宮士) 세 사람이 돌아왔다. 궁인들은 모여들어 갑사와 우림랑의 입을 주목했다. 낙오된 동지보다 옥수를 마실 수 있을까에 관심이 더 많았다. 우림랑이 고개를 좌우로 흔들며 말했다.

"담천 실개천 옥수는 용암으로 굳어버려 흔적도 찾을 수 없습니다."

조용하던 장내는 여기저기에서 수군덕거렸다. 그 의미는 비록 궁주님은 없지만 옥수에 미련이 있어서 중국으로 철수하는 것을 주저했던 사람들도 있었기 때문이다. 총대 머리 갑사가 어른스럽게 차분한 태도로 결론을 내렸다.

"유지봉에 측릉악은 낮은 구릉지였습니다. 용암은 구릉지로 흘러 옥수가 있던 주변은 어디가 어디인지 몇 길 높이로 용암이 굳어 버렸습니다. 찾는다 해도 그 물길이 그대로 있겠습니까. 이상 보고를 마칩니다."

또 이들이 웅성이는 소리에 우림랑의 슬픔에 찬 목소리가 나왔다.

"돌아오지 못한 동지들은 모두 작고한 것으로 말씀드리겠습니다. 들판에 깔린 화산재에는 족적이나 사람의 흔적은 아무 데도 없었습니다."

회색 장포에 검은 안대를 한 구룡방 선장이 연엽선 부채를 탁탁 치면서 사람들을 주목하게 했다.

"아침저녁으로 뱃고동을 불었는데 귀가 있고 발이 있는 사람이면 찾아올 것이오. 그런데 진 장주 가족분들은 어떻게 된 것이오?"

약의의 일이라 청의를 입은 반타옹이 수염을 쓸면서 고개를 내밀었다. 아담했던 붓필 수염도 고생을 했던 탓에 염소수염이 되어 떨리고 있었다.

"진 장주도 궁주님과 동굴에서 작고(作故)했소. 나머지 약의들은 우리와 거리를 두려고 했던 이들이라 살아있어도 돌아오지는 않을 것이오."

우림당의 곁에 있었던 청모변의 궁사가 큰소리로 말했다.

"산간에 있는 사람이면 살아날 수 없어요. 어느 계곡에 묻혔을 테니까요. 기다릴 사람은 없습니다."

"여기까지입니다. 내일 출항하기로 합시다."

구룡방 선장은 바닷가로 내려가며 막대를 세우고 그 지점까지 배를 끌어내기에 재촉했다. 다음날 이들은 배에 올랐다. 두 개의 닻이 올라가며 흑선은 미끄러지듯 흘러갔다. 모두 선상에 나와 한 많은 한라산을 바라보았다.

청명한 하늘 아래의 산은 뿌연 하늘에 그 산은 형체만 겨우 보일 정도이다.

며칠 붉은 용암과 화산재를 뿜어내던 산은 아름다운 정경(情景)이 아니고 비운의 한이 서린, 원망의 눈빛뿐이다.

광명이 이는 구만리 같은 앞날을 그리며 가슴을 요동치게 했던 궁주님도 빙백궁(氷白宮)의 힘을 떠받치던 신장(神將)들도 모두 꿈같이 사라져 버렸다.

궁사들 모두의 가슴에는 번뇌와 미련이 밀려와 두 눈동자에 이슬이 맺히는 이들도 있었다.

화관을 쓰던 조향 부인도 머리에는 수래계도 아니고 이 지방 패랭이를 눌러썼으며, 중국의 심의(深衣)를 입고 있었다. 그녀는 노란 심의를 입은 다섯 여인들 틈에서 나왔다. 멍하니 허공만 바라보는 선장에게 다가가 회포의 말을 흘렸다.

"궁주님과 궁사들을 잃은 것이 후회되어 밀려오고 있습니다. 모두 육십 인은 되었는데 서른 사람이면 반타작이겠네요. 막사(幕舍)를 빨리 내리지 못한 것이 잘못이었소."

머리만 설레설레 흔드는 선장에 다가가 그의 의도를 살폈다.

"궁주님의 잘못입니다. 나이가 들어 앞으로 기회가 없을 것으로 믿어 조급한 행동이었지요. 모두가 업보입니다. 선장님은 앞으로 어떻게 하시겠어요?"

회색 장포와 길쭉한 얼굴에 자상으로 그어진 검은 안대를 한 해적 같은 선장은 또 고개를 끄덕였다.

"풍진이 이는 이 섬에 무슨 미련이 있겠소. 앞에 보이는 섬처럼 가파도 좋고 마라도 좋고 흘러갈 뿐이오. 진강 오이섬까지 모셔가는 것 외는 생각이 없소이다."

"우리 궁에는 사업장이 있어 궁색하지는 않아요. 궁인 십인 안에 청제와 나 그리고 나이가 드신 두 분이 있습니다."

"얽매이고 싶지 않소이다. 바람이 있다면 이 배를 삯내어 주시면 대양을 누비는 장사치가 되고 싶소이다."

"우리 궁이 해체되면 매매 물건이기도 합니다. 어렵지 않은 부탁이군요."

이들의 대화처럼 빙백궁(氷白宮)은 진강(鎭江) 오이섬에서 해체되어 사라지고, 호종단(胡宗旦)은 탐라의 전설로만 남았다.

빙백궁 흑선이 섬을 떠나고 십여 일이 지나면서 하늘은 맑아지고 있었다.

성안으로 들어가는 두 필의 준마가 있었는데 앞에 있는 구름마에는 호조(號鳥)가 타고 있었고, 뒤에는 대춧빛이 흐르는 제주마에 근초감(謹草監) 허달(許達)이 초췌한 얼굴을 하고 몸을 끄덕이며 따라가고 있었다.

허달은 삼승 무의 할머님과 형수님이 만났던 일을 엿듣고 싶었다.

"형수님은 아무렇지도 않게 돌아섰다는 말이지?"

"그렇습죠. 마님과 마당에서 첫 대면을 하였는데 단번에 강호의 무림인임을 알아보았어요. 물과 기름은 섞일 수 없다고 하시면서 '부인과 나는 대면할 수 없는 기운이 놓여 있어 돌아가 주십시오' 이 말 한마디 하고 방으로 들어가 버렸습니다."

"형수님은 말 한 마디 못하고 돌아섰겠구나."

"그러하옵니다. 그래서 제가 재차 청을 했었는데 사숙님이면 모르겠다는 말을 했습니다."

허달은 짐작했었다. 형수님은 유가유식(瑜伽唯識) 지골수화(指骨手話)를 몸에 가지신 분이다. 눈과 눈은 안면인식이 통할 수 없기 때문이라고 생각이 든다.

이들은 노송과 천년 지기로 서 있는 팽나무와 담팔수 밑에서 걸음을 멈추었다.

얼기설기 짜맞춘 울담 안에는 고풍이 묻어나는 기와집과 두 채의 초옥이 마주하여 나란히 서있었다. 보통은 정낭으로 올레에 가로 놓여있는데, 작은 와가(瓦家)로 문간 집이 있어 묵직한 대문은 닫혀 있었다. 문 앞에서 서성이던 호조가 문간으로 내리 섰다.

"제가 다녀오겠습니다. 잠시 계십시오."

대문을 밀자 삐걱거리는 소리는 집 안에 손님이 온다는 것을 알리고 있었다. 마중 나온 여인과 안채로 들어갔던 호조가 대문 밖으로 나왔다.

"들어오시라고 합니다. 심방 할머님은 집안에 계십니다."

청의 도포에 검은 유건을 쓴 허달은 낭하를 밟아 여인의 안내로 내실로 들어섰다. 할머니는 말쑥한 모시 치마저고리에 머리는 가체(加剃)로 둥글게 말아 올려 하얀 챙빗을 끼고 있었다. 잔잔히 바라보는 눈이 이승과 저승을 통달한 눈빛이었는데, 허달은 약사유리광여래(藥師瑠璃光如來)에서 묵도하던 신기가 떠올랐다.

"할머님은 성내(城內) 광양당(光陽堂)에서 수신(修身)한다고 하여 지금에야 찾아뵈옵니다."

"이역만리 이 섬까지 찾아오시느라 수고가 많았겠습니다. 가고자 하는 길이, 길이 아니면 걷지를 말아야 합니다."

"저희가 어찌 길흉화복(吉凶禍福)을 알아보겠습니까. 소인은 의약을 조제하는 유의(儒醫)로 한계에 부딪혀 삼승 무의 할머님께 도움을 청하고자 하옵니다."

옆에 앉아 있는 호조(號鳥)는 능숙한 방언으로 소통하는 말은 보통이 아니었다.

"의가장의 마님은 아귀도(餓鬼道)를 넘어, 나와는 상종(相從)도 할 수 없는 엄계(嚴戒)가 있습니다."

"무슨 말씀인지 잘 알겠습니다. 실은 우리 장원에 진(秦) 도령이 반신불수에 변신탈마(變身脫麻)에서 헤어 나오지 못하고 있습니다. 약의를 한다는 저희로서 한계를 넘은 일이옵니다."

　잠잠히 눈을 감고 옛날을 회상하던 할머니는 고개를 끄덕였다.

　"알고 있어요. 금장아가 은장아가 장원의 진 도령을 보시고 신기(神氣)가 있었지요. 비와(飛蛙)치니 갑자성인(甲子聖人) 덕이라고 눈앞에 나타나셨지요."

　그 말에 허달은 은인을 만나는 마음으로 일어섰다가 큰절을 올렸다.

　"삼승 무의 할마님! 우리 의가장 소 장주 진학소를 되돌려 주십시요. 간청드립니다. 그리고 재물은 얼마든지 올리겠으며 큰 산신굿과 넋두리를 베풀어 주십시오."

　가만히 눈을 감고 계시던 할머니는 고개를 좌우로 돌렸다.

　"우리 무속에도 할 수 있는 일이 있고 할 수 없는 일이 있어요. 이것이 천계(天戒)입니다. 장주와 호종단은 천기누설의 죄를 지은 업보입니다. 그러한 업보를 풀려면 작고한 호종단을 불러들여야 합니다. 작고한 혼령을 불러드렸다가는 더 큰 재앙이 생겨날 수도 있어요. 당신(堂神)에서 사라진 혼령을 거론하는 것도 예도가 아니지요."

　허달은 앞이 캄캄했다. 두기호(斗基號)와 숙의하면서 진 장주와 학소를 회생하는 데 온 힘을 써 보았으나 백약이 무효였다.

　오 년 전 한장 마을에서 있었던 일이 떠올라 여기까지 왔는데 그 희망도 무너져버리고 있다. 조용히 앉아 있던 할머니가 옆에 있는 상자를 열었다. 그 안에서 붉은 천과 푸른 천이 줄줄이 딸려 있는 요령(要領)과 진자(振子)를 꺼내었다. 할머니는 되돌아 앉았다. 벽면에는 여신이 그려진 병풍이 있었고 그 앞에 탁자에는 향돌과 놋 촛대 그리고 하얀 쌀 한 사발, 물 한 그릇이 전부이다.

밖으로 신호를 보내자 안내했던 여인이 향 돌에 불을 피우고 향합을 갖고 왔다.

쟁글 쟁글 쟁글~~~

할머니는 조용한 음성으로 주문을 하면서 향을 피우고 새로운 물 사발을 올리고 절을 하였다. 쌀 한 줌을 쥐고 요령과 함께 팔을 휘둘러 방안에 뿌렸다.

일다경이 지난 후였다.

"호종단을 두고 귀장 소 장주에게만 넋두리를 할 수 없어요. 그런데 점괘 하나가 보입니다."

할머니는 그렇게 말하며 호조를 뚫어져라 쳐다보다가 말문을 열었다.

"호조라고 그랬지? 호조로부터 말씀하시라고 하십니다."

호조는 당황하며 할머니 시선을 피하여 고개를 설레설레 흔들었다.

"나, 나는 할 말 없습니다. 공자님은 긴 꿈을 꾸었다고 말씀하셨고, 나는 꿈같은 소리는 하지 마시라고 반문했던 일이 있습니다."

아침 서리같이 차가움을 뿜어 내시던 할머니가 빙긋이 웃음을 지었다.

"되었습니다. 호조가 말씀하시고 있지 않습니까. 꿈같은 일이 일어났으면 꿈같은 일로 푸셔야 합니다. 신기한 일들은 신기로 말입니다."

할머니의 말에 둘은 길이 있어 보여 얼굴을 마주 보았다. 호조는 진 도령이 행기소에서 나오며 선녀가 살고 있다고 말했으며 물 한 사발 얻어먹고 살아났다고 했다. 그래서 나는 주군이 꿈같은 소리라고 했는데 그도 꿈속에서 깨어났다고 말했다. 허달과 얼굴을 마주하던 호조가 입을 열었다.

"그래요. 행기소에 선녀가 있는데 물 한 사발 얻어먹고 깨어났다고 말했어요."

"지하 공주가 은공을 입어 은공을 갚으려면 끝까지 보살펴 주실 일입니다. 나에게 찾아올 일이 아니고 그쪽으로 찾아보심이 대길(大吉)이라고 합니다."

근초감 허달을 바라보던 호조는 고개를 끄덕이는데 행기소를 알고 있다는 뜻이다. 다음은 병고에 누워있는 장주가 떠올라 그에 관한 말을 하였다.

"장주님은 아침저녁으로 미음 몇 숟갈로 연명하고 있습니다. 좀처럼 회복의 기미가 없어 말씀을 듣고자 합니다."

가는 연기가 피어오르는 향 돌에 돌아앉아 목향에 젖었던 할머니가 돌아앉았다. 그윽한 목향은 방 안에 가득하여 잡귀가 범접하지 못함을 의미하였다.

"음지를 벗어나지 못하는 몸이로군요. 바늘 가는 데 실이 간다고 하지요. 병약한 몸으로 살아났으나, 회복의 기미는 없어요. 법첩(法牒)을 받은 군부인(君夫人)이 불전에서 풀어야 되겠습니다. 회생하는 것이 아니라 극락왕생(極樂往生)의 길로 중국으로 돌아가 불공을 드리는 일입니다. 그런데 불행히도 공덕(功德)을 사기(邪氣)로 막아놓으셔서 이를 풀어야 합니다."

그 말에 짐작은 하고 있어서 재차 물어보았다.

"형수님은 말씀이 없으셨으나 유가유식을 말씀하시는 것이겠지요."

"우리는 유감주술(類感呪術)로 점을 보기도 합니다. 유가유식이면 강호인으로 필요는 하겠으나, 장부(莊婦)로 살아가려면 내려놓으셔야 합니다."

할머니는 형수님과 첫 대면부터 유가유식(瑜伽唯識)을 알고 있어서 방으로 들어가 버렸었다.

"우리 유감주술은 사람이 듣지 못하는 것도 다 들을 수 있고, 볼 수 없는 것도 볼 수 있습니다. 들짐승은 물론 수목들도 이야기하며 바닷속의 해초들이며 물고기들도 말을 합니다."

구레나룻이 덥수룩한 허달을 바라보던 그 할머니는 말을 이어 나갔다.

"밤하늘에 총총히 나타나 이 세상에 수(繡)를 놓는 빛나는 별들이 있습니다. 귀하고 보석 같은 별들은 임자가 없습니다. 임자들은 별을 바라보는 사람이 임자이며 주인입니다. 사람들은 귀한 보석은 바라보지 못하고 귀걸이 목걸이 작은 보석만 알지요. 우리 탐라에는 동방에 견우성(牽牛星) 서방에 직녀성(織女星) 남방에 노인성(老人星) 북방에 북두칠성(北斗七星)을 바라보며 살아갑니다. 견우성은 들판에 모시(소와 말)들을 돌아보고, 직녀성은 배와 무명필을 짜며 길쌈을 하는 별입니다. 북두칠성은 천기를 누려 농사짓게 만들고, 노인성은 만수무강함을 염원합니다.

중국에 돌아가면 직녀성 밑에 작은 별자리가 있어요. 여기에 묵도를 하시면서 마음을 닦으면 자연히 마음과 한이 풀리며 사기도 해소됩니다."

방황하는 강호인이 아니면 평범한 장부의 어머니로 돌아가 유가 유식 지골수화(指骨手話)는 내려놓으라는 말이었다.

유감주술로 집념에 차 있는 할머니는 보통 분이 아니었다.

대문 밖으로 나온 호조는 말 등에 실은 듬직한 상자를 내려놓았다. 복채(卜償) 상자로 베 한 필과 하얀 광목 한 필 그리고 은전 한 닢이 들어있었다. 많이 드리는 것도 예의에 어긋나 보여 둘은 상자를 들고 안내했던 여인에게 드렸다.

상념에서 깨다

까악 까악 까르르르 까악!

깍깍 까르르 깍깍

군목(君木) 나무꼭대기에 앉아 새 생명을 칭송하는 두 마리 집까마귀가 반갑게 울어 댔다.

매선 부인(梅仙婦人) 매영(梅榮)은 영실기암 오백나한을 바라보며 지난 육 년 동안의 상념(想念)에서 깨었다. 길고 긴 육 년이었다.

주의의 경관을 돌아보고 걸어오던 부해송(夫海松) 선장이 말을 한다.

"그래서 삼승 무의 할머님 말씀대로 행기소(幸器所)에서 은덕을 입었단 말씀이군요."

매선 부인도 천불봉에서 눈을 떼고 먼 사하로 눈을 돌렸다.

"그래요. 소부는 행기소에 갈 수 없고 호조가 지하 공주를 만나 말씀하시기를, 산방산 동혈에 올라가 천장에서 떨어지는 낙수로 욕불(浴佛)을 하시라고 말씀하셨소. 우리는 이 지방에서 유명하기로 알려진 산방덕(山房德)이의 눈물이라는 곳에 올라갔습니다. 기이하게도 동혈 천장 암괴(岩塊)에서는 앵두 같은 물방울이 일곱 방울 떨어지고는 한숨을 쉬고 일곱 방울씩 떨어지더군요."

하늘로 동공을 던지던 부해송은 하얀 치아가 드러나게 미소 지었다.

"그렇습니다. 사기에 얽매인 사람, 불운에 채여 넘어진 사람들이 그 물을 마시면 길운이 형통(亨通)하여 사기가 풀린다는 행운수(幸運水)이기도 합니다."

"그렇군요. 우리는 지하 공주 말씀대로 낙숫물 밑에 학소를 앉혀 놓고 욕불을 시켜 며칠을 기다렸지요. 이레째 되는 날이었습니다. 낙숫물에 올라가 보니 우리 학소는 간곳없고 옷 속에는 옥섬여(玉蟾蜍) 한 마리가 꾹꾹거리고 있었지요. 살아있는 것만도 감지덕지하여 옥섬여을 안아 들고 가까운 구녀못(九女池)에 놓아드렸습니다."

육 년 전 심방 할망은 말했었다. 죽을 운을 면했으니 천지 신령 덕입니다. 경진 방에 비와 치니 갑자성인 덕이라고······.

습지를 벗어날 수 없는 장주는 영아리(靈山)에 용이 누운 형체의 용와리악(龍臥伊岳) 동굴에서 연명할 수밖에 없었고 매선 부인은 그렇게 일 년은 넘게 생활하고 있었다.

"조용하던 산속에서 까마귀 울음은 귀한 손님이 찾아올 듯싶소. 천불 봉에 봉배를 마치셨으면 이만 내려가 봐야지요."

부인은 그의 말에 눈물이 젖어 있는 두 눈을 손등으로 쓸어 밀며 크게 떴다.

"정말 그럴까요?"

산을 내려오는 매선 부인의 신법이 빨라지고 있었다. 동굴 입구에는 초옥(草屋)이 있었는데, 일 년 전 허달과 두기호 그리고 호조가 힘을 모아 지어 주었던 초옥이다. 매선 부인은 초옥과 동굴을 오가면서 진 장주를 간호하며 생활해 왔다. 그 초옥에서 연기가 피어오르고 있어 부 선장 말씀대로 정말 반가운 손님이 찾아온 듯하다.

초옥 입구에서 발을 동동 굴리던 허달과 두기호는 초조한 얼굴로 이들을 마주하고 있었다. 두 분은 부인과 같이 옥섬여를 못으로 옮겨 놓고 중국에 다녀오겠다며 떠난 이들이었다. 매선 부인은 달려가며 이들에게 손을 잡고 환한 웃음을 띠었다.

"거리가 말이 아닐 텐데 이 년도 못살아 여기까지 찾아 주시는군요."

"예 형수님, 장주님 얼굴 보는 것도 얼마 남지 않은 듯합니다. 목으로 물도 내릴 기력이 없어서서 우리가 처방한 약물도 아무 소용이 없게 되었습니다."

허달은 의원으로서 식구와 같은 장주의 병세를 그대로 말씀드릴 수 있었으며 부인도 각오가 되어 있음인지 놀라는 기색은 보이지 않았다. 두 분도 장주의 진맥을 보고 하는 말이었다.

항주의 일들을 얼른 묻지 못하는 부인을 바라보던 부해송이 입을 열었다.

"항주의 의가장 방생청(放生廳)은 견고하시다는데 여전하겠지요?"

두기호가 반 안을 드러내며 부인 쪽으로 돌아섰다.

"우리 의가장에서 덕을 입었다는 사람들과 이웃들이 돌보아 주서서 관아에서도 관여하지 않고 있습니다. 앞으로 두 동만 신축하면 옛날을 찾을 수 있습니다."

그때 산하에서 급히 달려오는 백마가 있었다. 하얀 빛을 발하지는 않지만, 잿빛의 구름마에 호조(號鳥)가 달려오며 외쳤다. 어저께 호조는 성내 산지항에서 중국에서 들어오는 두 사숙님을 마중하여 구녀 못으로 돌아왔었다.

"우리 주군이, 아니 진 도령님이 환생 되었습니다."

모두 의아한 얼굴을 하고 호조를 뚫어져라 쳐다보았다. 그는 말에서 하마하지 않고 서둘렀다. 구름마도 앞발을 세웠다 놓으며 긴 말음을 토해냈다.

"나는 사숙님과 동행하다가 못으로 갔습죠. 잡초가 무성하여 그것을 제거하려고 낫을 들고 못으로 갔습니다. 그런데 도련님은 하얀 비단옷을 입은 선녀와 둑에 앉아 담소를 나누고 있었습니다. 둘은 나를 알아보고 미소 지었지만 나는 가까이하기가 무서워 이렇게 달려왔습니다. 이 두 눈으로 똑똑히 보았습니다. 선녀는 삼승 할마님이 말씀한 지하 공주였습니다."

이들은 꿈같은 이야기에 서로 얼굴만 쳐다보았다. 근초감 허달은 타고 왔던 말을 끌어내며 중얼거렸다.

"은덕을 베풀었나 봅니다. 일 년 전에 심방 할마님이 말씀하시기를 은덕을 입었는데 끝까지 베풀어 주실 것이라고 점을 치셨소. 구녀 못에서 형수님의 고행이 직녀성에 닿았나 봅니다."

매선 부인은 직녀성(織女星) 밑에 별자리를 보면서 할머님 말씀대로 공을 들이며 학소를 그려보았다. 어느날 학소의 얼굴이 별자리에 드러났으며, 그의 등 뒤로 불전에서 보듯이 원광(圓光)이 물결 모양이 피어나며 아이를 보호해 주는 영상이 나타났었는데 그것이 허영이 아님을 깨달았다. 법력의 힘이 미치고 있었다.

부인을 필두로 모두 말에 올랐다. 설마 하던 일들이 꿈이 아니기를 염원하며 못으로 달려갔다. 며칠 전만 하여도 고려 태학박사 전공호(田拱呼)가 보았던 해금(奚琴) 소리가 은은히 들리던 들판이다. 매선 부인과 옥섬여가 만나 턱밑의 하얀 목을 둥글게 부풀리어 꾸억대던 구녀 못(九女池)이었다.

몇천 년 되어 보이는 팽나무 한 그루가 못을 지키듯 서있었고 동쪽 가로는 버들가지가 한들거리고 있었다. 그런데 그 나무 그늘 아래 선남선녀가 나란히 서 있지 않은가.

선녀는 하얀 비단옷을 늘어지게 입고 있었고, 학소는 이지방 갈중이 바지에 하얀 비단 상의를 걸치고 있었다. 그는 자색 복건을 쓰고 있었는데 하얀 이가 드러나게 웃음 지었다. 의상까지도 선녀가 제공한 것으로 짐작이 간다.

일행들은 분진을 일으키며 다가갈 수 없어서 십여 장 앞에서 모두 하마했다. 달려오는 어머니를 알아본 학소도 크게 소리치며 달려갔다.

"어머니~~~!"

처음 불러보는 세 마디의 어머니 이름을 몇 번 소리쳐 보았다.

모자는 포옹하고 어쩔 줄 몰라 했다.

심의운기(心意運氣)로 돌아와 기를 움직여 해독한 학소는 그렇게 울먹였다.

모두 달려오며 손을 잡고 꿈같은 일로 벌어진 입을 닫을 줄 몰랐다.

부인은 둑에서 내려서던 선녀를 찾았는데 감쪽같이 사라져 버렸다.

"지하 공주라고 하던데 선녀는 어디 갔지?"

매선 부인의 물음에 학소는 고개를 설레설레 흔들었다.

"집으로 돌아갈 것입니다. 이 섬에는 맑은 물이 넘쳐나는 지하 궁전이 있고 염력(念力)으로 나온 선녀는 우리와 같이할 수 없습니다."

인간은 유한의 삶에서 무한의 세계로 갈 수 있는 동물과 다른 고등동물이다.

조그만 섬에 사는 심방 무의 할머님도 무한의 정신세계에서 불로불사를 찾고 믿음과 영혼을 찾아 다른 세계로 갈 수 있다고 한다. 그래서 수목(樹木)이 말씀하는 것도 듣고자 하면 들을 수 있다고 했다. 못한다고 하면 못하는 것이고 할 수 있다고 생각하면 할 수 있는 것과 같이, 없다고 하면 없는 것이고 있다고 믿으면, 있는 것이다.

고정관념에서 깨어나면 이처럼 보고 겪을 수 있는 무한의 정신세계를 누릴 수 있는 염력(念力)의 세계가 존재한다.

화창한 초가을 아침, 성내 산지항(山地港)에는 범선 한 척이 출항 준비를 마쳤다. 선상에는 자의의 갈중이 바지에 백의를 걸친 진학소가 가슴에는 유골함을 걸고 하염없이 공중으로 시선을 두고 서 있었다.

'이루지 못한 꿈을 묻어 두고 떠나는 아버님의 마음을 헤아려 보면서~~~!'

호조가 선상으로 올라왔다. 바다에서 산전수전 겪어본 그는 벌써 기분이 붕 떠서 호들갑을 떨었다.

"부(夫) 선장님이 나를 호천하여 조일(朝日) 선장님 곁으로 밀어 넣었거든요. 십 년 동안 조 선장 곁에서 항해 기술을 배워보라구요."

학소는 웃음뿐이다. 항주까지 따라가서 침술을 배워보겠다는 그에게 한마디 던졌던 일이 있었다.

"잘 되었군. 배만 타면 기분이 들뜬다는데. 자네는 유명한 선장이 될걸세."

"이번 뱃길에 부(夫) 선장님은 육변항로(陸邊航路)로 조일 선장님께 지시했거든요. 고려 서해안을 따라 관동으로 가는 길이 제일 안전하니까요."

학소는 고개를 끄덕이며 감사하게 생각할 따름이다.

배는 미끄러지듯이 부둣가를 벗어나 대양으로 들어서고 있었다. 마지막 석별의 정을 나누던 어머님과 사숙님들이 선상으로 올라왔다.

부해송 선장은 무겁게 손을 들어 배송해 주고 있었고 옆에 있는 당나라 유리구슬이 치렁치렁 달린 목걸이를 한 성주는 연신 고개만 끄덕였다. 학소의 곁에 올라온 어머님과 사숙님들도 손을 흔들어 작별의 인사를 보내었다.

마침내 학소도 손을 들어 힘차게 흔들었다. 그의 마음은 아버님과 같이 탐라와 부해송 선장님께 보내는 석별(惜別)의 인사이기도 하다.

부해송 선장님도 성주님도 이를 알아보았는지 크게 팔을 휘둘러 배웅해 주었다.

모두 안녕히 가십시오~~~!

이상, 이야기를 마칩니다.